THE HORUS HERESY

疤 痕

SCARS

[英] 克里斯·赖特 著　赵笛 译

浙江科学技术出版社·杭州

First published as a serialized eBook in 2013.

This edition published in 2014 by Black Library.

Games Workshop Limited,Willow Road, Nottingham, NG7 2WS, UK.

This edition published in China by Zhejiang Science and Technology Publishing House in 2024.

Copyright © Games Workshop Limited 2013-2014.

This translation copyright © Games Workshop Limited 2023.

Translated and used under licence by Zhejiang Science and Technology Publishing House. All rights reserved.

Scars © Copyright Games Workshop Limited 2013-2014. All rights reserved. Black Library, Black Library logo, The Horus Heresy, The Horus Heresy logo, The Horus Heresy eye device, Space Marine Battles, the Space Marine Battles logo, Warhammer40,000, the Warhammer 40,000 logo, Games Workshop, the Games Workshop logo and all associated brands, names, characters, illustrations and images from Warhammer40,000 universe are either ® , TM and/or © Games Workshop Ltd 2000-2014, variably registered in the UK and other countries around the world. All Rights Reserved.

No part of this publication may be reproduced, stored in a retrieval system, or transmitted in any form or by any means, electronic, mechanical, photocopying, recording or otherwise, without the prior permission of the publishers.

This is a work of fiction. All the characters and events portrayed in this book are fictional, and any resemblance to real people or incidents is purely coincidental.

本书英文版由 Black Library 于 2013 年出版

Games Workshop Limited，地址：Willow Road, Nottingham, NG7 2WS, UK.

本书中文版由浙江科学技术出版社于 2024 年出版

Copyright © Games Workshop Limited 2013–2014.

This translation copyright © Games Workshop Limited 2023.

浙江科学技术出版社可在授权下翻译与使用。

Scars© Copyright Games Workshop Limited 2013–2014。版权所有。Black Library、Black Library 标识、荷鲁斯之乱、荷鲁斯之乱标识、荷鲁斯之眼、星际战士战团、星际战士战团标识、战锤 40,000、战锤 40,000 标识、Games Workshop、Games Workshop 标识，以及所有源自战锤 40,000 宇宙的相关品牌、名称、角色、插图与图像，所有带有 ®、TM、以及 © Games Workshop Ltd 2000–2014 的标识均为在英国和世界其他国家注册的商标或为 Games Workshop Limited 版权所有。

未经许可，不得将本书任何部分以任何形式复制、存储在某个检索系统中，也不得以任何形式或手段，包括电子、机械、影印、记录或其他方式，传播本书的任何部分。

本书为虚构作品。书中人物、事件均为虚构，如有雷同，纯属巧合。

故事简介

荷鲁斯之乱——
这是一段传奇岁月。

银河正在燃烧。帝皇为人类种族构想的光辉愿景已经支离破碎。他的爱子荷鲁斯背弃了父亲的光辉，转而投入混沌的怀抱。

而他麾下的强悍大军，那所向披靡的星际战士，同样陷入了凶暴的内战。这些终极士兵昔日作为战友并肩奋斗，保卫银河，引领人类回归帝皇的光辉。如今他们阋墙相残。

其中一些始终忠于帝皇，另一些则与战帅结盟。诸位基因原体率领这一支支庞大军团。这些杰出的超人存在是帝皇基因科学的巅峰成果。当他们相互为敌时，胜利的归属便难以预测。

一个个世界陷入火海。在伊斯特凡V，荷鲁斯打出了凶残的一击，让三支忠诚军团濒临覆灭。战争已经开始，熊熊战火必将吞没整个人类种族。诡计与背叛颠覆了荣誉和高尚。夺命刺客潜伏在每一片阴影之中。大军压境而来。所有人都必须选择一方阵营，否则就是死路一条。

荷鲁斯集结部队，即将向泰拉倾泻怒火。端坐在黄金王座上的帝皇等待着叛道子嗣的归来。但他真正的敌人乃是混沌，那支原初力量觊觎着奴役人类种族，以此满足其贪婪邪欲。

无辜者的尖叫与正义之人的悲呼都和黑暗诸神的残忍笑声交织回荡。倘若帝皇在战争中落败，那么全人类都将迎来痛苦与灾难。

知识与启迪的年代已经告终，黑暗年代拉开了序幕。

出场人物

基因原体

荷鲁斯 ················· 战帅，影月苍狼军团基因原体

察合台可汗 ············· 战鹰，白色疤痕军团基因原体

黎曼·鲁斯 ············· 狼王，太空野狼军团基因原体

罗格·多恩 ············· 帝皇近卫，帝国之拳军团基因原体

圣吉列斯 ··············· 天使，圣血天使军团基因原体

赤红的马格努斯 ········· 猩红君王，千子军团基因原体

莫塔瑞恩 ··············· 死亡之主，死亡守卫军团基因原体

弗格瑞姆 ··············· 紫凤，帝皇之子军团基因原体

阿尔法瑞斯 ············· 阿尔法军团基因原体

第五军团"白色疤痕"

哈希克那颜可汗 ··· 总指挥

也穆兰那颜可汗 ··· 总指挥

秦夏 ················· 大可汗的怯薛卫队领袖

昔班可汗 ············· 风暴兄弟会

桑杰 ················· 药剂师

术赤

车艾

托贡可汗 ············· 明月兄弟会

赫伯可汗 …………………………………… 晨天兄弟会
哈尔季 ……………………………………… 借调副官
塔古台·也速该 …………………………… 天道萨满，风暴先知
卢杉 ………………………………………… 月牙号指挥官

第六军团"太空野狼"

冈恩纳·冈希尔特 ………………………… 第1连头领
欧格维·欧格维·海姆施鲁特 …………… 第3连头领
比约恩 ……………………………………… "独手"，小队领袖
神斩
尤恩瓦德
安格瓦
乌尔斯
菲瑞斯
贝奥斯·晨生 ……………………………… 费斯卡瑞号指挥官

破碎军团

萨文 ………………………… 上尉，第十八军团"火蜥蜴"，第34连
比奥恩·亨瑞寇斯 ………………………… 第十军团"钢铁之手"

第十七军团"怀言者"

卡尔·泽戴 ………………………… 小队军士，沃考达号指挥官
勒达克 ……………………………… 耶萨塔克达小队，第256连
罗维尔 ……………………………… 耶萨塔克达小队，第256连

帝国人员

掌印者马卡多 ················· 帝国摄政，泰拉首席领主
康斯坦丁·瓦尔多 ················· 禁军总司令
简子 ················· 星语者领袖，利剑风暴号
伊莉雅·拉瓦利恩 ················· 将军，军务部

目录

序　章　兄弟 2

第一部分　野狼与可汗

第一章　洁白世界　尸体　思维 20
第二章　家园世界　舔舐伤口　先驱斥候 30
第三章　泰拉领主　对弈　军团之刃 43
第四章　地狱骑手　直面风暴　背叛者 53
第五章　太空战　徽章　无法解答的问题 64
第六章　宿怨　破墙而入　猩红君王 75
第七章　蔑视者　深不可测　以太浪潮 87
第八章　尘归尘　荷鲁斯之子　战鹰的囚笼 99
第九章　时机未到　随波逐流　凿 111
第十章　知识的代价　前路已定
　　　　离经叛道者而已 123

第二部分　玻璃和余烬

第十一章　费姆斯的沉淀　背负真言者
　　　　　古老的谎言 134

目录

146	第十二章　唯一的真相　意外会面　乌兰诺的回忆
162	第十三章　沦落至此　急速前进　笑对杀戮
177	第十四章　机魂　一切已经改变　焚灭的世界
190	第十五章　绘制星图　亡者之城　夜叉
206	第十六章　洞穴　重生　阴魂不散
217	第十七章　对抗　闯入亚空间　死路
227	第十八章　猩红君王　黑鸦学派　部队集结
238	第十九章　复原　风暴兄弟会　云开雾散
253	第二十章　措手不及　如寰宇般无限的时间　举目无亲
264	第二十一章　冲入舰桥　暴君　寻求注意
276	第二十二章　巅峰之下　舍命一搏　利剑风暴号
290	第二十三章　清算　恢复　狩猎

"万事万物在各自所属的领域中都是奴隶。在遵循常理的世界里，事物被空间、时间、逻辑和数理等沉默的法则所约束。在另一个世界里，事物则与其他某些颠扑不破的严苛规律捆绑在一起——梦想、希冀和阴暗欲望。此类因素在那片国度里扮演着物理法则的角色。在我们身处的这个世界，梦魇仅仅是一片虚妄阴影，向来会被理性思维的灿烂晨光轻易驱散，而在另一个界域中，沦为虚妄阴影的则是秩序本身。"

"哪一个界域更为真实？哪一个亘古长存？哪一个注定覆灭？或许你会说哪一个都不是，因为二者互为倒影。实非如此。你必须作出选择。我们在七年间的浴血厮杀和被迫成长中学到了这一课。"

"你必须作出选择。"

"恶魔和凡人都可以维持自己的尊严。唯独意志动摇者、首鼠两端者、谨小慎微者——这些人在天道之中无处容身。"

——塔古台·也速该《反思笔记》

序 章

兄弟

他翻身趴在地上，从碎裂的牙齿之间咳出一口鲜血。他的胸膛摩擦着覆盖青草的坚实土地，随后他察觉到有一双手再次探向自己。

以退为进。

某人的手掌拉扯着他的破损长衫，而这几个字在他的脑海里回荡。这正是金赞部族作战之道的首要原则——打乱对方的平衡，逼迫敌人冒进，从而施以反击。

塔姆骤然屈腿跪起，向那些拉扯自己的手掌猛力反推。他的精瘦身躯弹了起来，将一名袭击者撞翻，引来一声惊愕的低吼。

他扭转身躯，挥动紧握的拳头，命中了对手。又一声呼吼，又一个踉跄退却的身影。

有什么东西敲在他额头上，将他再次撂倒。脚下的青草在他眼中朦胧一片。他的脸颊咚的一声拍在草地上，紧咬的牙关里混入了些许泥土的味道。

更多击打接踵而来——他的双腿被猛踢，他暴露的脊背遭到了一记记拳打。他挣扎扭动，试图站起身来。一股滚烫湿滑的痛楚从脑后传来。

其中一个袭击者俯下身，误以为他已经无力反抗了，伸手抓向他的衣领，准备将他拎起来再狠狠扔下，用塔斯卡部族的特有方式来宣告这个敌人的彻底落败。

以退为进。

塔姆耐心等待，抓住时机。他随即再次挣扎起来，像一条鳗鱼般弓身奋力扭动。他拧转上身，扬起臂膀，一把抓住袭击者的胸膛。一张满是惊愕的面孔映入眼帘，他不由得大笑起来。接着，他甩动脑袋，向那人的粗重眉骨递去一记头槌，眼看着对方鲜血四处飞溅、趔趄坐倒。

此时此刻，他以为自己或许能够借机脱身，冲散敌人的包围，想方设法摆脱追踪，沿着干涸的河床返回安全地带。然而这只是一个转瞬即逝的奢望——他重新被对方擒住，这一次有两只大手稳稳地捏在他肩头，让他丝毫动弹不得。他被拽倒在地。他看到三张遍布淤青的愤怒面孔俯视着自己。他的肚子又被狠狠踢了一脚。他蜷缩身子，呛咳起来。

"够了。"

那三人应声停手。他们愣住了，转过头去，有些犹豫不决。

塔姆抬起头来。他的视野一片模糊。他看到一个袭击者仓皇退却，一瘸一拐地逃跑了。另外两人立刻效仿——这两个虎背熊腰的家伙来自奥居的部族，身上都佩戴着那位老族长麾下怯薛卫队所特有的红色束带。他们不断加快脚步，头也不回地跑了，仿佛心中突然燃起了某种莫名的惊恐。

塔姆感觉到鲜血沿着后脖颈缓缓流淌。他努力尝试却未能站起身来。虽然太阳高高悬在头顶，风中却夹着一股让他的长衫布料难以抵挡的寒意。

他看不到方才开口的那个人。平原反射着刺眼的阳光，让他头晕目眩。他用手肘勉强支起上身。

"他们和你有什么仇怨？"那人问道。

塔姆循声望去。一个人从炫目光辉中迈步现身，他的轮廓在清朗透彻的空气中熠熠闪烁。他高大壮硕——极其高大，极其壮硕——身上那套骨白盔甲映射着明媚阳光。他握着一柄顶端覆有骷髅的手杖，剃光的脑袋上戴了一顶精致华美的兜帽。

此时，塔姆才感到了恐惧。这个巨人究竟从何而来？片刻之前平原上还只有他与另外三个家伙在轻风吹拂的草海上奔跑厮打。

他耗费了极大的意志力才成功开口作答。

"我不知道。"他说。

那人不动声色，但塔姆察觉到了一丝笑意。

"他们和你有什么仇怨？"对方重复问道，每一个音节的抑扬顿挫都与之前完全相同。

塔姆的头很晕。他脑后的流血放慢了速度，但并未停止。那个人并没有出手相助的意思。

"我偷了马。"塔姆决定说实话。前一天晚上他悄悄打开奥居部族的畜栏，牵着三匹马连夜逃窜，沿着河床回到了厄迪尔帐下部族的领地。这让他赢得了酸奶和一块烤肋肉的奖赏，就算挨一顿毒打也值得。

"一个孩子对阵三个成年人，"对方指出，"你却没怎么吃亏。"

虽然伤痛灼人，塔姆还是咧嘴笑了。他知道自己确实没吃亏。

那人俯身蹲下，靠近塔姆的高度，仔细观察他。塔姆在那张黝黑面孔上看到了一条长长的锯齿形疤痕。那人全身散发着某种不寻常的气味，还有一股微弱的嗡嗡响动，仿佛他的斗篷里藏着一头低声咕哝的野兽。他的双眸十分奇异——色泽金黄，目光柔和，神采奕奕，就像是动物的眼睛。

"你叫什么名字？"那人问道。

"塔姆。"

"你多大了？"

"十二岁。"

那人抿起嘴唇。"按照泰拉纪年来算是八岁，"他嘀咕道，"还不太晚。"

塔姆皱着眉头。"什么不太晚？"

那人重新挺直身躯。"跟我来。"

塔姆迟疑了。他的脑袋越来越疼。

"去哪里？"不知怎的，他突然想起了自己的母亲、父亲和兄弟，他们肯定都挤在山谷中的毡包里，忙活着上百件寻常琐事。等到黄昏时分他们才会担忧塔姆的去向。或许更晚。

"别问，"那个戴着兜帽的人回应道，"照我说的做。"之后，他头一次真正地露出了微笑。那笑容里确实有些暖意，皮革般粗糙的深色嘴唇之间闪现了一口白亮的牙齿。"除非你想和我也打一架。"

塔姆一动不动。他绷紧了身躯，正如刚才被那三人追上的时候。

以退为进，他心想。

雨点从铁灰色的天空上倾洒下来，沉重而冰冷。宽广的训练场毫无遮拦，雨水敲在混凝岩地面上飞溅起来，映射着场地周围那些探照灯的明亮光辉。天边的高塔直刺云霄：伊菲革涅斯、特雷昂、莫尔沃。那些整齐排列的万家灯火之景在滂沱大雨、幽暗夜色和大气污染的共同阻隔下显得分外朦胧。

哈伦和其他人一样打着冷战。即便从小在北欧半岛长大，他的瘦削体型仍然令他饱受寒冷的折磨。他紧握双拳，指甲嵌进掌心，打定主意绝不会失去自制。他能察觉到周围的其他男孩也是一样——特雷维、阿玛达、肯奈特、所有人都硬着头皮，尽力抵挡寒冷、黑暗、疲劳和紧张的侵袭。

寸步不退，这几个字浮现在他心头，那位带着他阔别了位于冰封北境的家园，长途跋涉辗转半个泰拉来到伊满多训练中心的人正是如此说的。哈伦已经学到，那几个字是一个座右铭，是临近出征的战斗兄弟们常常在心中默念的信条。据说，军团从不撤退。他愿意相信这一点。果真如此，那么军团战士的形象就更加光辉，就更值得他崇敬。

"这是一场对耐力的考验。"教官说道。那人神色严峻，留着一头黑色短发，他站在队列侧面，几乎都没有正眼看大家。哈伦刚刚抵达伊满多的时候痛恨那个人——大家都是。现如今，他对教官已经不抱丝毫情绪了，心中只有一种模糊的感觉，将对方仅仅视为自己生命中的众多障碍之一。两个月以来，哈伦经受了测验、审查、敲打、塑造、羞辱和磨炼。一场场考验不再让他感到痛苦，只让他牢牢记住目标。他已经胜利在望。许久之后，他终于胜利在望了。

教官抬起头来，雨水洒在他的面孔上。他一脸苦涩地望着天空。"你们会受到审视。不要帮助你们的兄弟——这是一场个人考验。敲锣吧。"

哈伦努力热身。他望着面前的混凝岩训练场。场地外围是一条漫长的弧形跑道。一路上布满了障碍物：土坡、深坑、高墙和注水的通道。他已经在同一条障碍赛道上跑过很多圈了，有时候一天之内不止一次这样。他对每一处沟壑、每一个泥坑都了如指掌。

他不禁猜想，今日的考验会持续多久。通常足以筛出能力最弱的那个人，并且体现他们整体的训练成效。

哈伦想了想自己闯过难关的胜算。应该还不错。一动不动地站在冰冷大雨里瑟瑟发抖是最糟糕的部分。一旦开始行动，他的肌肉就会作出反应。

特雷维凑过来。"祝你好运。"他说。

哈伦点点头以示回应。拧成一团的五脏六腑让他无法开口。肌肉中的紧张感仿佛已经蔓延到了心脏。

大锣敲响了。

男孩们迈开脚步。谁也没有埋头狂奔，因为他们都知道这场考验会多么艰巨。谁也没有磨蹭拖沓，因为他们都知道蒙混过关会面临什么样的惩罚。二十四个男孩快步踏上赛道，迅速进入了他们已经熟习的奔跑节奏，注意调整呼吸频率，用鼻孔吸气，用半张的嘴巴呼气。他们组成一支松散队伍共同前进，用饱受磨损的运动鞋拍打着潮湿的地面。

哈伦跑在队伍中间位置。与以往的耐力训练一样，他让自己的思维进入一种半清醒状态，随着双脚跑动的节拍，在心底一遍遍重复着那句空洞的短语。

寸步不退。寸步不退。

有几个男孩刚刚开始就坚持不下去了——他们或许是在漫长的等待过程中让自己的肌肉变得冰冷僵硬，或是发生了严重脱水，抑或负有此前训练遗留的伤。哈伦没留意他们。他稳步前进，爬上土坡，飞跃深坑，翻过高墙，稳稳落在对面。他轻松地进入了良好的奔跑节奏，感觉到自己的心肺运作与脑海里的那串鼓点完美合拍。

他的思维发散开来。他总是忍不住回想自己的过往：有着红润脸颊和金色发髻的母亲、逐渐秃顶的父亲、天生一副轻柔嗓音与灵动双眸的姐姐。高强度的训练原本是为了帮助大家忘却自己狠心抛下的挚爱亲朋，但记忆总是在最出乎意料的时候卷土重来。哈伦有时候会想，那些记忆究竟会不会真正消逝。或许在升格之后就不复存在了。据他所知，升格会抹消一切记忆，将心灵刮成一张白纸。

寸步不退。

他继续奔跑。赛道轮回。他逐渐感受到了肌肉的酸疼。膝盖处的旧伤泛起隐痛。他深吸着寒冷的空气，肺脏阵阵作痛。哈伦脚下踏过的一圈圈跑道融汇成了接连不断的整体。

两个小时之后，第一位弃权者出现了，他剧烈颤抖着喘不上气来，四肢在大雨中痉挛战栗。侍从们将他搀扶起来带走了。

一丝惊讶在哈伦心中闪过。如此羸弱，实在令人愕然。或许那个男孩是病了，无论如何，他的升格之路就此断送了。现如今他会有什么下场？谁也不知道。或许会被送回家。或许不会。

寸步不退。

过了许久，第二个弃权者才出现。接着是另外几个，他们都筋疲力尽地瘫倒在地。他们都被带走了。

如今哈伦成了队伍的领头人。他保持一贯的步调，谨慎地避免贸然加速。他狠狠冲上土坡，在下行时恢复了节奏。他感觉自己的双脚愈发沉重，胸口愈发紧绷。他逐渐头晕眼花，一股反胃感涌上心头。男孩们像是被催眠一样冒着大雨跑了一圈又一圈。

下一个崩溃的是阿玛达，他的瘦长脸颊上满是痛苦。肯奈特随后也体力不支倒下了。接下来，其余很多人像苍蝇一样纷纷摔落，要么掉进水坑里，要么栽在赛道旁。哈伦越来越虚弱，呼吸变得十分困难。他的脚板接触地面时疼痛不堪，每一次冲击都让他的膝盖难以承受。然而第二次锣响仍旧没有传来。他开始企盼那声轰鸣了。

特雷维此刻与他齐头并进。哈伦瞥见了他的脸——对方的面孔上五官在痛苦中扭成一团。队伍里只剩下屈指可数的几个人了。另外两人一瘸一拐地远远跟在后面。

痛楚愈发猛烈。时间像是陷进焦油里一样缓缓流逝。

寸步不退。

他的视野缩减成了一条黑暗的隧道。他的脉搏在额头上传来沉闷的砰砰声响。他看不到特雷维了，什么都看不到了。他不由自主地继续前进，自身肢体已经与清醒神志彻底脱节。他耷拉着下巴，双臂软垂在身旁，伴随趔趄的步伐拍打着大腿。

他似乎听见了锣声，但随后意识到那是自己的幻觉。他低垂着头，拖着脚步继续前进。一堵高墙迎面扑来，在滂沱大雨中显得粗硬而幽暗。他试图纵身翻越，却无处可抓。他胡乱攀爬了一阵，眼睛里除了红黑两色的交叠圆环之外什么都看不见。最终，近乎冻僵的手指成功嵌入了石块的缝隙中。他努力拉扯自己的身躯爬向墙壁顶端，然而情况有些不对劲。他的双脚无处借力。这些混凝岩石块太光滑，弧度不利于攀爬。

他过了好久才听见笑声。他过了好久才发现自己早已偏离了跑道。他又过了好久才意识到自己试图攀爬的并不是障碍墙壁，而是一位身着白色盔甲的高大战士，对方眼睛的位置是两块明亮的护目镜。

哈伦困惑地瘫倒在巨人脚下。那个雄伟可叹、岿然不动的身影俯视着他。对方的轮廓在探照灯下闪着暗淡光辉，表面的一滴滴雨水汇作细流。

"很好，"巨人带着笑意说道，他的嗓音就像是低沉的机械咆哮，"你并未轻言放弃。"

哈伦感觉自己快要晕过去了，于是他绷紧肌肉，将血液泵向大脑，拼尽力量避免自取羞辱。他根本无法控制全身的颤抖。他依稀听到了侍从们匆匆跑来的脚步声。他不知道自己在彻底崩溃之前还有多少时间。

那巨人俯身蹲在他旁边。即便如此，对方仍然显得极为魁梧。哈伦看到一块庞大的弧形肩甲悬在自己头顶，上面描绘了一幅由新月衬托的狼首图案。

"你坚持到了最后一个，"巨人说道，"莫要松懈，你就也能穿上这套盔甲。第十六军团，小伙子。"

哈伦感觉到自己的意识逐渐远去。他全身酸疼，四肢迅速冻僵，肺脏疲惫抽痛。他从未体会过这般痛苦。

然而当他举目望向那枚月狼徽记、聆听扩音器里传来的巨人嗓音、想象自己披挂同样的动力盔甲、想象自己与那些举世无双的战士并肩踏上沙场时，他不由自主地露出了纯粹喜悦的微笑。

我会成为你们之中的一员，他在身躯彻底麻痹的时候心想。为了荷鲁斯，为了荷鲁斯和帝皇，我会成为你们之中的一员。

塔姆放眼展望草海，感受着扫过自己光洁头颅的轻风。他下意识地活动十指，感受掌心粗糙皮肤的伸展。他的胸膛依然泛起隐痛。最后的器官植入程序进行得并不顺利，当他六天以前在手术台上醒来时，他注意到实验室的地板上尽是自己的鲜血。

严肃而睿智的耶尔德金药剂师是一位来自卓格坦部族的契丹人，他已经在塔姆的事情上耗费了不少心思。

"我之前见过这种情况，"他摇着头用扫描仪器检查塔姆身上那些起皱的疤痕组织，"丘格里斯人的血肉十分坚韧，然而这些器官是按照泰拉人的标准设计的。我们在不断学习，但这很花时间。"

塔姆默默聆听，咬紧牙关忍耐痛楚，拒绝接受任何镇痛药。耶尔德金其实并没有将他当作谈话对象。大部分的战斗兄弟都是如此。毕竟，面对一个区区十六岁、刚刚阔别草原生活、仍旧被修道院里种种新奇景象震慑得双目圆瞪的毛头小子，他们又有什么话可讲呢？塔姆觉得他们恐怕全都不记得自己的升格经历了。他听说相关的记忆会迅速消逝。

现如今塔姆终于恢复了大部分力量。他站在库姆卡塔山巅堡垒脚下的悬崖边缘，深吸了一口气，疼痛已经有所减轻了。

在他所处位置的五十米之下，堡垒修道院底部的松散岩石与草海接壤，辽阔平原就从这里蔓延开来：起初像大漠沙丘般起伏不定，之后就变成了一望无垠的永恒草原——泛着蓝绿色光泽的亿万草叶在狂风中沙沙作响。万里无云的淡蓝苍穹铺展在头顶，阳光明媚。在遥远的天际，他能捕捉到乌拉夫山脉的细微轮廓，仿佛是地平线上几个蛋壳形状的污点。

塔姆眯起眼睛。再过一年他才能进行眼叶器官的植入，他知道届时自己的超凡视觉就能直逼那些在高空盘旋狩猎的金鹰。在身体改造的诸多步骤中，这一项是他最为期待的。他渴望自己有朝一日可以随意展望这片空旷广袤的大地，能够清晰而锐利地分辨出每一根青草，仿佛它们是不计其数的钢针铁叶。

至于现在，我还是半成品，他心想。一半男孩，一半男人。一半凡俗，一半神明。一切都尚未完成。

他微笑起来。他喜欢这种对比。他打算为此创作一篇诗歌，训练教官想必都会很欣赏的，他们向来鼓励各位新兵培养一项高雅爱好。大多数人选择了狩猎，一些人选择了科尔沁书法。很少有人足具耐心来探索那些惜字如金、难于掌握、短小精悍的词牌，所以塔姆受到了格外热切的鼓励。

一半男孩，一半男人，一半神明。

他听到了脚步声，于是侧耳辨别其特征。沿着堡垒阶梯向他走来的是塔古台·也速该。塔姆转过头去，仰望修道院在古朴而宏伟的根基之上直刺云霄。各式旌旗在建筑顶端猎猎飘扬——包括诸位可汗的金红战旗，以及人类帝国的黑白旗帜。

也速该缓缓走下宽阔的阶梯。他的盔甲映着明媚阳光。塔姆耐心等待，满怀敬意地向天道萨满躬身行礼。

"感觉好些？"也速该凝视着他问道。

"植入器官正常运作。"塔姆回答。

"我听说你险些一命呜呼。"

塔姆笑了。"我侥幸逃过一劫。"

也速该同样面带喜色。让这个人露出微笑一点也不难。自从塔姆阔别草海来到这座修道院之后，也速该的微笑就常伴他左右，时时在那张饱经风霜的古铜面孔上浮现。

"我还记得当初找到你的情景，"也速该说，"你脑后吃了一记，伤势足以致命。结果你一有机会就打算也和我较量较量。"

塔姆窘迫地低下头去。"我当时很无知——"

"我当时很高兴。这让我认定自己作出了正确的选择。"也速该的微笑随即消逝,"实话实说,有很多错误的选择让我追悔莫及。"

塔姆不知所措。对于自己被也速该带到修道院之后的经历,他几乎没有印象了。他也不愿多去回想。

他看着自己的双手,就像身体的其余部分一样,他的手变得很大。他已经像成年人一样壮硕,而且他知道自己还要继续成长。他伴着食物一同吞下的刺激因子和促进剂让全身肌肉膨胀隆起。有时候,这些比例失调的肢体与过分厚实的肌肉让他觉得自己像是一个活该被扔在高原上等死的怪胎。也有时候,他觉得自己天下无敌,急需为那股充斥全身的力量与能量寻找一种发泄方式。

"我还有很长的路要走。"塔姆说道。

"我认为现如今你已经安全无虞了。我有种迷信。"

"关于我的迷信?"塔姆问道。

"关于这个宇宙的迷信,"也速该微笑着说,"我从来没有对你讲过吗?瑕疵原则。"

塔姆摇摇头。

"说起来挺傻的,"也速该说,"不知为什么,我笃信每个灵魂都应该具有瑕疵。有些人早早揭露了自己的瑕疵,幸而得以存活。有些人则并未如此,于是那瑕疵不断增长恶化,等到最终暴露的时候,就已经变成了一头分外凶险的怪物。人的灵魂越伟大,那怪物就越凶险。所以说,最好还是趁早与毁灭擦肩而过。"

塔姆眯起眼睛,顶着阳光凝视也速该。他不知道对方究竟是不是认真的。"那么我再也不必小心了。"

"你当然还是要小心。"

"那么你呢,天道萨满?"

"我的缺陷在很久以前就暴露了。"

"那么可汗呢?"

也速该严肃地盯着塔姆。"他不受这条原则的约束。"

两人默默地并肩站了一阵。也速该是个易于相处的灵魂。塔姆往往会忘却对方的真正身份：一位通天奥艺的宗师，一位力量超凡的天道萨满。侍僧们常常在修道院的走廊里窃窃私语，说塔古台·也速该杀敌无数，其辉煌战绩在军团之中仅次于大可汗本人。

塔姆毫不怀疑。他并未被对方的轻柔嗓音、和善面孔，以及饱含笑意的明亮眼眸所蒙蔽。也速该是军团核心准则的化身：他在杀敌之时心中不怀怨恨，不怀忧虑，不怀执念。也速该的崇高地位让他本不必对自己亲手遴选的新兵投入太多心思，尤其考虑到伟大远征的众多职责往往会让他远离丘格里斯的土地。然而他依旧关怀备至、翼护周全，这就让塔姆学到了格外生动的一课：战士不必成为莽汉。

"我很快就要动身，"也速该开口道，"在你完成升格之前，我恐怕赶不回来，到时候你的名字就不叫塔姆了。"

"你要去哪里？"

也速该仰望冰蓝色的天空。"要去战火燃烧之地。"

塔姆心生嫉妒。自从投入训练的那一刻起，他就心急火燎地想要离开家园世界。他常常会梦想其他世界的模样，梦想那些在深邃太空中迸发光焰的星辰，梦想自己有朝一日与真正的敌人交手，而不是永远面对格斗机械和练习伙伴。

也速该投来一道安慰的目光。"我们在不断吸纳更多的丘格里斯人。很快，我们的数目就要压过泰拉人了。这样讲或许有些可耻，但我确实向往那一天。毕竟，可汗是我们之中的一员。"

"他并非生于此地。"

"无所谓。"

塔姆思索着也速该的话语。"他们也接受相同的训练吗？"

"泰拉人？估计不会。"

"和他们协同作战足够默契吗？"

"还行。"也速该做了个鬼脸，"当然，如今我们是一个整体了。全都归于帝皇座下。"

塔姆眺望平原。"不知道泰拉是什么样子。"

"你或许有机会目睹。"

"如果我能活着完成升格。"

"我说过了。你会的。"

塔姆深吸一口气，充分伸展胸膛的肌肉，感觉到肋骨传来阵阵微痛。"真让人等不及。"

"耐心点。"也速该说着将一只手甲搭在塔姆肩头，"训练，学习，生活。对这段时间善加利用。等到你成为某个部族的一员之后，你就只能全心全意地投入战斗，再也无暇旁顾了。"

同样的嘱咐塔姆已经听过很多次了。这总是让他很困扰。"既然如此，他们又何必强迫我们学习那么多呢？"

"这是很重要的，"也速该说，"我很高兴你是个诗人。唯独诗人才能成为真正的战士。"

"泰拉人也这样认为吗？"

也速该笑了。"我不知道，"他回答，"总有一天你会遇到泰拉人的。你自己去问吧。"

滑动门打开了，哈伦迈步上前。这个房间很昏暗，室外是五彩缤纷的傍晚，并没有别的照明。防弹玻璃窗上流淌着一股股雨水。大雨已经下了很久。伊满多的雨水似乎不知停歇。

办公桌后面的那个人抬起头来看着他。

"哈伦·斯温塞伦？"他问道。

哈伦脚跟一磕，把身体挺得笔直。"是，长官。"

对方把哈伦从头到脚打量了一番。那人的皮肤色泽灰暗，脸上疲态明显。植入装置的金属寒光透过他右侧面孔的皮肤暴露出来，一直延伸到下巴。他的一枚眼珠散发着柔和的红光，另一枚则是天然血肉。

"你在这里的训练已经结束了，"他说道，"你准备好效忠了吗？"

"是的。"这两个字让哈伦心中满怀骄傲。第一阶段——新兵遴选和体质训练——已经告终。他感觉自己分外强悍。先前瘦削青涩的肢体已经变得雄壮刚硬，他的胸膛也十分宽厚。他还要经历更多步骤——基因疗法和心理训练，以及最终让他真正成为军团一员的器官植入。

那人低头看了看办公桌，反光的桌面上涌过一行行符文。"在你们的三十二人小队里排名第二十六。那是一支优秀的小队——没有什么好羞愧的。"

"谢谢。"

"但这确实让我们遇到了一个问题。"

哈伦胸中涌起一股不安。对方那冷漠而简洁的嗓音突然让他感到紧张。

"影月苍狼确实点选了你，但是在他们来此接走新兵之前，这没有什么意义。"那人说道，"他们超出了招募数额，这可不是件容易的事。其他军团并没有取得如此优异的成果。有些军团的兵力明显不足。倘若你排到了第二十五名或者更高的话，情况就不一样了，但事已至此……"

哈伦仔细听着对方的话。他还记得那位星际战士肩甲上的月狼徽记。在此后的几年以来，同样的图案在训练设施的每一面墙壁上、在医疗区里、在战术讲解大厅里、在宿舍里出现过成百上千次。他已经逐渐开始梦见那个徽记了。

"你该做的都做了，"那人有条不紊、语气平淡地继续说着，哈伦感觉到自己的脸颊渐渐变红，"调剂是常有的事。没什么值得羞愧的。"

调剂，这个词就像是当头袭来的一记重拳。隆隆的心跳声在哈伦耳中回荡。他与这座遴选机构里僵硬严苛的办事作风打了多年交道，早已明白不该提出任何质疑，但接下来的话语仍旧脱口而出。"我不愿接受调剂。"他说。

那人抬起头，用一棕一红的疲惫双眼看着哈伦。他微微挑起一根细长的眉毛。

"我们的工作是迎合你的意愿吗，斯温塞伦？"

"不，长官。"

"我们在这里工作，是为了迎合新兵们的意愿吗？"

"不，长官。"

"还有其他人也接受了调剂。你认为他们都是心甘情愿吗？"

"恐怕不是，长官。"

"那么有谁受到过特殊待遇吗？"

"不，长官。抱歉，长官。我……"

那人垂下了目光。哈伦闭上了嘴。

就差一名，一名。

那人伸出了两根具有金属尖端的手指，扫过办公桌，漫不经心地拖动两枚符文在触屏桌面上挪动。"你会在两周之内前往月球。那里会为你安排后续的交通工具。你会在新的军团里完成剩余的训练程序。他们已经从我们这里得到了关于你训练进度的完整报告。你会受到欢迎的。我们的新兵名声在外。"

哈伦险些让另一句抗辩脱口而出。没有其他办法吗？没有其他路可走吗？我可以重新接受测试！这样可以吗？我已经把那些信条、方法和训练内容都吸收了……

那人仿佛读懂了他的心思，将双手悬停在桌面上。"你距离正式加入一支作战连队还有至少十年的时间，"他说道，"你会适应的。今天遇到的问题过了几十年就不是问题了。"

这几句话大概是出于好意。哈伦紧闭着嘴，用鼻孔深吸一口气，强迫自己伸展肩膀，挺直脊梁。他想吐。"谢谢，长官，"他说，"那么我……我能否……？"

"可以。你被指派给第五军团了。"

第五军团，白色疤痕，神秘蛮族。

这毕竟不是最糟的情况：不是芬里斯的野狼，也不是战犬。无论如何，白色疤痕……

"我对第五军团一无所知。"哈伦说。

"你会学习了解的。一位联络官将在月球与你会面，但在此之前你就应该主动开始学习。"

哈伦哑口无言，不知所措地僵立在那里。那人又抬起头来看了看他。

"你还有什么事吗？"他问道。

"我不知道，"哈伦心神恍惚，"我还有事吗？"

那人思索了一阵。他面部的植入装置发出一声齿轮转动般的轻响。"你会改个名字，"他说，"我只知道这一件事——加入军团的时候会得到一个新的名字。"

"新的名字，"哈伦漫不经心地说，"什么名字？"

那人耸耸肩。"我不知道，"他说，"但十年的时间足够你搞清楚了。"

塔姆迈步上前。机库里的灯光十分明亮，一列列战士的洁白盔甲显得闪烁晶莹，恰似乌拉夫山顶的纯净冬雪。塔姆时常需要提醒自己，他已经成为他们之中的一员。

他们之中的一员，军团之中的一员，一位星际战士。

哈希克那颜可汗伫立在他前方。他盯着塔姆的眼睛，仔细加以审视。而塔姆也毫无惧意地凝视着哈希克的棕色双眸。面对哈希克身上那套镶嵌金边的雄伟终结者铠甲，面对在德尔贡号辽阔船舱中立正待命的数千名战士，面对周围不计其数的各式武器枪械，填满塔姆心胸的只有喜悦。

"塔姆。"哈希克开口道。他的低沉嗓音隆隆震耳，在效忠军团的六十余年岁月里已经变得愈发粗硬严苛。据说他是来自丘格里斯的首批战士，就像也速该一样。那张饱经风霜的坚毅面孔让塔姆完全可以相信这份传言。"塔斯卡部族？"

塔姆摇摇头。"金赞。"他回答，那是他昔日阔别的丘格里斯部族。塔斯卡部族是大可汗的子民，但除此之外军团还吸纳了另外数十个草原国度的儿郎。如今他们全都是白色疤痕了。

"给我看看。"哈希克说。

塔姆仰起左边脸颊，迎着头顶照明灯的刺眼光辉。哈希克伸出一只覆盖盔甲的手指，抚摸塔姆脸上那道从颧骨延伸到下颌的突起疤痕。

哈希克满意地点点头，将手臂探向背后。一位副官将精心挑选的武器递了过来——那是一把双手关刀，锋刃上配有干扰力场。哈希克像个刽子手一样握着兵器，高举在塔姆面前，仿佛准备挥刀行刑。

"你曾经是金赞部族的塔姆，"那颜可汗说道，他的声音响彻这个巨大的空间，"如今你加入了察合台的部族，你的昔日生命便不复存在。你要用什么名字来标志自己的升格？"

在参加仪式的几天以前，塔姆就已经多次放声诵读过新的名字了，他让自己的嘴唇逐渐熟悉那些陌生的音节，尽量减轻这场转变的怪异感。然而当他开口作答的时候，这名字仍旧显得甚为突兀。

"昔班。"他说。

哈希克递来关刀。"你是部族的一员了，昔班。你是兄弟会的一员了。唯有死亡能将你从中夺走——愿你的死亡遥遥无期，愿你有生之年的所作所为充满荣耀。"

昔班双手接过关刀。那柄武器在他的手甲里有种美妙的沉重质感。他扫视锋刃上下，看到了铭刻在金属上的符文，以及镀金的干扰力场发生器。

完美。

"为了大可汗。"他说着，饱含敬意地深鞠一躬，心中那汹涌而来的喜悦和激昂几乎要冲破胸膛。

他花费了不止十年时光。

等到哈伦完全做好准备,已经过去了总共十四年的岁月。身体转变并非易事,各项改造手术让人颇为痛苦。而第五军团的独特文化和行为方式更是不容易吸收接纳,他必须学习科尔沁语,那种属于丘格里斯的怪异语言。这是一项格外艰难的挑战——即便他具备了经过强化的记忆和异常敏锐的思维,许多完全陌生的音节也仍旧令他大费脑筋。

问题并不仅在于庞大的词汇量和复杂的语法,科尔沁语的一些特殊声调和微妙变化也是任何泰拉语言都不具备的。哈伦的第一位老师是个来自强重力世界波菲的敦实女士,她对于这些显著差异的根源所在提出了自己的一套理论。

"他们是一个极具诗意的民族,"她告诉哈伦,"他们的家园广阔而空旷。这就释放了他们的想象力,让他们用话语填满自己的脑海。"说到这里她撇了撇嘴。她不大欣赏丘格里斯人。"他们喜欢长篇大论。而且他们往往学不好哥特语,所以就有了这些麻烦。"

"为什么?"哈伦问道。

"我不明白。或许连他们自己也不明白。"

最终哈伦掌握了这种语言,正如加入第五军团的其余泰拉人一样。新兵们一同埋头学习,一同阅读那些蜿蜒曲折的紧凑文字和变音符号,一同因为这艰涩繁杂的语言翻着白眼,在共有的障碍面前培养出了一份深厚的友谊。

其他大多数人都来自亚洲地区的各个巢都。哈伦对此不以为然。在达成统一之后,帝国本不该再局限于种族和民族的刻板印象,然而第五军团仍旧用他们那个偏远星球作为模板,至今还以貌取人,这实在令人厌烦。

他们身上还有很多令人厌烦的地方:他们的陈旧习俗、内向作风和例外主义。他们对于速度有着极端的重视——他们力求首先加入战斗,首先退出战场,他们专注于保持机动、采用佯攻、维持假象。

以退为进,他们一遍遍告诉哈伦。

寸步不退,他时不时提醒自己。

不过日久天长,哈伦也逐渐开始欣赏他们的超群韧性、他们的顽强意志、他们的充沛精力。种种训练的艰苦程度与影月苍狼不相上下。白色疤痕足具战斗力,这一点毫无疑问,也让他略感慰藉。

初期培训是在太阳系展开的。之后他就和众多新兵们一同前往了位于其余世界的各个训练设施——包括沃玛尔星球轨道上的一艘废弃战舰、临时驻扎在伊叶姆硬地平原的喷气摩托小队、部署于海洋世界开尔九号的特种作战单位，以及巨型气态行星瑞维列特·塔瑞迪斯。他始终表现优异。丘格里斯教官们毫不吝于给出赞扬，这与影月苍狼的严苛作风大相径庭。

"你要为自己的能力感到喜悦！"他们常常如此笑骂哈伦，嘲弄他一本正经的态度，"成为一名战士是深厚福分，是无上荣光，是天赐良机。就算出于礼貌，你也该偶尔认识到这一点。"

哈伦尽己所能，但这嘻嘻哈哈的态度始终让他无法适应。

他们从不认真对待任何事物，他心想。他们简直是在胡闹。

他们当然并不是在胡闹。哈伦很清楚，然而这份挥之不去的责难却始终萦绕在他心底。

"我们什么时候去丘格里斯？"在训练即将告终的时候他问道。

最后一位教官塔吉克摇了摇伤疤纵横的脑袋。"我们不去。"

"我永远不会造访家园世界吗？"

"你会的。只不过不是现在。"

哈伦皱起眉头。"不去造访军团的核心，这显得有些奇怪。"

"那不是核心。"塔吉克突然变得神秘莫测、晦涩难解，这是白色疤痕的惯有态度。

"那是我们的根据地。"哈伦坚持道，他一向尽量采用"我们"这个说法。

"我们没有根据地，"塔吉克微笑着说，"我们居无定所，四海为家。这就是我们与其他军团的不同之处。你会明白的。"

哈伦心里还有更多的疑问，然而他仅仅躬身行礼，不再追问。这样往往更简单。

升格的那一刻终于到来了。最后的仪式环节在塔兰纳吉亚星球的湿润赤道地区举行。两百名新兵冒着温热雨水的抽打整齐列队，伫立在一个混凝岩广场上，身穿新近打造的动力盔甲，披覆第五军团的乳白和金红涂装。哈伦身处其间，他此刻的感觉正像昔日在伊满多那块训练场上一样。

当然，现如今他远远不是一个站在崭新生命门槛上的男孩了。他变成了一个男人。

不止区区凡人。他是一位半神，一位天使，泰拉新秩序的卫士。

也穆兰那颜可汗从星球轨道登陆，前来主持升格仪式。与所有丘格里斯人一样，他短小精悍，就算是今日披挂的标准规格战甲也难以让他的体形显得很大。当也穆兰走到哈伦面前时，哈伦注意到自己比那位久经沙场的总指挥个头更高。这令他心中泛起些许不安。

"哈伦，"也穆兰说道，"泰拉哪里人？"

"北欧半岛。"哈伦回答。

"好，"也穆兰说，"艰苦的环境。我认得那里。给我看看。"

哈伦仰起左边脸颊，那道疤痕是他几周之前亲手留下的，至今仍然有些微痛。他当时把刀锋埋得很深，力求确保其最终效果能够赢得丘格里斯人的赞赏。

也穆兰满意地点点头，将手臂探向背后。一位副官将精心挑选的武器递了过来——那是一把第五军团风格的曲刃动力剑。也穆兰像个刽子手一样握着兵器，高举在哈伦面前，仿佛准备挥刀行刑。

"你曾经是北欧半岛的哈伦，"那颜可汗说道，他的声音在湿润空气中显得分外平淡，"如今你加入了察合台的部族，你的昔日生命便不复存在。你要用什么名字来标志自己的升格？"

这个新名字让哈伦大费周章。他请教过各位老师，也花了很多时间去翻阅科尔沁历书和词典。最终，他从塔斯卡部族传说中选取了一个名字——某个古代可汗的仆从，他在荒野中度过了百年岁月，然而返回部族之后却没有展现出一丝一毫的衰老迹象，与昔日动身启程时显得同样年轻。其中的标志性意义似乎甚为恰当。

"托贡。"他说。

也穆兰递来曲刃动力剑。"你是部族的一员了，托贡。你是兄弟会的一员了。唯有死亡能将你从中夺走——愿你的死亡遥遥无期，愿你有生之年的所作所为充满荣耀。"

托贡接过弯刀，他还需要一些时间来适应。他依然更擅长运用直刃兵器。

"为了大可汗。"他说着，饱含敬意地深鞠一躬，并且最后一次努力驱散心底的残存记忆，忘却那个站在滂沱大雨里俯视自己的巨人，忘却那套白色盔甲肩头的月狼徽记。

第一部分

野狼与可汗

第一章

洁白世界
尸体
思维

人是有可能铭记太多事情的。

伊莉雅·拉瓦利恩花了很久才学到这一点。多年以来，她一直以为自己早就把各项课程和教训全部抛在身后了。无论是掌握得扎实彻底，还是忘却得一干二净，那些都属于她的青年生涯，属于她尚且具备机敏思维与灵活身体来适应外部环境的过往岁月。但事实上，即便在满头灰发、面孔像果干一样沟壑纵横的年纪，她仍旧有能力进行演变。

一切都在琼达克斯产生了转折。白色疤痕将这颗星球称为"洁白世界"。他们喜欢为各种事物取些别有趣味的绰号。帝国制图师所标注的代号是琼达克斯主星EX5，776NC-X-S。其中"NC"代表尚未归顺，"X"代表遭到异形占据，"S"则代表某支远征舰队即将造访此处。时至今日，这些代号要改一改了。异形已经被剿灭，地表残余的一切事物都已归顺。

915号远征队和其余舰队单位很快就要前往跃迁点进行会合，动身寻找新的任务，而制图师与星球归类师则会展开他们的工作。

在此之前，伊莉雅更喜欢"洁白世界"这个名称。

若是在昔日里，她想必会觉得这个名称天马行空。但话说回来，在昔日里，她恐怕会觉得世上的绝大多数事物全都天马行空。军务部并不是一个推崇创造性思维的机构——伟大远征的物流部门需要细致入微、过目不忘的官员，需要对于统计数据的满腔热情，以及能够准确、快速并精细处理信息的清晰思维。

那正是她。伊莉雅的第一个职位是帕拉马次星信号站的密码破译员。那份工作十分艰苦，对于一些异形密码的破译任务足以把人逼到疯狂的边缘。

在最初的兴奋期过去之后，她就不再享受这个职位了——无论是巨量的数学计算，还是某些同事的人品作风，都给她施加了可怕的压力。

伊莉雅的特殊才能随后崭露头角，让她的职业生涯获得了转机。那一天气温很高，分区负责人的办公室里闷热不堪。他的心情糟透了。他们的工作进度严重落后，已经让六片战区的指挥官都很不耐烦。

他当时揉了揉疲惫的双眼，满面愁苦地盯着办公桌上堆积如山的数据板。

"他们现在想要伊拉克斯战役的数据。"他嗓音空洞。

"我记得。"她当时回答。

负责人盯着她。"那是一年以前的事了。"

"我知道。我能背出来。"

时至今日她依然能背出来。那些信息就静静存放在她无尽的记忆里，随时可以调取。

转运点阿列夫：六艘运兵船，九艘登陆船，十二支兵团。

转运点瓦尔：三艘运兵船，两艘登陆船，三支兵团。

转运点塞克……

诸如此类。

这让伊莉雅立刻有了调离破译员这个职位的资本。她离开帕拉马，被调遣到了更核心的工作岗位。她的生命改头换面，着眼于将大批士兵从一个地点运送到另一个地点，并且保证按时抵达、弹药齐备、口粮充足、辅助妥当、各方面有条不紊。这份工作很单调，很繁杂，很孤独。

她热爱这份工作。她平步青云，每一次升迁都让她与泰拉更近一步。当军务部被全面纳入帝国的战争行政体系之后，各级官员就自动获得了军阶。伊莉雅变成了中尉，之后是上校，最后是将军。她很享受正规军士兵们毕恭毕敬的态度。他们很清楚将军是什么，也很清楚如果莽撞失礼的话会有什么后果。

她经历了一场又一场战役。就算是她这海纳百川的思维也逐渐被那些无比庞杂的数字所填塞。成千上万艘运兵船，数十亿名士兵，数万亿支激光枪和数千万亿枚充能弹匣。有时候她会彻夜无眠，在脑海里绘制出一张遮天大网般的星图，追寻伟大远征的战事走向。她能看到一支支远征舰队沿着无形的航线缓缓赶往各自目标，每一批战舰都背负着各自的数据标签，体现出它们的部队类别和补给水平。她喜欢这项消遣。那张大网的一部分是她亲手所为。她的贡献并不会被别人意识到，更不会被别人记录下来，但这仍旧让她面露微笑。

在很长时间里，伊莉雅别无所求。这份工作赋予了她十分明确的目标，给了她充分的满足感。她很少意识到这是一份她独自享受的满足感。她从来没有渴望过伴侣，毕竟第二个人的存在必定会侵犯她为自己精心营造出的这份严整秩序。她的生命里容不下另一个灵魂，容不下纷乱、疑虑或妥协。

等到伊莉雅开始质疑这种生活方式的时候，她已经临近退休了。她的短发在十年前就已经变得灰白。她身上那套干净整洁的制服缀满了几十年间赢得的勋章，年轻的下属们似乎都将她视为一件来自某个被遗忘年代的老古董。

这些就是我作出的选择，她心想。她知道恐怕没有多少人愿意作出同样的选择，但无所谓——银河宽广辽阔，帝皇对于形形色色的臣民都各有嘱托。她度过了美好的一生，她足以为此感到骄傲和满足。

最终，是琼达克斯让她大开眼界。

她对白色疤痕有什么了解？恐怕和其他人一样知之甚少。他们难以捉摸，是一支行踪不定的军团，几乎与帝国断绝了联系。他们偏离伟大远征的主攻方向，不管不顾地一头扎进深邃太空。任性浪子，这是伊莉雅顶头上司的说法。

所以她最后的这份工作着实令人惊讶，简直是将一些风马牛不相及的元素强行整合起来。先是乌兰诺，之后是一团混乱，紧接着她就突然置身于白色疤痕的下一场战役里，负责组织筹划这项毫无头绪的行动，负责把些许严明纪律注入这支将战争视作某种无忧无虑且充满乐趣的艺术形式的军团里。

至少，哈尔季对她很好。她从未遇到过比那位借调副官更加勤勉乐观的人。其余人还是常常令她大为恼火——尤其是可汗本人——而且他们自始至终都以一种戏谑态度对待伊莉雅，但是与最初相比，情况毕竟已经有所改观。

军团成员称呼她为伊子。伊莉雅夫子。无论这个称呼多么生僻古怪，都有一种令人难以抗拒的美感。

她很想念也速该。那位风暴先知从一开始就认真待她。也速该在元素之力方面的宗师造诣远远超出了伊莉雅有限的想象，但他向来彬彬有礼，不失分寸。也速该在伊莉雅身上发现了某些连她自己都并未意识到的品质，而最终也正是这一因素将她拖入了白色疤痕的纷乱轨道。很可惜他未能追随舰队一同赶往琼达克斯，但战争就是如此。

于是，她在军团的庞大旗舰利剑风暴号上得到了一间属于自己的舱室，坐在这里着手开展那项漫长而繁杂的工作，将各项物资分门别类，调度分发。他们并不总是听取她的意见，但有时候还是会的。他们尽其所能。他们意识到了自己的弱点，决心作出改进。

她喜欢这样。这给了她一份挑战。她试着松脱掉过往生命中的一些拘束。她试着忘却一些事物，或者至少不要抓得太紧。她发现过于清晰的头脑容易令生活变得枯燥乏味。他们向伊莉雅学习，伊莉雅也向他们学习，而她意识到人是有可能在意太多、坚持太多的。人是有可能铭记太多的。

"我会尽量放手，"她面对一份格外胡拼乱凑的物资调用申请自言自语道，刻意压下一股想要将其修改整合的强烈冲动，"无论什么事情都有个良好的中间地带。加以妥协。放宽心态。"

她听见一声低沉钟鸣从房门传来。

"请进。"她从办公桌上抬起头。

哈尔季迈步走入，礼貌地躬身致意。

伊莉雅至今仍然不习惯看到他们向自己鞠躬。披挂盔甲的哈尔季比她高大得多，身躯倍显雄壮，并且具备一种匪夷所思的善战气势。但是与所有丘格里斯人一样，基因改造在他脸上留下的痕迹并不显著。他们那种谦逊有礼的态度是自然而然的。

"恕我打扰，伊子。"他开口道，"你想要了解星语者的情况？"

伊莉雅靠坐在椅子里。"是的。有什么进展吗？"

"没有，"哈尔季尴尬地微笑着说，"他们无法接收，也无法发送。一切尝试都未能奏效。星语者领袖向你致歉。"

"不是她的错，"伊莉雅心情沉重，"这是有多久了？"

"自从抵达琼达克斯开始。"

"我们已经抵达这里很久了，哈尔季。"

"那位女士说信号断绝并非罕见现象。她说亚空间常常心血来潮。有一次我们在克莱默然星球参加战役，星语者无法接收信息长达两年之久。她并不为此担忧。"

伊莉雅皱起眉头。对于和帝国其余部分断了联系的糟糕局面，白色疤痕显得满不在乎。他们喜欢这样。她可不喜欢——这让她十分紧张，就像突然失去了重力或氧气一样。

"请让她继续尝试。或许星系里有某些特定位置不受这种现象的影响。"

哈尔季耸耸肩。"我会转告她。但她说一段时间内都无法发送或接收任何信息。"

伊莉雅低头扫视自己的办公桌。一份舰队分布示意图在透明的桌面上闪着微光，展现着分头行动的各个战斗群，它们在星系的偏远角落里追猎那些苟延残喘的敌人。琼达克斯星簇全境的异形抵抗力量已是穷途末路，每一个标准的汇报周期都呈现出了数目可观的击杀记录和归顺证明。他们在这里的工作很快就要完成，下一项任务会随之到来。白色疤痕必将再度踏上征途，一如既往。

"我们已经接近战役尾声了，"她既是对哈尔季说，也是对自己说，"我要怎么接收泰拉的新指令？我们下一步要去哪里？"

哈尔季微笑起来。"别担心，伊子，"他与平日里同样冷静，"会有消息的。"

"可汗，你需要来看一看。"

昔班绷紧了身躯。术赤的嗓音在通信器里显得十分焦虑。这非同寻常。术赤向来性情平和，即便在枪林弹雨之中也泰然自若。

但费姆斯Ⅳ是个让人浑身不自在的地方。它没有任何可圈可点之处——这里气温酷热，熔岩遍地，雷暴满天，仿佛是冥府景象化作了令人不安的阴森现实。

"原地待命，"昔班答道，他在头盔显示屏里标注了兄弟所在的位置，操纵摩托掉转方向，"我即刻就到。"

他加大了引擎马力，乘着坐骑掠过一片片痂状的焦黑岩石。在他头顶，转瞬即逝的舞动闪电贯穿着那火烧火燎的橙黄色天空。被化学物质染得五彩缤纷的厚重云团盘踞在地磁西方，云层底部映着暗淡红光。在众多佝偻山脉的环绕下，辽阔宽广的黑玉平原向四面八方蔓延开来，其间泼洒着一个动荡世界呕出的滚热心血。

昔班俯下身躯，感受着坐骑引擎全力运转时那断断续续的低吟和嘶吼。

如此浓厚的烟尘让摩托难以适应。在这场历时不足一月的任务中，他已经被迫更换了两次坐骑，实在恼人。他在琼达克斯奋战许久都从未将一辆坐骑送去维修过。

洁白世界对他们颇为友好。那是整场战役的一锤定音之处，是绿皮防御体系的要害所在。在琼达克斯开展的战斗是最光荣也最惬意的。昔班还记得，那里的天空辽阔，寒风冷冽，盐粒般的沙土从他指缝间洒落，蓝、绿、黄三颗恒星的光芒交融混杂成一股柔和温润的辉耀。

在那个世界上，就算是永恒的征战也不会让他感到疲倦。不过，他们最终还是杀死了一切可以杀死的敌人。异形被彻底剿灭，它们的尸体化作尘埃，简陋工事被付之一炬。当军团离开地表前往轨道时，琼达克斯已经恢复了纯洁的面貌——如同一枚悬在太空中的剔透水晶球，没有一分一毫的污点。

如今，众多外围世界成了作战目标，埃皮赫利康、特拉斯、洪德拉和莱尔提亚斯。这些星球全都坐落在辽阔太空之中，全都沾染了苟延残喘的绿皮污秽。

费姆斯Ⅳ是最偏远的一个世界，几块喷薄火舌、动荡不息的大陆板块至今尚未通过敌军彻底灭绝的认证。每当绿皮看似全军覆没之际，总会有某个巢穴暴露位置，其中充满了勃勃生机和冲天恨意，迫使杀戮小队展开部署，而焚灭小队负责收尾。

昔班对此早已厌倦。军团需要一项崭新的挑战，需要某些振奋人心的宏大目标。战役收尾阶段向来是最糟糕的。

我憎恨这个世界，他心想。我为琼达克斯撰写了诗词，但我不会为这个地方留下只言片语。它不配。

察合台可汗很快就会让他们再度出征。昔班目睹过原体的奋战英姿，他明白军令绝不会姗姗来迟。察合台可汗以一种轻松写意的娴熟姿态挥动掌中宝刀，单单回想起那幅景象便足以令昔班双眼放光。原体绝非凡俗战士，更像是自然元素的鲜活化身。而正如捕尽了猎物的猛兽一样，他也会变得躁动不安。

若论独步银河的顶尖指挥官，人们会推举狼神荷鲁斯。若论难寻敌手的强悍战士，人们会想起天使圣吉列斯，或是芬里斯的鲁斯，抑或饱受折磨的安格隆。人们还说基里曼是最优秀的战略家，莱恩是最具灵活思维的领袖，阿尔法瑞斯是最难以捉摸的统帅。

人们不会对察合台可汗多加留意。毕竟，人们并没有目睹过察合台可汗的英姿。

昔班还记得很久以前，早在升格之前，他曾经向也速该提出过一个问题，既然他们的命运是投身沙场，那么新兵为何还必须培养某种高雅爱好？如今，多年之后，他已经理解了自己昔日得到的那个回答。

失去美感的杀戮毫无意义，而唯有必要的杀戮才具美感。

他微笑着急速前行。这份回忆让他的心情有所好转。

察合台可汗挥刀杀戮之时极具美感。

他在前方看到了术赤的轮廓，堆积成山的岩浆熔渣用闪烁火光将对方化作一个漆黑剪影。微不足道的阳光此刻显得愈发暗淡，逐渐转变为一种充满了怨怒意味的棕红色泽。远方的雷暴乌云穿过平原朝这个方向碾来。

他掉转车头，停住坐骑，关闭引擎，翻身下车，一气呵成。

"这是怎么了？"昔班走到副官身旁。

在这个脏污的星球上，战士们都始终佩戴头盔，术赤也不例外，因此昔班无法捕捉到他的表情。"尸体。"对方回答。

昔班扫视面前的岩浆流。它们形成了一处处球状肿块，就像层层叠叠的碳化脂肪一样稳步地累加堆积。此类景象在费姆斯Ⅳ上比比皆是，其中一些岩浆流的宏大规模堪比星船尺度，全都是这个世界频繁自我折磨的产物。无数座岩浆熔渣山丘仿佛具有生命般在这颗星球的龟裂地表上游走，将所过之处的一切事物碾成粉末。

三具尸体躺在岩浆熔渣堆脚下，其中一具仅仅露出半截身躯。在高温高压的摧残下，每个死者的盔甲都已经色如煤炭，四分五裂。

昔班跪在最近处的尸体旁边。他用一根手指划过死者腕甲的弧形表面，展现出乌黑余烬之下的一抹象牙白色。

"哪个兄弟会？"他问道。

"利爪，"术赤回答，"六个月之前部署在这里的。"

昔班看着那些死去的白色疤痕军团战士。已经有很多兄弟葬身于费姆斯，不少遗体都被贪婪的岩浆彻底吞没了。即便如此，看到更多死者毕竟令人不快。

"基因种子？"

"还没处理，"术赤说，"桑杰正在路上。"

昔班俯身凑近那些阵亡兄弟，从损毁盔甲上抹去更多的灰烬。他丝毫没有闻到尸体惯有的恶臭，只有金属灼烧许久所散发的酸楚气味。"他们是怎么死的？"

"这个，中了一刀，"术赤神色严峻，"喉咙位置。另外两个，不确定。或许是躯干受伤。"

昔班发现了那道贯穿尸体颈甲密封处的深重伤口。他小心翼翼地拨开刀痕，注意到两侧皮肉分离得干净利落。伤口边缘同样是乌黑色泽，那是浓稠鲜血沸腾后留下的焦痕。

他深吸一口气。他不禁猜想那些陨落战士经历了什么，他们是如何陷入绝境的，而他们在奋战至死之前又击败了多少绿皮。他们的壮烈牺牲将是一段无人知晓的故事，这实在令人惋惜。

他抬起头来扫视四周。这片遍布裂隙的乌黑大地用闪烁冥火般的橙红光焰恶狠狠地回瞪着他。"异形的尸体呢？"

术赤摇摇头。"没有踪迹。或许是深埋在岩浆里了。"

昔班感觉十分不安。他心底有一股莫名的焦虑。"奇怪。"他说。

"可汗？"

昔班又考虑了一阵。他从那位军团战士的胸甲上扫掉更多灰烬，展露出铭刻在陶钢表面的丘格里斯符文。他的目光在这具尸体的残破轮廓上游走，仔细观察、摄取、思索。最终他站起身来。

"三位部族儿郎战死，"他沉吟道，"旁边却找不到哪怕一个蛮夷。"

术赤一言不发。昔班能察觉到对方的不安。

你也有同感。

"他们战败身死。"昔班继续说，"告诉我，术赤——蛮夷是如何处置对手尸体的？"

术赤点点头，可汗的话语像是证实了他自己的观点。"并没有遭到摧残的痕迹。"

"而且这刀伤……"昔班没有再说下去，他望着天空，"桑杰什么时候能到？"

"他说一个小时之内。他要带一艘登陆艇来。"

"要把第三具尸体挖出来，"昔班说，"三具尸体全都运回卡吉安号。"

"我们要调查什么？"术赤问。

昔班并没有立刻作答。他放眼凝视平原，望着那场在地平线上正在酝酿的崭新风暴。

这是一个病态的世界。它的灵魂充满恨意。

"我不知道，术赤。"他轻声说。

托贡沿着星矛号的走廊前行。他的动作流畅而自然。他已经感觉不到自己在琼达克斯所受的伤了。整支军团都在休养生息，他喜欢这种感觉。近来，白色疤痕的作战方案似乎抛弃了杂乱无章的惯有作风，取而代之的是对于实际情况的清晰认知与明确应对。他并不知道个中缘由，但舰队内部确实有些传言，说某个泰拉人被新近任命为可汗的幕僚。据说那是一位女性，在内政部地位甚高，她显然具备足够充沛的耐心和足够顽强的意志，能够针对第五军团这狂放不羁的作风施加一定程度的约束。

托贡盼望传言属实。一定程度的约束和控制是他乐于看到的。多年以来，他已经逐渐开始欣赏丘格里斯行事风格中的一些可贵之处，但这并不能让他欣然接受其中的种种缺陷。倘若终于有人下定决心要采取行动的话，那就太好了。

他所处的走廊灯光昏暗，仅仅足以照亮苍白的墙壁。托贡一路上遇到了几名船工，他们无不尊敬地躬身行礼。他们大多是泰拉人，不过也有来自其他世界的船员。日久天长，军团从王座世界招募的人手愈发稀少。他听到过一种说法，假以时日所有白色疤痕的新兵都会来自丘格里斯。

那一天尚未到来，但泰拉人已经明显成了少数。这一事实让人很难不感到戒备。丘格里斯人彬彬有礼，绝不会公然表露敌意——然而托贡有时候能捕捉到一些……目光，或是手势。那些暗中交流的战士拥有相同的文化背景，而托贡由于自身的无知被排除在圈子之外。

抑或全都是他的胡思乱想。这同样有可能。

他抵达了此行的目的地，于是拉起兜帽将面孔蒙住。照明变得更加昏暗，为这片区域赋予了一种遭到废弃的气氛。星矛号是一艘大型战舰，拥有宽阔的船员舱室和近乎半空的武器库，其中若干层甲板更是完全未被利用。他已经许久没有遇到船工了。

托贡扫视两旁，随后按动门铃。片刻之后，通信器里传出了某个低沉嗓音。

"说明来意。"

"把门打开,诺赞。"托贡厌倦地回答。

房门打开了,展现出背后的宽广空间,是一座空荡荡的机库,同样光线昏暗,只有几口运输箱堆放在墙边。地板被打磨得锃亮如新,像镜面般清晰地反射灯光。巨大的军团徽记悬挂在房间顶部,是那幽暗环境里一道白金两色的闪电图案。

十三个身影在此等待着他,全都是泰拉人,全都未着盔甲,全都长袍裹身并且兜帽蒙面,全都是星际战士。他们纹丝不动地注视托贡走入房间,这个十四人的团体终于齐聚一堂。

"欢迎,兄弟,"一个兜帽蒙面的身影点头致意,随后开口,那是赫伯的嗓音,"我们正在猜想你是否打算出席呢。"

"事务缠身。"托贡说着站在了自己的位置上。

"希望你没有暴露行踪。"

托贡轻蔑地瞥了讲话者一眼,即便对方看不见这道目光。"你觉得呢?"

被兜帽阴影笼罩住面孔的赫伯微微一笑。"那么你带了吗?"

"你是认真的?"托贡已经愈发恼火了,赫伯和他一样拥有可汗军衔,对方是晨天兄弟会的指挥官,"我们非要这样吗?"

"这是正式流程。之后我们才能开始。"

托贡摇摇头,伸手入怀。他从长袍里取出一个物件——那枚沉甸甸的银质徽章上印着被闪电图案所衬托的猎鹰头像。"满意了?"

赫伯点点头。"完全满意。"他向其余成员挥手示意,众人纷纷掀开了兜帽。

托贡熟知这里每一个人的名字、军阶和所属连队。他对这些人的了解要远胜于对自己战斗兄弟的了解。有些成员和他同级,但大多数都是他的下级。

到处都是各种兄弟会,相互重叠,相互冲突。我们真是编织了一条怪异的挂毯。

"我们齐聚一堂,"赫伯说,"开始吧。"

托贡深吸一口气。结社集会开场时的那种僵硬感总是让他感到厌倦。等到大家觥筹交错、高谈阔论之际,情况才会有所好转。

但这只是他的感受。其余人都非常认真地应对。他必须尊重这一点。

不过,真正要紧的工作很快就要开始了。

第二章

家园世界
舔舐伤口
先驱斥候

一切都始于尼凯亚。

塔古台·也速该在昔日就意识到了这一点。此后所发生的种种事件也完全支持了他的笃定看法。他与阿里曼、马格努斯，以及其余众人亲临现场。他慷慨发言，据理力争。绝大部分的辩论其实都是在那座宏伟竞技场周遭的走廊里展开的，但也有一些得到了整个种族顶尖人物的全体关注。

但是在人类之主开口后，一切辩论自然就彻底终止了。那么多的伟大学者和伟大战士——他们无不立刻保持缄默。或许他们当时应该为此感到担忧，然而他们谁都没有。

尼凯亚见证了一项决定性的事件。有时候也速该认为那铸下了大错；也有时候他认为那避免了大错。无论他怎样在脑海里反复加以审视和论证，都从来抓不住一份明确的结论。

此刻他孤身一人站在草海上，看着狂风吹拂青草，面孔上感受着阳光的抚摸。丘格里斯的空旷原野向四面八方延伸开来，没有任何突兀的山丘或树木胆敢打扰辽阔无垠的平整大地。这广袤景象永远能够令人感到谦卑，令人放飞思绪。

也速该听到过一种说法，认为他家园世界的广阔天地所引发的空虚感是人类思维难以恰当应对的，在这里长大的任何人都注定要变得妄自菲薄，滋生出贬低自我意义的疯狂念头。

他眯起双眼，不再将目光聚焦在一点，让那蓝绿色的地平线在视野里变得模糊不清。

自我意义，他心想。认为自己具备一丝一毫的重要性——这才是真正疯狂的念头。

他放任心灵挣脱凡俗躯壳，悬浮于自我之外，化作一个在不朽狂风中飘荡的叹息幽灵。

他审视自己。

我能看到什么？

他能看到一个饱经风霜的身影站在齐膝深的摇曳青草间。他能看到一套精心保养的老式战甲，其刚硬边缘布满了岁月的刻痕。他能看到皮革般坚韧的棕色皮肤，表面点缀着各式刺青；乌黑如油的长发在头顶紧紧束成一条冲天发辫；脑后罩着一顶晶莹剔透的兜帽，在阳光下熠熠闪烁。

他看到了标志着超凡力量的若干物件——他的手杖顶端有一颗苍白的骏马头骨；他的象牙色盔甲表面铭刻或描绘着种种图腾与符号。

看得更深远一些。

他看到了一团缥缈薄雾般的灵能力量，仿佛是让空气略微扭曲的热霾。他看到了自己举手投足间所蕴藏的谐波。他看到整个世界响应他，接触他，以那种迟钝而永恒的方式来认知他。

如今，这一切都遭到了严令禁止。自从尼凯亚会议过后，这种力量就要被束之高阁了。

他让心灵返回了身体。他用肉眼观察这个世界。他用嘴巴呼吸，感受到一股冷冽清澈的空气灌入，经过强化的肺脏。

"这就是我，"也速该朗声说道，"我不能将这些力量弃之不用，正如我不能挖掉自己的眼珠。"

他眉头紧皱，这让他左边脸颊的修长伤疤抽动起来。

发生了一个决定性的事件。

一切都始于尼凯亚。

时间的脚步是如此迈动的。

战帅这一头衔始于乌兰诺。也速该亲临现场，昔日他站在大可汗身旁，饱含赞许地看着狼神荷鲁斯荣获擢升。荷鲁斯与可汗两人携手奋战打下了那个星系。他们相互欣赏。在诸多兄弟之中，与可汗关系亲近的只有区区两人，荷鲁斯与他的交情最为深厚。

也速该听到了他们在典礼落幕后的交谈。

"希望我可以仰仗你。"荷鲁斯当时说道。

"有呼必应。"这是可汗的答复。

他们就此作别。齐聚一堂的众多基因原体、部队将领、星海战舰和文武官员纷纷散去，向成百上千个目的地扬帆起航，不计其数飞船轨迹点亮了亚空间。伟大远征再度展开，只不过执掌浩荡大军的已经是战帅，而非帝皇了。

可汗率部奔赴琼达克斯星系。他奉命前去终结这个倾覆于乌兰诺的异形帝国，猎杀其残兵败将，将乌拉克麾下的所有绿皮斩草除根。有些人或许会抗拒这份命令——这实在称不上一项光辉事业——但可汗并无怨言。这毕竟是一场猎杀，是他所熟悉的猎杀：在开阔太空中肆意奔驰，对抗那不知投降和求饶为何物的敌人。对此他向来没有怨言。

军团几乎全体出动，追随可汗而去，众多兄弟会急于投身猎杀。数十艘洁白战舰切开太空，浩荡出征，船舱里挤满了盼望重返沙场的部族战士。

也速该并未同行。他当时另有职责。在乌兰诺战役尾声，一个不为人知的星球出现在了军团的若干条通信信息里。这些信息大多附带了掌印者的标记，其余一些更是严格保密，仅供帝皇子嗣阅读。

这就是也速该对尼凯亚最初的了解。昔日他不以为意。众多军团已经探明了数千颗星球，而区区一个世界又算得上什么呢？不知有多少个世界曾经闯进视野又匆匆远去，无一例外地被纳入了人类帝国那不断拓展的辽阔疆土。

然而这颗星球远不平凡。最终，它影响了一切。它扮演了整个种族命运走向的拐点。

他唯愿自己早有所知。那样一来，他或许就能想方设法作出更为妥善周详的准备；或许就能让结局有所不同。

"未来我们回顾今日必将悲泣。"在敕令公布后，阿里曼曾对他这样说。

也速该当时点点头。"你说得对。"他回应道。

他在草原上穿行。他面前的草茎如同流水般向两侧分开。库姆卡塔距离此地已有数日的路程，那片宏伟山脉早已隐没在一马平川的地平线之下。他此刻踏足于可汗的旧日领土，这里是塔斯卡部族的古老猎场。如今猎物已经寥寥无几——人们掌握了过于娴熟的猎杀技巧，却不具备足够的自制力。

也速该心想，如果他今日带了一只金鹰出来，或许就能审视这片辽阔草原，察觉到某些肚皮紧贴地面、耳朵警惕晃动的野兽。他可以采用传统方式，仅仅依靠自己的强健身体和敏锐心智展开追猎——没有先进武器，没有通天奥艺。

不，那是自欺欺人。他永远都回不去了。无论结果是好是坏，一切早已改变。

"我不知道该做什么，"他放声说道，仿佛草海能够加以聆听并给出回应，"我的梦境里没有任何答案。为什么？"

狂风一言不发，吹拂着他，徒劳地推动他的胸甲，磨蚀他肩甲的陶钢边缘。

某些奇怪的事情正在发生。他找不到合适的词语去形容。有一天夜里他突然醒来，感觉整个银河都在扭动抽搐，就像是一头被惊扰了美梦的庞然巨兽。他听到了遥远的尖叫声。那仿佛是来自已知空间最边缘的尖叫，如同无垠黑暗中的点点烛火般散发光芒，但这是不可能的。

倘若他严格奉命而行，将自己的天赋弃之不用，或许就能避免经历这种噩梦，然而天道试炼的成果并非召之即来，挥之即去。那不是一件可任他抛弃的身外之物。那早已融入了他的四肢百骸，融入了他的一呼一吸。

可汗——丘格里斯人称他为"大可汗"，可汗中的可汗——自从率领大军奔赴琼达克斯之后便音信全无。仿佛有一块遮天蔽日的帷幕将整个星区笼罩住了。没有哪个星语者能够穿透这道障碍，没有任何消息从彼端传来。

类似的通信中断并不罕见——亚空间的多变本性让任何形式的远距离通信都难以预测而且模棱两可——但此次断联极为彻底，这让也速该很不安。其他星区同样陷入了沉默。他听到传言说，就连星炬的光辉都变得时隐时现。丘格里斯轨道防御阵列主管告诉他，已经有一些飞船因此失去了踪迹，而经过军团认证的导航者很少会让这种重大事故出现。

诸如此类的现象本身并不值得引起警觉，因为浩瀚银河毕竟危机四伏，险象丛生，而时至今日伟大远征也仅仅平定了一部分的危险因素。无论如何，他总是甩不掉那种事态有异的感觉。

也速该哼笑一声。

事态有异！我就不能再说清楚一点吗？

但他确实不能。没有任何可供解读的规律，没有任何容他审视与领会的征兆。这本身就足以引起警觉。

他停下了脚步，仍旧站在齐膝深的青草间，在这片恍若海洋的空旷虚无之中孑然一身。他看着万千支草尖荡漾起轻柔波纹，像细语般传递开来。

草海的波浪有种安抚人心的奇妙力量。早在第一批探索者乘着笨重的殖民飞船抵达此处，准备占领并驯服这片广袤疆域之前，同样的起伏波浪就已经无数次地冲刷过这片大地了。终有一天，当人类不再染指这个世界之后，青草仍旧会在此生长，仍旧会伴着冷冽空气和灿烂阳光继续摇曳。

我不能踯躅于此。

数日以来这个念头变得愈发笃定，如今已有不可阻挡之势。在尼凯亚议会结束后，他接到的命令十分明确——返回丘格里斯，等待后续指示。他默默等待了许久，已经不再奢望后续指示很快就能到来了。

也速该向来是大可汗的亲信幕僚。他们早已铸就了一份极其深厚的彼此理解，找到了一种相互迂回试探从而促使真相浮出水面的工作方式。也速该知道自己需要原体；而且他厚脸皮地认为，原体也隐秘地需要他。他们能力互补。他们共同经历了很多漫长战役，并肩闯过了种种艰难险阻，已经十分信任对方的判断力。

他不会对我置之不理。一定是出了问题。我已经在这里踯躅了太久。

丘格里斯无法给他任何清晰见解。他必须在动荡不安的亚空间波涛中逆流奋进，想方设法解开那块遮天帷幕背后的谜题，最终与军团重聚。

根据他至今的调查结果，形势并不乐观。

"那就像一场风暴，"轨道防御阵列主管曾经告诉过他，"一场规模巨大的风暴，吞没了很多个星系。前所未见。"

停留于丘格里斯是更安全的方案，或许也是更明智的方案。但安全从来都不是他所看重的一项因素，而且自从尼凯亚议会以来，明智的边界就显然遭到了践踏。

也速该挺直身躯，握着骷髅手杖，遥望晴朗天空。

"我就算在这片平原上漫步一生也是徒劳，"他朗声说道，狂风立刻卷走了每一个字，不留丝毫声响，"是时候去太空寻找答案了。"

随后他回想起了自己和阿里曼在尼凯亚最后一天共处时的那场交谈。

"马格努斯绝不会接受，"阿里曼当时警告道，"受到了启蒙的心灵永远无法重新封闭。"他俯身凑近，也速该还记得昔日的情景，双方的距离和关系都十分紧密，两位智库同僚之间心意相通，"找你的可汗谈一谈。他向来与我们同心协力。他想必能够理解。"

也速该点点头。"只要有机会我一定，但他可不好找。"

"我有所耳闻。无论如何请试一试。当下马格努斯需要朋友，我们需要盟友。找他谈一谈。"

从那之后就没有任何消息了。无论普罗斯佩罗、琼达克斯、尼凯亚，还是泰拉。仿佛整个宇宙都缩成一团，屏息凝神，绷紧身躯，准备迎接某种可怕打击的降临。

也速该重新迈开脚步。他要返回库姆卡塔，征用一艘飞船。他已经独处许久，是时候作出改变了。

一切都始于尼凯亚。只是，他仍不知道一切将终于何处。

诸多星船像体型纤瘦的灰色鲨鱼般聚集于太空之中，它们采用低功率推进器在阿拉谢斯星云的锈红色光芒里悄然穿行。数十艘主力战舰静静悬浮，庞大身躯上的防御炮台保持着警惕，舰船的柔和灯光在幽暗太空中闪烁。每一艘大型战舰身边都追随着成群结队的小型飞船——舰队联络船、护卫舰、先驱斥候船和炮艇。它们无不拥有一副饱受战火炙烤的狼狈面目，舰尾引擎区域一片焦黑，全身装甲各处遍布弹痕。其中一些仅仅依靠着不及平日分毫的微弱动力蹒跚前行，表面包裹了蛛网般的脚手架。另外一些已经被开膛破肚，暴露出横向排列的内层甲板。数以百万台弧焊机的光辉在蜂窝状的战舰结构中闪动，刺穿了星云的暮色。

整个银河中只有一类舰队具备这样的编制。帝国军队拥有规模更加可观的太空部队——硕大笨重的运兵船和状如巨鲸的补给船组成了那些浩浩荡荡的星海大军——然而他们无望企及如此高度凝聚的杀戮力量。唯独阿斯塔特军团的作战舰队能够聚齐这些夺命怪物。

每一艘飞船都是铁灰色的，表面装饰着种种符文及芬里斯的连队徽记。它们无一例外地映射着战舰主宰的狂野之心——舰艏区域的弧形线条描绘出咆哮狼首的样式，前端光矛的炮口从中刺向太空。一股股凶蛮天性被锻打成了状如匕首的致命形体，又被赋予了蓬勃不灭的烈焰核心。

拉芬克号坐镇中央，比其余任何战舰都更加强悍可畏，它的舰艏状如犁头，脊背上爬满了山丘般的千余座防御塔楼和引擎护罩，腹部闪烁着灭世武器的暗淡光辉。大批联络船、维修船、航天飞机和警戒驱逐舰所投下的渺小阴影在它的宏伟舰身上各处游走，仿佛是参天山峦表面的飞掠浮云。

它的指挥舰桥高大而辽阔——晶莹闪烁的花岗岩立柱支撑着这座由青铜和大理石所构成的拱顶建筑。一层层甲板沿着弧形内墙次第攀升，数千名身穿灰色制服的船员在各自岗位上忙碌工作，共同营造出一团繁杂而低沉的嗡嗡人声。在那块规模惊人的防弹玻璃天顶下方，舰桥核心区域铺着一片宽广的平白石板，其中闪动着几幅全息投影，展现出舰队的航向计划。那些色彩缤纷的霓虹光芒缓缓旋转，倒映在不计其数的显示屏和镜片上。

这里散发着岩石与皮革的气息，充斥着锻炉与火坑的味道。钢铁格栅里的跃动火舌早已把墙壁燎得处处焦黑。符文无处不在——铭刻在墙壁上、地板上，甚至是玻璃上。

一个身影占据了整个空间——他是这座高大舰桥中每一张狂野面孔的集合化身，与他执掌的这艘飞船同样凶蛮而辉煌。他是军团之主，是毋庸置疑的兽群领袖。

基因原体黎曼·鲁斯纹丝不动。旗舰的各项运作流程在他身边融汇成了一套毫无瑕疵的缜密舞步，就像是环绕在气态巨行星周围进行精准公转的卫星。他的犀利目光不时闪向某幅全息投影或是某块屏幕上的图像，但那双深不可测且冷若冰霜的眼睛并不会多加停留。

两只腰腿斑白的灰鬃巨狼在他脚边徘徊，用金黄双眸扫视四周。它们时常发出一阵低沉呼吼，那细微震颤沿着大理石地面扩散开来，如同是冰川碾过碎石的隆隆响动。

狼王麾下的诸位头领松散地围绕在他身边，这些披挂着盔甲、皮毛和各式图腾的巨人无不是军功赫赫的顶尖将帅。众多符文牧师伫立其间，舞动的火光照耀着他们苍白如骨的长发与涂抹颜料的面孔。

平日里他们或许会高声谈笑，会伴着低沉呼吼相互嘲弄挑衅，那一双双拥有金色瞳孔的眼眸中通常闪烁着粗蛮的笑意。

现如今再也没有人高声谈笑了。自从普罗斯佩罗之事后便是如此。自从他们瘫坐在那个化为焦土的星球上，仔细审视了自己的所作所为之后便是如此。不知怎的，普罗斯佩罗的经历显得与众不同。

鲁斯脸上笑容常在，有时候带着真正的幽默感，也有时候带着一种对暴力的冷酷享受。如今他连微笑都很少展露。那张饱经风霜的面孔似乎刻下了一道道更深的沟壑。

"我们何时准备就绪？"狼王最终开口问道。

人称"冈恩大人"的冈恩纳·冈希尔特率先作答，这是他的特权。提兹卡一战让他的嗓音变得分外沙哑；喉咙位置的刀伤使他在血肉工匠的手术台上足足被困了两天两夜。

"十天时间，按照泰拉标准。"他说。

"不止，"第三连头领欧格维·欧格维·海姆施鲁特表达了异议，"要两周。"

"不够理想。"鲁斯说道。

欧格维躬身致歉。"我们再加把劲。"

原体的目光根本没有放在众人身上——他显得心不在焉，似乎神游天外。"这场耽搁让我们付出了重大代价。我们本该加入伊斯特凡之战。事已至此，我们必须作出应对。"

诸位头领默然不语。其中一些神情严峻地点点头，另一些则面露疑色。

"可曾有过这等事？"鲁斯带着一副饱含苛责的表情自言自语，"狼王被引向错误的地点做了错误的事情，可曾有过这种传奇故事？我们的耻辱还能否更加深重？"

依旧无人作答。最终打破沉默的并不是一位头领。

"我们没有什么耻辱，"某个年轻的嗓音说道，"至少，我没有。"

众人纷纷转过头去。鲁斯脚边的双狼发出一阵窃笑般的低沉呼噜声。狼王挑起眉毛。"何人开口？"

一位第三连战士迈上前来，挤过人群走到舰桥中央。崭新的伤疤在他脸上交错纵横。他仿佛是萦绕于永冻坚冰上的不息幽魂，全身布满了驱邪神符和巫异徽记。他剃光了一部分头发，剩余的头发如机油般乌黑。他拥有一张忧伤的面孔。早在野狼战士们的猛兽气魄被普罗斯佩罗磨蚀钝化之前，他就已经那样了。

他没有左手，左臂手肘以下的部分被一团乱糟糟的改造装置和钢铁盖片所取代。他尚未得到一只新的机械手掌——实在供不应求。

"第三连的比约恩。"那位战士说。

"独手。"鲁斯点点头，认出了此人。诗人们已经开始为比约恩创造传奇了。他目睹了那个荷鲁斯怪物，亲耳听到了它吐露的奥秘言语。比约恩的地位陡然提升，一夜之间成为众人议论的对象，他似乎与某种意义非凡的重大命运紧紧连在了一起。"真是个糟糕的名字。"

"挺合适的，"比约恩轻描淡写地回答，他带着些许骄傲扭了扭半残的臂膀，"对我们都挺合适的。"

"你有话要讲？"

"我并没有感到耻辱，"比约恩说，他的忧伤目光毫不动摇，"我看到了那个把我们引向普罗斯佩罗的东西。我听到了它的一些话语。诗人也把其余的都告诉我了。我们终结了一项大恶。"

"毫无疑问。"鲁斯低吼道。

"而且马格努斯早已堕入邪道，"比约恩继续说，"容我斗胆直言——他毕竟是你的兄弟——他死有余辜。"

比约恩的连队头领欧格维咬着嘴唇缓缓点了点头。鲁斯也注意到了，他的鼻翼在暴怒中鼓胀起来。

"我们只不过是细枝末节，"原体咕哝道，"费鲁斯已死。我们本该与他并肩作战。我们本可以阻止那一切。"

关于伊斯特凡Ⅴ的消息逐渐传到了舰队，那些支离破碎的作战报告和只言片语的星语通信穿过亚空间风暴的怒海狂潮侥幸送达。没有任何切实可靠的情报，一切信息都需要进行多重解读和反复确认，在瓦尔多率部离开之后，沉重的现实终于渐渐变得明朗。如今他们得知了那场惨剧的确切情况。

钢铁之手、火蜥蜴和暗鸦守卫已经全军覆没或损失惨重。荷鲁斯之子、阿尔法军团、帝皇之子、吞世者、死亡守卫、怀言者、钢铁战士和暗夜领主发动了叛变。当星语者最终确认他们的解读成果，并借助符文网向众人展示占卜结论的时候，整个银河仿佛在刹那间就分崩离析，骤然裂解成了凌乱的怪异图像与晦涩的胡言乱语。那份惊天噩耗所引发的余震至今尚未平息，仍旧像一团厚重烟尘般笼罩在他们心头。

"我们什么也阻止不了。"比约恩冷静地说，"我们同样会落入那场屠杀，而且没有多少人会怀念我们。"

这句话几乎让鲁斯露出了笑容——往日里那种残酷的微笑常常会勾起他的嘴角。"是啊，没几个人。"

"那么问题在于，"冈恩大人说，"我们何去何从？"

"我们收到了多恩的召唤。"欧格维说。

"召唤。"冈恩大人愤愤地说。

"那就是我们的天职，不是吗？"鲁斯倦怠地说道，"我们响应召唤。"

"我们响应全父的召唤。"欧格维加以更正。

"但他沉默不语，"鲁斯说，"瓦尔多不愿告诉我为什么，但他知道个中缘由。无论发生了什么，无论犯下了多少错误，唯独这件事最让我无法释怀。倒是说说看——帝皇究竟怎么了？"

谁也没有开口。谁也没有资格回答。他们全都低垂视线，紧闭嘴巴。千言万语仅仅在他们的脑海里奔窜——怀疑、猜测、忧虑。

他遭受了重创。

他放弃了王座世界。

他已经死了。

鲁斯终于笑了，但这远非他昔日的笑声，而是一种勉强挤出喉咙的苦笑。"我们需要做什么很明确。"他逐一凝视各位头领，"我不会接受兄弟们的指示，我只听从帝皇的号令。他会与我交谈。我们要返回泰拉，并非响应多恩的召唤，而是遵照我们自己的意愿。"

冈恩大人抬起头。"何时动身？"

"五天之后。"

第一连头领深吸一口气。欧格维陷入了沉思。其余几位头领各自面露疑色。

鲁斯瞪着部下们。"不能再多等了，"他说，"返回你们各自的战舰，该做什么就做什么——我们五天之后启程。"

他的神色仍旧阴郁，然而那张恶狼面孔上的纵横伤疤与金色双眸之间深藏着一股从未熄灭的愤恨火苗。沉重如铅的悲伤逐渐褪去。

它被另一种情感所取代。

"直至今日，我还从来没有被真正激怒过，"鲁斯咆哮道，他脚边的两头巨狼应声跃起，鬃毛竖立，"我倒要看看我会做出什么事来。"

贝奥斯·晨生舰长轻车熟路地陷进了费斯卡瑞号的指挥宝座里。他在倒班的时候睡得不错，如今神清气爽。众多机仆和凡人船员在位于他下方的嵌入式岗位里安静工作，整座舰桥充斥着一股忙碌而平和的嗡嗡人声。

负责指挥费斯卡瑞号这种先驱斥候船自然谈不上是什么荣耀。他们距离太空野狼主力舰队的集结位置非常遥远，那绵延不绝的阿拉谢斯星云仅仅是后视舷窗里的一块朦胧污点。无论如何，这份职责毕竟让他有机会再次启动实体空间引擎好好转上一圈。在普罗斯佩罗之战中，千子仅仅成功发动了屈指可数的几次反舰炮火打击，而这艘飞船就不幸受创，他们的操纵系统至今未能恢复正常。晨生让麾下的技术神甫不断检修，试图排除故障，但他们始终抓不住问题的核心所在。

这艘飞船正在强烈呼唤钢铁牧师的注意力，但主力战舰的需求让他们完全无暇旁顾。无论如何，费斯卡瑞号的处境还算不错，毕竟在舰队视野边缘的巡逻任务能让他们动起来。

"有什么要汇报的？"他向舰桥副官托维发问。那位满头金发的星球防御部队士兵出身于芬里斯治下的某个世界——他从来都记不住究竟是哪一个。

"我们的探测范围极限位置出现了一些模糊信号，"托维回答，他从杂乱的工作台前抬起质朴的面孔，"估计不是什么事。想看看吗？"

晨生其实并不想，但此刻大家无所事事，整天除了测定航行矢量之外就再也没有其余任务，船员们已经变得愈发焦躁了。"咱们跑出来就是干这个的，"他说道，"航向调整？"

"一点点。"托维回答，他抬头扫了一眼天花板上某块显示屏的明亮数据。

"那就动手吧。"

托维奉命执行。几秒之后，晨生就感觉到了转向引擎的隆隆嘶吼。还是不对劲——那声音太刺耳，不够低沉。若干块屏幕上滚动显示出矢量标记，开始描绘新的航向。

"有情况吗？"过了一阵他随口问道，同时心不在焉地调整着座椅扶手的位置。值班军官埃罗夫上一次坐镇舰桥的时候把扶手搞得很奇怪。

他看着托维开展进一步的探查，指挥宝座操作台的探测屏幕上浮现出最新的定位符文。他听到舰桥船员们的嗡嗡交谈声抬高了一个音调。他注意到嵌入式岗位里的某个机仆将额外的数据接口插入了空闲的分流线圈中，开始兴奋地嘀嗒作响。

"或许，"托维仔细盯着探测记录，"维持航向。"

晨生坐直了一点。他望着后视舷窗——那块包着铅制边框的柔晶窗板就像一个水疱般嵌在上层舰桥里。他并不知道自己究竟能指望看见什么。静止不动的璀璨群星一如既往地闪烁着。

"是的，有情况，"托维咕哝道，"已经看清楚了。这不是扰动，是个信号。"

晨生感觉到自己手背的汗毛骤然立了起来。"细节。"他一边说一边接通了引擎室和虚空盾站台。

"正在接入舰桥屏幕。"托维说着将他收到的数据流全部转向了固定在天花板上的主屏幕。

晨生抬头审视探测结果。起初他没有看到什么特殊情况——那模糊不清的立方形示意图用明亮的绿色线条描绘着本地的太空，其间散布着各种符文标志和附近飞船的已知航线。形势并未立刻改变。随后，在探测范围的最边缘，在那条介于可靠结果与大致推测之间的分界线上，某些事物突然浮现出来。

晨生掀开了嵌在指挥宝座侧面的一块黄铜数字键盘，开始敲击按钮。"升起虚空盾，"他厉声说道，"转向，压低两度。接通舰队。"

舰桥顿时忙碌起来——大家都见过这样的情景。先前的低沉话语声转换了音调，变得更加紧绷，更加急迫，更加专注。

"接通了。"通信官克拉亚说。

"看到徽记了吗？"晨生问道，他紧紧盯着费斯卡瑞号的仰角和朝向——"这个时候引擎失灵可就糟了，"舰身标志？我总要汇报一点信息。"

"快了，"托维火急火燎地在操作台上忙碌着，"它们还很远，但是……好的。看到了。"

图像进行了更新。屏幕角落位置的某些事物变得愈发明朗，并沿着数据连线输入了沉思机。战术显示屏用磷火般的明亮线条勾勒出一个独立而清晰的轮廓。影像质量很差——角度并不理想，又隔着极遥远的距离，而且遭到了某种突起物体的遮挡，像是光矛护罩——但毕竟能看到了。

金色圆环之中的多头蛇。

"那是什么？"托维扭过身子看着晨生。

那幅影像让晨生的心跳骤然加快。"我猜你并没有阅读我发布的战情简报，"他生硬地说，"这是新情况。看来他们要光明正大地现身了。"

他接通了通信站。与此同时，更多亮点逐渐铺展在立方形的探测图里——起初是几个，随后是几十个。

"向指挥中心发送紧急信息,"晨生命令道,"敌方单位在外围出现。大规模部署。告诉他们,我们会继续扫描,随后撤离。我们推测对方采取了拦截航向。"

他看着那些亮点越来越多,就像是在培养基平板上迅速增殖的菌落。这数字早就变得令人不安了。

"务必把这些图像传输回去,"晨生语气严峻地说,他开始计算留给自己的时间还有多少,"确保他们能收到。告诉他们这是叛徒舰队。"

他咽了下口水,不知道这艘飞船的武器究竟能有何表现。

"告诉他们,是阿尔法军团。"

第三章

泰拉领主
对弈
军团之刃

　　这座观星室位于帝国宫殿东北角。铺在拱顶内部的青绿色瓷砖倒映着上百支蜡烛的明亮光辉。摇曳的烛火所投下的阴影让拱顶上的众多神秘图案显得忽明忽暗，仿佛在微微舞动。

　　这些图案所描绘的具体内容并不容易辨别——或许是星座标志，或许是源自泰拉古老年代的神话怪物。拱顶最高处是一团阴影，一块让烛光难以触及的区域。多年以前，某张面孔被雕刻在了那里，但细节已经无从分辨。它藏匿在黑暗之中，面无表情地凝视着下方。

　　已经许久不曾有人在这座观星室里仰望星辰了。古老的黄铜望远镜、太阳仪和浑仪随处堆放，荒废许久，很多都蒙着厚重的油布。若干红木柜子被紧紧锁住。书架上的灰尘足有一指之厚。

　　黑白两色的棋盘状地板由大理石铺就，四周的镀金墙壁闪动着倍显陈旧的暗淡光芒。二十根立柱支撑着拱顶，其柱头位置分别刻着一枚纹章。有些清晰可辨——巨狼、盘蛇与雄狮。另外一些则模糊不清。

　　三位显贵人物站在房间中央。其中两位身如泰坦，他们的雄壮躯体披挂着超凡脱俗的华美盔甲。第三位则脊背佝偻，羸弱不堪。

　　他们许久没有作声。沉默似乎填充了整个空间，仿佛一旦有人开口就会让墙壁分崩离析，让屋顶轰然坍塌。

　　率先打破静默的那个人最为高大威武。他拥有恍若石板的刚硬面孔和剃得极短的白色头发。他的金色盔甲似乎与周围的石壁同样坚实牢固——他大可在这里当一尊雕像。厚重披风从他的肩头垂向地面，在闪烁烛火的微弱照明中化作一块幽暗血池。

　　"如何？"他问道。

开口之人拥有很多称号。在他出身的冰封世界因维特，他得名罗格·多恩。日后他又成了帝国之拳的基因原体。而近来，他渐渐习惯了帝皇近卫这一头衔。

他的嗓音有着重锤敲打木材的浑厚声调。这嗓音属于一个唯愿驾驭星舰，集结军团，遁入星海，迎击来犯之敌的人。

然而那却是唯一一件他遭到了明令禁止的事情。他被自身的专精技艺所拖累，这实在是一份与众不同的负担。

"掌印者尚未开口。"第二个人回应道。

此人的威严气势仅仅略逊一筹。他的盔甲精雕细琢，造型繁复，与观星室的风格如出一辙——各个月相图案及堪称玄秘的种种符号装点其间。与多恩相同的是，他身披黄金与青铜两色的盔甲，裹着色彩浓烈的猩红斗篷，而不同之处在于，多恩仿佛与这座观星室脚下的基岩一样牢不可破，此人则更显灵动飘逸，似乎随时准备打破静止状态。蕴含深厚力量的文字被煞费苦心地铭刻在他的华丽铠甲上——那些源自古老年代的蝇头小字仿佛是缥缈鬼魅的喃喃低语。

这个人的全名极长，一整块青铜板也难以容纳。旁人通常都会采用一种简短的称呼：康斯坦丁·瓦尔多，禁军总司令。他开口讲话时的轻柔嗓音往往出人意料。他的双眼永远不会保持完全静止，时刻用难以察觉的凌厉目光寻觅着需要去应对的崭新威胁。

"我的确没有，"第三个人说，"我实在想不出有什么尚未说过的话了。"

掌印者马卡多丝毫没有两位同伴的辉煌气势。他的长袍取材精良但造型简约。他所倚靠的那支手杖似乎单纯由钢铁打造，但附着在顶部的那枚鹰徽却工艺精巧。他的嗓音尽显老迈羸弱，充满了岁月的刻痕。或许除了帝皇本人，再也没有谁能知晓马卡多的真实年龄。他的出生地与文化背景都无人知晓。从整个帝国的视角来看，他的存在理所应当，就如同宫殿本身一样坚实可靠。

马卡多与帝皇，帝皇与马卡多。他们是光与影，是日与月——同样高深莫测，同样难以捉摸。

但帝皇并不在这里，而是困居于幽深的王座厅中，他那举世无双的伟岸力量被运用在一项即便是泰拉诸位领主也不愿公开谈及的绝密事务上。

"那么容我复述一遍，"多恩说，"以免你已经忘记了我们当下的处境。马格努斯打破了王座周围的防护结界，如今这座独步银河的牢固壁垒就坐落在一口不断喷涌疯狂事物的泉眼上。"

"它已经重新得到了控制，"马卡多坚称，"目前整个世界对实际情况一无所知。"

"它之所以得到控制，仅仅是因为帝皇将自己与那场秘密战争锁在了一起，"多恩回应道，"一千条灵魂的牺牲为我们换来了这个喘息之机。所以整个世界才一无所知。"

"只是暂时如此，"瓦尔多神色黯然，"但他们早晚都会知晓。或许是几周以后，或许是几个月以后，风声必定会走漏。即便是今日就已经谣言四起了。"

"的确会的，"马卡多表示认同，"但只要他屹立不倒……"

"对，只要他屹立不倒，"多恩苦涩地说，"我们已经落魄至此。没有应对手段，没有行动方案——只有侥幸心态。"

"我们帮不上他，"瓦尔多说，"我们都明白这一点。所以就要看看我们究竟能做什么。"

马卡多干笑一声。"有件事我从来没有问过，康斯坦丁，你目睹普罗斯佩罗焚灭的时候作何感想？你的冷酷灵魂是否也曾受到震慑？"

瓦尔多毫不犹豫。"没有。那是必要之举。"

"真的吗？"马卡多叹息一声，"我并没有下达那道命令。我想要斥责马格努斯，而不是毁灭他。鲁斯何故出此重手？你从来都没有正面回答过我。"

多恩不耐烦地呼了口气。"这一切你心知肚明，马卡多。你知道那里究竟发生了什么。"他全身散发着冰冷的怒火，"这也需要复述吗？战帅是幕后黑手，他毒害了我们的一切作为，如今他手上又沾满了另外三支军团的鲜血。"

说到这里，马卡多不禁微微蹙眉。伊斯特凡V的屠杀仍旧是一道新鲜的伤口。提及此事的时候，谁也无法避免勾起那股掏空灵魂并榨干活力的失落感，或许只有铁石心肠的瓦尔多是个例外。

"据我所知，费鲁斯已经彻底逝去了。"马卡多承认，"沃坎与科拉克斯下落不明。八支军团公然叛变，此时此刻正在劈波斩浪大举进军。"他露出一丝苦笑。"我还要继续说下去吗？以太动荡不安，让星炬不堪重负，让我们全然目盲。基里曼与圣吉列斯音讯全无。他们是否与我们同在，抑或他们同样倒戈了？"

"天使绝不会，"多恩坚决地说，"罗保特也不会。"

"但至少目前来看,他们遥不可及,"瓦尔多说,"所以我们必须审视已知情况。鲁斯位于阿拉谢斯。在我离开的时候,他们遭受了重创,荷鲁斯之子毕竟不容易对付,但他们尚可重新展开猎杀。"

"至于莱恩,"马卡多说,"他情况如何?"

"他一心了结私怨,"多恩说,"况且他什么时候不是自作主张?"

马卡多微笑起来。"你们这些兄弟——最喜欢窝里斗。我警告过他,应该把你们创造成姐妹,让事情更文明有礼一些。他以为我只是开玩笑,但我并不是。"

多恩没有笑。他的面孔似乎永远固结在了紧绷神色里。

"还有另外一人。"瓦尔多轻声说。

"啊,对了,"马卡多说,"实在容易把可汗漏掉。这究竟是为什么呢?"

"这是他的天赋。"多恩满不在乎地说。

"可汗位于琼达克斯星系。"瓦尔多说。

"又是一个让我们鞭长莫及的区域。"马卡多的话语里充满了苍凉的笑意。

"察合台的忠诚度如何?"瓦尔多问。

"我并不了解他。"多恩回答。

"谁也不了解他,"马卡多说,"这正是他的特点——任何系统都需要不确定性的存在。"他微笑着看看多恩。"而你,我的朋友,你与之全然相反。无怪乎你们两人难以相互理解。"

"那么他与谁比较亲近?"瓦尔多问道。

马卡多稍加思索。"荷鲁斯,这是自然。他们颇具共通之处。我相信他们在乌兰诺进行过深入交谈。"

"还有马格努斯,"多恩略显迟疑地说,"他们曾经并肩奋战了很久。"

"是的,"马卡多点点头沉吟道,"智库部门——可汗、马格努斯和圣吉列斯是它的主要推动者。这正是他们之间紧密关系的源头。他们都笃信军团中应当有灵能者的一席之地。"

瓦尔多深吸一口气。"这就是了。可汗的已知盟友荷鲁斯和马格努斯都是叛徒。"

"我们全都一度信任荷鲁斯。"多恩指出。

"此话不错。"马卡多反复思索,"我昔日就曾经提出,尼凯亚是一切的根源。

我们本该作出更好的解释，虽然确实有很多理由，但其中一些是我们在当时当场无法明言的。"他抿着薄薄的嘴唇。"我们太执着于必为之事了。所有的悲剧或许正是因此而起——我们没有解释清楚。"

多恩冷冷地看着马卡多，仿佛他完全认同这一席话。瓦尔多则神色漠然，一如既往。

"现在后悔已经太迟了，"马卡多疲惫地说，"我们必须召唤他。倘若鲁斯和可汗能够与你并肩战斗，罗格，那么我总算能睡得更踏实一点。刽子手与战鹰——就算是荷鲁斯也要对此有所忌惮。"

"琼达克斯一片黑暗，"瓦尔多警告道，"但我可以指示星语者将工作重心放在那里。"

"如果他不予回应呢？"多恩问。

在片刻间，瓦尔多和马卡多都默然不语。三人面前的空间仿佛收缩了一点。

"那么我们就必须推测察合台也堕落了，"掌印者最终开口，他的嗓音里再也没有一丝的讽刺笑意，"误入歧途之人的名单上将会添上一笔。"

伊莉雅落下白子之后靠坐回椅子里。她在这一步上耗费了许久。棋盘天地广阔，棋子不胜枚举，这种局面总是让她难以作出抉择。

她的对手摇摇头。"一步错棋。"

"是吗？"她等待对手来展示这一步错在何处。

"是的。"他说着探出手臂，将一枚黑子摆在方形棋盘上。她审视着此轮落子的结果。情况很不乐观——他对于一块肾脏形状的孤立疆域虎视眈眈，很快就要将其纳入囊中，而她几乎无疑只能拱手相让。那么摆在她面前的选择就很简单了：要么打一场必败之战，要么为自己开辟一块崭新领土。她已经逐渐习惯面对这样的选择了。

"我总是不能及时看清局势。"她抱怨道。

"那正是棋艺的关键所在。但你已经大有进步了。"

伊莉雅瞥了对手一眼，看看他是否在嘲弄自己。

这向来难以判断。察合台可汗靠坐在一张低矮的皮革座椅里，放松地垂着四肢，那张饱含傲气的面孔不露声色，恍若一尊石像。

伊莉雅还记得自己在乌兰诺星球轨道初次见到可汗时的情景。即便也速该提前作出了警告，她仍然险些当场昏倒。据说基因原体们往往会引发这种情况——他们桀骜不驯的灵魂之力让凡人的感官难以承受。她听到过一种说法，认为人类种族并未达到足以应对这种超凡现象的进化程度，他们无法接受与自己类似的躯体竟然能够容纳如此强悍的力量。这种现象已经得到了详尽记录：反胃、晕眩、恐慌。

如今，那一切都过去了。近距离接触原体并未变得稀松平常——这永远都不会变得稀松平常——但毕竟令人可以承受了。曾经让她五脏六腑不得安宁的那股紧张感已经基本消失。他们的交谈不再那么拘谨。他们时而对坐小酌。他们常常下棋。

"我真的有进步吗？"伊莉雅沉吟道，她捏起一枚白子，认真考虑应该将它落在何处，"我觉得你说这话只是为了避免失去一个对手。"

"秦夏也陪我下棋。"

"他赢过你吗？"伊莉雅问道。

"他的水平很高。"

"那就是没有了。"

原体的存在很容易让人分心。这并不仅仅归咎于他的体型，诚然，与这个身高两倍于她的巨人相处总是有些难以避免的不协调感。更主要的因素在于那种不经意间的……恢宏气势。

可汗体型高挑，四肢瘦长，整个身躯就像猛禽的爪子一样棱角锐利。他沉默寡言。当他偶尔开口的时候，那副文雅嗓音里往往夹着一股贵族气派。他的脸颊修长瘦削，拥有丘格里斯典型的深色皮肤，头上是乌黑长发。纵贯他左脸的那道疤痕十分显眼，是旧日创伤留下的印记。伊莉雅听说，为了造成类似的疤痕来效仿原体，军团战士必须在刀刃上涂抹毒素，以免他们的超人体质将创口愈合得过于完美。

他很注重自己的外表。他披着装饰有白色皮毛镶边的斗篷，身穿一件交织丝绸的酒红色长袍。他的手指和脖颈上都戴着黄金饰品，头顶的那条光泽发辫也由金环束起。

即便未着盔甲，他仍旧散发着危险的气息。层层叠叠的衣袍布料难以遮掩那副强健善战的身躯。无论伸手取酒还是垂手落子，他的一举一动都显得超凡脱俗，蕴藏着顶尖剑客的精准风范。

哈尔季向她描述过很多遍了。"绝不浪费精力，"他往往一边说一边在伊莉雅面前挥刀虚砍作为示范，"在肌肉允许的范围内，每个动作都要尽可能地准确高效。没有虚张声势，没有哗众取宠。只有返璞归真。"

在这一点上，可汗似乎已经至臻完美。

"你愿意听听我的建议吗？"他问道。

伊莉雅挑起眉毛。"洗耳恭听。"

他靠坐在那张尺寸夸张的巨型椅子里。微微摇曳的烛火让他们周围环境的光线跃动不止。普罗斯佩罗银制竖琴的铮铮轻吟构成了一曲似有似无的背景音乐。可汗钟情于音乐——据说这是他与马格努斯的共同爱好。

"你会下弑君棋吗？"他问道。

伊莉雅点点头。

"那不像围棋这般深奥复杂，"可汗说，"弑君棋为你提供了一个明确的目标和一条明确的路线——击杀帝皇，你就赢了。但围棋的棋盘上并没有供你击杀的帝皇。不如说，围棋的棋盘上有很多很多的帝皇。"

伊莉雅认真聆听。她觉得白色疤痕往往过于着力解释自身文化特征的优越之处。他们习惯于遭到外界的轻视和忽略，这想必已经在他们的思维方式中烙下了某种印迹。

"我的战士们用围棋训练自己，"可汗继续说道，"他们学会了如何察觉四面八方的威胁。他们学会了如何应对多种多样的敌人。"

"我看得出来，"伊莉雅说，"该死。我就是没法把各方面都考虑周全。"

"你已经做得很好了。"

"不过，总会有一些时候……在现实中，总会有一些时候，你只需要应对单独的敌人。"

"周详的思维很容易适应简单的情况。"

那种戒备意味再次浮现。

"这是因为你们很清楚，旁人都将你们视作蛮子。"

伊莉雅叹了口气，终于摆下一子。这恐怕难以力挽狂澜，她很快就要拿回一大把棋子了。"话说下一个目标是哪里？"

可汗审视着棋局。"在琼达克斯之后？我不知道。"

"没有战帅的命令？"

他并未作答。自从洁白世界的这场冲突落下帷幕以来，他就很少谈及荷鲁斯了，而在此之前他常常会提起那个名字。秦夏也是如此。她知道在军团奋战于琼达克斯的时候，谁也没有接收到任何来自战帅的明确信息——否则她必定会注意到通信记录——但一定有什么风声传到了他们耳中，或许是模棱两可的星语幻景。

仿佛有某些阴暗传闻让他们变得风声鹤唳，一惊一乍。那种细碎零乱的惴惴不安在广袤太空中蔓延开来，最终传递至此，恰似前线兵士之间的流言蜚语。

"那么你有什么计划吗？"伊莉雅又问道，她怀疑自己是得不到任何明确答复的。

可汗紧紧盯着棋子，并未抬起头来。"我感觉我需要找也速该聊一聊。如果我们还是联系不上他，就只能返回家园世界了。"

伊莉雅微笑起来。"真的吗？你愿意带着整支军团返回丘格里斯，就只为了他？"

可汗并没有笑。他脸上很少展露笑容，而这就显得有些奇怪：毕竟军团的其余成员似乎从不停止微笑。"我当然愿意。"他摆下一枚棋子，不出意料地针对伊莉雅的另一支孤立部队发动了围剿，"也速该辅佐我几个世纪了。"

伊莉雅啜饮一口，继续对弈。这酒恐怕称不上佳酿——丘格里斯人对于葡萄栽培这门技艺并不上心。"那么他为何没有随我们一同前来琼达克斯呢？"

"他在尼凯亚另有要事。"

"尼凯亚？"

"一场峰会，"可汗精明地瞥了她一眼，"如果情况允许的话，我本该亲自出席，但是也速该担任了我的代表。他代替我发言。你看出来我多么信任他了吧？"

"当然。他去那里干什么？"

"他去捍卫天道萨满的存续之权。我希望他成功。"

"倘若他失败了呢？"

可汗耸耸肩。"对于我而言并无区别，我只是不愿看到那几位更加勤勉好学的兄弟被迫作出一项艰难的选择。"

伊莉雅面露微笑。她已经逐渐觉得白色疤痕对于帝国法令的淡漠忽视与温和抗拒是一种讨人喜欢而非令人恼火的特质了。他们并非真的心怀叛逆，只是我行我素罢了——没有刻意的张扬或压抑。这支军团独自征战，不问世事。他们是永远不会抛弃风暴先知的。

"那场峰会或许早在数月之前就已经作出了对你们不利的决议，"她指出，"我们得不到任何消息。"

"或许已经发生了很多事情，我们都得不到任何消息，"可汗说，"这个环境宜人的地方恰恰具备如此好处。"然而在片刻之间，原体神色有异，仿佛他知道或是猜到了什么，只是并未说出口。

"你想多和我说说吗？"伊莉雅谨慎地问道。

"我不想，"可汗回答，他将一枚黑子落在棋盘上，向她的困顿局面发起了新一轮攻势，"集中精神吧。你已经快死了。"

"讲讲你的看法。"昔班说道。

那具军团战士尸首躺在他前方的钢铁台面上，卡吉安号药剂室的灯光从上方打来，将一切令人不安的细节都照得清晰明了。那位战士的盔甲已经被切开，展露出包裹其中的乌黑躯体，就像是烧焦的烤肉。

桑杰揉了揉下巴，术赤站在他旁边。

"基因腺体已经没了，"桑杰遗憾地说，"被高温损毁。"

"他是怎么死的？"

"你自己看看吧，"桑杰说着迈步来到死去战士的脖颈处，用戴着手套的双手轻轻拨开那烧焦枯萎的伤口两侧，"一刀捅穿了颈椎。在对方下手的时候，他肯定动弹不得。"

昔班俯下身，双掌撑在台面上。"你见过兽人造成这种伤口吗？"

"我说不好。它们造成的伤口有什么特定形式吗？"

"你见过它们的战斗方式，"术赤说，"它们会摧残死去的对手。"

"或许这次它们没来得及。"桑杰说。

"它们有的是时间，"昔班说，"这不是问题所在。"

桑杰重新审视那具尸体，专注而细致地观察了许久。他弯下腰去再次探查那道伤口。昔班听见一阵轻吟，那是药剂师的机械左眼调整焦距的声响。

最终桑杰挺直了身躯。"这确有可能是蛮夷所为。我见过它们善于运用刀剑。但我承认，这种可能性不大。"

"那么是谁下的手？"

桑杰面无表情地看着他。"你想听听我的猜测？"

"你就说吧。"术赤不耐烦地嘶声道。

"这是一柄长刃刀剑的痕迹。军团刀剑。他们知道什么样的切入角度最有效。他们下手干净利落，随后利用熔岩藏匿尸体。"

昔班点点头。他感觉微微有些眩晕恶心。"还有吗？"

桑杰摇摇头。

"军团刀剑，"术赤骇然地嘀咕道，"难道他们在自相残杀吗？"

"谁知道呢？"昔班说。

"费姆斯除了绿皮之外什么都没有，"术赤继续说道，他的情绪变得愈发躁动不安，"只有绿皮和我们。他们是疯了吗？"

"够了。"

"这样究竟死了多少人？"

"够了。"昔班厉声说。

他从桌边快步走开。他脑海里一团乱麻。平定费姆斯Ⅳ耗费了太多时间。远征舰队指挥官们将这一点归结于格外危险的地形，但昔班翻阅过战役记录，其中明确指出了远超预期的高伤亡率、糟糕的通信联络和时常出现的意外挫折。

难道他们在自相残杀吗？

难以置信。各个兄弟会之间向来存在一些紧张关系——他对此有着亲身体会——但绝不至于走到这一步。永远不会走到这一步。

"这件事不能不了了之，"他最终说道，"我要再下去一趟。"

"清剿已经结束，"桑杰饱含疑虑地说，"我们接到了撤离指令——大可汗很快就要调动舰队。"

"这几个月的通信一直很糟，"昔班脸上露出一道苍凉的笑容，"他会理解我们轻微的拖延。"

"你没法在费姆斯把整件事调查清楚的。"桑杰说。

昔班已经动身了。

"总要找个地方入手。"他回应道。

第四章

地狱骑手
直面风暴
背叛者

　　遵照指令调整舰队阵形是一个耗时长久的过程。阿斯塔特军团的作战巡洋舰体型庞大——长达数公里的舰身如同是悬浮在太空里的黑暗城市。每一艘战舰都是数十年辛勤劳作的成果，其中倾注了数以百万名劳工和数千台机械神教建造装置的心血与汗水。在闯入深幽太空之后，它们还会继续成长、继续演化、继续改变。战舰内部的铸造间永不安静，永不停歇。

　　让舰队维持阵形展开移动则是一项规模宏大的物流工作。上百万名仆从和船员需要各就各位，启动武器系统、激活能量导管、把守指挥节点。几千名基层军官需要作出各项决定，确保引擎室为推进器所输送的动力在频率和水平上都毫无差错。几百名分区指挥官需要实时追踪其余战舰的相对位置，向沉思机和传感器递交数以万亿份的监测读数，从而让那些在太空中笨拙挪动的庞然巨兽避免相撞。

　　而最终，即便是傲视群雄的主力战舰也要听命于单单一个灵魂——舰队领袖独掌大权，此等至尊地位要归功于帝国在一切事物上对森严等级的苦心追求。无论是开展航行，还是瞄准目标，抑或用毁天灭地的光矛轰击和鱼雷齐射来点亮太空，这些命令全都出自一人之口。

　　如今命令已经下达，诸多战舰开始行动。

　　第六军团舰队中的每一艘星船都提升了引擎功率，并且在装饰着狰狞狼首的舰身表面包裹上一层微光闪烁的虚空盾。护卫舰率先出动，它们的机魂渴望尽早展开狩猎。那些货真价实的星海巨兽则迈着迟缓步伐跟在后面，它们先是昏昏沉沉地掉转船头，随后才逐渐为引擎注入活力。

　　成群结队的灰色战舰分散开来，组成了突击阵形。火力角度覆盖住各个方面，营造出一个从舰队核心向外扩散的毁灭之球。上千枚闪耀亮点在邻近星云的锈红色光辉中突然迸发又随即暗淡，整支舰队将行进速度提升到了攻击水平。

在他们前方数千公里之外，在寻常探测仪器的覆盖范围之外，阿尔法军团采取了对等的行动。他们的战舰同样规模惊人，同样枪炮林立，同样拥有近乎荒谬的毁灭性力量。其中一些战舰上覆有崭新的军团徽记——昂首扑击的九头蛇，周围环绕着碧蓝和翠绿两色的背景。另外一些则保留了往日的忠诚标志，仍旧采用以铁索相连的阿尔法与欧米伽字母。这恰似第二十军团的天性，一切都未作定论，一切都变幻反复。

比约恩在地狱骑手号的舰桥上审视敌人，观察他们的拦截阵形，留意他们的行动规律。两支舰队尚且无法在实景舷窗中看到对方——他面前只是一幅由长距离探测器所提供的模糊图像。

他心中并没有什么特别的情绪。这与在普罗斯佩罗一样——只是一项任务，与野狼接到的其他无数项任务毫无区别，只需高效完成即可。那种滞涩而索然的谬误感要待到日后才会渐渐蒙上他们心头。

我们处于劣势，他暗想。

比约恩在脑海里进行了粗略估算，他知道旗舰里的战略专家们一定会得出同样的结论。他们想必已经了解阿尔法军团拥有多少艘战舰，又能多么快地调动其致命威力。

"我们处于劣势。"神斩稍后说道，他与猎群的其余成员都站在舰桥指挥台上，围拢于比约恩身旁。他全副武装，那套污浊的灰色盔甲上覆盖着陈旧血迹和击杀刻痕，一顶死亡面具造型的头盔让他的嗓音倍显生硬。

"看起来是的。"比约恩盯着输入信号承认。

"迎头直上明智吗？"

"或许并不明智。"

神斩低哼一声。决定已经作出，事到如今再去质疑是毫无意义的，况且依狼王近来的情绪来看，他绝不会允许逃避战斗，无论己方如何遍体鳞伤。

我们是一把钝刀，比约恩心中泛起一股凄凉的念头。我们被磨损得太严重了。

所有军团都在伟大远征中承受了伤亡，但各项任务的血腥程度大有区别。野狼的人数向来不曾排在前列，与此同时，他们将兵源星球严格局限为芬里斯本身，并且往往自告奋勇地投身于最为艰苦险恶的战区，本就有限的军团规模因这两项特质而雪上加霜。普罗斯佩罗更是让他们伤亡惨重，或许比他们所认识到的折损还要深切。

"不知道会不会更轻松一些。"比约恩沉吟道。

"什么更轻松？"神斩问。

"杀死另一支军团。手足相残。"

"我们还没走到那一步呢。"

"我们已经走过那一步了。"

比约恩能看到接下来的事态走向：拉芬克号会联络阿尔法军团旗舰，严令对方改变航向。不会有任何回应。太空野狼会压住舰队火力，一遍遍发送同样的要求，直到对方闯入主光矛武器的射程范围。随后杀戮就要爆发。

地狱骑手号会履行职责。它为快速突击而生：灵活机动，火力超群，人员稀少，舰身内部塞满了燃料与弹药。乘坐这艘战舰的军团兵力只有区区六人。这支猎群规模精简，但掌握着一艘动作机敏的舰船杀手。

"他们分散成攻击阵形了。"神斩瞥了一眼屏幕指出。

"挺奇怪的，是不是？"比约恩注视着战术显示屏上的众多脉动光点，两批明亮的绿色标记迈着颇具欺骗性的缓慢步伐相互接近——它们的实际速度已经非常惊人，"你对阿尔法军团有什么了解？"

"没什么了解。"神斩说。

"听说过他们采取任何大规模舰队行动吗？"

神斩愣了一阵。"我应该听说过吗？"

比约恩耸耸肩。"我从来没有听说过。这算不上他们的长项。"

外界对于阿尔法军团的一切认知都是由隐秘潜伏、暗中破坏和渗透行动所组成的。众所周知的是，基里曼对他们颇为轻视。鲜为人知的是，鲁斯同样对他们颇为轻视。据说阿尔法军团不喜欢让自己的双手沾染血迹。

在舰队收到了源自伊斯特凡V的零碎消息，并且逐渐认清这个可怕的现实之后，其中一些背叛行径显得相对容易接受。吞世者的反叛可以理解。钢铁战士和莫塔瑞恩魔下那些作风古怪的死亡守卫也是一样。

但阿尔法军团……他们的临阵倒戈让比约恩十分困扰。这感觉……不合情理。

"他们为什么在这里，为什么要这样做？"比约恩像是在问神斩，也像是在自言自语。

神斩露出一副苍凉微笑。"我看挺明显的。"

比约恩没有笑。即便是在对阵恶魔、丢掉一条手臂之前，他也不常微笑——如今就更少了。他知道猎群成员以此取笑自己，嘲弄他这种毫无松懈的认真态度，但是随他们笑去吧。

有时候他感觉自己的灵魂上落着一副重担——就像是压在胸口的铁砧。他往往坐在篝火光亮的最边缘，默默聆听其他人高声歌唱或大肆吹嘘，自己却从不开口。长久以来他都不把自己视作军团整体里的一部分，而是某种处于外围的孤立者，他注定要葬送在一场浸透鲜血的战役里，或是陨落在某个无人知晓的星球上。

现如今，那种感觉终于告别了比约恩。世事无常，往日里郁郁寡欢、独来独往的他近来莫名其妙地转变了心性。在扮演了多年的边缘人物之后，普罗斯佩罗逐渐将他扯向狼群的核心位置。现在原体已经知晓他的名字。他在传奇故事里占据一席之地，在埃特的冰冷厅堂中获得了某种意义上的永生不朽。仿佛他的生命重心产生了挪动，将他一步步卷入军团狂野本质的拥抱，即便他的淡漠性格与之大相径庭。

"并不明显，"比约恩说，"在我看来并不明显。当前局面谜团重重。"

舰桥光线开始变暗。一股尖锐的警报声从下方某处传来。战舰武器各就各位，火力方案逐一生成。

在遥远的视野边缘位置，敌军舰队的第一批亮点浮现在实景观察窗里，如同挂在太空中的一串璀璨珠宝。

"或许吧，"神斩轻声说，他的嗓音已经灌注了期盼，"他们来了。就个人而言，我只想搞清楚他们的死法。"

也速该俯身凑近舱窗，看着丘格里斯的辽阔平原化作一团苍白虚影。在起飞之后的片刻里，他还能清晰地看到库姆卡塔修道院，看到那些铺展四方的宏伟建筑——古旧的契丹高塔、宽广的训练场地、结满果实的李子园。黄金尖顶在阳光下熠熠闪耀。经幡伴着冷冽之风猎猎飘扬。

随后那就消失不见，全然埋没在淡绿和深棕色的朦胧景象里。也速该望着绵延不绝的草海覆盖住整片大陆，吞噬了一切。只有丝缕白云从这无垠旷野上掠过，在广阔背景的衬托下显得转瞬即逝。

从太空看来，所有世界几乎都是一副模样，只是颜色迥异罢了。然而真正的区别都隐藏在地表的细节里——空气、重力、轻风的味道。也速该已经涉足过上百个星球，它们各不相同。人类开枝散叶，占据了种类繁多、数不胜数的生存环境，现如今也速该已经明白，帮助他们征服了每一块疆域的无尽耐心和灵活手段恰恰就是这个种族的核心特质。

很快，丘格里斯就变得和其他星球没有分别了——只是一颗悬挂在茫茫星海与冷寂太空里的平凡球体，所有独特性质都难以辨别。

也速该转过头去，靠回座椅里。他从来不喜欢告别家园世界。在人类之主抵达这里之前，在伟大远征将它纳入囊中之前，也速该也毫不介意只生活在一个世界上。有敌人供他们对抗，有王国供他们征服，有猎物供他们追捕；他对此心满意足。可汗也是一样。

他还记得自己曾经伴着初升的明月与可汗交谈，那时的库姆卡塔只有今日规模的十分之一，将它堆砌而成的泛红石块还并未被混凝岩与钢铁加固。

"等到征服了所有敌人之后我们要干什么？"也速该昔日问道，傍晚的温暖微风吹拂着他。

可汗站在胸墙上，那修长精干的身躯傲立于暮色之中。当时他已经成为整片大陆的主人，令金赞、库欧、契丹、纽门，以及其余上百个部族俯首称臣。

"把他们放掉，"他冷静地说，捏了捏红色的城垛，"我丝毫不打算当他们的主子。"

也速该笑了。"那又何必征服他们？"

"因为我们必须如此，"可汗仰望天空，或许他那时就已经料到了即将到来的人与事会引发翻天覆地的变化，"我们展开追猎，因为我们是猎手。"他的神情随即变得不悦。"所谓圆满达到目标，所谓完成了最初设定的一切追求，这种话是毫无意义的。整个世界不会以你为中心保持静止。要么随它前行，要么就此没落。"

也速该抬头看着自己的领袖。可汗的伟岸身躯从未丧失那种震慑人心的力量。他身上的一切都那么引人注目。一些部族成员已经开始称他为天可汗，等同于将他视作神明。也速该对此能够理解。大家都目睹过可汗的能力。

"这我恐怕难以相信，"也速该语气轻快地说，"放眼望去，从这里到海边都是你的领土。你才不会轻易放手呢。"

可汗将目光转向也速该。那双眼睛同样不曾失去夺人心魄的力量。也速该还记得他第一次凝视那双眼睛时的情形，当时他裹着一件被篝火烤暖的袍子，刚刚从与生俱来的超凡力量中捡回性命。那仿佛是一双属于神祇的眼眸——目光深邃，明察秋毫，冷酷无情。

"总有一天我会全都放手的，"可汗柔声说，"你知道我惧怕什么吗，塔古台？"

"你什么都不怕。"

"只有野兽才什么都不怕。"

也速该露出微笑。"那么，你惧怕的是衰朽。"

可汗点点头。"你确实了解我，天道萨满。"他又放眼瞭望平原，"腐朽才是真正的敌人。我们推翻的每一位皇帝都脑满肠肥。他们达到了权力的极限，就慵懒地陷在金色的王座里，对于自己年富力强时的征伐成果感到心满意足。在我们杀到他们面前的时候，他们连弯刀都举不起来。"

"你不会变胖的，"也速该指出，"我觉得你没有那个能力。"

可汗耸耸肩。"我的身躯或许不会，但我的心灵呢？"他似乎颤抖了一阵，这与温度无关——当时空气里仍有暖意——而是由于他保持了静止，也速该先前就有所察觉：可汗需要时刻行动，需要策马扬鞭，需要追杀猎物，"世上只有一份谎言是不可饶恕的。这种谎言说，都结束了，你是征服者，你已经完成了征服，如今你只需要垒起坚实的墙壁便可高枕无忧。如今，整个世界已经安然无忧了。"

可汗摇摇头。"所有皇帝都是骗子，塔古台。安然无忧，"他朝墙垛啐了一口，"简直没有更肮脏的词语了。"

那场对话发生在一百四十年前。当然，如今已经时过境迁，但也速该从未忘却。有时候他考虑是否要向可汗重提此事，看看原体是否会改变自己当年的想法。他认为不会。可汗的性情和脾气早已固化，就像塔斯卡部族在他左边脸颊留下的那道烙印一样难以磨灭。

登陆艇临近了目的地，开始调整方向准备降落。当右舷之外的景象从观察窗里掠过时，也速该的视线终于捕捉到了自己申请调动的载具：军团护卫舰月牙号。那艘长矛形状的星船与深幽太空形成了鲜明对比，它的洁白涂装和金红镶边分外抢眼。前部舰身两侧骄傲地覆盖着在千百年来始终代表可汗威权的闪电徽记。

它看起来速度很快。不错——它要很快。

在两列闪烁指示灯的引领下，登陆艇逐渐拉升，驶向位于护卫舰腹部的机库。降落之后，也速该就站起身来，沿着登机舱门下行。他首先抚平衣袍，握住手杖，随后才迈入机库——外表很重要，即便时过境迁，军团仍然对风暴先知们抱有很高的期许。

登陆艇的外部舱门伴着嘶声开启了。机库里光线明亮，这是第五军团战舰的一贯作风。每一块表面都被打磨得锃亮如新，在头顶照明灯下映着柔和的光辉。机库里飘着打磨粉、机油和契丹仪式熏香的味道。在舱门两侧列队的白色疤痕战士们挺直身躯，将双拳交叉在胸前恭迎来客。

即便是在那件蠢事之后，他们仍旧尊重我们，也速该边走边想。战士们的敬意让他很受触动。我很高兴我属于这支军团。

战舰指挥官面对也速该俯首行礼。

"欢迎，天道萨满，"他说，"你的到来让我们倍感荣幸。"

也速该躬身回礼。"是我耽误了你们的重要职责。"

"你把我们从无所事事中救了出来。我们乐意效劳。"

两人一同走向机库出口。在他们身后，若干机仆开始为登陆艇卸货，从机舱里取出一口口悬浮箱。

"那么你可以送我去琼达克斯？"也速该问道。

舰长做了个模棱两可的手势。"我们尽力一试，但你知道风暴的情况。导航者无法作出承诺。"

"导航者何曾作出承诺？"

"此话不假。"

"而且你们现在还有我，"也速该补充道，"过了许久，我也该掀开天界的面具了。"

"这是艘好船，"舰长坚定地说，"是一艘和谐的船。自从建成以来参与了二十场大规模行动，仍旧保持着和谐。"

这令人安心。在外界力量的强制推动下，丘格里斯经历了突兀而迅猛的科技飞跃，当地舰长们带着很多颇具异域风情的思维方式走入了太空，诸如和谐与平衡等古老理念仍旧占据着重要地位。

他们来到了机库最远端，也速该在两扇大门前方停下脚步。"你叫什么名字，舰长？"他问道。

"卢杉。"

"契丹人？"

"是，我来自夏姆。"

"那么，卢杉，我希望从一开始就能开诚布公。这场动荡风暴绝非自然现象。我并不知晓它的起源，但它让我们的星语者变得聋哑麻木，让整个银河陷入沉默，让基因原体音讯全无。与它展开对抗绝非儿戏。我要把这话对你说清楚。"

"我们都做好了准备，"卢杉毫不在意地说，"随时可以驶向跃迁点，只需你一声令下。"

"很好，"也速该说着挥手打开大门，"那就行动吧。我的梦境饱受困扰——而且在与大可汗重聚之前恐怕只能每况愈下。"他疲惫地看了舰长一眼，"我还是希望能睡个好觉的。"

托贡大步迈向星矛号的指挥甲板。他十分好奇，也穆兰很少会召集所有可汗。这位那颜可汗习惯采用丘格里斯的方式来治理自己的部队——中央管控十分松散，各支兄弟会拥有最大程度的自治权。而今天，一道指令让他麾下的指挥官们匆匆奉命赶来。坐镇执掌其余战舰的诸位可汗都乘坐飞船抵达了星矛号；仍旧身处星系外围区域的那些人则借助加密全息投影出席会议。

"你怎么看？"走在他身边的副官曼居问道。金发环绕下的那张白皙面孔上写满了疑惑。作为一名星际战士，曼居的相貌显得格外年轻，军团的标志性疤痕在他脸上似乎有些格格不入。

"毫无头绪。"托贡说。他听到过传言，据说蒙蔽星语者的那层帷幕已经逐渐碎裂，他们终于能够接收到一些消息了，但此类虚无缥缈的传言远不足以取信于他。

"是新任务？"曼居猜测，他的嗓音里流露着希望。

"确实是时候了。"

白色疤痕散漫纷乱的军团结构一如既往地阻碍着部队的协调工作——很

多兄弟会仍旧处在星系的遥远边疆，负责清除苟延残喘的异形力量。另外一些则早已在各自战舰中驻扎多日，无所事事地悬浮于洁白世界的星球轨道上，只能在训练笼里埋头磨炼战技，静静等待利剑风暴号下达新的指令。

丘格里斯人似乎对此并不介意。他们早已习惯了原体的深不可测与心血来潮。而泰拉人就更难接受现状，尤其是那些尚未适应这支军团缺乏计划性的指挥结构和行事作风的人。

"不是引进了一些泰拉人嘛，"曼居说，"我以为他们能引起一点改变呢。"

"只是她一个人，"托贡苦笑道，"她无法扭转乾坤。"

两人穿过走廊进入一个宽阔前厅，上方是晶莹剔透的高大拱顶。拿着数据板的舰队侍从们行色匆匆，时而迈步避开全无心智的挡路机仆。大厅彼端的墙壁上嵌着由雪花石膏和板岩拼成的军团闪电标志。旁边则是大地汗国的徽记，托贡听说那个山巅图案代表着铁木丹峰，是军团家园世界上的几座圣山之一。

位于徽记底部的那对精金防爆门通往也穆兰的议事厅。他麾下的两名怯薛战士握着沉重大刀立于入口两侧。他们的面孔隐藏在第三型动力战甲的倾斜格栅背后，头盔顶部装饰的马鬃被染成了黑色。

其余接受召唤赶来的可汗已经纷纷走入房间。他们的肩甲上覆盖着各自兄弟会的纹章：双头箭矢、翱翔鹰隼、破晓天空。最后一人的徽记——迸发着长矛状光芒的金色太阳——吸引了托贡的注意力，让他与赫伯目光交汇。

托贡微微颔首示意。赫伯也致以回礼。

众人走入房间，防爆门在他们身后闭合紧锁。光可鉴人的白色墙壁让议事厅倍显灿烂。罩着青铜外壳的照明灯悬浮于头顶。约有七十名白色疤痕站在铺有彩砖的地板上，不过其中一些人具有全息投影标志性的闪烁轮廓。焦躁不安的嗡嗡交谈声在人群中回荡。

最后一个步入房间的也穆兰踏上了远端的高台。那颜可汗依旧威风凛凛，与他为托贡主持升格仪式的那一天相比毫不逊色。此后的数十年岁月的磨砺，仅仅让那副如鹰隼般锐利的容貌更显刚毅，让那道贯穿他面孔的疤痕愈发苍白。他的古老战甲受到了细致入微的保养，同时也精心留存着一处处珍贵的灼痕、缺损和凹坑。

"兄弟们，"他转身面对人群，敷衍地鞠躬行礼，面孔倍显憔悴，"我真心感谢大家能够出席这场临时会议。我知道你们都在尽心尽力地为远征行动的下一阶段进行准备，无论我们后续有何任务。"

托贡和曼居相互对视了一眼。也穆兰的话语流露出深重的倦怠，仿佛他刚刚经历了一场苦战。在托贡的记忆里，对方的嗓音从未暴露过这种衰朽之态。

"若非事关重大，我绝不会轻易召集诸位，"也穆兰继续说，他用疲惫的目光扫视众人，"我唯愿能够向诸位传达更好的消息。我唯愿这不是……"他一时间哽咽难言，随后恢复了镇定。"我先前造访了利剑风暴号。我与大可汗交谈过。他想让我告诉大家，他对你们的成就感到非常骄傲。他知道你们挥洒了多少血汗。他说这一切都得到铭记。"

出事了，托贡眯起眼睛心想。他几乎都说不出口。

"众所周知，近来星语者与帝国失去了联络。如今，黑暗终于逐渐散去，即便情况只能说是略有好转。出于某种我们尚不理解的原因，旗舰的星语者们又能接收到一些幻景了。我们的解析人员正在努力工作。有些图像仍旧难以识别，但我们毕竟收到了信息。"

也穆兰稍作停顿，似乎不知道该如何说下去。

这是好消息啊。他为什么吞吞吐吐的？

"我实在不知道该如何向诸位传达我们的发现，"也穆兰说，"既然如此，我就只好直说了——伟大远征已经遭受了分裂、遭受了背叛。当今事态简直匪夷所思——一位基因原体陷入疯狂。整整一个世界化作废墟，大批忠诚战士断送于屠刀之下。我们不知道究竟有多少军团牵连其中。我们不知道这背后的根本缘由，但我们已经接到了出兵干涉的命令，需要尽快离开琼达克斯。"

也穆兰的话语沉重如铅。聚集在大厅里的众人顿时默不作声，哑口无言。托贡和其他人一样呆若木鸡。诸位可汗仿佛共同陷入了麻痹。

"就在此时，整支远征舰队都收到了同样的消息。我们要奉命尽快完成集结，让舰队恢复作战状态。很多情况尚不明朗，但有一点确凿无疑——阿斯塔特军团之中爆发了叛乱。唯一的补救方式就是将其连根铲除。这意味着战争。这意味着我们要与昔日兄弟反目成仇。他们的罪行昭然若揭。他们是谋杀者。他们是背信弃义的谋杀者。"

也穆兰带着满腔怨毒啐出了最后这几个字。他紧握铁拳，试图制止双手的狂怒颤抖。

嗡嗡人声再度响起。最初的震慑被强烈的好奇所取代——这是一种想要获取答案、想要了解细节的凡人本能。即便是转化为超人的严苛程序也并未将其抹消。

"是谁？"一个声音在大厅里回荡，随即得到了群体响应。托贡几乎不由自主地加入其中，同样因暴怒和惊疑而抬高了声调："是谁？"

也穆兰抬起双手让众人平复情绪。他脸上仍然阴云密布。

"我们得知了以下情况，"在房间恢复安静之后他说道，"千子全军覆没，其家园世界遭到毁灭。赤红的马格努斯已经殒命，他的脊梁被折为两半，他的城市被化作废墟。"

也穆兰满脸愕然，仿佛自己口中的话语至今仍让他难以置信。

"这份消息是战帅亲手所写，附有他的认证印章。"他说道，"这是我们自从帷幕消散以来收到的第一份确切信息，虽然整体形势仍然大有亟待探查之处，但我们至少得知了叛乱者的名字。"

也穆兰的阴郁目光扫视房间，其中喷薄着纯粹怒火——遭到战友背叛的怒火。

"叛徒唯有认罪伏法，"他高声宣告，"异端叛徒黎曼·鲁斯唯有一死。"

第五章

太空战
徽章
无法解答的问题

比约恩分立双脚，站定身躯，以此对抗舰桥甲板的猛然倾斜。地狱骑手号的人工重力可以应对紧急转向，但成效恐怕并不完美。他的猎群成员——神斩、乌尔斯、尤恩瓦德、安格瓦和菲瑞斯——同样出于本能地调整姿态，双眼始终凝视着战术屏幕。

"转向，上方五度，"比约恩下令，"干掉它。"

一阵剧烈颤抖应声席卷了舰桥舱壁，足以将韧性欠佳的结构震成碎片。前端防弹玻璃已经出现裂痕，两处由机仆负责的操作台也因内部缆线断裂而丧失了能量供应。

他们承受了严重的伤害。他们也施加了严重的伤害。太空战向来如此。

所有屏幕都被信号填满。交战舰队的双方成员铺陈在浩瀚太空之中，诡异的静默爆炸密布其间，覆灭星船的熔融枯骨辐射着耀眼火光。引擎毁坏的护航飞船迸发出蓝白烈焰，像爆竹一样从宏伟的巡洋舰之间飞速掠过。体形较大的战舰——护卫舰和驱逐舰——迎头撞开纷杂残骸，拖曳着炽热轨迹相互厮杀，用侧舷武器挥洒出密如繁星的激光火力。诸多星海巨兽接踵而至，它们的虚空盾上泼溅着小行星规模的碎片冲击，光矛武器喷吐出晶莹剔透的致命能量。

阿尔法军团旗舰未做任何回应——没有要求，没有挑战，只有一股白噪音，随后就是刺透太空而来的第一次激光打击。狼王根本不必下达后续指令。在无所事事中堆积成山的沮丧感猛力推动他的军团埋头扑向敌人，仿佛是古老冰原上的狂战士。

"再快点。"比约恩低吼道，他看着正在上演的惨烈血战，暗自筹划下一步的规避方法和突击线路，那金色瞳孔的双眸熠熠闪亮。

光矛开火的冲击力将另一阵颤抖送入甲板。前端扫描图像在片刻间被淡黄色的灼目光芒彻底淹没，随后又恢复了原状。

敌方目标位于他们的前上方，此刻正在加大马力逃避地狱骑手号的追杀。猎物的体形仅仅稍小于猎手——那熊熊燃烧的精金舰身色泽碧蓝，表面描绘着青铜色的漩涡图案，背部装甲已经被撕开了一道参差不齐的巨大伤痕。成群结队的炮艇在它周围翻飞舞动，其中一些像是颜色灰暗的融雪泥点，另一些则如同夜幕之中的璀璨珠宝。日冕般的激光火力将敌舰笼罩起来，无情地鞭笞着猎物身上几近崩溃的护盾，时而穿透防线刺入其下的实体装甲。

目标正在仓皇逃窜，期望钻进前方的阿尔法军团巡洋舰阵形里求得庇护，地狱骑手号则启动引擎奋起直追。两艘战舰早已遍体鳞伤，它们在这团充斥着灼热等离子与凶狠激光束的致命漩涡中滞留的每一秒都意味着更多的磨难。

"我们能追上它吗？"神斩急切地说，他紧紧抓住护栏，抵挡住舰桥的又一次猛烈倾斜。

"十秒。"比约恩嘶吼道，他绝不想让猎物就此逃脱。然而他们必须在闯入巡洋舰的射程之前及时脱身，若是因此功亏一篑，他必将恼怒不已。

"风暴鸟逼近左舷。"一个机仆语气平淡地汇报。

"左舷七号虚空盾失效。"另一个机仆说。

"光矛充能百分之九十。"

"指挥甲板照明能源转移至动力控制系统。"

这些信息在比约恩的脑海里掠过，融入了本就令人目不暇接的战术数据。他能察觉到脚下的战舰像一头野兽般颤抖不已，遵照他的每道命令调整航向。

"快要锁定了……"火炮主管说，他那颗改造过半的头颅深埋在一团如鸟窝般杂乱的屏幕之间。

他们的目标在前方疯狂地起伏回旋。地狱骑手号紧紧咬住敌人，踏着螺旋形的轨迹迅猛前行，奋力闯过一艘濒临覆灭的大型运输船所造成的剧烈回流，随即冲破阻碍，快速拉近距离。

"动手吧，火炮主管，"比约恩开口警告，他身躯前倾，扶着一面花岗岩墙壁，"不动手就没机会了。"

"锁定了。"那位军官确认道，他猛然拉动一支操纵杆，接着旋转转椅望向前方。

地狱骑手号的舰艏光矛一齐开火。两束夺目闪光洞穿了那台喷吐烈焰的敌舰引擎。

"哈！"乌尔斯用拳头狠狠敲打手掌咆哮道。

目标应声爆炸，接二连三的链式反应将其撕成碎片，燃料舱也被卷入了这场毁灭盛宴。它的尸骸上下颠倒，不受控制地翻滚远去。

"立刻转向！"比约恩命令，"转向下行。"

地狱骑手号骤然开始大幅度俯冲。崭新的目标在视野中浮现，逐渐逼近的敌方单位不胜枚举。一场愈演愈烈的三维混战在此上演，当前局面极为纷乱胶着。

"战舰击杀，"炮手带着孩童般的笑容作出汇报，他针对猎杀目标的四散残骸进行了一轮传感检查，"全父在上，真是一次漂亮的战舰击杀。"

"风暴鸟仍在逼近。"探测机仆重复道。它的平淡嗓音似乎更适合汇报战舰底层后备系统里的轻微燃料泄漏。

"多少？"

"二十四艘，密集阵形，即将开火。"

比约恩低声咒骂。对于地狱骑手号这种体形的战舰，风暴鸟足以构成显著威胁——它们速度迅猛，装甲厚重，可以搭载颇具想象力的各式弹药。"来一次侧舷轰击，火炮主管。别让它们凑得太近。"

实体空间引擎骤然输出的一股爆发式动力狠狠扭动了平稳行驶的地狱骑手号。它像一只受伤的老狗般侧向翻滚，仿佛即将遁入末日。区区几百公里之外就是一艘战列巡洋舰的颤抖尸首，那宛如城垛的宏伟舰体披覆着芬里斯的涂装，地狱骑手号在最后一刻稳住了身形，朝右舷方向迅猛突进。

这一套规避动作被完成得炉火纯青，左舷火炮由此对准了那些来势汹汹的风暴鸟炮艇。

"活剥了他们。"比约恩看着来犯之敌，冷酷地下达命令。

整齐排列在地狱骑手号侧舷的火炮一同开口怒吼，向幽暗太空喷吐出密集弹幕。众多风暴鸟迎击这股凶残火力，其中一些化作转瞬即逝的火团，另一些则顶着烈焰继续突进。

"再来。"

一艘风暴鸟被炮火炸碎，疯狂翻滚的残骸挥洒成一道宽广圆弧。另一艘埋头扎进了密集的弹片之中，顿时引擎失灵坠向下方。然而还是有一艘炮艇抓住时机瞄准了目标，用一记精准轰击让地狱骑手号舰尾的某处虚空盾过载失灵。

炮艇编队的攻势戛然而止，它们迅速转变航向，一同爬升，从地狱骑手号的低垂舰艏上方匆匆掠过。

"追踪它们。"尤恩瓦德命令。

比约恩扭过身子看着探测台操作员们。"暂停执行。继续维持近距离扫描。"

一个拥有火红长发与铁灰眼眸的女性船员抬头望向他。"登舰鱼雷正在逼近，九枚。"

神斩咒骂一声。"它们是在打掩护！"

"火炮瞄准左舷。"比约恩瞪着炮手命令道。

但炮手早已展开了行动，他让近距离防御武器掉转炮口，用一片密集而凶猛的激光火力覆盖了危险区域。众多登舰鱼雷纷纷爆炸，它们覆灭时的剧烈闪光点亮了地狱骑手号的焦黑装甲。

"都干掉了吗？"比约恩质问，他伸手扭过一块挂在缆线上的屏幕。

从下方传来的五次沉重冲击给了他答案，那仿佛是洞穿硬革的子弹。皮开肉绽的战舰颤抖起来。

"我们虚空盾的唯一一处破绽。"神斩看着明亮的冲击标记，满怀钦佩地轻声说道，"瞄得真准。"

比约恩从背后取下战斧，启动了那闪烁着蓝色幽光的干扰力场。

"舰桥归你了，舰长。"比约恩向舰桥上的高阶军官发话，他的嗓音已经逐渐转变为声调粗重的战场呼吼，"干掉那些炮艇，之后在欧格维的战斗群里寻找掩护。"话音未落他就扭转身躯，向猎群成员们挥手示意。他放开手脚，准备迎接即将到来的近身厮杀，这正是他的天职所在。

"来吧，兄弟们，"他嘶吼道，"咱们去剥蛇皮。"

昔班看着挖掘现场。他必须向哈希克汇报此事，但首先要收集更多的信息。目前为止他能够提供的只是一些初具雏形的怀疑，远不足以让人信服。

"可汗！"

呼声从远端传来，距离昔班数米之遥，位于战士们正在协力挖掘的深坑底部。十余名战士仍旧在岩浆层表面劳作，用等离子武器和重型链锯剑开凿这片尚未彻底凝固的泛红岩石。他们已经发现了那支白色疤痕巡逻队的更多遗物——盔甲碎片和喷气摩托部件。头顶的天空显得像热油般滑腻。

昔班匆忙走下斜坡。时间紧迫，如果还找不到更多证据的话，他就不得不叫停这场行动，带队返回卡吉安号了。

"但愿你找到了一些有用的东西，车艾。"昔班说着走向麾下的战士，对方俯身蹲在一道半凝固的岩浆山坡旁。

车艾转过头来。"或许吧。"他捡起一块扭曲的爆炸物外壳残骸，以及若干破片，"是埋在这边的。"

昔班仔细检视。类似的爆炸物他自己就用过很多次；大概是用来炸毁岩浆通道，从而改变熔岩流向的。或许是那支巡逻队在殊死奋战之前所使用的。无法得出明确结论——这残骸只是一块焦黑碎片罢了。

"还有这个。"车艾伸出手。

昔班接过一块金属片，约有半掌宽。它颇为沉重，边缘凸起。他将这物件在手里翻动观察。一面是空白的，另一面印着鹰首图案。工艺算不上精美——这让他想起家园世界的部族仪式标志，然而面前的徽记并没有明显的丘格里斯风格。那暗淡金属表面布满凹坑，他单单依靠触觉难以辨认具体材料。无论是什么，显然都足以抵御高温。

"这是在哪里找到的？"昔班问。

车艾指着斜坡顶部。"在上一具尸体旁边。探测器险些错过。"

昔班重新审视那枚徽章！看起来无关痛痒。银灰色的斑驳金属映着费姆斯的阴沉光线，仿佛是陈旧的血迹。他包裹在陶钢盔甲里的手掌微微冒汗。

"之前见过这种东西吗？"他问道。

车艾耸耸肩。他的肢体语言中流露着质疑——他希望这场发掘行动尽早结束，他认为在死去兄弟的尸体附近胡乱挖掘并没有什么意义。

昔班转身面向其余小队成员，高高举起手中的徽章。"还有这个吗？"

无人应答。战士们用空洞的目光望着那枚徽章，态度与车艾无异。

昔班将徽章握在掌心里。"好吧，算不上什么收获。"

他瞥了一眼在斜坡顶端等待他们的风暴鸟。与此同时，他的通信频道伴着杂音启动了。

"可汗，"术赤说道，"舰队传来了消息。"

"讲吧。"

术赤犹豫了。"你最好还是回来。他们让我们撤离。所有人都要返回琼达克斯，没有例外。像是出事情了。"

昔班感觉到一股寒意。这听起来有些耳熟。他还记得大可汗昔日站在琼达克斯的绿皮堡垒废墟中，低下头去聆听怯薛卫队向他传达某些令人不安的消息。

像是出事情了。

但那已经是许久之前了，况且就此告别费姆斯绝不会让他伤感。

"明白。让卡吉安号准备出动。"他切断频道，看着小队成员们，"完事了，兄弟们。但愿上天派给我们的下一项任务成果会更好。"

他们开始撤离，昔班最后扫视了周围一眼。对于阵亡同僚而言，这实在是一片糟糕的墓地。他又看看手里的徽章。这令他十分反感——徽章的造型似乎完全不符合他的审美。

"满怀恨意的世界。"他咕哝着爬上斜坡，朝那架即将搭载他们返回琼达克斯的风暴鸟走去。

比约恩快步穿过地狱骑手号的中转走廊，神斩和其余战士紧随其后。两支十人编制的战舰卫队接踵而来，他们都穿着壳式装甲，手握沉重的自动步枪。密集的脚步声在这狭窄空间里隆隆回荡——战舰底层的通道大多拥挤而昏暗，随处悬挂着散乱缆线。

比约恩的战斧用夺目的淡蓝光芒照亮了前路。它的能量力场微微脉动，嘶吼不已，急欲啃噬陶钢甲胄。这把名为"鲜血使者"的武器握在他的右手里，而他的左手仍旧是一团尚未完工的繁杂零件和金属尖端。

独手，他阴郁地想着。这事情有意思了。

神斩和比约恩并肩前进，他左手拎着链锯剑，右手握着爆矢手枪。闪烁不定的蓝色光辉让他的盔甲倍显邪异。

"他们不远了。"神斩说。

比约恩低哼一声。他早有察觉——爆矢弹的轰鸣和人类的尖叫从前方传来。登舰的敌人行动果断，他们没有费力杀向舰桥，而是尽可能快地埋头下行，直取实体空间引擎。倘若他们让地狱骑手号动弹不得，就等同于断送了这艘战舰的性命，与引爆亚空间引擎管道核心没有实质区别。

设身处地地想，比约恩大概也会作出同样的决定。与另一支军团交手是种令人不安的经历：对方的思维方式与他相仿，迅猛动作与他相仿，就连对于这艘飞船内部构造的深入了解也几乎与他不相上下。这恍若与自身的镜像对战。

千子的情况与此不同。在太空野狼发动登陆之前，他们就已经斗志消沉，他们的防御作战显得绝望而混乱，他们的顽强抗争之中夹杂着困惑。阿尔法军团则丝毫不受这些劣势的拖累。他们的整体状态远优于野狼，手中掌握着更为丰富的资源，并且得以抢占先机。他们有备而来，主动求战，但背后的动机却是连鲁斯都难以精准推测的。

我们几乎一无所知——他们掌握了一切信息。怎么会走到这种地步？

比约恩冲到走廊尽头，撞开铁门闯进一座损毁过半的高大舱室。八边形的墙壁径直向上延伸到视线之外，营造出一口深达百米的竖井。房间中央立着实体空间引擎的主动力中继系统——那座粗壮高塔由覆满管线的钢铁结构与喷薄光芒的等离子通道组成。它带着工业建筑的丑陋与壮美刺向上空，周身流转着一条条叉状能量，让舞动闪电在整座房间里奔窜。

比约恩的头盔显示屏为他展现了五名敌人，对方身着鳞甲造型的动力盔甲，踩着齐膝深的破碎尸首与焦黑零件。引擎室的防御力量已经只剩下区区数十名凡人士兵了，他们躲在寥寥无几的掩体背后，绝望地与入侵者交火。

"死战不屈！"神斩咆哮一声，迈开大步穿过遍布管线的甲板，一头扑向最近处的阿尔法军团战士。猎群其余成员分散开来，精确地瞄准对手，让爆矢弹加入了那阵敲打着敌人动力盔甲的枪林弹雨。

比约恩的动作更快。他冲向房间彼端，绕开甲板上的成堆残骸，晃动身躯躲避敌方军团战士发射的爆矢弹。两枚子弹命中了他——其中一枚从肩甲上弹开，另一枚敲裂了他的腕甲。这让他有点站不稳，但并未放慢他的速度。

"荣耀鲁斯！"他高声呼吼，感觉到唾沫溅在了头盔内侧。

这是他的战舰，他的地盘。这里的一切——无论是芬里斯战士们的粗重咆哮，还是机械油料、火盆煤块与染血皮毛的刺鼻气味，抑或那缺乏装饰的裸露钢铁所彰显的野蛮风格，全都代表着他的家园世界。这至关重要。

他横冲直撞地来到敌人近旁，挥动鲜血使者与来犯者交手，将面前的阿尔法军团战士逼退一步。他在余光中看到乌尔斯也与敌人展开了肉搏；安格瓦则拉开距离用爆矢枪开火。

"这不是你们该来的地方，"比约恩嘶吼道，他用滔天怒火推动战斧，让敌人忙于招架，毫无喘息之机，"叛徒。"

对方一言不发——没有讥讽，没有嘲弄。那副空白的头盔上没有任何装饰或标志。这个战士技艺精湛，动作迅捷，用一柄笼罩着干扰力场的短剑迎击战斧。每当两把武器迎面交锋的时候，双方的能量力场都会喷发出尖锐嘶号和四溅火花，向比约恩的臂膀送去一股剧烈震颤。

浓厚热血在他体内奔腾，让他脑海里的熊熊怒火愈演愈烈。他憎恨面前的这个战士：对方的沉默与高效，对方竟敢明目张胆地闯入他的战舰，最憎恨的是对方的所作所为似乎没有缘由。

他们为什么要这样做？他们为什么要来这里？

双方再度交锋，势均力敌的两把武器迎面相会，在一次次剧烈冲击下嗡嗡作响。比约恩的深切恨意是敌我之间的唯一差别，而这股恨意也最终成了左右战局的关键因素——他的攻势略微地更显狂野，更加难以预料。

"全父！"他放声咆哮，最后一次猛力斩落鲜血使者，冲破了敌方军团战士的仓促防御，将斧刃深深埋入对手的盔甲。能量力场咬开了陶钢结构，引来一阵气体外泄的嘶鸣，雾化鲜血随即涌现。比约恩继续施力推动斧刃，伴着血液和冷却剂交混而成的大团泡沫，面前的星际战士瘫倒下去，徒然挣扎喘息。

比约恩毫不犹豫地飞身越过这具颤抖尸体，前去寻找新的猎物。神斩和其余战士都忙于应付各自的对手，将敌人压制在房间底部，四周回荡着武器开火时的震耳轰鸣。

最后一名阿尔法军团战士从恶战中抽身，快步冲向那座能量高塔，被闪烁刀锋般的舞动电弧照耀得分外鲜明。比约恩穷追不舍，借助磁力将战斧固定在背后，匆忙赶往高塔脚下。两位战士一前一后地踩着繁杂管线向上攀爬，仿佛是绳索上的两只老鼠。

在他们前方，高塔的外层护罩表面有一处被爆矢弹撕开的宽大裂口，暴露出内部那条光辉闪烁的格栅管道，在里面翻滚沸腾的雄厚能量几乎要脱缰而出。火舌状的等离子在裂口边缘跃动，将步步逼近的军团战士化作剪影，舔舐着那套色泽幽暗的动力盔甲。

比约恩继续攀爬，然而缺少一条臂膀让他进度缓慢，而且他手无寸铁。敌方军团战士已经几乎抵达了裂口位置，他俯身凑近边缘，拎着一串破片手雷。

能量管道的严重爆炸足以彻底抹消这个房间，进而摧毁整座引擎室的半壁江山，让地狱骑手号失去动力，无助飘浮。

比约恩停下脚步，稳稳站定。他从背后取下战斧，在手中掂了掂，随后投向敌人。

战斧旋转着飞了出去，当的一声埋进阿尔法军团战士背后。斧刃洞穿了他的背包，劈开动力盔甲供能系统的防护外壳，让能量缆线在噼啪作响的电流中短路损毁。

敌方军团战士骤然全身僵直，颤抖不已，仿佛癫痫发作。那串尚未拉开保险的手雷从他瘫软失力的指间滑落。

比约恩吃力地攀爬到敌人身旁。缺少武器的他紧握铁拳。

"下去吧。"他恶狠狠地吼道。

阿尔法军团战士毫无招架之力——比约恩的手甲像一柄锻锤般重重砸向他的头盔，将他从高塔表面击飞出去，轰然摔在甲板上。

比约恩纵身跃下，在落地时将披覆铠甲的膝盖碾在那位军团战士的腹部。随后他继续向对方的面孔一次次挥出铁拳，直到敌人的护目镜粉碎四散，脑袋软绵绵地垂在一摊浓稠血池里。

比约恩扯下对方的头盔，展露出血肉模糊的面孔。一侧眼眶里的眼球不翼而飞，只剩下缓缓涌出血泡的窟窿。那位军团战士的喘息显得很沉重。

"为什么？"比约恩嘶声道。

阿尔法军团战士已经神志不清。那只尚且完好的眼睛用涣散目光看着比约恩，他鲜血淋漓的嘴角似乎闪过一道疲惫的微笑。

比约恩怒火高涨。"你们计划了多久？从乌兰诺开始，还是更早？"

那位军团战士咳出大股鲜血。他的眼神失去了光泽。

"不要死！"比约恩咆哮着，一把揪住对方的脑袋，猛力前后摇动，"你们为什么这样做？告诉我！"

他想要伤害对方，他想要肆意发泄遭到背叛的钻心痛楚，他想要摧残这些将帝国撕成两半的敌人。

那位军团战士脸上的所有表情都被抹消了。他没有疯狂大笑，没有顽抗到底，没有承诺报应。他只是静静地躺在那里，任凭自己的活力缓缓流逝，一片狼藉的面孔上满是对命运的顺从。

比约恩此时终于闻到了神经毒素的微弱气息，那种起效迅猛的毒剂已经混入对方的血液。这个战士绝没有被生擒的打算。

我憎恨这支军团。

比约恩将头盔凑到那位军团战士的面孔旁，像是在邀请对方低声传达某种机密。他能听到手下败将的临终喘息，那轻柔声响已经卸下了一切的愁苦。

"就告诉我一件事，兄弟，"比约恩向敌人致以战士的尊敬，急欲获取任何确切信息，"你们为什么要这样做？"

那濒死的军团战士面露悔恨，仿佛他想要作出更好的解释，却受制于严苛的规章。

"为了帝皇。"他轻声说道。

随后他就眼睛翻白，停止了微弱的喘息。

比约恩哑口无言地盯着对方。过了许久他才逐渐发觉整个房间已经陷入寂静，只剩下能量高塔全力运转时的嘶吼与爆鸣。战斗结束了。

神斩一瘸一拐地走过来。他的爆矢手枪不见了，链锯剑也被等离子烧焦了。

"我不喜欢他们的战斗方式。"他透过受损的扩音器嘶哑地说。

比约恩一言不发，站起身来。

神斩看着地板上的凄惨尸首。"你当真需要两只手吗？"他用力敲了敲自己的头盔，试图让扩音系统恢复正常。

"为了帝皇，"比约恩嘀咕道，"这是开玩笑吗？"

他的通信连线突然启动。"如果你们完事了，"舰长说，"就最好尽快回来。"

"汇报情况。"比约恩行动起来。

"舰队正在撤退。"舰长说，"我们在各个方面都遭遇了沉重打击。他们的火力更强。"他停顿了一阵，像是不愿继续说下去。"拉芬克号，好像已经受损了。"

比约恩顿时加快脚步。"不要后撤，"他命令道，鲁斯就在旗舰上，"维持航向，等我过去。"

通信频道里传来一声叹息，仿佛舰长对于这份命令早有预料。"我们要维持什么航向，大人？"

"径直驶向拉芬克号，"比约恩低吼道，"如果它要死，我们就去陪葬。"

第六章

宿怨

破墙而入

猩红君王

在纯净而祥和的琼达克斯上方,黑暗太空变得支离破碎。一艘接一艘的战舰从跃迁点驶来,在"洁白世界"的高层轨道停下脚步,它们的色泽与脚下星球别无二致。

利剑风暴号坐镇中央,如同契丹皇帝的古老宫殿一样金碧辉煌。经过大幅度改造的引擎附于舰身表面,其迅猛速度在帝国的诸多舰队之中难寻对手。与所有白色疤痕战舰一样,它受到了精心打理,外表光洁如新,仿佛是黑色天鹅绒上的一块璀璨珠宝。

在护航飞船的警戒范围之外,其余巡洋舰静候指令——沁扎尔号、天境长枪号、库欧费安号,它们各自被成群的小型舰船簇拥着。第五军团的作战单位通常都零星散布在银河的各个角落,唯独琼达克斯得以目睹军团的核心力量齐聚一堂,这景象实在令人震撼。

伊莉雅沿着利剑风暴号的背部走廊匆匆前行,从主控室赶往指挥舰桥与战略室,同时在脑海里努力消化这个迅速交融合并的舰队阵形。哈尔季迈着轻松而慵懒的步伐与她并肩前行,毫不费力地赶上了火急火燎的她。

"有乌赞号的消息吗?"她朝通信器吼道,"卡吉安号呢?"

简短的答复迟迟传来。她的联络官们已经大有进步,但仍然无法迅速查明那些脱离大部队的军团战舰究竟是何状况。

"卡吉安号正在路上,"她终于得到了回应,"尚且没有乌赞号和猎鹰星辰号的消息。我们继续查找。"

伊莉雅啐出一句年代久远的泰拉脏话,哈尔季轻笑起来。

"你们干得很好了,"他赞许地说,"大可汗肯定会满意的。"

"他从来不会满意,"伊莉雅咕哝道,"一切都要更快,更快,更快。他觉得其余都无所谓,但舰队行动并不是只有速度这一项要点。"

"真的吗?"哈尔季饶有兴趣地问。

"还有什么关于这场行动的情报吗?"伊莉雅问,"我都用得上。"

哈尔季的黝黑面孔流露着歉意。"你我知道得一样多,伊子。是某种叛逆暴行。有人提到了芬里斯的野狼,说实话,这算不上出乎意料。"

伊莉雅暂且停下了脚步。她有些头晕目眩——近来的几个小时被下达命令和撤销命令所充斥,几乎毫无间断。她能听到急迫的脚步声从前方传来,船员们正在匆忙冲向各自岗位。

"你们和野狼之间究竟有什么宿怨?"她追问,"每次一提到他们,你们就都不愿说话了。"

哈尔季戒备地瞥了她一眼。

"你是认真的吗?"伊莉雅说。

"个人而言?没有,"哈尔季满不在乎地说,"只是他们名声在外罢了。"

"不止如此。"

哈尔季犹豫了一阵。"恐怕不容易跟你解释清楚。"

"那就试着说说看,"伊莉雅有些暴躁地回应道,"我已经和你们相处得够久了。"

"每支军团都有自己的名声,"哈尔季尴尬地说,"其中一些会……相互重叠。野狼对于自己的名声大肆吹嘘。我们则曾经受到类似名声的拖累。其他人将我们视作一类。他们看到了部族印记与仪式疤痕,于是就妄下结论。"哈尔季说话时苦着脸,仿佛受到了侮辱。"我们不是野蛮人。我们不愿被视作野蛮人。"

伊莉雅笑了。"你们……忌妒了?"

哈尔季显得受到了刺痛。"我没有那样说。"

"但你就是这个意思,"伊莉雅微笑着摇摇头,白色疤痕依然能够出乎她的意料,"我可从来都想象不到——你们是帝皇的完美杀戮机器,却仍会忌妒别人。"

哈尔季恼火地扭过身去继续前行。"我就说过,没法跟你解释清楚。"

"你解释得很清楚了,"伊莉雅小跑着赶上对方,"但让我担忧的是下一步。倘若他们犯下了某种罪行,你们要如何应对?去追杀他们吗?有一件事你说对了——他们名声在外。"

哈尔季停下脚步，转过来面对伊莉雅。他脸上一反常态地挂着阴郁神色，就像是遮挡住阳光的厚重云层。"听好了，"他语气坚决地说，"我们或许不是'刽子手'，不是'诸界吞噬者'，不是'完美战士'，但我们是一支军团。我们从不索取别人的尊敬，如果他们对我们一无所知的话，那是他们自己的损失，因为我们对他们早有了解。我们更快——我们的行动更快，我们的杀招更快。他们的确是兄弟，但倘若鲁斯果真犯下了罪行，那么他就会像一条败犬那样被大可汗随手打翻。你目睹过我们原体战斗的情形吗？那才是完美。"

伊莉雅吓了一跳，惊愕地瞪着对方。哈尔季以往从不抬高声调说话，此时他的声音却激昂得微微颤抖。

他们对于外界的轻视抱有如此深切的怨怒，她心想，但他们却无意作出改变。话说回来，他们又何必去改变呢？

她躬身致歉。"我只是随口乱说，哈尔季。我冒犯了你。对不起。"

哈尔季满不在乎地晃了晃皮肤黝黑的脑袋。"是我不好。我不该往心里去。"

伊莉雅仰望对方，陷入沉思。那些一度显得非常陌生的徽记与图案——部族符号和锯齿状的兄弟会击杀记录——如今已经成了她生活中的一部分。如果她与这支军团继续共处多年，或许就能真正理解他们的思维方式。倘若再久一些，或许同样的怨怒也要钻进她的心底。

"当真会走到那一步吗？"这次她认真地问道，"可汗会与野狼为敌吗？"

哈尔季重新迈开脚步。"忠诚很重要。"他语气平淡地说，"如果战帅有命，大可汗怎么会拒绝呢？"

拉芬克号在洪流般来袭的炮火中蹒跚前行，深陷于一片由激光火力和鱼雷轨迹所组成的静默泥沼。它的强悍武器仍然在反击，用骤然迸发的夺目闪光不断照亮自己的铁灰装甲。十余艘战舰的尸骸像维持公转的卫星般环绕在它身旁，威力惊人的夺命爆炸早已掏空了那一具具躯壳。

此时此刻旗舰正在撤退，赶往遭受围困的太空野狼核心舰队，它的护航飞船无一幸存，它的层层护盾闪烁消散。一如既往的鲁莽冲锋将拉芬克号刺入了敌方战斗群的深处，无论它在突进过程中斩获了何等血腥的战果，这都让它的辉煌轮廓饱受摧残。

它孤立无援，身陷敌阵，难以招架。抵御住了初期攻势的阿尔法军团战舰如今有序地发起了还击，它们保持远程作战，将密集的光矛打击洒向这艘伤痕累累的星海巨兽。

比约恩透过地狱骑手号舰桥的实景舷窗望着那场血战。旗舰残破装甲所遭受的每一次打击仿佛都扎在他心头。他看到了倾巢而出的登舰鱼雷，正如自己麾下这艘护卫舰方才面临的困境。阿尔法军团在那些该死的东西上的造诣炉火纯青。

"尽量靠近，舰长。"比约恩命令道。

地狱骑手号远非唯一一艘向处境危急的拉芬克号全速前进的星船——双方舰队中的攻击性单位全都闻到了血腥味，纷纷匆忙加入战局。阿尔法军团战舰势如潮水，让围攻火力不断增强；太空野狼的飞船则表现得愈发绝望，将早已受损的舰身拦在凶残弹幕的来袭路径上。

"我们坚持不了多久。"舰长回应道。他的嗓音里并没有丝毫惧意，只是对现实情况的直白描述。

"明白。拉芬克号情况如何？"

"虚空盾已经失效，但动力和武器尚且正常运作。我们追踪到了登舰鱼雷的多次冲击。"

比约恩望着蜂拥而来的阿尔法军团战舰，其中大部分都拥有让地狱骑手号相形见绌的凶恶火力。他的飞船可以吸引敌方弹药，为旗舰赢取一点点时间，但那恐怕只是微不足道的喘息之机。

"足有几百枚鱼雷命中了。"神斩指出，他在仔细检视从旗舰传来的扫描读数。

比约恩点点头。"那正是我们要加入的战斗。"他舔了舔自己的獠牙，品尝到一股微弱的酸楚血腥，"看来今天是鱼雷的大吉之日。也让他们看看咱们的准头吧。"他面向舰长，"等到我们出击之后，就朝阿尔法军团的火力阵线冲过去，造成最大限度的伤害。你明白这是什么意思吧？"

舰长看着他，那张须发斑白的芬里斯面孔上满是视死如归的神色。"愿鲁斯之手与你同在，大人。"

比约恩尊敬地躬身致意。"来冬再会。"

神斩、尤恩瓦德、安格瓦、乌尔斯和菲瑞斯早已跃跃欲试——比约恩能感受到他们的杀意，那股像猛兽体味般浓烈而原始的气息让他自己的情绪也愈发高昂。

"狩猎时间到了。"他说。

包裹着厚重精金舱壁的鱼雷发射室位于战舰底部，距离舰桥很远，被战斗警示灯照得通红。每一支登舰鱼雷都静静躺在圆形发射管的末端，周围铭刻着符文徽记。规模较大的舰船往往会配备成排的裂甲鱼雷或铁拳型突击槌，那些跳帮载具的尖端密布着大口径热熔武器，主体结构则足以容纳整支小队。相比之下，地狱骑手号这种级别的战舰就显得差了许多：它的十枚纤细鱼雷仅配有最简单的热熔爆裂装置和经过加固的撞击区。这些躺在发射管里的登舰鱼雷长不足六米，各自只能容纳一位披挂动力盔甲的乘客。

"见鬼。"神斩咒骂道，他狐疑地盯着那些状如棺材的载具。

"发射之后制导功能有限，"比约恩说着将战斧吸附在胸甲正面，躺进了鱼雷里，"登上旗舰之后要尽量确定方位。如果我们能会合那最好，否则就找到什么杀什么。"

猎群成员纷纷各就各位，将安全装置锁死。警示灯开始疯狂闪烁，最后几名发射操作员也匆忙逃离了房间。比约恩平躺在自己的狭小空间里，感觉到推进器的震颤愈发剧烈。

"一路顺风。"他下达了最后的命令，那棺材盖一样的鱼雷舱门随即合上。锁定螺栓伴着一连串铿锵轰鸣完成了封闭。

比约恩的喘息在黑暗中显得燥热、粗重。这种幽闭环境让他不禁握拳。

在无畏机甲里大概就是这种感受，他心想。那些可怜鬼。

他后方的推进器点火了，一股沉闷咆哮迅速响起。他听到防爆舱门滑开，气流的尖啸接踵而来。登舰鱼雷像一只活物般剧烈颤抖。比约恩的头盔显示屏已经和载具的内置系统完成了无缝对接，此刻开始为他进行倒数。

时候到了。

鱼雷沿着发射管奔窜而出。比约恩骤然紧贴在抗震索具里，整个身躯被狠狠甩向后方。他在几秒之内依稀感觉到了极迅猛的直线加速，接着就是行进方向的紧急扭转。鱼雷狠狠拐向下方，径直扑向大势已去的拉芬克号。

他紧咬牙关忍耐着巨大压力，将精神集中在震颤不已的头盔内部，查看那些如瀑布流泻般高速滚动的探测数据。他看到代表着其余几支鱼雷的闪烁亮点紧跟在自己后面，各自以螺旋形轨迹在凶恶的激光火力网里穿行。漆黑背景的衬托让旗舰的三维模型显得宏伟而耀眼，以令人惊恐的速度在视野里膨胀。

他为即将到来的冲击做好了准备——热熔装置让鱼雷疯狂颤抖，随后的猛烈爆炸将比约恩一把甩向抗震索具。即便在动力盔甲和鱼雷外壳的双重保护下，那凶恶冲击仍令他两眼发黑，险些失去意识。鱼雷继续向前突击了几米，战栗着逐步劈开坚实的舰身装甲。

片刻之后，鱼雷的锁定螺栓就伴随嘶声自动脱落了。比约恩晃晃脑袋厘清思绪，挥拳敲击抗震索具的开关。鱼雷掀开了舱门，比约恩站起身来，取下战斧，扫视四周。

急速减压的战舰发出尖锐嘶鸣，迅猛气流卷着零散残骸翻滚掠过。他压低身体对抗这场旋风，逐渐熄灭的火舌徒劳地拉扯着他的盔甲。周围甲板的金属结构已经在热熔冲击下扭曲变形——他被迫手脚并用地爬过这片废墟，直到踏上更坚实平稳的甲板地面，同时奋力抵御流失空气的咆哮和推搡。附近的照明灯在他闯入时炸成了碎片，他头盔的夜间视野里一片杂乱。

在抵达下一段走廊之后，他终于可以让背后的防爆门紧密闭合，阻断了迅猛减压。他身处拉芬克号的某块低层甲板。他启动了鲜血使者的干扰力场，让冰蓝光辉泼洒在这狭小空间里。

"汇报。"他在猎群的通信频道里说，同时眨眨眼激活了其余战士的定位符文。

他一无所获，没有定位结果，没有通信回应。他的头盔屏幕像是受损了——杂乱无章的反馈信号和模糊不清的寻敌准星混成一团。他用斧柄敲了敲头盔侧面，屏幕信号剧烈抖动起来，新的一批寻敌准星开始在视野里胡乱游走。

"该死。"他沮丧地咒骂一句，继续埋头前进，打开了下一扇舱门。

走廊远端是一座补给仓库，它的天花板隐没在阴影里，昏暗的墙壁"刺"向上方。由集装箱堆砌而成的高塔朝四面八方排列成了漫长的队伍，相互之间由笨重的金属脚手架串联成一体。高高在上的闲置起重机垂荡下来一条条粗大锁链，那些庞大机械本身又借助巨型金属轨道附在仓库屋顶上。

枪口闪光和爆炸火团不时点亮前方的黑暗。断断续续的尖锐呼声沿着高塔之间的狭窄隧道回荡而来，接着就戛然而止。他能闻到令人熟悉的战斗气息：燃料、鲜血、恐惧。

我的猎群在哪里？

他沿着这条人造山谷奔跑，不住咒骂那些在战术显示屏里漫游的垃圾信号。他加快脚步，终于冲出了由集装箱搭建而成的第一道高墙，闯入开阔区域。一台起重机躺在前方，那坍塌在地的巨型装备已经变成了一团难解难分的残破金属和断裂锁链，但即便是化作废墟之后，它仍旧比战犬泰坦还要高大。

比约恩一时间失去了方向——这里没有尸体，也没有目标。随后他右侧的高塔就炸成了七零八落的燃烧塑钢。一位身穿灰色盔甲的战士从他面前飞过，那具残破尸首在塑钢甲板上翻滚了一阵才停止滑行，留下一道长长的血迹。

比约恩扭过身去，寒毛竖立，他暗自猜想究竟是什么对手能够如此轻而易举地打飞一名全副武装的星际战士。

等到敌人从阴影中现身后，他就完全明白了。

可汗站在他的私人冥想室里，这个房间坐落于利剑风暴号向外突出的肩膀位置。前方那块切面繁多的柔晶圆顶之外便是浩瀚太空。他望着麾下的众多战舰悬浮在黑暗中，整齐列阵等待命令，无不任他差遣。

每艘星船都承载着成千上万的灵魂，包括凡人与星际战士。每艘星船都足以单枪匹马地毁灭整个世界；集结在此的军力简直超乎想象。

古往今来，可曾有这般雄厚的力量被凝聚在区区数人手中？他不禁思索。整个银河被托付给二十——不，十八位兄弟。那重大风险实在显而易见。

可汗垂下了雄鹰般的高傲面孔，凝视着自己华美盔甲的护颈。

我的父亲明知那种风险的存在。他必定知道。事到如今他为何沉默不语？

他从观察圆顶前方转过身去。各式战利品霸占了两侧的墙壁——古老的燧发枪、军刀、铁锤和长戟。他的靴子陷进一块厚实的皮毛地毯里。一丛真实的火焰用柔和光芒照亮了房间里的那些硬木书架，紧密排列的大批书籍源自成百上千个世界，贯穿万年以来的岁月。

他的一举一动都蕴含着不露声色的强悍力量，如同在牢笼里踱步的猛虎。他的飘扬披风一直垂到脚踝，轻轻摩擦着乳白与金黄两色的盔甲，遮盖住了腰间利刃的刀鞘。

马格努斯,他凝视着火苗陷入忧思。我的挚友。

他回想起两人在乌兰诺的第一场交谈,他们昔日重逢于凯旋平原,彼时空气中尚且萦绕着绿皮尸首所散发的血腥味。

"你好啊,兄弟。"马格努斯那张颇为怪异的红润面孔上露出了热切的笑容,他大步迈下登陆艇,那支披覆着猩红战甲与绳环符记的高阶团体紧随其后。"听说你当真参与了这里的战斗。"

可汗躬身致敬。"我的确在这个星系战斗。打下了核心世界的是荷鲁斯。"

马格努斯用大手拍了拍可汗的肩膀。"那是自然。你怎么样?你看着比以前更瘦了,简直难以置信。"

可汗不置可否地耸耸肩。马格努斯本就比他略高也略壮,更不用提状如狮鬃的狂野红发与分外招摇的华美盔甲。他看起来简直就像是那些丧命于可汗刀下的金袍皇帝。

"我不喜欢这种集会。"可汗望着人头攒动的平原说道。几千支连队已经降落在地表,这片打磨平滑的辽阔岩地上挤满了数支军团的各式重型装备。空气中充满了引擎废气与飞扬尘埃。巨型登陆船的庞大阴影悬停在他们头顶的低层轨道上。

"我也一样,"马格努斯表示认同,"我们能找机会聊聊吗?"

可汗凑近了一点。"希望如此。天使也在——我们需要碰个头。"

"关于智库的事。"

"你想必听到过传言。"

马格努斯露出了哀伤的微笑。"传言永远会有。任凭鲁斯大放厥词吧。我觉得整个帝国都已经逐渐懂得不必理会他了。"

"不只是鲁斯。"

"不必担忧,"马格努斯说,"总会有人对天赋异禀者心怀猜忌。我们要加以掌控,要作出解释。要对启迪抱有信心。"

"你忘了,兄弟,我可不是天赋异禀。"

"你不是吗?"马格努斯脸上露出一副意味深长的精明笑容,"你说了算。"

"他们要摧毁我们共同建立的一切,安格隆、莫塔瑞恩、鲁斯。他们全都难以容忍。倘若我们不去捍卫自己的成果——"

"你忘了一件事,兄弟。"

"什么？"

"我们的父亲，"马格努斯满怀崇敬地说，"是他推动了这一切——难道他会放任自己的战犬把事情搞砸吗？莫塔瑞恩和鲁斯会得到一个横加指责的机会，这我早有预料。而我们唯一紧要的任务就是严守理性准则，兄弟。"

可汗凝视着马格努斯的独眼，看到了其中的信任和信念。

你学识渊博，他心中泛起一股悲凉思绪。但你是学者，不是战士，你并没有真正看到危险所在。

"这件事不会简单了结。"可汗警告道，他转身示意也速该走上前来，"这位是我的幕僚，塔古台·也速该，我们军团的风暴魔法大师。我们应当相互介绍一位代表——让志趣相投者接气连枝。"

"组建秘密团体？"马格努斯问道。

"增进相互沟通。"可汗说。

猩红君王审视了也速该一阵。他的独眼里闪烁着乌兰诺的污浊阳光，仿佛正在刺探肉眼难辨的深层本质。

"实力强大。"最终他饱含敬意地说，"你倘若出身于普罗斯佩罗，必定会在我身边找到一席之地。"他也示意一名随行战士走过来——那个穿着猩红盔甲的高大身影手持一柄象牙色的法杖。

"天道萨满塔古台·也速该，"马格努斯用字正腔圆的科尔沁语说道，"这位是阿泽克·阿里曼。你们想必会相谈甚欢。"

阿里曼和也速该都躬身行礼。

"我很荣幸，呼风唤雨的大师。"阿里曼说，他的深沉嗓音极具修养，正是那支军团的标志性特征。

"荣幸的是我。"也速该的回话就没有那么流利了，这暴露出第五军团很多成员对哥特语掌握生疏。

马格努斯将目光转回到可汗身上，他的情绪仍旧高昂。"很好，"他说，"已经遵照你的意思增进沟通了。那么咱们是打算一直傻站在这片飞沙走石的平原上，还是去看看帝国的优厚待遇是否包含一些精致餐点？"

可汗还记得马格努斯当时的样子——他脸上的笑容略显做作，欢快态度有失自然。马格努斯对乌兰诺之事心怀忧虑，他的故作轻松并不成功。他不是个善于伪装的人：他向来开诚布公，如同一枚时刻闪耀的星辰，纯洁而天真。

乌兰诺也见证了两人之间的最后一次交谈。很难想象——无法想象——那个伟大的灵魂会陨落在太空野狼的粗鄙屠刀之下。猩红君王的超凡力量至臻完美，他在精妙无比的通天奥艺中浸淫多年，对虚空帷幕的深刻本质了如指掌。倘若他当真一命呜呼，那么银河就已经变得彻底扭曲，令人迷茫了。

"大可汗。"一个声音从门口传来。

可汗转身看到秦夏站在面前。怯薛卫队领袖全副武装，那套气势雄壮的终结者盔甲上遍布焦痕，挂满了代表他赫赫军功的各式战利品。

"这不够，"可汗说，"我需要更多信息。我不能未经证实就去贸然攻击一位兄弟。"

秦夏躬身回话。"星语者接收了更多的幻景。"

"能够证实吗？"

"其中一些可以，"卫队领袖支支吾吾地说，"另一些则不能。我们得到了相互矛盾的解读结果。"

"讲清楚。"

"其中一些符合我们的现有情报——黎曼·鲁斯公然叛变，针对马格努斯的仇恨让他陷入了疯狂。战帅命令我们即刻出兵，前去捉拿他接受审判。第二十军团或许已经与他们展开了交火。"

"阿尔法瑞斯的毒蛇。"可汗轻蔑地说。

"但我们也接到了另一些报告，"秦夏说，"听仔细了。据说战帅已经叛乱，并且煽动了数支军团一同变节。我们要奉命赶回泰拉，与多恩和鲁斯大人并肩抗敌。"

可汗无言以对。他瞪着秦夏，感觉全身热血涌上脑门。

"真是疯了。"他毫无底气地说。他的脑海里像走马灯一样闪过无数思绪，全都支离破碎，充斥着万千可能。

这一切是在琼达克斯战役末期开始的——事态有异在那时就已经初现端倪。昔日他们并没有得到任何细节情况或切实证据，只是一份来源可疑的星语幻景在阴差阳错中落入了他们手里。那本该被轻易忽略，本该被归咎于虚空帷幕的异变效果，但他就是不能置若罔闻。那份消息让他无法释怀，寝食难安。

战帅面临危局。

这份消息始终令他不知如何应对。他应该召集军团去探明真相吗？这份消息究竟是什么意思？

"真是疯了。"他重复道。

"的确如此，"秦夏冷静地说，"舰队中的每一位星语者都经历了不同的梦境。天道萨满们正在努力揭示真相。"

"真相？"可汗发出一阵空洞的笑声，"什么真相？"他察觉到自己的手掌本能地探向刀柄，立刻抽回臂膀。"这不够。黑暗为何此时才消退？"

秦夏躬身致歉。"我们尽己所能——"

"他死了吗？"可汗质问道，沮丧感在片刻间压倒了他的自制，"这是首要事务。我必须知道马格努斯是否还活着。盼咐下去。"

"普罗斯佩罗方面音讯全无。如此看来很可能——"

"这不够！"可汗紧握双拳咆哮道。他感觉怒意填胸，然而这并不是战场上那种有益身心的熊熊怒火，而是无处宣泄的焦躁戾气，源于这束手无策而且一无所知的糟糕境地。"军团的整编力量列队待命，时刻准备出击。我们的部族响应了召唤，然而却没有人能告诉我，敌人究竟是谁。跟他们说，如果还不能作出准确解读，我就亲自到他们的尖塔里去，把他们的梦境敲打出一个形状来。"

秦夏一言不发地经受这场风暴，默默面对着勃然大怒的原体。"遵命。"

"要快。"可汗坚持道，他终于屈服冲动握住了刀柄，"我给他们十二个小时。我们不能踯躅于这个闭塞角落，坐看银河燃烧——无论战火在哪里爆发，我们都要尽快赶到。"

房间远端角落的台座式书桌传来一声低沉钟鸣。一幅全息投影在上过清漆的桌面闪烁浮现，展示出哈希克那颜可汗那张伤疤纵横的面孔。

可汗转过身去。"有消息？"

"算是吧，"哈希克答道，杂音让他的话语模糊不清，"很多舰船出现在我们的探测范围边缘。对方没有回应我们的通信联络，看样子像是要部署成攻击阵形。"

"是野狼，"可汗说，"还是我们自己人？"

"都不是，"哈希克一贯平稳的嗓音如今充满了疑惑，"是阿尔法军团的战舰。"

秦夏眯起双眼。可汗几乎要放声一笑。这没有任何道理。几年以来他们与外界断绝联系，深陷在一场并不光荣的战役之中，埋头开展艰苦而枯燥的工作，而就在今日，一切的确定性似乎都被突然扭曲成了近乎荒谬可笑的错乱。

我的战士们用围棋训练自己。他们学会了如何察觉四面八方的威胁。

"维持阵线，"可汗命令道，"尝试联络对方，除非遭到攻击，否则切勿开火。事态邪门，我要调查清楚，绝不能轻举妄动。我即刻过去。目前你可以自行决定。"

全息影像里的哈希克俯首示意，通话随即中断。

秦夏惊疑地挑起眉毛。"我要是有话可说，一定坦诚进言。"他开口道。

可汗交握双手。局势走向不明。他的战术头脑——这远比基里曼或多恩愿意承认的更加敏锐——进入了熟悉的节奏：分析、预测、应对、突袭。

"我们必须放轻脚步，怯薛。"他咕哝道，"我们就像是与健全者交手的盲人。"

无论如何，一股喜悦的火苗还是在他的灵魂深处渐渐点燃。他望着观察舷窗之外的茫茫星海，在心中权衡利弊，推演前景。这才是他的天职所在：不是追剿绿皮残兵，而是置身于一片宏大猎场，参与波澜壮阔的大军交锋。

"你还记得吗，秦夏？"他说道，"你、也速该、哈希克和我，并肩对抗整个世界——上百个兵强马壮的帝国。我们已经有太久不曾面对真正的挑战了。"

秦夏面露疑色。"那么如今的敌人究竟是谁呢，大可汗？"他问道，"我只需要知道这一点。"

"他们全都是敌人，"可汗说着大步迈向房门，赶往舰桥，"向来如此。"

第七章

蔑视者
深不可测
以太浪潮

埋头狂奔的比约恩啐出一口鲜血，轰然撞翻了一排空箱子。他出于本能地压低身躯闪向右侧，勉强避开了一股从他肩头呼啸掠过的枪弹洪流。他找到了勉强可用的掩体——那台起重机的残骸——立刻翻身躲进破损驾驶室的阴影里。

敌人穷追不舍，大步碾过五名太空野狼的尸体。它的巨足伴着隆隆闷响踏在甲板上，那带有铁爪的拳头转动不止，飘散轻烟的突击炮铮铮作响，将新的弹匣填入炮膛。

蔑视者，比约恩悲哀地想到。这真是一场短命的登舰行动。

那台居高临下的蔑视者无畏机甲迈着笨重步伐缓缓逼近，志在必得的无情态度让它恍若一头展开猎杀的巨型蜥蜴。它在这片残骸间横冲直撞，一团浓厚油烟从机体后部的两条烟囱里喷吐出来，包裹住了低吟的机械躯干。

比约恩俯身躲在单薄的掩体后，在须臾间评估面前的几个选项。

决定了。

他从起重机的残骸间猛冲出来，与此同时，蔑视者的突击炮也再度开火，用子弹风暴撕开了这片废墟。赶在起重机的一只残存铁爪被轰碎之前，比约恩快步蹿了上去，抢占高处的地形——这足以让他清晰地看到蔑视者无畏机甲那双散发幽光的眼睛看到了自己。

"死战不屈！"他放声呼吼着纵身一跃，这个荒谬计划几乎引他发笑。

他高高越过了突击炮的凶悍火力，一头撞在无畏机甲的肩膀上。比约恩挥动噼啪作响的武器，将斧刃深深埋进敌人头部的装甲外壳里，把自己挂在了对手身上。蔑视者疯狂扭动躯体，险些将他直接甩飞出去。比约恩继续向上攀爬，手忙脚乱地避开了飞旋狂舞的动力爪。他用那只残废的臂膀一次次猛击蔑视者的头盔。尚未完工的机械手掌迅速支离破碎，但他成功砸扁了对方一条细窄的镜片，不由得发出满意的低吼。

蔑视者再次旋转身躯，终于将鲜血使者甩掉了。比约恩翻滚着横飞出去，摔落在三米之外的地面上，勉强紧握住斧柄没有松脱武器。他扭过头来，看到突击炮的炮口直勾勾地盯着自己。

"该死！"比约恩不甘地咆哮一声，准备迎接夺命弹雨，他打定主意要睁大双眼直面死亡。

然而就在此刻，一批质爆弹从无畏机甲左侧袭来，敲打在它的厚重装甲上，将它淹没在蓬勃绽放的微型爆炸火团里。蔑视者的突击炮被密集的子弹打歪了，显著偏斜的火力扫过距比约恩不到一米的地方。

"芬里斯！"神斩的狂暴战吼随即响起，"为芬里斯杀敌！"

成功会合的三名猎群成员扑向蔑视者，用爆矢枪发动凶猛攻势。比约恩一跃而起，匆忙躲开尚未停歇的突击炮火力，挥斧劈向无畏机甲受损的头部。斧刃朝目标斩落，然而蔑视者作出了闪避。鲜血使者牢牢卡在它的上层装甲里，徒劳地喷吐火花。

比约恩抽出爆矢手枪与几位战友一同开火，他们在起重机的坍塌残骸间奔窜，不停寻觅新的掩体，仓库里回荡着爆矢枪的震耳轰鸣。他们四人将所有子弹一股脑地倾泻在目标身上，用爆炸火光把敌人包裹起来。

它杀气不减。他们的确造成了一些伤害，但敌人丝毫没有放慢攻势，而是凭借厚重装甲在这片枪林弹雨中横行无忌，那正是无畏机甲的专长所在。突击炮挥洒出一道毁灭圆弧，将不值一提的掩体撕成碎片。一名野狼战士——比约恩觉得应该是尤恩瓦德——躲闪不及，被凶恶冲击打倒在地。神斩也被敌人轻松击飞出去，他的胸甲从中裂成两半。

他们干不掉对手。他们无法近身，也缺乏足具威力的远程武器。

"全父！"比约恩咆哮着再度冲锋，将虚无缥缈的希望寄托在掌中的爆矢手枪上。他必须抢在那该死的怪物用铁爪撕碎自己之前找到一处破绽，在零距离把子弹送进无畏机甲较为脆弱的关键缆线里。

他没来得及。谁都没来得及。

狂风凭空袭来，仿佛舱壁裂开了一条直通太空的缺口。凶悍风力从侧面拍击他的躯体，让他再次扑倒。他感觉天旋地转，头盔狠狠砸在甲板上。他仿佛听到了滚滚雷霆，随后是动力武器激活的电能嘶鸣。

他猛然意识到这股狂风并不是房间失压的后果，也绝非自然现象——席卷仓库的呼啸寒风里裹着阿萨海姆的冷冽芬芳。

比约恩抬起脑袋，透过模糊不清的视野看到蔑视者遭遇了新的对手。即便处境危急，他仍旧忍不住笑了。

游戏结束了。狼王已经入场。

昔班将卡吉安号提升至常规速度的三分之一，时刻仔细留意那些簇拥在他指挥宝座周围的战术扫描显示屏。舰桥船员们在各自的岗位上忙碌，术赤、车艾，以及其余几名隶属指挥小队的军团战士则站在一旁，组成了松散的半圆阵形。

"维持航向，"他命令道，"不要超过当前速度。"

作为最后响应召唤的几艘战舰之一，卡吉安号刚刚抵达集结地点就奉命掉转船头，沿原路返回外围区域展开巡逻，在哈希克那颜可汗针对阿尔法军团舰队所制订的应对方案中扮演自己的角色。

来自舰队核心的命令十分简洁。昔班猜测这是因为指挥层对于当前局势毫无了解——反正他自己是没有头绪的。

"他们很快就要进入视野范围了。"术赤指出。

昔班能听到对方嗓音里的迟疑。阿尔法军团的战舰数量尚且不详。他们至今没有回应通信联络，只是停留在星系边缘，静静积攒着规模愈发庞大的舰队，逐渐填充了一片辽阔的宇宙空间。

"维持阵线，舰长。"昔班作出警告，他注意到自己战舰的仰角已经与两侧同僚之间产生了细微差异。白色疤痕不厌其烦地采取了完全对等的姿态——众多突击舰船分散开来组成一道细长阵线，相互之间保持着约光矛射程那么远的距离。双方舰队中的大型战舰都按兵不动，阴郁地盘踞在探测范围的边际。

自相矛盾的星语信息和严格加密的通信文件像雨点般扑来，在短时间里让一切都天翻地覆：太空野狼的鲁斯起兵作乱；发动叛变的其实是战帅；白色疤痕要奉命奔赴阿拉谢斯，为阿尔法军团提供支援；他们必须即刻回防泰拉；费鲁斯·曼努斯杀死了心高气傲的弗格瑞姆；火星已经公然暴乱。种种信息借助亚空间传递过来，其中一部分已经发送了数月之久，另一部分则来自区区几个小时之前。

在进入琼达克斯的通信范围之后，昔班就立刻呈递了自己在费姆斯找到的可疑线索，但他毫不怀疑那份报告早已淹没在泥沼般的庞杂信息里，未留下丝毫痕迹。

"他们为什么不说话？"术赤说。同样的抱怨他已经提出了三次，这也是全体船员心里所想。

昔班露出苦笑。"他们是阿尔法军团。故作深沉、让人头疼正是他们的天赋所在。"

透过实景舷窗，一条由闪烁亮点组成的细线已经清晰可见。起初它们似乎只是些额外的星辰，随后它们的亮度稳步提升。

一个光点在他的视网膜显示屏上浮现，这意味着哈希克的指令作出了更新。昔班眨眨眼激活信息。

第二十军团指挥层没有回应。继续尝试联络。第一批对方舰船沿星球平面逼近。要避免局势升级。除非遭到攻击，否则不要开火。维持完整的外围阵线。不要允许对方舰船闯入我方舰队核心的射程之内。等待接收后续指令。

昔班深吸一口气。这些命令放在一起颇有自相矛盾的意味，恐怕难以提供切实的帮助。

"我们被瞄准了。"舰桥探测站传来报告。

"定位源头，"昔班回答，"锁定对方，启动主光矛。没有我的命令不准开火。"

卡吉安号慢慢航行，远非平日惯有的速度。这艘护卫舰是为了凶险战场上的迅猛拼杀而生的；用如此迟缓地匍匐前进让它暴露出了引擎设计中的缺陷。

"据我们所知，阿尔法军团已经与野狼交战了。"车艾陷入沉思，"莫非那只是错误解读？"

昔班无法回答他。要么是第二十军团舰队拥有令人起疑的庞大规模，要么是星语者的占卜出了问题。这都有可能。

他感觉很紧张。这不是他所享受的那种遭遇战，这是谨小慎微的相互试探。

"他们到底想要什么？"术赤再次问道，他戒备地看着阿尔法军团舰船不断逼近。

"胡乱猜测没有益处，"昔班说，"他们想让我们举棋不定，我建议不要任凭对方摆布。"

最前列的阿尔法军团战舰在太空中现身，它们布阵前行，与白色疤痕的部署方式互为镜像。

和我们一样，昔班心想。一切都非常相似——舰船、武器、阵形。阿尔法军团让小型战舰打头阵，把那些星海巨兽留在后面。双方的进军方式呈现出一种诡异的对称性。

"有能量波动吗？"昔班紧紧盯着那个逐渐变大的轮廓询问。

"没有，可汗。"探测站操作员回答。

此时昔班已经能够在望远镜屏幕上分辨出对方舰船装甲表面的细节了。它被涂成一种深幽的靛青色，披覆着第二十军团那个缠绕铁索的阿尔法徽记。锯齿状的舰身侧翼灯光闪烁，在虚空盾的干扰下显得朦胧不清。

它稳步前行，不紧不慢。那猖狂态度令人恼火——阿尔法军团的存在本身就充满了傲慢气息，充满了自恃的味道。

他们清楚地了解当前局势，我们则与外界彻底脱节。他们当然会傲慢。

"他们的阵形有变动吗？"昔班问道。

"没有，可汗。"

"我们的呢？"

"没有。"

他按捺不住地想要用手指敲打指挥宝座的扶手。他心中的战士本能都在督促他展开行动，抢占先机，将未知情况转化成某种可以掌握的局面。

"对方停下了，可汗。"

昔班扫了一眼战术全息投影。那些阿尔法军团战舰都已经止步不前，组成了一条宽阔的封锁线。

"停止前进。"他命令道。

在整支白色疤痕舰队中，其余星船也都采取了同样的反应。双方的先头部队纹丝不动地悬浮在太空里，乳白和金黄的铁壁凝视着靛青与黄铜的屏障。

沉默笼罩了舰桥，只有手指敲击键盘的轻响与机仆体内装置的嘀嗒声将其打破。

"现在如何？"术赤阴郁地盯着前方的舷窗。

昔班将十指交搭在面前，手肘撑在指挥宝座上。

"现在我们看看谁先眨眼。"他说道。

黎曼·鲁斯纵身扑向蔑视者,他的雄浑战吼让遥远的天花板都微微颤抖。他用双手交握兵器,霜刃米约纳的锯齿剑锋上闪烁着躁动不安的强悍能量。他没有佩戴头盔,那张红润面孔迸发着神选之人的超凡怒火,他的金发在头颅周围狂乱飞扬,恰似一团凛冬日冕。

比约恩与那双碧蓝眼眸对视了一刹那,而这就足以让他久经沙场的冷酷心灵险些崩溃。战意勃发的狼王恰似一场摧枯拉朽的雪崩,身上散发着无尽杀意。这夺人心魄的光环令空气都随之颤抖,像滚滚怒潮般席卷他面前的一切事物。

蔑视者扭转身躯面对崭新的威胁,但它根本不是原体的对手。鲁斯迎面冲向突击炮的火力,冰雹般的子弹被他的盔甲尽数抵挡。他狠狠撞上无畏机甲,手中的利刃狂乱挥舞。米约纳一击斩断了突击炮,让那一根根炮管散落在地。

遭受重击的蔑视者探出铁爪,直取原体的脖颈。鲁斯避开对方的锁喉攻势,将手肘砸在其头部。随后利剑再度袭来,当的一声砍在蔑视者的受损装甲上。那台战斗机械蹒跚退却,鲁斯则步步紧逼,大开大合地挥动霜刃,切开了陶钢装甲,击碎了防弹玻璃。

这并不优雅,这并不轻灵——每一次凶蛮打击都充满了原始的力量,让结局来得分外迅猛。鲁斯斩落巨剑,将蔑视者的躯干装甲彻底劈开,而比约恩的战斧还嵌在那条裂口上方。它的残破外壳伴随湿滑声响一分为二,暴露出机甲内部那气泡翻涌的羊膜舱。鲁斯俯身凑近,单手持握武器,用空闲的手掌抓住了栖身于铁甲深处的残缺肉体。

最终的一声尖叫令人厌憎——在蔑视者核心位置苟延残喘的那个濒死战士发出了剧痛嘶嚎。鲁斯将处境凄惨的血肉连同庞杂的养料管和神经束一并扯了出来。

鲁斯将蔑视者的可悲凡躯抓在面前审视了片刻。那湿漉漉的贫弱身体仅由一些勉强运作的内脏器官组成。

鲁斯将那残破躯体凑到面前。"你本该安心赴死。"

随后他捏紧拳头,切断了蔑视者机甲昔日乘客的最后一丝生命力,将其抛在地上。

直至此刻，比约恩才注意到了在场的其他人：冈恩大人，以及第一连的五十余名战士。爆矢枪的呼啸在这广阔舱室里回荡，更多的入侵者正在遭到猎杀。

"你，"鲁斯饱含责难意味地瞪着比约恩，"你来我的船上干什么？"

比约恩尴尬地爬了起来，他感觉自己很多余。"护盾没了。我们以为——"

"我知道护盾没了，"鲁斯轻蔑地说，"是我关闭的。"暴怒让狼王的面孔显得分外僵硬。"我以为他或许会亲自来面对我。我以为能问出个理由来。显然这不是他的作风。"他朝蔑视者的残骸啐了一口，"就派了这些废物来，他们死前一句话也没有。"

比约恩盯着无畏机甲的尸体。他回想起在地狱骑手号上那个阿尔法军团战士的遗言。

为了帝皇。

"那么……虚空盾是正常运转的？"比约恩问道，"战舰是安全的？"

鲁斯走到蔑视者空荡荡的外壳旁，拔出了比约恩的战斧。"一直都是安全的。难道为了让阿尔法瑞斯吃些苦头，我愿意牺牲拉芬克号吗？"他停顿了一下，"说实话，或许我确实愿意。但我并没有。"

鲁斯将战斧抛向比约恩，后者用右手稳稳接住。

"我们要后撤了，"鲁斯瞥了冈恩一眼，"把底层甲板里的其余渣滓清理干净，之后去舰桥找我报到。"

比约恩满腔羞愧地意识到自己的支援毫无必要。整场行动都没有意义。他想了想地狱骑手号，不知道自己如何才能带领猎群返回战舰——如果那艘战舰尚且完好的话。

"至于你，"鲁斯转过身来看着他，那张染血的面孔阴云密布，"你可以跟我来。"

天空异常黑暗，仿佛有一只巨手遮盖了群星。大地干硬如骨，像黑玛瑙一样晶莹，在月色下闪烁着暗淡光芒。尘埃覆盖四周，时而静静沉积，时而遭受惊扰。

可汗正在与敌人交战——对方的模样难以辨别，可汗的飞旋披风挡住了视线。他动作极为迅捷，这是也速该从未见识过的。疾刺而出的刀锋抓住了仅有的些许光亮，将其挥洒在这片怪异的漆黑大地上。

也速该屏息凝神。可汗的奋战英姿恰似一股纯粹能量，正如他个人徽记上的雷霆闪电。头顶的乌云裂开一道缝隙，展露出背后那空寂无物的黑暗。大团尘埃被可汗的靴子扬起，先是悬浮在半空，随后便烟消云散。

这是亡者的国度，也速该心想。难道他死了吗？倘若如此，我想必会感受到的。

察合台是无尽黑暗中的一点孤独光明，傲然不屈，绝美超凡。

你曾经说你并非天赋异禀。我当时就不相信，现在依然不相信。这可不是凡俗生灵可以企及的战斗姿态。

可汗加紧攻势，双手持剑，那迅捷而精准的行动化作一团虚影。他掌中刀锋的运动轨迹令人目不暇接——轻盈舞动的刀尖几乎超越了肉眼的辨识能力。

你为什么在这里？你为什么来到这个地方？

他的对手身躯庞大，如同一个贪婪吞噬万物活力的虚无遮罩，散发着一种永恒延续、广袤无垠、不朽不灭的意味。

这是死亡。基因原体能够死去吗？有什么能杀死他们？

可汗拼搏不休。他孤身奋斗。这个空旷的世界在他身边展延开来，地面空无一物，天际空无一物。就连这里的轻风都显得萎靡不振，如同一百万个灭亡灵魂的临终叹息。

当可汗陨落时，也速该惊醒了。

风暴先知从睡梦中骤然起身。舱室床铺上的那张薄毯浸透了汗水。在片刻间他深陷于方才的梦境之中无法自拔，原体力竭跪倒并且埋没于乌黑大地上的可怕景象让他动弹不得。可汗落败了。

他的喘息粗重而急促，他能感觉到自己两颗心脏的狂跳。他摊开双掌，铺满手心的汗水在凉爽的房间里迅速冷却。

"照明灯。"他嘶哑地说，房间的光线应声增强。配有水盆和铁杯的金属盥洗池立在舱室远端。他颤颤巍巍地站起身来走过去，打开水龙头洗了洗脸。接着他一口气灌了两杯下肚。这是飞船饮水的一贯味道——生硬而略咸，散发着消毒剂的气味。

也速该在盥洗池上方的镜子里审视自己。他看到了饱经风霜的苍老面孔，脸颊上布满各式刺青和部族徽记，与水晶兜帽相接触的头顶皮肤有些泛红。

他觉得自己看起来格外苍白。刺眼灯光夺走了他的脸色，又在双眼下方营造出两池深幽阴影。

我像是个怪物。

他用双手抹了抹面孔，将身躯挺直。亚空间引擎的低沉轰响让舱室里充满嗡鸣。月牙号处于亚空间深处，行驶得并不轻松。自从穿透虚空帷幕以来，舰载计时器就开始了躁动不安的胡乱飞旋，警告众人这将是一趟疯狂的航程。

也速该靠着舱壁，他沾满汗水的皮肤感受到了金属的震颤。整艘星船不时发出呻吟和尖鸣，仿佛遭受着狂风的猛烈吹拂，纵然他知道任何现实事物远在天边。

他还记得曾经在尼凯亚与阿里曼谈及此事。即便是那个遍布着狂怒火山与滚滚热浪的地方，也要比亚空间的动荡浪潮宜人得多。

"你是说那里不存在恶吗？你称之为……浩瀚之洋的那个领域？"他当时用并不流利的哥特语问道。

阿里曼轻轻一笑。首席智库在举手投足之间都散发着明显的力量。与马格努斯的众多门徒一样，他身怀力量，充盈力量，饱含力量，浸透了力量。千子试图维持一副谦卑姿态，然而在内心深处他们明白自己拥有无人可及的超凡天赋。这赋予了他们一种难以言喻的优越感，虽然并不显山露水，却仍旧是招致旁人厌憎的主要缘由。

"其中自然有恶，"阿里曼回答，"正如我们用寻常感官去认知的这个世界存在恶一样。但从整体而言那是一片邪恶的领域吗？我看不然。"

"你可曾与导航者同行？"也速该问道，"你可曾见过他们目睹的事物？"

"当然。"

"你没看到那些面孔？"

"面孔？"

也速该努力寻找恰当的词语。"尖叫的面孔。抓挠舰船的面孔。"

阿里曼应声大笑——这并非尖刻嘲弄，只是乐不可支。充满了温暖善意的短促笑声源于一个聪慧的心灵，一个惯于探索整个世界来寻找乐趣且毫无畏惧的心灵。"我想那恐怕只是你的梦境。在虚空中航行往往会引发梦境。"

在虚空中航行往往会引发梦境。

也速该揉了揉眼睛。自从告别丘格里斯以来他就再也没能完整地睡过一觉，虽然他可以对此妥善应对，但他的心灵确实迟钝，如坠云雾。每当他抓紧时间小憩片刻，就会深深陷入梦魇的折磨。近来，同一场噩梦重复出现：可汗在暗无天日的亡者国度孤身奋战，与一个散发着虚无光辉的庞大敌人交手。

天赋异禀之人的梦境从来都不可等闲视之，但成熟老练的也速该早已明白，绝不可愚蠢地拘于表面含义。倘若梦境向他传达了某些信息，那么解读方式——恰当的解读方式——才是关键所在。

无论如何，原体屈膝落败的情景总是让人难以接受。

他激活了通信器。"指挥官，战舰动荡不安。一切可好？"

当卢杉传来回复时，他的嗓音里蕴含着一股难以辨别的紧张意味。"导航者遇到了一些……麻烦。"

"亚空间风暴？"

"据他所说，这恐怕不足以描述现状。"

也速该伸手去取长袍。"我即刻就到。"

也速该快步穿过走廊和过道，匆匆赶往舰桥。一路上他的心灵感知始终模糊不清。战舰的内部环境燥热而沉闷，仿佛有一场凶恶雷暴正在步步逼近。周围的船员们各自忙碌，在他经过时纷纷躬身行礼。亚空间中的颠簸航程让他们显得和也速该一样憔悴。

也速该一直无法认同阿里曼关于亚空间本性温良的论调。白色疤痕保持着谨慎态度，浅尝辄止，在抽取力量操纵自然元素的时候从不深入刺探。这正是丘格里斯的审慎作风，由那些在乌拉夫山脉中初尝灵能力量的古代风暴先知所树立，并一代代传承至今。天道萨满向来与天界的诸般伟力保持着密切关系，但他们从不妄加信任。

也速该知道，这一特征让风暴先知在其余军团的智库同僚们眼中显得沉闷乏味。也速该并不介意这种轻慢看法；他明白严格自律的好处。无论阿里曼怎样讲，也速该很清楚他所目睹的尖叫面孔与抓挠利爪绝非梦境。

亚空间不是良善的，从来都不是。智库部门恰恰建立在这个基本原则之上。不是为了扩展阿斯塔特军团对虚空力量的掌握，而是对此加以约束。

尼凯亚，真是一场灾难。

也速该抵达了舰桥，两扇厚达一米的防爆门为他放行。

大门背后是一幅井井有条的紧张景象。穿着白色衣袍的船员埋头于显示屏前方，手指在键盘上舞动。颤抖不已的巨型遮光铁板覆盖着实景舷窗。整座舰桥里充斥着舰身合金在惊人压力下的尖锐嘶鸣——这片圆形剧场般的空间以卢杉的指挥宝座为中心，拥有一个青铜包边的高大拱顶。几台沉思机已经过载爆炸，表面闪动着蠕虫般的电流。

　　"看来情况不妙啊。"也速该看到卢杉站在一群愁容满面的引擎技师之间。

　　披挂战甲的飞船指挥官露出一副严峻微笑。"倘若你刚才没有主动联系我的话，我恐怕就不得不把你叫醒了。盖勒力场在逐渐失效。"

　　"这确实不妙。你打算如何处置？"

　　"导航者说我们应该脱离亚空间。他坚持如此。"

　　也速该抿着嘴唇。一块庞大的状态显示屏被黄铜锁链挂在他头顶上方。大部分读数已经变成了红色；他眼看着另一组数据进入危急范围。

　　"我们目前在哪里？"也速该问。

　　"我几个小时之前询问过他，"卢杉回答，"结果他就开始大喊大叫。我觉得他也不知道。"

　　也速该点点头。"这趟旅程绝非易事，我们早有所料。那么就采纳导航者的建议吧——显然他也该休息一下。"

　　"遵命。"卢杉似乎有些迟疑，"我原本打算首先确定具体位置，之后再返回实体空间。"

　　他话音未落，一声沉重轰响就从下方甲板回荡而来。整座舰桥顿时歪向一侧，仿佛战舰不慎撞上了某些庞大又岿然不动的事物。

　　也速该抬头望向亚空间遮板。他大可穿透金属的阻碍直视外界，直视那翻滚沸腾的虚无本质。这个念头诱惑着他，他想看看究竟是什么催生了这场充满磨难的艰险旅程——整个银河都已经落入亚空间裂隙的魔掌，这绝非自然现象。

　　"如果我们维持现状，战舰就会被撕成碎片。"也速该说，"相信他——导航者看到的比我们更多。"

　　卢杉躬身行礼，奉命启动月牙号的实体空间引擎。就在他转头离去的时候，也速该突然全身一颤，打了个冷战。

　　"我们的备战状态如何？"他问道。

这个问题让卢杉很惊讶,感觉受到了一点冒犯。"我们时刻备战。"

"很好。在穿透虚空帷幕之前,先让战舰进入警戒状态。我要去穿盔甲。"

"你察觉到什么了吗?"

也速该的目光始终停留在那些遮光板上。它们不住地震颤,就像是面临草原狂风的长袍布料,警示着单薄防线之外危机的迫近。

基因原体会死吗?有什么能杀死他们?

"只是标准程序,指挥官。"他说着向军械库机仆发送了指令,"让全体船员也进入备战状态。"

第八章

尘归尘
荷鲁斯之子
战鹰的囚笼

拉芬克号的舰桥让人难以维持自视甚高的姿态。在冈恩大人、诸位高阶符文牧师,以及军团核心指挥官的围绕下,比约恩紧闭着嘴,双眼凝视脚下。

他们返回舰桥的路程并非一帆风顺。阿尔法军团大举入侵了低层甲板,其中一些身穿他们自己的装束,另有一些披着勉强合格的芬里斯涂装。这并没有什么意义——芬里斯之子嗅得出敌我之别。

伤害已经造成,有时候还相当严重,但是在虚空盾临时失效前,整艘战舰就已经进入了警戒状态,因此情况处于可控范围。或许阿尔法瑞斯早有所知,所以整场登舰突击只是一场佯攻。这让鲁斯怒不可遏——狼王在返回指挥甲板的路上始终怒气冲天,厉声咒骂,用毫无必要的狂暴力量将面前的一切拦路敌人撕成了碎片。

"安格隆面对了我!"他咆哮着将来犯军团战士的残破尸首狠狠抛开,"马格努斯面对了我!怎么着?他为什么不过来?"

原体的怒火是真实的——自从普罗斯佩罗之事以来,那股怒火已经积聚了许久——但比约恩还是察觉到了其中的一些做作意味,某种难以言喻的虚假。

你当真期望他被传送过来吗?换作是你,你会那样做吗?

无论如何,拉芬克号最终将入侵者全部逐退,恢复了虚空盾,鲁斯也率队返回舰桥。原体重新全盘掌握了战术局面之后,他的情绪也并没有得到丝毫改善。

阿尔法军团自始至终占据着显著优势。在双方遭遇时,他们的战舰毫发无伤,物资齐全,装备精良,数量更多。野狼遵循其标志性的奔放作风发动反冲锋,挫折了对方的进军步调,然而他们的凶猛势头已渐衰微。数十艘战舰被毁,就连规模最大的星船也伤势严重。他们的生存空间愈发缩小,就像是落入收紧双掌的脆弱喉咙。

比约恩保持在原体的视线之外，躲进舰桥边缘区域的阴影里。虽然他尽量屏蔽掉周遭的声音，却还是听见了主通信频道里那纷杂交叠而语气单调的机仆汇报。

"虚空盾失效……虚空盾失效……采取冲撞航向和速度……引擎过载……亚恩凯号已毁……亚恩凯号已毁……15号区域内所有舰船后撤转入应急部队……海姆达尔号遭遇战机群……舰身完整性受损……舰身完整性受损……检测到核心击穿……海姆达尔号已毁……"

无论何等高明的太空战天才也休想挽回这惨烈局面。他们失败了。

他们都在等待。

面对着愈发密集的损伤和毁灭报告，鲁斯已许久不曾开口。每当战舰已毁的信息在屏幕上闪现时，他都会眉头紧锁。这姿态绝非造作。原体对麾下军团的关爱不输旁人，或许更甚。比约恩觉得鲁斯在这一刻显得更为苍老，仿佛漫长岁月的千斤重担突然落在了这位斗士的肩头。

"够了，"鲁斯终于低吼道，"我们再不走就要被撕碎了。"他深吸一口气，沮丧地活动手甲，仿佛想要凭借一己之力扭转乾坤，"向星云退却，和预备队会合，后撤到深层太空。宇宙尘埃至少能干扰他们的探测系统。"

冈恩大人点点头。"我们很难干净利落地撤退。"

"我们殿后，"鲁斯平淡地说，"旗舰最后撤离，无论损伤多么严重。"他的目光移到了当值的通信官身上，那位身穿灰袍的军官就站在指挥团队背后。"确保泰拉收到以下信息。第六军团于阿拉谢斯遭遇第二十军团。损失严重，向星云内部撤退。将尝试重整部队，与敌人对峙。求援信息没有收到回应，当前计时108,007。将继续战斗，直至收到后续命令。"

通信官用空洞目光凝视前方，集中精神将信息内容刻入脑海，准备随后向星语者转达。

"我们为什么孤军奋战？"冈恩大人恼火地问道。

"亚空间动荡不安，大人。"通信官回答，"说实话，我不知道我们至今发送的那些信息是否被接收了。但我们会继续发送，希望能够得到回应。"

"琼达克斯。"鲁斯咕哝道。

所有人的目光都转向了原体。

"我们距离第五军团的作战区域并不远,"鲁斯继续说,他像是顿悟般眯起双眼,"可汗为什么没有收到我们的信息?"

通信官看了看他,那眼神中的含义难以分辨。"那片区域的风暴格外……猛烈。恐怕我们的信息并没有穿透阻碍。"

"继续尝试,"鲁斯敦促道,"把你们的力量集中在那里。"他又看着冈恩。"察合台是个怪人,但我从来没见过谁的剑术比他更高超。他绝没有堕落。他不可能堕落。我怎么会忘了他?"

比约恩看着其他人脸上的疑虑神色。他可以理解,在所有军团之中,白色疤痕恐怕是最难以激发信心的。比约恩从未见过他们作战,也不知道有谁真正目睹过。他们几乎与千子一样作风神秘,听命于高深莫测的风暴先知,向来我行我素。

通信官躬身行礼。"只要可能,我们一定与他们取得联系。"

"倘若我们不得不仰仗他们,"冈恩纳嘀咕道,"局面当真是糟糕透顶了。"

鲁斯警告地瞪了他一眼。"他是我的兄弟,冈恩纳。注意你的用词。"

他们曾经都是你的兄弟,比约恩心想。瞧瞧如今的局面。

甲板颤抖起来——拉芬克号的舰艏又承受了一记重击。会议就此落幕。诸位狼主分头行动,准备让舰队撤离开阔空间,回到阿拉谢斯星云锈红色的怀抱里去。

"多加小心!"鲁斯半开玩笑半是认真地高声说道,"我们来日还要剥他们的皮呢。"

很快就只剩下比约恩还陪着原体站在舰桥底部——除了那两头盘踞在鲁斯脚边的巨狼之外。

"需要我留下吗,大人?"他谨慎地开口询问,看到近处的那头巨兽用黄色眼眸稳稳地凝视着自己。

鲁斯从思绪中回到现实,他刚才仿佛忘了比约恩的存在。

"当然。"他说。

原体转过身来,将视线投向巨大的防弹玻璃舷窗,望着外面的交织战火。拉芬克号只是数百座星海岛屿的其中之一,每艘战舰都燃烧着熊熊烈焰,每艘战舰都投身于那场针锋相对的致命舞蹈。

"有很多事情要办,"他的深沉嗓音几乎流露着哀伤,"仔细看,认真学,独手。这就是原体面对失败的方式。"

月牙号最后颤抖了一阵,仿佛在表示它很高兴能够从亚空间的呼啸狂风中返回实体空间。支离破碎的盖勒力场从舰身退去,在这道屏障失效之后,尚未彻底消散的些许能量从外层装甲表面飞速掠过。实体空间引擎随即开始运行,它们的机械轰鸣取代了亚空间引擎的隆隆搏动。

也速该活动着肩膀,动力盔甲的最后几块部件也各就各位了。这副盔甲的沉重感让他十分安心,正如伺服结构的熟悉低吟与顺滑关节的机油气息一样。

他用一只手轻轻握着骷髅长杖,晶莹剔透的灵能兜帽伴随飞溅火花与他的植入部件完成对接,一股电流般的兴奋感从头顶席卷而过。

周围的船员们都不由自主地朝他的方向偷瞄几眼,就算是其余军团战士也不例外。这让也速该的嘴角扬起微笑,他知道全副武装准备作战的风暴先知是怎样的怪异而辉煌。

瞧瞧我们的奇装异服。

"升起亚空间遮板,"坐在指挥宝座里的卢杉命令道,"提升至四分之一全速。我需要尽快拿到定位数据。"

钢铁遮光板伴随铿锵轰鸣纷纷掀开,展露出浩瀚太空。几束零散的亚空间能量在厚达数米的防弹玻璃舷窗之外涌过,那闪烁着斑斓色彩的明亮光辉迅速消散。

"我们身在何处,指挥官?"也速该凝视着再度现身的璀璨星辰轻声问道。自从惊醒以来,一股刺痛皮肤的不祥预感就始终萦绕在他心头,至今无法抛诸脑后。

和其余军团战士一样戴着头盔的卢杉并未立刻作答。"我觉得……"他迟疑地开口说道,随即打住了话头,此时更多数据迅速涌现,"那是一艘飞船吗?"

"是的,指挥官。"他的探测官厄吉尔说,"第十六军团驱逐舰,但标记不详。"

也速该眨眨眼,与月牙号的战术沉思机建立了连线。"那是攻击速度,指挥官。"

"我注意到了,"卢杉说,"而且他们升起了虚空盾。"

"我们是否也该如此?"

卢杉疑惑地转过头来。"那是一艘军团战舰。"

"照我说的办。"

卢杉重新面对指挥宝座的操作台。"激活所有武器，升起护盾。"

"影月苍狼战舰即将进入主光矛射程，"厄吉尔汇报，"我们被瞄准了。"

"搞什么鬼？"卢杉嘀咕道，"远离对方。联络他们，问问他们究竟在干什么。"

月牙号扭转船头，奋力推进。开动了全部马力的引擎让整艘星船剧烈颤抖着埋头俯冲。

也速该审视着逐渐逼近的来袭战舰。对方面目凶蛮，舰艏被烧得焦黑一片，舰身侧翼遍布激光弹痕。它的体形远超月牙号，也配备着更为强悍的火力。

"我们收到了通信联络，指挥官。"通信机仆说。

"接通。"卢杉命令道。

"第五军团战舰，"一个声音在通信频道里响起，"表明身份，否则死路一条。"

卢杉难以置信地摇摇头。"他们在干什么？"

也速该的目光始终盯在来袭的战舰上。他微微发散心灵，探入以太，仿佛要将一扇房门撬开。他发觉那艘星船流露着分外浓烈的战斗欲望——他从未在阿斯塔特军团单位身上品味到如此盲目而迫切的战斗欲望。

还……不止如此。

"这是荷鲁斯之子，指挥官。"也速该说，"最好不要忤逆他们。"

"对方的光矛启动了，指挥官。"厄吉尔报告。

"第五军团战舰——继续规避就是送死。你们很清楚当前局面。表明身份。"

"回应他们，"卢杉已经愈发愤怒，"询问他们有何目的。让他们关闭——"

他话音未落，太空就在须臾之间被点亮了。一束光矛射线凶猛地从他们身后掠过，距离舰尾甲板只有不足五百米。敌方战舰穷追不舍，那伤痕累累的轮廓继续在视野里膨胀。

"他们知道我们达到全速之后更快，"也速该建议道，"他们不会放任我们拉开距离的。和他们谈谈。"

卢杉转过身来。"有什么话可说？"

第二发光矛打击破空而来。这一次它正中目标，狠狠打在月牙号的引擎部位，让虚空盾发出尖啸。

护卫舰在猛烈冲击下疯狂扭动，划出一条螺旋形轨迹。在亚空间遭受的损伤早已让一排排警示灯闪动红光，如今它们全都进入了过载状态。

"我们能进行侧舷齐射吗？"卢杉质问道，坐在指挥宝座里的他伴随舰桥一同摇晃。

"那没有好处，"也速该指出，"他们的火力远胜于我们。我建议采取另一种手法。"

"侧舷齐射就绪。"一个火炮机仆干巴巴地说。

"随意开火。"卢杉下令，他看着也速该，"相信我，只要你能提出其他方案，我一概采纳。"

更多激光和光矛火力在太空中往复交织，这场颇具毁灭性的舰炮对决静默无声，其中充斥着转瞬即逝的舞动光芒。月牙号又不偏不倚地吃了一击，不堪重负的虚空盾像漂在水面的油层般朦胧闪烁。

在倾斜的护目镜背后，也速该眯起了双眼。他在敌方战舰身上捕捉到了一丝反常的意味，那精金舰身内部的众多心灵拥有某种怪异的共同特征。

"这件事不会由光矛解决。"也速该说道，他的心灵在努力解析自己察觉到的种种迹象。

更多冲击接踵而来。舰桥上层走廊的一根钢条受损脱落，残破的金属支架轰然坠地，这让他们上方拱顶的建筑结构变得愈发脆弱，令一条条裂痕在防弹玻璃表面奔窜蔓延。片刻之后，负责庇护舰桥的虚空盾就炸成一团火花飘散无踪。警铃开始厉声尖啸，舰桥底部顿时洒满了紧急照明的血红色灯光。

你们尚且不知道该如何处置我们，也速该心想，他逐渐理解了自己方才察觉到的一部分情况。你们同样犹豫不决。

"检测到了传送位点。"厄吉尔高声宣告。

卢杉猛然拎着爆矢枪站起身来。驻守在舰桥的其余六名白色疤痕同样准备作战。

"不，不要如此，指挥官。"也速该命令道，他稳稳站定身躯，将长杖拄在甲板上，"我们需要答案——让他们放马过来。"

卢杉紧握武器迟疑了片刻，严苛训练造就的战斗本能与风暴先知下达的明确指令让他左右为难。

"多处虚空盾失效。"厄吉尔的声音再次响起,"他们即刻就要抵达,指挥官。"

"遵照天道萨满的命令。"卢杉向麾下战士们说道,他的嗓音里满是不情愿。随后他看着也速该,仿佛在说:都交给你了。

伴随着臭氧味道和气浪冲击,十二声震耳轰响闯入舰桥,在尖厉爆鸣中固化成披挂深色动力盔甲的星际战士。他们从传送区域分散开来,端平枪械瞄准了舰桥人员。

"停止抵抗!"一顶战盔中传来怪物般的咆哮,经过人工扩音之后变得震耳欲聋,"交出战舰!"

"别犯傻,"也速该用哥特语冷静地说,"请放下你们的武器。"

十二个枪口顿时齐刷刷地锁定了他。

"风暴巫师!"其中一名登舰者高喊。

十二把武器立刻开火:爆矢弹的急促鼓点背后是火焰喷射器的尖锐呼啸。

也速该举起手杖,让来袭弹药在他面前化作一片徒劳飞溅的火瀑。片刻间,雷霆轰响与沸腾烈焰将他彻底包裹起来,随后就无影无踪。

"真是胡来。"他语气柔和,波澜不惊,仿佛他依然孤身站在草海上。

十二名入侵者冲向也速该,他们越过护栏,绕开操作台,手中武器的火力从未停歇。

也速该用手杖猛敲地板,一束束长枪般的闪电从杖身奔涌而出,那夺目电光盖过了枪口的明亮火舌,让整座舰桥沐浴在金色辉耀中。他的空闲手掌紧握成拳,敌人的爆矢枪顿时四分五裂。那把火焰喷射器也炸成了一个巨大的呼啸火团。

舰桥里充斥着滚滚雷鸣。气势汹汹的风暴席卷走廊,将凡人掀翻在地,让披挂装甲的军团战士立足不稳。

一名入侵者在蕴含着金色能量的回旋狂风中艰难前行,成功闯入了近身距离。也速该伸出手,轻描淡写地指点对方,而那位星际战士——成吨重的坚固陶钢、强健肌肉与致密机械——顿时横飞出去,一头撞在舰桥远端,在舱壁的石料表面砸出了一个深坑。

另一个对手也步步逼近,他握着闪耀光辉的长剑,准备奋力挥动。也速该用宽容忍让的目光扫了对方一眼,仿佛是在称许某个鲁莽孩童的高昂热情,随后微微垂下头。

持剑者的脑袋立刻甩向后方。一束束金色电光刺入他的身躯，让那位星际战士扑倒在地，动弹不得。

如今，这支登舰突击队只有一名成员尚且屹立不倒——那个披挂精工盔甲的魁梧身影手握一柄噼啪作响的雷锤。他在这风暴漩涡中拼搏前进，努力对抗汹涌巨浪般的闪耀光芒，凭借纯粹的意志力缓缓逼近也速该。

他走到了风暴先知的三米之内。随后也速该转过身来，张开了手掌。

与丘格里斯的雷霆风暴一样鲜明夺目的闪电以开山裂地之势劈向那位雷锤战士的胸膛。他顿时飞向后方，撞断了一条护栏，瘫倒在下沉式机仆工作站里，整个身躯包裹着密如蛛网的暴烈能量。

在呼啸回旋的以太罡风吹拂下，也速该缓缓升入半空。他的斗篷在身边猎猎飘扬，胸甲上的各式图腾和骨雕护符疯狂跳动。从甲板表面腾跃而起的元素火舌舔舐着他的双脚。

此时整座舰桥化作了一幅毁灭图景——无论白色疤痕还是登舰敌人，所有军团战士都躲在一切可用的掩体背后，他们手中的武器毫无功效。

也速该优雅地飞向那位雷锤战士，如同泰拉古老传说中的神秘天使般飘落在敌人的匍匐身躯前方。来势迅猛的呼啸狂风此刻戛然而止。那支登舰队伍的十二名星际战士仍旧动弹不得。由以太能量形成的闪耀锁链将他们牢牢拴在甲板上。

也速该俯视着落败对手。

"或许你该解释一下自己盔甲的颜色。"他说道。

如今风暴已经消退，情况变得更加明朗了。他脚下的这位星际战士并非荷鲁斯之子。他的深绿色盔甲配有青铜镶边。他胸甲上的众多火焰徽记共同指向一副造型精美的陶钢与钢铁颈甲。即便是从镶金的通信格栅背后传来，他的嗓音也明显具有一种不同寻常的浑厚声调。

"要杀就杀吧，巫师。"那位星际战士低吼道，"我绝不会求饶。"

戴着战盔的也速该皱起眉头。这话语本身就让他十分费解，而对方开口时的态度则更加令他感到困惑。

"不打算杀你，"他说，"如果我没看错，你是火蜥蜴。据我所知，你我的军团之间并无仇怨。"

一阵饱含痛楚的紧绷笑声从火蜥蜴的头盔里传来。"据你所知……你是认真的吗？"

也速该展望舰桥。在那些被以太能量禁锢身躯的星际战士中，有九名是火蜥蜴，他们都穿着伤痕累累的盔甲。另外几人应该是钢铁之手——色泽乌黑的铠甲与明显的肢体改造足以表明其身份。

也速该单膝跪地，把脑袋凑近那位火蜥蜴。以太蛛网随即消散，释放了这些囚犯。卢杉麾下的白色疤痕纷纷从掩体背后现身，他们用正常运作的爆矢枪瞄准了入侵者。

"你们显然并不清楚情况，火蜥蜴。"也速该柔声说道，"我在你们发动攻击之前就察觉到了——倘若你们认定我们是敌人，就会直接把我们击毁，但你们冒险展开了登舰行动。出于某种原因，你们从战帅的军团手中夺取了那艘战舰，如今也想在我们身上故技重施。或许你们疯了，但我在你的思维里只能感受到困惑。"

也速该抬起手，摘下头盔吸附在腰间。未经过滤的舰桥空气充满了灰烬的味道。

"我名叫塔古台·也速该，"他说，"这算是个良好的开端。把你的名字告诉我，我们继续沟通。"

对方犹豫了一阵。那位头戴破损战盔的壮硕火蜥蜴喘着粗气，显然尚未从也速该方才释放的凶暴能量中恢复过来。

"萨文，"他最终开口，"上尉，第三十四连。"

也速该点点头。"很好。听我说，萨文——我对你讲的都是实话。一字一句绝无作伪。也请你这样对我。我们已经与整个银河断绝联系很久了。你们经历了什么？以太为何动荡难安？"

萨文并未立刻作答。他似乎不确定究竟该从何讲起。

"你们对于大屠杀一无所知吗？"他戒备地问道，仿佛这是一个足以让他遭到取笑的愚蠢问题。

也速该伸出手臂，邀请对方站起身来。

"大屠杀？"他说，"不，我们不知道。请你立刻告诉我们一切。"

"有何想法，大可汗？"秦夏问道。

可汗哼了一声。他有很多想法，只是目前还不愿分享。

阿尔法军团的封锁线毫无破绽，那条平滑而齐整的星船队列仅在双方阵势之间出现差异时才会微调。阿尔法军团战舰效仿着白色疤痕的一切动作，让整体局面演变成了一场十分古怪的镜像游戏。

可汗站在利剑风暴号的指挥舰桥上，身边环绕着怯薛卫队。他腰间的弯刀倍显沉重。

"他们似乎愿意把先机让给我们。"他说。

秦夏转身看着舷窗。定位符文的舞动光芒映在终结者盔甲的倾斜护目镜上。"他们拦在我们和最近的跃迁点之间，但我们只要愿意就能冲破封锁。首先用小规模正面攻势引诱对方冒进，之后迅速采取凿式行动。"

可汗点头称是。"我在那个位置发现了破绽，"他指着阿尔法军团主力阵线三分之二处的某个点，"他们试图用大型舰船弥补缺陷，但那并不能掩盖问题。"

"动作必须要快，"秦夏说，"就像我们在艾利索的行动。"

可汗仔细审视面前的选择。"之后呢？我们冲破对方阵线，打乱他们的部署，之后又要做什么？摧毁他们吗？"

"当然。"

"他们并没有施加威胁。"

"这可不是友善的行为，大可汗。"

此话不假。即便如此，可汗仍然不愿下达命令。区区几个小时之前，在帝国内部爆发的那场叛乱还清晰明了：鲁斯及其麾下的野蛮人再次违抗命令胡作非为。而现如今，事态已经变得更复杂了。复杂得多。

他还记得自己在乌兰诺对荷鲁斯说的最后一句话。他还记得战帅那极具魅力的微笑，那轻松亲近的态度。

有呼必应。

他全身上下的每个细胞都在厉声呼唤一个不同的解决方案。战帅或许遭到了冤枉，他或许被迫采取了某些别无选择的极端手段，从而导致满怀妒火的兄弟们与他反目成仇。如果荷鲁斯确实被迫与鲁斯为敌，那么阿尔法军团显然是战帅的盟友。他们来到这里是为了等待白色疤痕作出某种表示吗？倘若如此，那又是什么样的表示呢？莫非其余兄弟全都知晓某些秘密信号，唯独他被蒙在鼓里？这种事情也不是第一次发生了。

他的星语者领袖此刻缓缓走来，那位骨瘦如柴的丘格里斯女人被尊称为"简子"。

"大可汗。"她深鞠一躬。

"如果没有新的消息就不必打扰我了，"可汗厉声说，他的目光始终停留在全息投影上，"我已经厌倦传言了。"

星语者毫无迟疑。她这种人早已习惯于向善战王者传达不幸的消息。"我接到了多恩大人的命令。"

可汗转过身来。"如何？"

"是我亲自解读的，"她回答，"含义清晰精准，源头明确无误。我们接到了即刻赶回泰拉的命令。我们要忽视其余一切要求我们效忠的信息，尤其是来自战帅的，因为他以及所有与之结盟的军团都已经背负了叛徒罪名。我们要采取最快路线驶向王座世界，在抵达之后将会获得进一步的指令和解释。"

秦夏满意地点点头。"终于有了切实消息。"

可汗则不为所动。"你是何时接到这份幻景的？"

"不到一个小时之前。在那之后我们又持续接收了大量信息，含义全部相同。"

"如此说来干扰已经解除了。"

"看来是的。"

"那么，大可汗，"秦夏说，"我们可以奉命行动了。"

可汗摇摇头。"不，我们还不能。"

他的怯薛卫队都一言不发。谁也不敢开口质疑。

"你们不明白当前的情况吗？"可汗说着走到指挥露台边缘，冷酷地盯着实景舷窗之外的第二十军团阵线，"你们不明白那些战舰为什么悬浮在那里，不作回应，一动不动吗？"

他感觉到旧日的怨怒再度浮上心头，那股冰冷的愤懑属于一位饱受忽略的子嗣。这就是他为了追求自由，为了我行我素而付出的代价。白色疤痕总是最后才获得消息。

"他们并不想与我们作战，"可汗说，"他们也不想与我们同行。他们想让我们陷入疑惑。他们想让我们进退维谷，举棋不定。为什么？因为他们很清楚那道遮天帷幕即将揭开，他们很清楚此时此刻大量消息终于穿透以太传达到了我们手中。"

他转身面对麾下军官们。真相终于云开日见——疑云已经笼罩许久，此刻浮现在面前的确定性显得分外可喜。

"他们惯于操弄人心，"他愈发坚决地说道，"他们想让我们接收多恩的信息。他们在这里与我们展开对峙，拖延住我们的脚步，直到我们能够毫无疑问地接收到那份命令。阿尔法军团希望我们赶回泰拉。那正是他们的目的所在。"

一时间无人开口回应。

"即便如此，"秦夏迟疑地说，"我们难道不该——"

"不！"可汗咆哮道，在他心中闷燃已久的怒火此刻冲破了束缚，"我不会任人驱使，就算是王座世界也不例外。因为直到今日，直到阿斯塔特军团开始自相残杀之际，它才屈尊承认了一点，那就是理应为之效忠的子嗣其实有十八位之多。"

他扭转身躯面对呆若木鸡的舰桥船员，背后的斗篷飘扬起来。

"你们不是谁的奴仆，"他的低沉嗓音饱含坚毅，"你们是察合台的部族。我们不会服侍任何人。我们不会盲信任何人。我们自行决断，一如既往，这件事背后的任何真相都要由我们亲自探查清楚。"

他将目光转向秦夏。"下令吧，"他说，"就按照我们讨论的，凿式行动。"

随后他继续面对浩瀚太空，终于平息了怒火，但不消多久，大批星船引擎一齐喷吐的炽热光辉就足以将他的激情再度点燃。

"各就各位，"他神情严峻地说道，"是时候提醒一下诸位兄弟我们究竟有何绝技了。"

第九章

时机未到
随波逐流
凿

托贡溜进了星矛号的会议室，他穿着新近改装的动力盔甲，尽量让自己悄无声息。他本希望能够采取恰当的准备步骤，但是如雪片般飞来的行动指令与调度方案让他无暇旁顾。

他打开照明灯，点亮了房间里的另一个身影。

"托贡可汗。"赫伯躬身说道。

"赫伯可汗。"托贡用丘格里斯的方式回礼，并关闭了身后的房门。

"真是个古怪的会面时机，兄弟。"赫伯说。

"你先前知道鲁斯的事吗？"托贡质问，"如果你早有所知，那就告诉我——我们之间不该有秘密。"

"我先前并不知道。不过我们确实预料到会出现某种突发事态，狼王只是其中之一。"

托贡摇摇头。"我怎么也想不到……我没想到会是他们。我总觉得会是另外某一个。或许是科尔兹吧。"他躁动地敲动十指，试图静下心来，"我们应该立刻出动。我不明白在拖延什么。"

透过通信格栅，赫伯的一声轻笑显得铿锵尖锐。"看看窗外就明白了。有朋自远方来。"

"这让我很担心。他们是战帅一方的，还是野狼一方的？他们到底在搞什么鬼？"

"阿尔法军团已经遭遇了野狼。我不认为双方的接触是友好的。"

"那么我们就必须离开这个星系！"托贡拧过身来看着赫伯，话语脱口而出，"时机已到。我们一次次秘密会面难道不正是为了推动今日这种局势吗？"

赫伯伸出手掌搭在托贡的臂膀上。"冷静。你这种焦躁不合时宜。"

"不合时宜！当前局面非常微妙——你好像不明白究竟有多么微妙。"

"我比你更明白。"赫伯的嗓音十分沉稳，"在时机到来之际，我们一定会知道的。我一定会得到消息的。"

"怎么知道？"托贡质问，"你又如何能够得到这种消息？我们在结社里并不讨论这件事。你要对我更坦诚一些。"

"等到这件事结束之后，"赫伯说，"等到我们渡过这道难关之后，我就会给你讲清楚。反正我早就想告诉你了，但听我说——目前时机未到。这件事相当于引发山崩的落石。倘若我们急躁冒进，就会与良机失之交臂。告诉我，你热爱泰拉吗？你热爱帝国吗？"

这几句话险些让托贡向对方动粗。"你知道的。"他狠狠甩开赫伯的手。

"那就克制点，"赫伯冷静地看着他，"我们暂且按兵不动。我们执行命令，协调部队，一如往常。同时，你也可以多花些时间与丘格里斯人相处——你显得太突兀了，就像一个闯进选美比赛的欧格林人。"

托贡努力压下自己的恼怒。"我本不该加入这支军团。"他咕哝道。

"屁话，"赫伯厉声说，"你给我讲过那个故事，我当时就是这样说的。"他压低声音凑近过来。"根本没有命运这回事——你是一名白色疤痕军团战士。你可以接受现实并扮演自己的角色，也可以当个一无所成的边缘人物。"

托贡的思绪不由自主地闪回到了月球的枢纽机库里，当时他第一次目睹那艘即将搭载他彻底告别太阳系的第五军团运兵船。他还记得自己的目光落在那枚闪电徽记上，还记得那幅图案在自己眼里显得多么幼稚——金、白、红，属于孩童的颜色。

"但他们相信命运，"托贡说，"大家全都听信那些呼风唤雨的魔法师。吉时，天意。只要他们一声令下，所有人就都心甘情愿地冲向末日。这是我永远无法理解的。你知道我们是其他军团的笑柄吗？笑柄。"他摇摇头，"这必须作出改变，兄弟。这可以作出改变，只要战帅——"

"嘘，"赫伯抬起一根手指警告道，"不要在这里讲，不要在结社之外提起。"他疲惫地深吸一口气。"我们要等待大可汗的裁定。他要么追杀鲁斯，要么静观其变。"

"阿尔法军团呢？"

赫伯哼了一声。"谁知道呢？他们肯定有所图谋，但深藏不露实在不是什么优良品质。"

一份重要命令突然在托贡的头盔显示屏里闪现。从赫伯的沉默来判断，他也接到了同样的信息。

凿式舰队行动，四小时后展开。各就各位。动作迅猛，行事稳健，为了战鹰与帝皇。

他们相互看了看。

"显然大可汗同意你的观点。"托贡说着快步走向舱门。

"的确。"赫伯紧随其后，"阿尔法军团。不知道他们能否预料到这个场面。"

托贡干巴巴地笑了笑。他的军团兄弟们身上毕竟有一些让他能够欣赏的品质——他从未质疑过他们的凶猛战技、迅捷速度，以及放手拼搏时的华丽风格。他还记得昔班在琼达克斯峡谷战场上的英姿。无论那位丘格里斯裔可汗的频繁冒进让托贡多么恼火，对方在战斗中的昂扬喜悦仍旧令他感到忌妒。

让杀戮常伴笑声。

托贡曾对昔班如此说过。这份建议与他自己的性格并不相符，但依然是出于真心。他不知道昔班此刻身在何处，在接下来的行动中又要扮演怎样的角色。

"他们如果一无所知的话，"托贡说着匆匆穿过走廊赶往自己的岗位，"那么很快就要大开眼界了。"

效忠帝国的每一艘星船都各不相同。容纳在反应堆核心里的关键奥秘被赤红星球的科技主宰们严格保守，绝不外传。对于推动战舰前行及维持其结构完整的各项流程，唯独各个军团的技术军士们有较为深刻的理解，但即便是他们也无法窥探到最深层的秘密。火星正是这样确立了对自身科技产物的根本掌控。

但这并不意味着诸多军团只能在战舰上扮演束手无策的乘客。每一位原体都在战舰的建造过程中注入了自己的偏好风格：科拉克斯近乎偏执地确保麾下战舰具备尽可能强的隐秘性，沃坎注重于坚固耐久，弗格瑞姆则以造型美感作为设计要素。基因原体总是有办法绕开帝国的指挥结构，另辟蹊径——他们可以对既定规则加以通融、发掘出隐秘的数据核心、收买或教唆机械神教贤者。正因如此，在伟大远征的漫长进程中，每一支军团的舰队都经受了无穷无尽的整修、改装和根本性调节，从而潜移默化地受到了各自主人性格的影响。

具体到白色疤痕身上，他们所寻求的任何改进都只有一项衡量标准——速度。

第五军团技术军士们在数十年间潜心钻研，着力提升反应堆的输出功率，寻找各种方法来精进战舰的机动力和灵活性，令其远远超过标准设计参数的极限水平。对于速度的无止境追求自然付出了相应的代价：火炮军官们常常抱怨光矛射程受到缩减，白色疤痕战舰的低下承载率也是众所周知的，与常规舰队中的标准战舰相比只能容纳更少的战士和登陆艇，但是对于这支惯于在丘格里斯辽阔草原上驰骋的军团而言，此类因素不值一提。

遵照大可汗的常设命令，军团从未在活跃战区之外展现过战舰引擎的强劲能力。再考虑到鲜有其他军团与白色疤痕协同作战，这项专精技艺就更是鲜为人知，外界只是偶尔接到一些充满猜测性的报告，其中提及了修长怪异的引擎护罩、近乎荒谬的推进器阵列、格外粗大的燃料管线等。

这一切共同造就了这批极端迅猛的战舰，无论是硕大无朋的星海巨兽，还是最为纤细的星系内飞船，都拥有超群的速度。

卡吉安号也不例外。

这艘护卫舰缓缓提升动能，向严阵以待的阿尔法军团阵线驶去。

"这是标准的凿式，"坐在指挥宝座上的昔班提醒舰桥船员们，"舰队全体单位要遵照利剑风暴号的指令统一行动。你们都清楚自己的目标，都熟悉自己的责任——不要让我失望，兄弟们。"

他在各自忙碌的船员们脸上看到了饱含期待的喜悦。那种瞻前顾后、疑神疑鬼的紧绷气氛一扫而空，取而代之的是一种在熟悉领域里大展拳脚的畅快心情。

这极具感染力，昔班也不由自主地露出了微笑。白色疤痕向来是一支内心和谐的军团，远不像某些同僚那般尖刻暴躁——阴郁情绪和他们格格不入。

"不要超过领头舰船。"他警告道。

在这条宽广的阵线上，大批白色疤痕护卫舰船集体行进，整齐划一地扑向阿尔法军团的封锁线。舰队间的联络被彻底切断了，对方发送的任何通信都会遭到拦截——敌人已经错过了阐明来意的机会。他们如今所说的一切都会被忽视。

在这第一批星船背后，诸多巡洋舰接踵而来，它们的洁白轮廓在深邃幽井般的太空中熠熠闪亮，那些格外庞大的引擎已经开始喷吐烈焰。它们相互拉近距离，在较为分散的先锋部队后方组成了一个紧密的作战群。昔班眼看着它们逐一升起舰艏虚空盾，让周围的空间变得闪烁而朦胧。

远在卡吉安号前方的阿尔法军团作出了应对。他们继续维持着封锁线的完整性，拦住了前往邻近跃迁点的路线，意图将白色疤痕困在琼达克斯当地。自从突然抵达以来，他们的行为方式从未改变，封锁线上的每一艘星船都与对应的白色疤痕战舰保持绝对一致，在辽阔空间中营造出一幅宏大的镜像。

昔班警惕地注视着战术数据。双方舰队旗鼓相当——阿尔法军团显然知道他们需要调动多少艘战舰来达成自己的目标。这本身就足以引起怀疑，尤其考虑到他们据说正在与太空野狼交战。他们究竟拥有多少主力战舰？难道他们就一直埋伏在这里，静静等待那块遮天帷幕的消散？

他回想起费姆斯，那枚徽章，那些尸体。

他的头盔显示屏突然被崭新的命令点亮了。

"启动第一阶段。"

卡吉安号提升了速度，从舰尾虚空盾抽取能量注入主光矛。在这条先锋阵线上，其余舰船也展开了同样的行动。

昔班感觉自己的主心脏开始猛烈搏动，仿佛他坐在马鞍上捕捉到了猎物的踪迹。

"那是我们的目标。"他在前端望远镜里挑拣出一艘对应的阿尔法军团驱逐舰，用交战符文做了标记。

两支舰队之间的距离逐渐缩短。阿尔法军团阵形采取了封锁线的标准应对方式，在最为辽阔的区域中布下一张刚硬的天罗地网，并且安排了一批后备战舰为各个节点提供支援。他们的动作仍然显得谨小慎微，似乎只打算尽可能长久地维持僵局。

昔班钦佩对方阵形的严明纪律。他们训练有素。

这没有用。

双方的先锋部队已经闯入各自的光矛射程。昔班首次在探测阵列上看到了敌人的通信请求，并丝毫不予理会。

已经太晚了。

在靠近琼达克斯一侧的阵线上，第一批激光束闪烁着刺向对方，其余战舰立刻纷纷效仿。

"开火。"昔班冷静地命令道。

卡吉安号的舰艏光矛喷吐出一股闪亮的光柱，正中目标。敌舰虚空盾表面顿时溅起一团光晕，那艘星船立刻作出应对，扭转舰身脱离阵线，用侧舷激光齐射发动还击。凶狠而密集的火力敲打在卡吉安号的腹部虚空盾上，那艘阿尔法军团战舰随即掉转船头准备运用自己的光矛。

"再次开火，之后转向 4-5-2。"昔班命令道，他让对方没有时间完成精确瞄准。他能感觉到甲板的微微震颤，卡吉安号正在改变航向。

在整条先锋阵线上，类似的交火比比皆是——白色疤痕战舰针对封锁线作出试探，阿尔法军团星船则加以抵挡。这是经典的遏制模式，意在聚拢围困第五军团，避免任何独行舰船成功越线。标准的突围方案是针对遏制网发动全力突击，用高度集中的大规模舰对舰火力彻底冲破封锁阵线。下达这样的命令绝非儿戏——双方往往两败俱伤，只有鲁斯和安格隆那样的急躁莽夫才会甘冒此等风险。

阿尔法军团显然认定可汗不会这样乱来。当然，他们的判断毫无差错。

昔班的头盔显示屏再次得到了更新。"第二阶段。"

白色疤痕先锋部队开始朝星系内侧飘移，他们放弃了冲往跃迁点的航行矢量，将双方的交战中心扯向琼达克斯的引力井。这显得有点粗心大意，仿佛是目无大局的指挥官们贸然发动了一场漫不经心的突围行动，却又不具备拼搏到底的坚决意志，只能草草收兵。

"不要太快。"目不转睛的昔班发出警告，他看到船员们让卡吉安号有些过度落到了作战平面下方。他们确实需要营造出一副松懈懒散的样子，但倘若此刻遭受严重损伤也会是个麻烦。

激光火力变得愈发猛烈。索佳号的虚空盾生成器吃了一记重击，迫使它用凶狠密集的激光齐射施以反击来平衡局面。名为贝塔-卡拉丰号的阿尔法军团护卫舰在突进时作出了误判，埋头扎进一片等离子火云，令其半数虚空盾当即碎裂。

无论如何，这一处处交火都显得沉闷、谨慎、克制。双方没有发射鱼雷，没有出动炮艇编队。由小型战舰所组成的两堵铁壁在一场点到为止的怪异搏斗中释放着有限威力。

"第三阶段。"

他们的飘移变得更明显了。

"我们应该可以稍微加快一点。"昔班指出，他满意地看到白色疤痕阵线开始向内部坍缩。七艘快速护卫舰已经展开了全面撤退，带着焦黑的舰艏与闪烁的虚空盾仓皇逃离。

在整个交战区域中，第五军团的战术位置开始崩溃，在敌方沉稳而娴熟的压制火力面前逐一凋零。很多白色疤痕舰船脱离了阵形，只顾保护自己的侧翼，任由突击阵线露出大量破绽。先锋部队的气势已经衰竭，就像在草海上遭遇了一股迎面袭来的狂风。

昔班专注地盯着前端望远镜，观察阿尔法军团的反应。对方已经调动了主力战舰来支援第一道防线，谨慎地向各处显著弱点进一步施压。遏制网渐渐收紧，愈发致密。如此一来他们就可以让更多武器施展拳脚，同时封锁线的覆盖面也随之缩小。他们很小心，但还不够小心。

卡吉安号在一记重击下剧烈抖动起来，虚空盾像皮革鼓面般颤抖起伏，最终将来袭能量尽数化解。

"是否还击？"火炮工作台传来询问，"我锁定了目标。"

"我看不必，"昔班正在等待下一阶段的指令，"继续后撤，转动舰身，用另一侧面对他们。维持激光齐射，但要尽量显得马马虎虎。"

卡吉安号像一艘驾驶不善的走私船那样翻滚扭动，在敌方的密集火力面前步步退却，此时昔班不由自主地去想托贡当前的处境。在琼达克斯的战斗中，那位泰拉裔可汗厌恶这种佯装撤退，他在领导自己麾下兄弟会的时候从不采用此类战术。那是个与众不同的家伙，身为第五军团战士这一事实本该给人带来一股放眼银河都无可比拟的深切喜悦，然而托贡却对此并不满足。无论昔班如何尝试，他始终都难以真正理解对方。他想了想托贡此刻身在何处，又——

昔班的头盔显示屏上突然浮现了另一枚符文，他立刻眨眨眼开启了那个命令的激活倒计时。

肾上腺素引发了一股亢奋情绪，它裹着汹涌而来的纯粹喜悦一同刺入昔班心头。凿子即将成形。

时候到了。

"准备展开全舰队扭转。"他命令道,让舰桥船员们时刻待命。

倒计时开始跳动。

伊莉雅简直无法相信自己的眼睛。她和哈尔季获准留在利剑风暴号的舰桥里,但可汗的众多部下在指挥宝座周围各就各位,很快便将两人挤到了边缘。

她看着端坐的原体,围绕在可汗身边的全息投影用明亮光辉照耀着那张专心致志的严峻面孔。附近的所有人——高大魁梧的怯薛卫士、掌管各项事务的战舰指挥官、众多战略分析师和天道萨满——全都显得冷漠超然,对于舰队正在遭受的凶狠打击熟视无睹。

"这是怎么回事?"她向哈尔季嘶声问道。

那位副官转过头来看了看她,一切表情都隐藏在象牙色的面甲背后。"什么意思?"

"我所做的一切都白费了吗?"她追问道,当前景象所引发的深重沮丧彻底吞没了她,"这一次的物资补给流程堪称完美无缺。我们已经早早做好了万全准备——我们大可长久与他们对峙下去,现在却是……这副模样。我听信了你,哈尔季,你说你们擅长太空战。"

"我们确实擅长。"

"那你们展示才艺的方式可真是奇怪。"

"你在认真看吗,伊子?你能看出来他在做什么吗?"

"我能看出来他在抛弃战术位置,放任自己的战舰被毁。"

"目前还没有一艘被毁呢。"

"该死的,很快就会了。"伊莉雅简直想要跳起来,一拳砸在对方的厚实头盔上让他清醒清醒,"难道他不在乎吗?难道这在你们眼里只是一场游戏吗?"

哈尔季依然态度和善,不为所动。"一切都是一场游戏。但他确实很在乎。继续看吧。"

伊莉雅转过头去面对战术全息投影。情况看起来糟透了——那场漫不经心的突击攻势已经分崩离析,最前列的第五军团战舰作鸟兽散,与身后的舰队单位混成一团。一切严整阵形都彻底消解，化为如迷宫般交错纵横的撤退路线。在全息投影里，一片紧密而肃杀的蓝色光点代表着阿尔法军团的封锁线，它们时时刻刻保持着推进步调。

她感觉愤怒让自己的脉搏越来越快。她费尽心思为这支军团注入了些许的纪律性——让他们认真对待物流补给，确保每一艘战舰都配备得当，各司其职。

结果还是一团糟。她不敢想象倘若换作一批真正凶残的对手，局面又要沦落到何等地步；倘若这是太空野狼会怎样。

"我什么都——"

没等她把话说完，可汗终于下达了命令。

"动手，"他简洁地说，即便在这座人员众多、川流不息的舰桥里，他的低沉嗓音仍然传到了每个角落，"五秒倒数。"

伊莉雅注意到，这份命令覆盖了舰队中的每一艘星船，径直发送到各个指挥官的头盔显示屏上。由青铜锁链悬挂在她头顶的一块屏幕立刻转换成了倒数画面。

5……4……

"那是什么命令？"伊莉雅问。

3……2……

"重点在于协调同步，"哈尔季说，"你最好抓稳了。"

1。

根本来不及。甲板骤然剧烈晃动，仿佛利剑风暴号的宏伟舰身内部发生了一场凶猛爆炸，震耳咆哮席卷整座舰桥。伊莉雅一个趔趄扑向稳如泰山的哈尔季，额头撞在对方的陶钢盔甲上。

哈尔季俯身搀扶她，而她则尴尬地推开了对方。"我们……好快，"她惊愕地发现，舰队单位的分布模式在急剧收缩，"泰拉王座在上。"

利剑风暴号已经猛然提升到了全速水平。这加速过程着实令人叹为观止，几乎是在转瞬间就从拖沓懒散的四分之一速度变成了像奔雷暴雨般势不可当的激昂冲锋。这实在匪夷所思——提升主引擎功率往往需要耗费长达几分钟的时间。

"我说了，伊子。"哈尔季开口道，"继续看吧。"

伊莉雅笨拙地站稳脚步，紧紧攥着一条护栏的边缘，强迫自己仰望战术全息投影。

一切都变了。舰队阵形在眨眼间改头换面，从一盘散沙骤然扭转成一支精准严整、令人慑服的突击箭头。

每一艘战舰都奉命行动。每一艘战舰，在同一个时刻。它们集体驶往新航向，相互之间完美契合，如脱兔般让一支高度凝聚的攻击矢量从进退维谷的待命阵形中突现锋芒。

伊莉雅意识到自己此刻目瞪口呆，匆忙把嘴巴闭上。她从未目睹过如此登峰造极的太空战手法。就算是帝国海军的顶尖军官也休想在五分钟之内完成这种舰队机动，而且必定需要展开成百上千次的航向修正，并提前进行耗时许久的准备工作。

但是白色疤痕做到了，众多战舰的动作齐整如一，没有接受任何外界引导，在区区五秒之内完成。

哈尔季笑了起来。"我们称之为'凿'，"他告诉伊莉雅，"这真是……畅快。"

伊莉雅盯着实景舷窗，试图理解面前的一切。

白色疤痕舰队如今变成了一支矛头。大批护卫舰一马当先，团结成高度凝聚的战斗群，将封锁线轻易洞穿。它们的突然加速和密集火力让拦在前方的阿尔法军团战舰猝不及防，三艘拥有青铜色船艏的驱逐舰几乎在刹那间被光矛打击淹没，消失在了等离子烈焰和鱼雷爆炸的漩涡里。

其余敌方战舰匆忙作出应对，纷纷转动船头前来弥补阵线的缺口，但为时已晚。它们花费了宝贵的数秒时间来调整光矛射角，将动力注入闲置待命的引擎，而与此同时第五军团的庞大斗士们——沁扎尔号、天境长枪号、库欧费安号——已经加入了战斗。它们以雷霆之势踩着由先锋部队踏出的道路奋勇前行，用毁灭性的激光火力覆盖了周围的整片区域。

"你们是怎么办到的？"伊莉雅轻声问道，她看着阿尔法军团战舰的燃烧残骸从两侧掠过。

更多白色疤痕驱逐舰像成群结队的鲸鱼般急速冲锋，在这一片狼藉中灵活穿行。整支舰队的注意力完全聚焦在一点，侧翼被彻底忽略，任由敌方掌控，战场上的所有第五军团单位都收紧了阵形，将速度提至极限。

"破绽在那里，"哈尔季指着阿尔法军团后备阵线的三分之二处说，"并不明显，但也足够了。"此刻发生的一切让他欣然点头。"我们要拼尽全力抢先赶到那里，这值得赋诗一首加以铭记。"

利剑风暴号的舰桥充斥着低沉嗡鸣和隆隆轰响，仿佛即将分崩离析。警示灯愤怒地迸发着刺眼光芒，到处显示错误诊断报告，而舰桥船员却仅仅一笑置之。阿尔法军团的后备阵线以令人心惊的速度向他们蜂拥而来，那条铁壁上开始闪烁着零散迸发的激光火力与匆忙释放的鱼雷齐射。

阿尔法军团的严密封锁线已经破裂崩溃，其各个组分试图作出应对，着手阻拦那条穿心而过的战舰队列。他们的主力战舰更为迟缓，既不具备经过改造的特殊引擎，也缺乏白色疤痕麾下那些技艺超凡的精锐船员。

"诱敌之计，"伊莉雅对自己很是恼火，"你们想让他们放松警惕。"

哈尔季点点头。"被对方低估是一项优势。速度很快也是一项优势。"

伊莉雅不禁莞尔。自从集结命令下达以来，这是她头一次露出笑容。

我这是怎么了？我已经要喜欢上这个傻乎乎的军团了。

在怪物般的狂怒引擎推动下，利剑风暴号冲到了凿式阵形的最前端，身边环绕着漫天飞蝗一样的护卫舰。阿尔法军团后备阵线上的庞大舰船试图加以阻拦，手忙脚乱地构建出防御阵形，伊莉雅如今逐渐察觉到了它们的笨拙迟缓。

"那些是大家伙。"她担忧地说。

"它们看起来像是战斗母舰，"哈尔季表示认同，"但大可汗不以为然。仅一支军团不可能凭空部署如此之多的单位，其中必定做了手脚——他们根本就没有那么多战舰。我们拭目以待吧。"

伊莉雅不由自主地咬紧牙关，利剑风暴号义无反顾地径直扑向敌方。它的巨型光矛闪烁须臾，将一颗超新星囚徒的光辉投射出去，短暂地照亮了太空。在它周围，其余白色疤痕战舰一同发动了面向前方的火炮打击，大量喷薄而出的激光束、等离子团和鱼雷用纯粹的毁灭力量开辟出一条致命的宽广大道。

爆炸立刻涌现，层层叠叠的焚灭火团如同滔天巨浪般升腾扩散，填满了前方的冷寂太空。伊莉雅看到一艘巨型阿尔法军团舰船彻底崩溃，引擎内爆解离，舰身骤然失控下坠。另外三艘星船的前端虚空盾遭受了恐怖的打击，在橙红与明黄的脉动光芒中溃散。

零星的反击火力丝毫无法阻止这场迅猛进军，仅徒劳敲打着白色疤痕先锋部队的装甲船头，造成的轻微损伤不值一提。

"它们不是战斗母舰，"伊莉雅说，"那又是什么？大型运兵船吗？"

"这不重要，"哈尔季说，"我们闯出来了。"

他说得对。这支"凿"已经把封锁线一举刺穿，撕裂了它的破绽。整支舰队阵形——致密而紧凑，像标枪般修长——埋头扎进开阔空间。被他们甩在背后的阿尔法军团试图重整部队，将位于漫长封锁线两翼的舰船收拢到中心，恰似一只打算把众多肢体汇聚起来的章鱼。他们所承受的舰船损失并不致命，但这场突如其来的猛攻让他们的阵形毫无防备，一举摧毁了他们费尽心力维持的凝聚力。

白色疤痕的疾驰步伐并未放缓。事实上，他们如今不必维持激光火力打击，反而进一步加快了速度。位于舰尾方向的琼达克斯迅速缩小，战舰周围环绕着十余艘覆灭战舰的闪耀尸骸。

"现在怎么办？"伊莉雅问道，"我们要了结他们，还是去找鲁斯？或是返回泰拉？我们作何打算？"

哈尔季越过她的肩膀看了看宝座上的可汗。原体的表情毫无变化——他脸上没有满足，没有欢欣，只有一如既往的犀利目光和安如磐石的专注神色。他的旗舰挥洒着令人畏惧的强大能量，像离弦之箭般刺入浩瀚太空。

"我不知道。"哈尔季说，"如果以我对可汗的了解来猜一猜？这些都不对。"

第十章

知识的代价

前路已定

离经叛道者而已

有时候无知是福。

也速该常常针对这一点与阿里曼展开辩论。整体而言,千子军团向来认为知识——任何的知识——都不该遭受限制。

"一切知识都是好的,"那位首席智库曾经对他说过,"越多越好。"

但自古以来,丘格里斯的呼风唤雨者就坚决避免过度沉溺于自身奥艺,刻意保持浅尝辄止的态度,对于已经掌握的关键技能勤加磨炼,警惕那些深藏于表面之下的凶险真相。也速该一向将这种行为方式视作智慧的结晶,而非怯懦的表现,因为他家园世界的历代贤哲们都大力颂扬"自制"这一美德。

"一切知识都暗藏危难。"也速该警告阿里曼。

"你们太谨小慎微了。"阿里曼回答,"有没有人知道你们究竟具备何等天赋?"

"或许没有人知道,但这有何妨?"

"外界对于你们的认知是很重要的。"

"外界都认为你们很危险。这不重要吗?"

阿里曼面露哀伤。"你理解我们。你认为我们危险吗?"

也速该当时不愿作答。他心里想的是,有时候我确实这样认为。

如今他坐在月牙号的舱室里,被胸中郁结的崭新知识折磨得苦不堪言,仿佛他方才不慎吞下了某种毒物,此刻全身血脉已经遭受侵袭。那场惊天巨变有着令人难以理解的尺度,更不必提让他无法接受的现实。

萨文给他做了巨细无遗的讲解。当然,其中也有一些就连他都并不知晓的情况,例如火蜥蜴军团原体的命运。

"我们不知道究竟发生了什么。"萨文说,"我觉得如果他死了的话,我应该会有某种感觉。但也不一定。"

这位火蜥蜴军团战士语速缓慢，口齿清晰，每个哥特语音节背后都藏着浓重的夜曲星口音。他言语间没有自怜，也没有愤怒——只有一股深切而冷静的抗争意味。

也速该对于这些消息的应对态度大有不同，首先是麻木，随后是令人绝望的挫败感。长久以来他一直能察觉到宇宙架构中的纷乱扰动；或许他早该有所警惕，有所猜测，有所行动。

这种情绪很快就消失了。此等程度的背叛实在不可想象——他无法有所警惕。谁也不能。

荷鲁斯，战帅，帝皇爱子。

他抬起头来。舱室里还有另外三人：卢杉、萨文，以及一位面色阴沉的钢铁之手军团战士，他名叫比奥恩·亨瑞寇斯。

"你刚才正要给我讲讲之后的事情。"也速该逼迫自己继续提问。

"起初只是我们，"萨文说，"我的小队乘坐一艘第十六军团登陆艇突出重围，返回了星球轨道。我们自己的战舰已经被摧毁，所以我们被迫停靠在他们的战舰上，并夺取了控制权。"

也速该不由得面露微笑。萨文平铺直叙的讲解方式偶尔也颇具趣味。"就这么简单。你们夺取了一艘荷鲁斯之子驱逐舰。"

萨文面无表情地看了看他，那张黝黑面孔难以解读。他不苟言笑，赤红的眼眸中缺乏神采，不易流露感情。"并不简单，"他用低沉嗓音继续说道，"但他们措手不及。你目睹过沃坎的子嗣战斗吗，白色疤痕？"

"没有，"也速该说，"不过我听说你们不好对付。"

"我们夺取了战舰，"萨文言简意赅地说，"名叫灰色利爪号。我们把它重命名为赫西俄德号。那是我们家园世界上的一座避难所城市。"

"我有所耳闻。"

萨文满意地点点头。"于是我们变成了逃亡者。我们试图返回夜曲星，但导航者已经受伤。她不久之后就死了。或许是对抗亚空间风暴时承受了身体压力，或许是她的心灵不堪重负——我觉得她恐怕没有预料到会目睹的种种事物。"

那位钢铁之手军团战士亨瑞寇斯在黑钢面甲背后发出一声低吼。唯独他始终戴着头盔。"我们谁也没有预料到。"

"你的经历又如何？"

"零星的幸存者死战到底。"亨瑞寇斯说，与萨文不同，他的嗓音里浸透了苦涩，也速该明白其中缘由——他显然很清楚自己原体的命运，"散兵游勇。有些人成功会合了。"

"我们搜寻幸存者。"萨文补充道，"我们一开始只有十六个人，但我们希望扩大队伍。之后我们才能发动反击。"

也速该此时在萨文脸上捕捉到了一种奇异的神色，仿佛是饥饿的表情。

"如今你们找到了我们，"风暴先知替火蜥蜴说出了心中的念头，"具备亚空间航行能力与导航者。"

萨文点点头。"亨瑞寇斯是舰船系统的专家。他找到了一种方法来远程追踪亚空间波澜，所以我们精确掌握了你们的跃迁位置。"

"但为什么要攻击我们？"卢杉问道。他仍然颇为恼怒——在一段本就颠簸动荡的亚空间航程之后，月牙号又受到明显损伤。

"我们已经懂得了要谨慎行事。"萨文回答，"在我们看来，每一支军团都有可能投靠了战帅。倘若这是一艘圣血天使或者极限战士星船，我们也会采取同样的行动。"

也速该理解地点点头。"而且我们是白色疤痕，"他说，"我们很容易被视为离经叛道者，对不对？"

萨文没有作答，但亨瑞寇斯尖刻地哼了一声。"既然你自己说出来了，确实如此。"

也速该微笑起来。"那么，至少我们坦诚相对。"

"你运用源于亚空间的能力，"萨文说道，仿佛这就足以解释清楚了，"我们已经发现，这正是敌人的特征。他们并不服从尼凯亚敕令，这在伊斯特凡让我们付出了惨重代价。"

也速该交握双手。来自那颗不祥星球的一切信息都让他不忍听闻；他与阿里曼坚决反对解散智库，恰恰就是为了避免这种糟糕情况。

"我遵循原体的指示，"也速该说，"如果他命令我停止运用天赋，我必定服从，但我与可汗已经断绝联系很久了。"他略带歉意地看了看萨文。"无论如何，他是不会遵守敕令的。我们都不会。这份天赋是我们的一部分，向来如此。想象一下，我若是命令你放下火焰喷射器，或者让你抛弃钢铁手臂，美杜莎之子。你会服从吗？"

"你听起来就像是马格努斯的术士。"亨瑞寇斯厉声说。

"据我所知，"也速该回答，"他们的哥特语讲得更好。"

萨文笑了——那低沉笑声从他的宽厚胸膛里隆隆传来。"你们来这里又是为什么呢，丘格里斯人？你们离家园很远。"

"是吗？我们已经迷失方向很久了。"

"这我们可以帮忙。你们打算去哪里？"

"琼达克斯。"也速该回答，"我的原体在那里，但我不知道他是否了解大屠杀的情况。"

"现如今他肯定知道了，"亨瑞寇斯咕哝道，"整个银河都会知道的。很快我们就会看到荷鲁斯手下的那些畜生像蝗虫一样降临在每个世界上。他们大可长驱直入，势如破竹。"

萨文抬起手以示警告，但亨瑞寇斯并未住口。

"你们难道看不出来这多么徒劳吗？我们可以继续战斗一段时间，但费鲁斯已经死了。沃坎与科拉克斯下落不明。这只是拖延时间罢了。"

"这一点我们讨论过很多次了，兄弟。"萨文忍让地说。

"那又怎样？你以为大局还能逆转吗？你简直愚蠢。我会去杀掉尽可能多的叛徒，我会当面唾弃他们，但我还没有傻到觉得这能改变什么。"亨瑞寇斯那副死亡面具般的钢铁容貌缓缓转动，像是要看看房间里有没有人胆敢驳斥他的观点，"复仇、些许满足、各自的痛苦，我们就只剩下这些了。"

萨文瞥了也速该一眼，为自己辩解："比奥恩与我对这场战争抱有不同的看法。"

"我明白。"也速该说，"你怎么看？"

"胜利终将到来。"萨文十分冷静且毫不迟疑地回答，"我不知道胜利源自何处，只知道它必将到来。我们必须保持耐心。"

也速该欣赏这种永不言败的笃定信念，然而方才得知的一切让他难以抱有同感。"我希望你是对的。"

"那么你与我们志同道合吗？"亨瑞寇斯问，"我们倒是用得上那些……你是怎么说的？"

"通天魔法。"也速该回答。

"傻名字。"钢铁之手活动了一下受损的肩膀,"倒是挺狠的。"

"我必须与原体会合。"也速该对萨文说道,"我目睹了一些梦境、一些幻景。他有危险。"

萨文不置可否地凝视着他。"那可不简单,而且我们也有自己的工作。"

"你们难道不愿与另一支军团共同作战吗?一支完整而凶猛的军团,其中还有像我这样的施法者?"

"你们的可汗会接受我们吗?我对他毫无了解。"

"鲜有人了解他,但我会为你们担保,"也速该面露微笑,尽己所能地在脸上注入暖意,"只要你们跟我走。"

萨文显得积极而又谨慎。他将乌黑如炭的下颌抵在双手指尖上。

"我们一路历经艰险,"他说道,"有时候,在深幽如夜的太空里,我会感受到一种寻求上天指引的冲动。你知道,就是那种古老的方式,那种我们应当忘却的方式。我从来没有真正那样做过,因为我们早就不再相信神祇和鬼怪了。但或许我们本不该如此急于忘却它们。"

也速该点点头。"它们都是真实的。"

"我不禁要想,倘若我果真祈求了指引,又能指望得到什么样的回应呢?我是否会遭遇某些征兆,从而发现回家的道路?我是否会在机缘巧合之中找到沃坎的踪迹?"

亨瑞寇斯恼火地摇摇头。"愚蠢。"

"但我们确实有所遭遇。你们无意之中闯进了我们的道路,即便你们所掌握的情报更少。对此我该如何看待?这是命中注定吗?"

"我并不相信命运。"也速该说。

"那就是运气了。"

"这我更加不信。"

萨文挑起一条乌黑的眉毛。"那么你相信什么?"

"我相信可汗,"也速该说,他与萨文方才一样显得无比坚决,"帮助我找到他。我们尚可挽回局面。"

亨瑞寇斯轻蔑地哼了一声,但萨文已经不再理会他了。火蜥蜴点了点黝黑的头颅,始终用缜密目光凝视着也速该。

可汗从宝座上站起身来，卫队战士们纷纷退后，为他让路。他缓缓走到指挥高台的边缘，旗舰舰桥的主体结构在他面前呈阶梯式延伸下去。

强化玻璃观察拱顶之外铺展着广袤太空的无垠幕布，银河的璀璨群星在这块背景里闪烁光辉。他感觉到一股熟悉的渴望从心底浮现：冲向未知，驰骋太空，无拘无束，正如他昔日在家乡草原上肆意奔腾，和翱翔于九霄之上的猎鹰一样自由自在。

然而，就算是金鹰也会被驯服，他心中暗想。它们最终都要乖乖返回，遵从主人的铃声召唤。

他的指挥团队默然不语。他们静静看着整支白色疤痕舰队急速远离琼达克斯，将阿尔法军团甩在身后，仿佛对方只是一段令人不快的记忆。他们尚未遭受任何实质性的追猎，而且就算敌人确有此意，可汗也不认为对方有足够迅捷的战舰。

无论如何，他能察觉到部下们都心急如焚地想要提问。秦夏主张让舰队掉转方向，把这件事真正了结，针对阿尔法军团展开登舰突击，从对方口中找出一些答案。

这是一个颇为诱人的提议。或许阿尔法瑞斯就在其中一艘战舰上。想到这里，可汗脸上露出了严峻的微笑。他倒是不介意让那个伪君子屈膝俯首，撕下伪装。

这并不是明智之举。阿尔法军团的战斗方式的确有弱点，但他们绝不愚蠢。他不可能从对方口中得到任何答案，除非是对方刻意向他传达的信息，而这显然是毫无用处的。

他将双臂环抱于胸前，就像当年在草海上度过冷冽长夜那样仰望群星。他最初的记忆便是星辰。他至今还保留着一点支离破碎的回忆，记得某些沉闷的话语声——并非丘格里斯的语言——从他安然沉眠的容器外部传来。他时而梦到黑暗中的模糊低语、无以言喻的急速奔窜、飞旋不止的黑色星辰与珠白天空、悬浮在呼号深渊上方的刹那感受，以及带着恐惧凝视他的一双双贪婪眼眸。

多年之后他才逐渐明白了那些梦境的含义。他当时尚且无法理解的事物在他心底留下了种种纷乱零碎的记忆，出现在他幻梦中的诸般超凡力量比人类的想象力还要强大，同时又比重病的婴儿还要羸弱。

"天界的居民如果脱离了我们就一无所有。"也速该在很多年之后对他讲过，"它们的一切行为都必须借助我们。这是它们最大的秘密，也是最大的耻辱。我们不必听信它们的谗言——我们大可遵循自己的道路。"

天道萨满们一向了解真实感官之界域和虚妄梦境之界域的相互关系，可汗也一向听从他们的忠告。

"世间大错有二，"库姆卡塔要塞里至今保存着某位早已逝去的贤者所留下的警言卷轴，"其一是否认通天之道的存在，其二是盲从通天之道的指引。"

或许鲁斯想要永远抹消天赋异禀之人。可汗完全能够想象到荷鲁斯会与之针锋相对；他是一个高尚的灵魂，是诸位兄弟之中最为高尚的。圣吉列斯同样从不动摇地秉承着纯正目标，并且扮演了智库三巨头的一员。自始至终都是他们四人——可汗、马格努斯、圣吉列斯，以及提供了默然支持的未来战帅。是他们耗费心力，劳作多年，为阿斯塔特军团中的灵能奥艺提供引导与保护。

现如今，倘若他愿意相信自己收到的消息，那么就已经有一人命丧黄泉，另一人音信全无。

至于荷鲁斯呢？

哪种说法是真的？他究竟是为太空野狼刀下亡魂极力申冤的捍卫者，还是妄图颠覆整个帝国的叛乱者？可汗向来并不怎么看重帝国本身，然而真相——真相是至关重要的，还有忠诚。

这正是战士与屠夫之间的区别。你究竟是哪一个，兄弟？我知道我是哪一个。

"大可汗。"

他转身看到麾下的星语者领袖简子抬头望着自己，那双失明的眼眸像两枚乳白色的玻璃珠一样嵌在饱经风霜的面孔上。"又是多恩的信息？"他问道。

"是鲁斯的。"她回答，"源自阿拉谢斯星云的紧急呼叫，要求我们立刻提供援助。野狼遭受了阿尔法军团的攻击。他呼吁自己的兄弟莫忘基因原体之间的忠诚纽带，以闻名于世的迅猛速度前去施以援手。他在信息末尾处表示感激。"

可汗冷笑着面对自己的随从们。"你们听见了吗？"他问道，"狼王对我们说客套话呢。他一定是走投无路了。"

秦夏稳稳盯着可汗。"我们要去吗？"他问，"如果我们去的话，又要帮助哪一方？"

也穆兰那颜可汗摇了摇头，坐镇星矛号的他借助微光闪烁的全息投影到场参会。"太空野狼一向离经叛道。我们要么不予理会，要么奉命摧毁他们。"

"他们与阿尔法军团交战，"同样是全息投影的哈希克那颜可汗说，"我怕是记不清楚了——我们不是刚刚也与阿尔法军团交战吗？"

可汗双臂抱胸，那张雄鹰般的锐利面孔上仍然残留着一丝方才的冷酷笑意。"谁知道阿尔法军团在打什么算盘，"他说，"或许他们内部也有背叛者。"

"那么你有何指示，大可汗？"秦夏追问，他总是渴望得到出击的命令，"舰队已经整装待发。"

可汗低垂头颅，将下巴支在镶有金边的华丽颈甲上。舰桥的气氛在众人翘首以待的情绪中变得愈发凝滞。每一双眼睛都紧紧盯着他。

"向鲁斯发送以下信息，"可汗最终开口，将疲惫目光投向了星语者领袖，"告诉他，我们奉多恩之命即刻返回王座世界。即便情非所愿，我们也不能忽视这份命令。"说到这里他闭上眼睛，晃晃脑袋，改变了主意。"不，不要说谎。告诉他，我们可以忽视多恩的命令，但我们不会这样做。我们尚未探明真相。我们需要时间来调查清楚。"

可汗垂下臂膀，将右手搭在刀柄上。"告诉他，我们收到了关于普罗斯佩罗的惊人消息，但愿并不属实。最后告诉他，待一切水落石出之际，希望我们还能遵循天职，秉承兄弟情谊并肩作战。再祝愿他安然过冬之类的，就是他们交谈结束时常说的那种客套话。"

简子躬身行礼，匆匆前去发送信息。在她离开后，秦夏率先开口。

"那么我们要赶往泰拉了？"他的嗓音里饱含失望。

"这正是关键所在，"可汗说着转过身去，凝望群星，"把导航者叫来。我要给他指定航向。"

鲁斯默不作声地接收了那份信息，双手紧紧攥着脚边两头芬里斯巨狼的厚实皮毛。比约恩凝视原体，察觉到那双冰蓝眼眸里闪动着极力压抑的情感。

拉芬克号舰桥的舷窗几乎被锈红色的尘埃完全遮盖住了。整支舰队悬浮于星云深处，像珊瑚礁里的小鱼般躲在变幻不定的环境里。普罗斯佩罗之事过后的经历让他们有机会对这片星辰摇篮一探深浅——尤其是此处的重力差异和信号屏蔽效果。如今，他们的战舰再次蜷缩于星云深处，各自恢复状态，补给弹药，做好准备。

远在他们上方的某处，阿尔法军团仍旧维持着刺探与巡视，漫无目标地布设雷区，像一群展开围追堵截的鬣狗般在星云边缘徘徊。敌人很快就会精确定位到舰队的藏身地点，但他们毕竟得到了喘息之机，暂且避免了末日降临。

他们经历了一场灾难性的撤退。鲁斯的存在避免了情况急转直下，甚至全面溃败；他似乎单纯凭借意志力维持住局面，并亲自策划了一场场闪电反击、侧翼包抄和突然后撤，这一切努力都意在帮助尽可能多的战舰抢在毁灭的脚步之前遁入星云内部。

比约恩仔细审视对方。原体平日里的高昂兴致似乎已经被困境所磨蚀。他显得精神受创，似是心怀怨怒，仿佛自己忠诚履行职责所换来的奖赏只是一鼻子灰。

"来冬再会？"鲁斯问道，"他真是这样说的？"

星语者点点头。"我猜这是想要表示礼貌。"

鲁斯哼了一声。

比约恩凑近原体，没有理会那两头巨狼的低沉嘶吼。"那么我们要靠自己了。"他说。

全神贯注的鲁斯绷着面孔点点头，并没有直视他。"是的。"

"他们一向不可仰仗。"

"是的。"

比约恩感觉手足无措。目睹原体陷入自我怀疑真让人不好受。鲁斯像是有所察觉，于是回过神来。

"你知道我为什么把你留在身边吗，独手？"他问道。

比约恩摇摇头。

"你还年轻。我们都能看到时代在变化。"鲁斯用那双极具穿透力的冰冷眼眸盯着他，"咱们说实话——早在普罗斯佩罗之前，我们就已经感觉到不对劲了。我们惯于在芬里斯遭遇幽魂。我们从来不相信我的父亲试图为大家讲述的那些理性传说。如今果真走到了这一步，我们可不能佯装出乎意料。"

一头巨狼拱了拱鲁斯的大腿，用长着獠牙的吻磨蹭那套布满起伏纹路的陶钢盔甲，仿佛是在安慰主人。

"我从来没有问过他,等到远征结束之后我们该何去何从。"鲁斯继续说道，"我从来没有问过他,届时我们还有没有用处。如今这都不重要了——倘若眼下的疯狂局面不能尽快了结的话，我们就永远不会有无所事事的那一天了。"鲁斯神情空洞地大笑一声。"真是讽刺。荷鲁斯为日渐失去目标的我们赋予了新的责任。他让我们有了用处。"

比约恩一言不发。

"你会继承这一切，"鲁斯说，"瞧瞧我们造成的烂摊子——瞧瞧我和挚爱兄弟们干的好事。收拾残局的工作就要交给你了。"

"荷鲁斯是罪魁祸首。"比约恩表示反对。

"而他又为何发动叛乱呢？"鲁斯哀伤地问，"我们知道吗？那段故事有谁听过？"他摇了摇生有杂乱金发的脑袋。"你要记住这究竟是怎样发生的，独手。你要全都记住。军团需要你来延续这些记忆。"

"你不会离开我们。"比约恩说，仿佛只要态度坚决就能让这句话成真。

"总有一天我会离开的，"鲁斯凄凉地说，"至于你，我就不确定了。我看不清你的命运。"

说到这里，他站起身来晃晃肩膀，仿佛要甩掉一袭由昏沉倦怠所织就的斗篷。"这种话就说到这儿吧。我们还忙着呢。"

他抬头瞥了一眼最近处的屏幕。芬里斯子民号的庞大轮廓在视野中缓缓爬过，那严重损毁的舰身脊背遍布焦痕。拉芬克号自己的状况也比它好不了多少。

"去他的可汗，"鲁斯说，"他向来我行我素，没有他的花哨剑法我们也撑得住。我们从不需要帮助——这次也本不该寻求帮助。"

他咧嘴一笑，往日的鲁莽自信再度浮现。

"我们会卷土重来的。"鲁斯抓住腿边那头巨狼的颈背，亲切地揉了揉，"这是我们的低谷。我们会把自己的爪子和刀剑打磨得更锋利。"

他的狂野笑意愈发强烈。

"相信我，"他低吼道，"我们和他们的事还没完呢。"

第二部分

玻璃和余烬

第十一章

费姆斯的沉淀
背负真言者
古老的谎言

昔班在哈希克那颜可汗的舱室门外静静等待,手里漫不经心地把玩着那枚徽章。趁着舰队短暂脱离亚空间的时机,他乘坐一艘运输船来到了沁扎尔号。在交通工具驶向停靠甲板的过程中,他看着坚石汗国的徽记——粗犷的山峰轮廓,周围烈火环绕——逐渐占据自己的视野。

坚石汗国是隶属哈希克管辖的军团部分,由二十余个兄弟会组成。沁扎尔号是一艘能力出众的战舰——是一位体态修长、动作轻盈、外形简约的顶尖猎手。倘若命运使然,那么昔班盼望自己有朝一日也能执掌类似的星船。成为可汗是一份荣誉。成为那颜可汗则会为他更添光耀。

这或许是他的未来。然而他的仪式缎带上还要留下更多的击杀印记,身躯上也要留下更多的战场疤痕。

房门伴随邻近控制面板的一声钟鸣打开了。哈希克站在舱室远端,他没有穿戴盔甲,那张饱经风霜的面孔带着微笑。

"昔班,"他说,"你回来了。你怎么样?"

昔班躬身行礼。"我很好,那颜可汗。你呢?"

"我很高兴离开了琼达克斯。"

哈希克邀请他走进了这座拥有粗糙墙面的宽阔房间。四处悬挂着丘格里斯风格的狩猎护符和库欧部族的仪式长矛。房间左侧的六扇舱窗都覆盖着以太遮板。

哈希克迈开大步,沿着一条皮革长地毯走向两张低矮的座椅,这些家具是按照平原居民的古老习俗用板条和皮索制成的。他弯腰坐下,指了指另一张椅子。

"你们与舰队会合的时机刚刚好,"他说,"再晚一点的话你们就要独力突围了。"

昔班坐下了，手中还攥着那枚徽章。"他们究竟为什么来这里？"

哈希克耸耸肩。"我们不知道。这已经不是往日的那种战争了。"

"显然如此。"

哈希克审视着他。"你适合当一位可汗，昔班。也速该向来对你赞许有加。"

"他不吝于赞美。"

"他并非对所有人都是这样。费姆斯Ⅳ的情况如何？"

"很糟糕。"昔班认为掩饰真相毫无意义，"有很长一段时间我都不明白，那颗星球为什么如此难以清剿。等到抵达那里之后，我就明白了。"

哈希克轻笑一声。"不过，工作毕竟完成了。"他靠坐在椅子里说，"你来见我所为何事？"

"与费姆斯有关。我们遭遇了一些令人担忧的情况。"

"哦？"

"我先前听说归顺进程所遭受的拖延要归咎于蛮夷，"昔班说道，"它们负隅顽抗，但我感觉不对劲。那颗星球让我感觉不对劲。"

"那是一场艰难的战役。"

"并不该比其余战役更加艰难。所以我要求我的兄弟会成员多加留意。"

"他们发现了什么？"

"尸体。"昔班说，"被埋藏的尸体，身上有军团刀剑的伤口，附近没有绿皮踪迹。"

"军团刀剑？你确定吗？"

"我的药剂师展开了仔细研究。他很确定。我来这里是想询问你有没有接到过类似的报告。"

哈希克交握双手。"完全没有。"

昔班缓缓点头。"可惜。我原本指望能找到一些解释。"

"当前唯一的解释就在你心里。给我讲讲看。"

"不，我无法解释。费姆斯没有部署其余任何部队，只有我们和绿皮。"

哈希克沉吟了一阵。"但你认为实际上另有其人。"

"不，"昔班摇摇头，他仍然在几种未具雏形的理论之间犹豫不决，"我说不好。我最初的看法是兄弟会之间的争斗，但阿尔法军团随后抵达了琼达克斯——于是我自然想到……但他们有什么动机呢？"

"那支军团的行为动机从来都不明确，"哈希克叹了口气，"或许连他们自己也搞不清楚。你和其他人谈过这件事吗？"

"在我的兄弟会之外就没有了。"

哈希克点点头。"是我授权了费姆斯的一切部署。我可以再检查一下伤亡数据——现如今所有记录都由伊子进行完整保存了。但这并不是你的全部来意。"

昔班张开手掌。"或许不是什么事。我们在其中一具尸体上找到了这个。我从来没有见过。"

他把徽章递给哈希克。那颜可汗将这枚物件捏起来，对着灯光仔细观察，缓缓转动。

"这是丘格里斯的符号，"哈希克注意到了徽章上的鹰首图案，"是银币吗？肯定不是纯银。你有没有进行过分析？"

"我们还没来得及。"

哈希克显得小心翼翼，仿佛这枚徽章让他莫名不安。昔班能够理解——他深有同感。

"交给我吧。"哈希克说，"天道萨满们或许有兴趣看一看。对了，就请你留在沁扎尔号。"

"你有何看法？"

"可能是战斗徽记？或许吧。无论如何，你把这个交给我是对的。"

昔班倍感宽慰。他先前实在难以决定究竟要不要提起这件事。

"另外，"哈希克若有所思地补充道，"你的兄弟会里有泰拉人吗？"

"没有。"

"但你与他们联手作战过。"

"在琼达克斯。托贡可汗的明月兄弟会。"

哈希克点点头。"好的。"

"容我问——"

"我说不好。或许能有帮助，或许没有。我会去打探一下。"

昔班明白自己该告退了。他站起身，躬身行礼。"谢谢你，那颜可汗。如果有任何事情，我随时效劳。"

"会有的,我毫不怀疑。"哈希克并未起身,他继续检视着那枚徽章,像昔班之前那样在手中把玩,"在下一次亚空间跃迁之前我会联系你的。"

昔班犹豫了一下。他有些得寸进尺了。"敢问——"

"我是否知道航行目标?我当然知道,但大可汗希望严格保密。你很快就会明白的。"

昔班点点头。还有更多的秘密。

"多谢,那颜可汗。"他躬身说道。

怀言者深空护卫舰沃考达号脱离了亚空间,像割裂血肉的利刃一样顺畅而平滑地从以太之中现身。实体空间引擎进入了稳定运转状态,推动它从跃迁点驶向那颗恍若绿色宝珠的米尔星球。卡尔·泽戴走到舰桥露台的护栏旁,望着远方的星球逐渐变大,他是耶萨塔克达小队的军士,也是沃考达号的指挥官。这个世界拥有一种宜人的色泽——十分清爽,他心想,远不像那些围绕它进行公转的翻滚石块。

"联络前哨站。"他握着护栏命令道。

"他们没有回应,大人。"通信台的一名仆役说。

卡尔眯起双眼。"所有频道都没有?"

"至今都没有。我会再尝试。"

沃考达号继续前行,不断接近目标。

"升起虚空盾,"卡尔下令,"放慢速度。全面扫描。"

他的船员们沉默而高效。他望着那些覆满刺青的光洁头颅低垂于沉思机工作台前,疲惫的面孔被显示屏的光芒映成绿色。他们早已抛弃了往日的舰桥船员制服,如今都穿着由底层甲板的那些侍僧精心缝制的信众长袍。衣物表面密密麻麻地绣着细小的金色文字,在提供庇护的同时也帮助他们集中精神。

卡尔还记得,若是放在往日,如此明目张胆的行为恐怕难逃责罚。现在就好多了——他们的真实阵营已经天下皆知,持续多年的隐秘行动就此结束。

他很高兴自己明确了真正的敌人,可以与之交锋,并利用其重大弱点去实施打击。诸神青睐那些傲然展现真相的人。

"如何?"他问道。

"还是沉默。扫描没有结果。"

"靠近目标。要小心。"

沃考达号继续前进,绕开了地图上标明的小行星带,时刻进行严密扫描。某一份传感数据突然发出轻响,随后便是一阵静电杂音。

"989号中继站。"扫描阅读器的声音响起来。

"对方在联络我们吗?"卡尔问。

"标准的低频信号传输。是录音。没有活动迹象。"

卡尔眨眨眼,将扫描信号接入头盔显示屏。他看到那枚被标记为"78976-764"的小行星在太空中缓缓转动,表面一侧覆盖着黑钢框架。在金属结构中央,一座通信站尖塔的轮廓清晰可见,就像蒙纳齐亚的宣礼塔那样造型繁复且遍布尖刺。建筑没有受损的痕迹,但也一片漆黑。

他咬紧了磨尖的牙齿。这必将拖延进度。这会浪费他干大事的时间。这毫无荣耀可言。

"前哨站有护盾吗?"

"没有。"

"那么我去调查一下。原地待命。情况有变立刻通知我。"

卡尔通知了同僚们。勒达克正在做礼拜,这突发情况的打扰令他十分恼怒。罗维尔则钻进了脏污杂乱的战舰底部,在凡人身上做些见不得天日的事情,他在事后总是双手猩红,情绪阴郁。让他临时出动或许是件好事。

两人在传送室与卡尔会合——这座八边形房间包裹着厚重钢铁。黏腻的地板上沾满了紫铜色的污渍,舱壁底部还有很多抓挠痕迹。

"这有必要吗?"勒达克阴郁地问。

"必须如此。"卡尔说。罗维尔自言自语地嘀咕着什么,漫不经心地抚摸链锯剑的握柄。

卡尔默默下达了启动传送室的指令。他记得传送曾经是一项繁杂不便的事情,牵涉到战甲定位器与种种伪科学。在抛弃迷信的伪装之后,这就简单多了。

"随时出动。"他命令道,同时仔细检视前哨站的平面图。

一阵密集的爆裂声响随即充斥了房间,身披战甲的他仍然燥热难安。几秒之后他就体会到了那种熟悉的疾驰感受——美妙宜人的失重感,以及灌入耳中的隆隆咆哮。有时候他很妒忌那些精研秘术、凝视深渊的同僚。

这感觉转瞬即逝，包裹在他们身边的以太能量化作飞扬败絮，飘散无踪。

"空的。"罗维尔说。

卡尔警觉地扫视四周，认同了部下的看法。前哨站的指挥室里空空如也——没有灯光，没有人员。杂乱信号仍旧在几块屏幕上游移，将些许闪烁光芒投入这漆黑一片的空间。

他抽出爆矢枪。"寻找目标。"他稍稍扩展了近距离探测器的覆盖范围。

勒达克走向这座圆形房间的中央。一把空荡荡的座椅在短粗的支柱上微微转动。罗维尔则迈着沉重脚步前往指挥室外围的操作台。

"是被废弃了？"他随口推测，慵懒地左右扫动着爆矢枪的枪口。

"那我们应该会被告知的。"卡尔说着走向一对滑动门，准备检视屋外的情况，"你们找到什么了吗？"

"没有。"勒达克低吼着来到他身边，"这地方有多大？"

卡尔回想起平面图。这是一座自给自足的前哨站，负责长期展开信号中继强化工作。有几十层楼，还有一座大型发电站。需要花些时间才能完成全面排查。

"没多大。跟紧我。"

两扇滑动门伴着一阵嘶鸣艰涩地开启，然而在中途就卡住了。勒达克一把握住面前的门板狠狠拉动，险些将那块金属板从门框里扯出来。他们步入走廊——这是一条分节的修长管道，地板由金属网铺就。走廊与房间同样空无一物。

"没有目标，"负责殿后的罗维尔抱怨道，"什么都没有。"

卡尔转过身去，打算加以斥责。但就在此时，某个事物从他的视野里闪过，一个幽灵，颜色惨白如骨，目光死气沉沉，看似怒不可遏。

"那是什么？"他嘶声说道，举着爆矢枪扭转身躯。

勒达克继续前行。"什么是什么？"他来到了走廊末端的另一对滑动门前。

"原地待命。"卡尔指示。他突然有种身在战场的感觉。他的两颗心脏怦怦狂跳，将高浓度的肾上腺素注入全身。"我刚才看到了什么。一闪而过。"

但这里什么都没有。空旷的走廊里只有他们三人。

罗维尔站定脚步，踩在第一对门的废墟上。"什么都没有。"他重复道。

"真是够了。"勒达克咆哮一声，按动了第二对门的开关。

"不要——"卡尔开口道。

滑动门猛然开启，灯光灌注了走廊。卡尔的头盔迅速适应骤然改变的环境亮度，他在转瞬间察觉到了某个立在炫目光芒中的身影。某个庞大壮硕的身影。

走廊随即被爆矢弹填满了。

卡尔扑向墙边，同时胡乱开火还击。他听到勒达克的低沉咆哮在自己身后响起，接着就戛然而止。他的头盔显示屏上出现了大批目标——足有十余人一拥而至。

一枚爆矢弹凶狠地将他打翻在地。他继续开火。他能听到罗维尔的呼吼从附近传来。同僚的嗓音充满兽性，令人不安，卡尔从未听过对方此刻念诵的怪异字句。

卡尔站起身来，埋头跑向指挥室，他压低身躯躲避枪林弹雨的追杀，飞身越过勒达克的尸首。当他步履蹒跚地穿过房门时，一枚爆矢弹在他背后炸开，那凶悍力量让他不由得猛冲向前。他踉跄扑倒，翻过身来用左手撑地，继续射击。

他依稀看到众多身穿动力盔甲的战士冲过走廊向他迅速逼近，一股尖锐刺鼻的以太气息接踵而来。他抬起武器准备开火，头盔屏幕的瞄准符文锁定在了那个一马当先的敌人身上。

"行动。"一个仿佛近在咫尺的声音突然响起。

卡尔的爆矢枪脱手而出，远远撞上墙壁滑落在地。

他扭过身来，发现一个电光闪烁的白色轮廓正在居高临下地看着自己。对方没有佩戴头盔，展露出一双迸发着金色光辉的眼睛。

卡尔起身迎战，试图扑向对方，扼住此人的喉咙。但他立刻摔落回去，轰然落到金属地板上。他的头盔仿佛被磁化一样紧紧吸附在地上，他的战甲表面蔓延着一条条蠕虫般的以太能量。在他重重摔落的同时，罗维尔的声音也终于停歇了。

那位白甲战士俯身盯着四仰八叉的卡尔。

"我从来都不喜欢洛加的狗腿子。"他有一种浓重的奇异口音。

卡尔凝视着那张遍布刺青的沧桑面孔。他想要开口说话——想要放声咒骂面前的夺命敌人——但他的舌头动弹不得。

最终，爆矢枪的回荡呼吼尽数消退，其余敌人来到了这个巫师身边；大多披挂着火蜥蜴的盔甲，另外一个拥有钢铁之手的改造躯壳。卡尔奋力挣扎。

那巫师冷冷地瞥了他一眼。"不要挣扎。没用。"

周围充满了亚空间能量的刺鼻气息。这让卡尔很是惊讶。那些缺失信仰的军团理应弃绝了一切灵能。

那个钢铁之手军团战士大步走向巫师。他的盔甲上增添了很多怪异而夸张的机械装置。他的两侧肩甲格外庞大，各自散发着静电电荷的低沉嗡鸣。

"另外两个死了，"他用毫无感情的语调汇报，"这个呢？"

"还没死。"那巫师鄙夷地看着卡尔，仿佛面前是一块腐肉。

不知为何，卡尔的思维显得迟缓，让他甚至难以辨别巫师盔甲上的徽记。是太空野狼吗？不对，太简洁了。

他想起来了。白色疤痕。这可真是出人意料。

巫师瞪着他。

"我会撬开他的心灵。"他说道，话音未落，卡尔的太阳穴就感受到了刺痛。

"要快，"第三个嗓音响起——其中充满了沃坎子嗣的凄楚和深沉，"我们应该立刻夺取那艘船。"

"我们并不要那样做，"巫师说，"说服他更好。"他凑近卡尔，那双金色眼眸散发着光辉。"现在，你要认真听。"

伊莉雅在屋外静静等待，她不知道自己是否已经贸然闯入了私人领域，却也不愿自作主张地就此离去。她感觉自己好像一个在门槛上徘徊不决的傻瓜。

秦夏仿佛对她视而不见。对方身穿一件丝绸长袍，跪坐在几扇透明的纸质屏风后面，周围环绕着熏香的袅袅青烟。他低垂着光洁头颅，前方是一幅悬挂在墙边的长卷，纸面上以丘格里斯的古老方式写了仅一个科尔沁语的字。

伊莉雅知道这是对方亲手书写的，秦夏想必是用一支粗大的马鬃毛笔蘸饱烟墨，在纸面上迅速书就。他或许已经写了成百上千遍，将一次次的成果尽数抛弃，直至至臻完美。

这绝不是一件枯燥的琐事。这个字一气呵成，灌注心血。它要么完美无缺，要么不尽如人意，在抬笔之后就再也没有修饰和更改的余地。

伊莉雅不知道秦夏是否意识到了她的存在。她难以想象对方会毫无察觉，但哈尔季曾经告诉过她，冥想是一件需要全神贯注的事情，不可有半点分心。或许就算是星际战士偶尔也会彻底放松警惕。

于是她就这样站在阴影里，尽可能压低自己的喘息声，试图避免发出任何打破这气氛的动静。

过了许久，秦夏抬起头来。他流畅地起身，站立在长卷面前躬身行礼。那姿态里有种奇特的宗教意味，仿佛属于泰拉统一之前的年代，然而房间里并没有任何关乎信仰的象征性符号——只有一幅长卷和黄铜香炉里的熏香，以及整整齐齐地挂在密室墙壁上的那叠纸张。

伊莉雅局促不安地咽了下口水，秦夏推开屏风走出房间。那张崎岖岩壁般的面孔上并没有流露丝毫的惊讶。

"伊子，"他说，"你来早了。"

伊莉雅本可以作出争辩——她没有早到，她一如既往地准时抵达，而秦夏却连计时器都没有——但她并未如此。"我可以晚些再来。"

"不必。我已经完事了。"

她很想问问对方，刚才究竟是在做什么，但又觉得恐怕会莽撞失礼。或许正是那种独特仪式让秦夏成了军团之中仅次于可汗本人的致命剑客，也有可能只是丘格里斯往日岁月所遗留的痕迹。自始至终追随可汗的人已经寥寥无几了；大多数早在帝皇抵达之前就马革裹尸，另有一些不顾年龄限制强行尝试升格，对泰拉药剂师的建议充耳不闻。

秦夏成功了，还有也速该。或许哈希克也是。

"你完成了舰队的审计工作。"他说。

"是的。"

"可汗想要听听结果。"

伊莉雅深吸一口气。"百分之七十三的军团单位投入了琼达克斯战役。在战斗过程中，五支兄弟会被转调执行其余任务，不过都未能成行。至于没有前来琼达克斯的单位，其中百分之十二停留在丘格里斯，百分之六在其他军团借调，另有百分之六行踪不明。"

秦夏点点头。"你还遗漏了百分之三。"

"不，是你们的记录遗漏了。同时我也没有计算特殊的部署情况，例如，在泰拉、火星，以及导航者家族的人员。"

"那么说说看，这是常规状态吗？"

"与其他军团相比吗？不是。大多数军团的部署方式都更加广泛，由几名总指挥率领若干舰队分头行动。据我所知，按照我在两年之前看到的数据，只有太空野狼和圣血天使的部署模式更为集中。"

秦夏若有所思地点点头。他脸上神色平和，白色疤痕往往都是如此。"那么，如果有人想要移除我们——移除我们整支军团——那么派遣我们前来琼达克斯就是明智之举。"

"你觉得实际情况是这样吗？"

"我们还在试图理解阿尔法军团的用意。"

伊莉雅挖苦地笑了笑。"你们本可以在琼达克斯与他们交手啊。"

"那并不会给我们答案。"

"但你们一点都没有那个想法吗？"

秦夏耸耸肩。"可汗确实想，我能察觉到。不管他最终下达了什么命令，但事情已经过去了——他有更加紧迫的事务。请随我来。"

他转身前行，打开舱门步入了一条正常照明的走廊。伊莉雅小跑着跟上对方，一如既往地费力追赶星际战士的超常步幅。

"丘格里斯有句古话，"秦夏说，"大智若愚。我们很多人都认同这一点。我们不关心其他军团的所作所为。我们对于帝国其余部分的情况并不了解，而且乐于如此。这正是问题所在。"

伊莉雅挑起眉毛。"你们根本无法了解。琼达克斯孤立了很久。"

"是的，非常不巧。"

"这是常事。"

"不，这次并不是，是我们懈怠了。倘若也速该在这里的话，他或许会警告我们。"

伊莉雅摇摇头。"谁也无法刻意孤立一整个次级星区。谁也无法主动创造亚空间风暴。"

秦夏没有立刻作答。当他开口时，那嗓音里充满了忧思。"别人告诉你说，人类已经超脱于迷信之上。于是你相信了，理应如此。世上没有神祇，所谓的魔法只是人类日渐增长的心灵力量。"他有点鬼鬼祟祟地瞥了伊莉雅一眼，"而我们从未改变过自己的看法。在丘格里斯，我们称之为'天道试炼'。你以为风暴先知是如何获取力量的？我们的芬里斯兄弟汲取着同样的力量源泉，只不过他们永远不会承认。"

他的步伐轻松而流畅。

"你不知道亚空间究竟是什么。你们都不知道。帝皇遮掩了这些真相，如今看来他似乎还要把知晓这些真相的人全部除掉。可汗一向极力反对。他们为此起了很大争执。伊子，这恰恰是让他们把关系闹僵的核心问题——帝国能否建立在谎言的根基上？"

伊莉雅不愿意听这些。白色疤痕向她讲述的很多事情都颇为古怪，令人不安，她已经逐渐学会了要忽略一些最离经叛道的观念。但这些……这些已经近乎谋逆之辞了。

"我并不——"她开口道。

"听我说，"秦夏停住脚步转头看着她，"安静听我说。亚空间绝不是你想象中的那样。它是具有生命的。它是潜藏危险的。它是可以被利用的。我们第五军团不会接受其余的说法，这就是我们永远不受信任的原因，这就是我们永远不会走到舞台中央的原因。"

"不是这样的。"

"这就是尼凯亚之事的起因。帝国顽固地保持盲目，刻意地陷入盲目。它从来不愿看清楚自己的存续根本究竟是什么。"

"这与琼达克斯有什么关系？"伊莉雅愈发局促不安地问道。

"亚空间风暴是可以主动创造的。"

"胡说八道！"

"这需要极为强大的力量，或是年代久远的仪器，但确实可以办到。"

"你为什么要和我说这些？"

"你需要理解可汗的想法，"秦夏平静地说，"你需要明白我们面前的困境是什么。"

"到底是什么？现在就告诉我——不要说谜语。"

秦夏无比真挚地看着她。"当我们听说鲁斯向马格努斯发难时，我们可以相信。当我们听说荷鲁斯变成了一个怪物时，我们可以相信。是亚空间的手笔，伊莉雅。它可以腐化最优秀的人物——力量越强大，腐化越严重。或许是帝皇本人屈服了，或许是战帅堕落了。无论如何，这都意味着灭顶之灾。"

伊莉雅凝视着秦夏的双眸，在对方眼中看到了笃定的神色。无论这是否属实，他都坚信不疑。

"那么你们作何打算？"她质问道，"你们有一整支舰队，正在虚空中全速前进，但谁也没有告诉我这究竟是要去哪里。"

"我正在试着告诉你。我们要追根溯源，我们要寻找这一切的缔造者。只有一个灵魂能够看清亚空间的真正面目。"

"泰拉，"伊莉雅宽慰地说，"也就是说我们要前往泰拉。"

秦夏失望地看着她。"不，"他说，"难道你刚才没有听我说吗？我们不能去泰拉。"

他伸出手搭在伊莉雅的臂膀上。"只有一位兄弟是可汗真正信任的。如果马格努斯还活着，那么这一切就尚有挽回的余地；如果他已经死去，那么我们就对帝国彻底死心了。我们要去普罗斯佩罗，伊子。那里有我们寻求的答案。"

第十二章

唯一的真相
意外会面
乌兰诺的回忆

卡尔恢复了神志。

"勒达克？"他在通信频道里询问，舌头肿胀不堪，脑袋阵阵痛楚，"罗维尔？"

他使劲眨眨眼，试图驱散那团蒙蔽视野的云雾。他活动了一下手甲——正常运作。这还算不错。

"有人吗？"

他站起身来。他想必是摔倒了，头晕目眩，附近的一切都显得迟滞。

他眨眨眼切换到战舰通信频道。"汇报状况。"他嘶哑地说。

片刻之后，沃考达号的通信操作员就传来回应，对方听起来如释重负。"我们刚才很担心，大人。你的信号丢失了。一切情况还好吗？"

卡尔不知道。他有些反胃。他周围的环境空旷而黑暗。他觉得自己像是遗忘了某些重要的事情。

"我找不到勒达克和罗维尔。"他说。

"他们是与你一同传送过去的。我们目前已经无法定位到他们了。"

卡尔迈步前行。两旁的金属墙壁上布满焦痕和弹坑。他进行了一次近距离扫描，并未得到任何结果，就连沃考达号都没有被定位矩阵检测到。他的皮肤上蔓延着一股不安的刺痛。

"你在那边有何发现？"操作员询问。

"什么？"

"前哨站，大人。你还需要进一步探查吗？"

卡尔停下脚步。脑袋里的一阵阵痛楚拖慢了他的思维，让他感觉愈发不适。他肯定是遗忘了一件事。他为什么无法思考？

"这里什么都没有。什么——都没有。"

沉默了一阵。"我们随时待命,大人。"操作员迟疑地说。

卡尔很想把脑袋重重砸在墙上——只要能厘清思绪就行。

"我要回去。"

"好的。我看到你的信号现在很强。正在降下虚空盾。你很快就可以传送——"

"等等。"就在操作员说出"降下虚空盾"这几个字的同时,卡尔终于想起来了,白色疤痕,钢铁之手,"等等!"

太晚了。以太能量在他身边迅猛涌升,像一道怒意勃发的猩红潮水般将他溶解。在他的躯体跨越界域的须臾间,他把一切都回想起来了。

当他在传送室里恢复实体的时候,他并非孤身一人。

卡尔的双手闪向爆矢枪,然而太慢了。那个白色疤痕巫师抬起一根手指,顿时令他动弹不得。

在极度沮丧的折磨中,卡尔只能眼睁睁地看着巫师掏出一把曲刃匕首。他只能眼睁睁地看着刀锋钻进头盔和颈甲之间的缝隙,贴在了自己的喉咙上。

"你们什么时候开始被腐化的?"巫师问道。

卡尔发现自己的嘴巴又能活动了。他挑衅地瞪着那位白色疤痕军团战士。

"自从我们知晓真理的那一刻起。"他回答。

巫师困惑地看着他。"真理?什么真理能让你们走到这步田地?"

"唯一的真理。"

"唯一的真理。"巫师摇摇头,"真是愚蠢。"

于是卡尔的嘴巴恢复了僵化。他能听到其余传送室里也响起了警报声,随后是动力盔甲战靴踏在金属地板上的轰鸣。他感觉到巫师的力量从自己心灵中抽离,就像在玻璃板上滑过的水滴。

他试图开口,试图咒骂,试图拔枪。

但那个巫师并不傻。他沉稳地推动匕首,干净利落地穿透了盔甲密封带。卡尔感觉到那刀刃伴随干扰力场生效的轻微嘶鸣割开了自己的皮肉和肌腱,随后他的眼前就一团漆黑了。

也速该推开那具尸首,走出了房间。亨瑞寇斯从对面的传送室里现身,紧随其后的是萨文及另外三名火蜥蜴战士。

"恶心。"亨瑞寇斯厉声说。

也速该疑惑地看着对方。

"巫术。"钢铁之手军团战士如此解释道，他晃晃双手，仿佛是要甩掉某种传染性的污秽，"巫术就是这一切的源头。"

"不，"也速该说着继续前行，"完全不是。"

萨文赶上了他。火蜥蜴战士手中的战锤覆盖着一层柔光四散的强悍能量；他还有一把镶嵌金丝的爆矢手枪。也速该的目光顿时被那些武器所吸引。沃坎的子嗣确实善于打造精美绝伦的工具。

"他说得有些道理。"萨文说。

走廊末端的大门滑动打开，两名身披长袍的船员向传送室快步跑来。看到这些星际战士之后，他们顿时瞠目结舌，仓皇逃窜。

"钢铁之手的科技在前哨站遮掩了大家的踪迹，"也速该淡然回应，他在举手之间震爆了那两名船员的心脏，"我的风暴奥艺把大家送到了这里。扯平了。"

"并没有。"亨瑞寇斯毫不理会那些颓然倒地的凡人，"钢铁之手的科技可不是禁忌手段。"

他们进入了一条宽阔走廊，这里的地面被照成红色。整个空间充斥着浓烈的血腥味，钢铁舱壁上涂抹了很多缓缓滴淌液体的湿滑符记。更多船员出现在这里——有些是恰巧经过，有些是被动静吸引过来的。萨文用爆矢手枪击杀了两个。也速该让另外四个永远陷入了沉默。

"只是因为外界对此缺乏了解，"风暴先知回答，"美杜莎星球究竟是什么样的？"

他们经过一处交叉路口，亨瑞寇斯停下脚步，朝旁边的那条通道发射了一串爆矢弹，让飞溅血肉和衣袍残片糊满墙壁。

"那不一样。"他低吼道，随后转动枪口射杀了另外几个落单的敌人，如今警报声已经开始呼啸了，"我用仪器遮掩了我们的信号。只是运用了机械装置。你运用的力量是严令禁止的。"

"在我看来并未严令禁止。"

在他们逐渐逼近舰桥的过程中，配备了厚重装甲的凡人士兵开始出现，并且在必经之处建立了严密防线，向他们投来枪林弹雨。

萨文一马当先，他的盔甲表面火花四溅，轻松抵挡了来袭的子弹。"兄弟们，这实在不是辩论的好时机。"他说着迈开沉重步伐突入敌群，让手中的战锤一展神威。

亨瑞寇斯加快脚步跟上战友，他的盔甲经受着一次次微不足道的打击。"你或许说得对。"他咕哝一声，有条不紊地用爆矢枪展开杀戮。

也速该紧随其后，周围的火蜥蜴战士们为他提供了坚实的掩护。走廊里回荡着爆矢枪的咆哮。怀言者麾下的凡人士兵负隅顽抗，死战到底，但他们无论如何都难以抗衡这些身披动力盔甲的对手。他们大批大批地死去，尸首几乎堵塞了通道。

没有人胆怯逃跑。没有人呼求慈悲。他们毫无胜算，却奋战不停。和他们的主子一样。

他们当真信奉这些，也速该心想，他看着更多敌人屈服于萨文的高超战技。这就是他们如今的道路了。

就在此时，其中一个凡人避开了亨瑞寇斯的子弹，迎面冲向白色疤痕军团战士。他手握激光枪，那张近乎僵硬的面孔上写满了坚毅神色。

也速该注视对方片刻，接着随手将其打飞出去，他在眼角里看到那人与舱壁相撞，手中的武器落在甲板上。目睹这等狂热态度让人心情压抑。

"尽快夺取战舰，"他对这支临时拼凑的队伍说道，"速战速决。这场战斗没有荣誉可言。"

托贡在星矛号的下层结构中稳步前行。他被亚空间引擎那毫无停歇的低沉轰鸣包裹起来。战舰正在全速进发——无论大可汗率领军团去往何方，这迅猛速度都一如既往。

托贡在下行途中遭遇了几名劳工。他们都行色匆匆，几乎不敢正眼看他。

他来到了指定地点，站在一扇滑动门前。

他稍作停顿。当他抬起手指探向开门符文时，一股细微的寒意在他体内一闪而过，仿佛是高烧病人的颤抖。

他按动符文。

"表明来意。"诺赞的声音从门后传来。

"我很难说。"托贡回应道。

他听见了声音检测器为他验证身份的一阵轻吟，房门随即开启。

诺赞戴着兜帽。他身后的昏暗房间里微光摇曳，像是被烛火勉强点亮的。

"好久不见。"诺赞说。

"见到你很高兴。"托贡说着闪身进门。

房间里比往常更加热闹。四十余个身影松散地围成一圈，各自披着兜帽和长袍。光线十分幽暗，简直像是在刻意营造戏剧性的氛围。

托贡站在了自己的位置上。某种事物在这个圆环中央闪烁微光，如同推进器背后的紊乱热流。他的视线无法聚焦在那件事物上。无论如何尝试，他的目光都会不由自主地滑移到别处。其他人似乎对此不以为意，于是他也就放弃了。

"兄弟们，"一个声音从圆环对面传来，托贡辨认出了赫伯的嗓音，"结社的规模日益扩张。我们的成员分布在整支舰队的各个领域。欢迎诸位新朋友。我们的圈子还会继续扩张，尤其是在情况步入正轨之后。"

托贡仔细聆听。他依然不知道今日活动的主题是什么。集会通常十分低调，仅限于同一艘战舰上的成员。或许此次大规模活动表明，真相即将浮出水面了。

秘密，秘密。想必很快就不需要再这样讳莫如深了。

"我们在亚空间里航行时，召集诸位并不容易，"赫伯继续说，"当然，总要比在琼达克斯的时候好些，相信大家都乐于摆脱那个世界。"

几声粗野的轻笑响起。托贡压抑住心中的冲动，不去窥探周围那一副副兜帽之下的面孔。他们为何还不露脸？

"如今大可汗率领我们驶入了虚空，良机终于浮现——这是我们等待许久的良机。请你们尽量直视那团光芒。至于各位新成员，请相信我，这一开始有些困难，但日后就容易了。"

托贡的目光闪回到圆环中央位置。他眯起双眼，集中精力。

最初他只能看到些许微妙迹象——振动、颤抖。随后他终于明确辨别出了某件事物，那是个高不足一米的圆柱，边缘模糊不清。它晶莹剔透，几乎完全透明，但它的存在毋庸置疑，就像是一块玻璃，或是悬浮在众人面前静止不动的一股清泉。

它仍旧令人难以直视。托贡的双眸一阵刺痛，他眨眨眼挤出泪水。淡淡的眩晕反胃感开始搅动他的五脏六腑，随之而来的是一种无以言喻的感受，让他莫名察觉到某种极其深厚的力量正在附近发散沸腾。

"这是什么，兄弟？"由众人组成的圆环一侧传来某个声音。托贡没有辨别出对方的身份，而他若是亲口发问的话想必也会带有同样的语气——不安、狐疑。

"冷静，"赫伯说，"反胃感是正常的，很快就会消失。这与天道萨满的手段没有什么区别。"

托贡继续凝视。一旦看清那个物件，他似乎就再也难以转移视线了。

某些形体开始在那个玻璃柱核心缓缓浮现。他依稀看到一个修长而蜿蜒的轮廓，像条火蛇般盘绕在无形的轴线上。

若干清晰的文字随后出现，散发着暗淡银光的科尔沁文字悬浮在圆柱内部，就像是没入水底一样朦胧不清。托贡阅读着那些忽隐忽现的字句，品味其含义。

你们的道路是明确的。你们的目标是明确的。可以安排会面。在此之前，照常工作。不要强行推动局面发展。战帅了解你们的情况。战帅赞赏你们的努力。

托贡的心脏跳得很快。看到战帅的名号出现之后，他的脉搏更加急促了。

赫伯迈步来到圆环中央，他的面孔仍然大部分隐藏在兜帽下面。"阿尔法军团是怎么回事？我们没有得到预警。"

圆柱内部起初空空如也。随后，更多文字缓缓浮现。

这有难度。我们并不掌握相关信息。阿尔法瑞斯十分……

片刻的停顿。

难以预测。

"那么，有何指示？"

你们已经得到了指示。你们的道路是明确的。你们的目标是明确的。会面即将展开。在此之前，维持信念。真相会水落石出的。

"难道不是已经水落石出了吗？"另一个兜帽蒙面的身影说道，这个嗓音也是托贡无法辨别的，此人的粗硬话语里带着浓厚的丘格里斯口音，"事态终于明朗。我们也可以申明本意了。我们问心无愧。我问心无愧。"

又是一阵停顿。随后玻璃柱内部再次闪动文字。

我理解。的确，你们的一切作为都值得骄傲。但战帅如此安排自有用意。背叛无处不在。任何军团都存在叛徒，就连他自己的军团也不例外。帝国的命运维系于此。你们军团的命运维系于此。

　　没有人知道那些文字究竟从何而来。这简直像是一台夸夸其谈、陈腔滥调的沉思机，不过其中一些语句确实是在回应众人的疑问。托贡看着一行行文字在玻璃柱内部盘旋舞动，他的双眼渐渐感受不到方才的那种强烈刺痛了。

　　相信这一点——你们的可汗心灵高贵，力量强悍。他能够明辨是非，能够看清这条道路的本质。他会看清尼凯亚的真相与戴文的真相。我们拥有充足的信心。正是诸位的努力让我们拥有这份信心。务必坚定不移。

　　那根玻璃柱开始波动消逝。它周围的空气涌入，淹没了那些脆弱不堪的银灰文字。托贡眯起双眼，试图看清剩余的内容。

　　为了理性启迪。推翻暴君。兄弟情谊。最后几个字有点难以辨别。

　　为了人类帝国。

　　玻璃柱随即踪迹全无。托贡深吸一口气，突然意识到自己方才有多么全神贯注。他的皮肤阵阵刺痒，一股汗水沿着他的脊背流淌下去。

　　一时间无人开口。灯光突然调亮了。托贡眨眨眼，在视野里看到了那根玻璃柱的反色残影。

　　"那是什么东西？"一个人问道。

　　赫伯掀开了兜帽。"这种交流方式就是如此，兄弟。十分隐晦。并不理想，但确实必要。"

　　其他人效仿赫伯，纷纷掀开了兜帽。但方才那个操着一口丘格里斯口音发问的人并未展露面目。

　　"倘若不采用这种隐晦的沟通手段，我们就很容易暴露。"赫伯说，"星语者往往也都是含糊其辞。这又有何不同呢？"

　　"那究竟是什么东西？"另一位兄弟问。托贡认识他——猎户星辰兄弟会的索胡坦。

　　"是一条沟通途径，"赫伯说，"与我们未来同僚的沟通途径。"

　　"战帅已经被称为叛徒了。"

　　"而你很清楚，索胡坦，这绝不属实。"赫伯面向众人，"唯独荷鲁斯对大可汗表现出了应有的尊敬。倘若我们被迫要在压迫者和解放者之间作出选择，

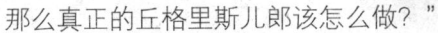

那么真正的丘格里斯儿郎该怎么做?"

一阵充满赞许的低沉咕哝在集会者之间响起。

"战鹰会看清楚的。"赫伯继续说,"在时机来临之际,他会与你我一样看清真相的,而我们要做的就是为他展现真相。"

诺赞情绪激昂地点点头。"时机来临了。"

"什么时机来临了?"托贡问道,他的不安感并未消退,环视周围,看着四十余双眼睛,"聚集在通天魔法周围窃窃私语的时机吗?"他瞪着赫伯。"我们只是光说不做罢了。"

赫伯面露微笑。"只是暂且如此。军团还没有为我们下一步的行动做好准备,兄弟。"他转身看着其余人。"我知道这让你们全都焦躁恼火,但相信我,言语要比你们想象中更加重要。继续与那些能够理解这条道路的人私下交谈。保持低调,保持谨慎,让我们的队伍不断壮大。有些人永远无法被说服——我们对此早有预警。有朝一日,倘若其余可汗命令麾下的兄弟会前来剿灭我们,那么我希望届时其中已经有一百名战士是我们的盟友了。和谐终将占得上风。这正是我们应当瞄准的目标。军团必定会走上正途,大可汗必定会看到我们选择了一条可敬的道路。"

赫伯再次看着托贡,他的目光里有一股警告的意味。"最终,他必须作出选择。我们所做的一切都是为了让他更容易作出选择。"

"我完成升格不是为了窃窃私语,"赫伯的道貌岸然让托贡十分反感,"我加入军团是为了投身战斗。"

"你当真以为自己不会战斗吗?"

他们相互对视了片刻。最终,托贡垂下目光。他甚至不知道自己为何与对方争论。这场仪式让他十分困扰,暴躁异常。他的皮肤仍旧阵阵刺痒,如同泛着静电。

"那么,今日就到此为止了。"赫伯对众人说,"在抵达目的地之前,我们会找机会再次碰面。各位保持联络。薪火相传。"

他躬身行礼,聚集在此的结社成员们一同回礼。随后众人纷纷散开,交头接耳。周围摆放着一盘盘不知从何而来的食物——烤肉条和腌菜。结社活动恢复了平日的模样,真诚的交谈声充斥房间。

托贡看到诺赞朝自己走来,于是急忙抽身而去,希望避免与对方或是赫伯再次争辩。他走向一个散发着酒精气味的瓶子，却突然被某人挡住了前路。正是那位始终戴着兜帽的丘格里斯人。

"你在这里不必隐藏身份，兄弟。"托贡说，"除非你刻意如此。"

"你名叫托贡。"

托贡挑起眉毛。"你讲话很直接。"

那个丘格里斯人掀开了兜帽。看到对方的真面目之后，托贡实在难以掩饰一丝源于惊愕的微弱颤抖。

"我听说你认识风暴兄弟会的昔班。"哈希克那颜可汗说道。他的面孔饱经风霜，伤疤纵横，如同一块老旧皮革。

托贡点点头，咽下了自己的诧异。"我们在琼达克斯共事过。"

"他把这个交给了我。"哈希克递过来一枚结社徽章。

托贡捏起徽章对着灯光检视。这与他多年前得到的那枚徽章别无二致。"他也是结社成员？"

"不是。这是他在费姆斯找到的。"

托贡迎上了哈希克的沉稳目光。"容我问——"

"你想要知道，这件事与你有什么关系？"哈希克说着将一只手搭在托贡肩头，引导他走向盛酒的瓶子，"我欣赏昔班，他在我的部族里出类拔萃。但现如今的局势瞬息万变，他已经闹出了一些动静，我希望他能安稳下来。"

托贡疑惑地看着对方。"费姆斯出了什么事情？"

"据我所知，与我们无关。或许是九头蛇的手笔？但关键在于，"哈希克凑近过来，托贡注意到他脸上的疤痕极深，"我不希望他遭到伤害。或许可以找他谈一谈，就像赫伯建议的那样。待到来日面临选择的时候，我希望他能站在正确的一边。"

托贡仔细思索。"我不确定，"他说，"我们的观念并非完全一致。他是丘格里斯人，而我是——"

"你是白色疤痕军团战士。你是察合台麾下的勇士。这就足矣。"哈希克用极具穿透力的目光盯着他。那颜可汗的雄浑气势令人难以抵挡。他是自始至终追随可汗的寥寥数人之一，早在几百年前就已经与大可汗并肩作战了。"为我办妥这件事，托贡。我会去安排。找他谈一谈。我认为他是愿意听的。你们曾经协力奋战，建立了一种纽带。"

"如果无法说服他呢？"

"他会明白大义的。和我一样。"

哈希克从瓶子里倒了一杯酒，递给托贡。他又给自己倒了一杯。

"很久以前，大可汗告诉过我，只有腐朽才是我们真正需要惧怕的敌人。每当他在丘格里斯割开一位皇帝的喉咙时，我都能看到他如此轻声告诫自己。永远不要安于现状。永远不要变得脑满肠肥。永远不要陷进一张王座，因为那必将成为你的棺材。当他向我传授这份教训时，我懂得了其中的真理，我也因此更加热爱他，因为我能看到他是多么热忱地笃信这一点。"

他抿了一口酒，向托贡露出微笑。

"我们的所作所为都是为了自己的灵魂。"他说道，那张属于战士的面孔上没有一丝疑虑，"在时机来临之际，你会让他明白大义的。"

"你们知道伟大远征的将士都在说些什么吗？"圣吉列斯问道。

乌兰诺的铁灰色天空悬在天使背后，让他的金红战甲更显光辉灿烂。这位原体的绰号恰如其分，那张完美无瑕的面孔上散发着真诚的笑意。

荷鲁斯的授职典礼刚刚结束不久，阅兵广场上还聚集着大批毫无头绪的战士。安排登陆船将他们全部送回星球轨道上的对应舰队就要花费数周时间。

在一座俯瞰游行大道的露台上，丝绸凉棚帮助四位原体挡住了大部分的引擎油烟。在这里，他们只要愿意，就可以尽量忘却那些想方设法离开星球的十亿名士兵。可汗与兄弟们坐在一起，心不在焉地猜想着究竟是谁得到了那份吃力不讨好的运输统筹任务。

"说说看。"莫塔瑞恩开口道，不过可汗看得出来，对方并非真的感兴趣。死亡之主在庆祝仪式上显得格格不入，只有在麾下战士之间才能安然自处。在这一点上，可汗颇有同感。

圣吉列斯靠在自己的座位上，漫不经心地端着酒杯。"他们打赌我们在单挑中谁会取胜。有赔率的。我亲眼见过。"

莫塔瑞恩低哼一声。在场的第四位原体弗格瑞姆笑了。

"这件事已有定论了，不是吗？我们的兄弟荷鲁斯胜者通吃。"

弗格瑞姆和天使在很多方面颇为相似。他们都拥有精雕细琢的面孔和华美张扬的盔甲。在可汗看来，圣吉列斯的灿烂金甲仿佛是与生俱来的，但弗格瑞姆却总有一种过犹不及的意味。说到底，倘若一定要卸下这身华服的话，他猜想圣吉列斯会毫不犹豫，而弗格瑞姆大概会宁死不从。

"显然这确实是我们父亲的看法，"圣吉列斯说，"但并不影响凡人继续下赌注。"

莫塔瑞恩摇了摇肤色惨白的脑袋，那副造型古朴的呼吸面罩垂下众多软管，此刻相互碰撞起来。"愚蠢。"

弗格瑞姆饶有兴致地看了看他。"哦？何出此言？"

"我们是为不同的战斗而生的。"死亡之主低吼道，被面罩过滤之后的嗓音似乎永远夹着一股阴郁意味，"来巴巴鲁斯走一趟，孔雀，看看你的俏丽羽毛能在毒雾里翘立多久。"

弗格瑞姆挑起了银色的眉毛。"我或许会去的，兄弟。"

"我不建议你去，"圣吉列斯说，"我见过那些化学污云。他恐怕能比你忍耐得更久，弗格瑞姆。"

"某些人只是一帆风顺罢了。"莫塔瑞恩咕哝道。

弗格瑞姆狡黠地看着圣吉列斯。一阵尴尬的沉默降临了。

"你不该感到惋惜，"可汗说，其余三人都转过身来，仿佛惊讶于他能够开口，"不该惋惜自己历尽艰辛。"

莫塔瑞恩酸溜溜地瞪着可汗。他的惨白皮肤与乌兰诺阴云密布的天空相得益彰。"让我感到惋惜的并不是艰辛，"他说道，"让我感到惋惜的是，只有某些人得到了父亲的宠信。这总会让我惋惜。"

圣吉列斯从杯子里抿了一口酒，他神色沉静，毫无忧虑。"兄弟，你该为荷鲁斯感到高兴。"

"为什么？"莫塔瑞恩面容凝重，"就因为他是第一个被发现的？就因为他与自己的军团相处最久？倘若落在科索尼亚的是你，倘若是我，那么如今站在他那个位置上的就是你我了。"

弗格瑞姆抽了抽鼻子。"别代表我们。战帅职位可不是唯一的一份荣誉。"

圣吉列斯笑了。"别再提起你的帝胄鹰徽了，兄弟。你只能让他更忌妒。"

"我没有忌妒——我不忌妒荷鲁斯，也不忌妒你们，"莫塔瑞恩皱紧了眉头，丝毫没有注意到圣吉列斯话语中的幽默，"你们不理解问题所在。"

弗格瑞姆凑近，交握着修长的双手。"问题何在？"

"当帝皇亲自率领我们的时候,"莫塔瑞恩说,"我们都奋力拼搏,以求赢得他的一点点注意或指点。这可以接受,因为我们没有谁能与他平起平坐。整个银河中都没有谁能与他平起平坐。现如今,我们要奋力拼搏以求赢得荷鲁斯的注意,但荷鲁斯并不是这一切的奠基者。他只是我们之中的一员。这必将引发问题。"

弗格瑞姆向圣吉列斯投去一道忍让的目光。"他确实忌妒了。"

可汗摇摇头。弗格瑞姆有时候愚笨得让人恼火。"不,他所言不虚。根本不该走到这一步。"

圣吉列斯若有所思地凝视可汗。"我以为你是最替荷鲁斯感到欣喜的。"

可汗耸耸肩。"他是我们之中的佼佼者,我丝毫不忌妒他,我也是这样对他说的。但根本不该走到这一步。"

"莫非该是你?"弗格瑞姆尖酸地说。莫塔瑞恩哼笑一声,圣吉列斯则默然不语。

"我不会接受的。"可汗说。

"你当然会接受。"弗格瑞姆说。

可汗摇摇头。"我不需要一个新头衔。我的人民已经赋予了我足够多的头衔。"

圣吉列斯面露微笑。"我的兄弟,我觉得你是我们之中最深不可测的。我知道罗格的追求是什么,我知道罗保特的追求是什么,但过了这么久,我仍然不知道你的追求是什么。"

"他想要自行其道,"弗格瑞姆说,"他想要骑着那些漂亮的喷气摩托,一头扎进浩瀚星海去猎杀异形。他们可真是快得像魔鬼。我在火星有熟人,察合台,据说你对自己的战舰动了些古怪的手脚。"

可汗用半睁半闭的眼睛盯着他。"据说你们对自己的战士动了些古怪的手脚。"

弗格瑞姆的纤长面孔上浮现出转瞬即逝的怒意,圣吉列斯却放声一笑。

"我倒想知道你们两个决斗的话谁会赢,"天使说道,"我愿意亲眼看看。你们都有出神入化的剑术。"

"你来选地点,兄弟。"弗格瑞姆对可汗说,"去丘格里斯也没问题,只要你能修建一座宫殿,别让我的盔甲染上尘土就行。"

可汗感受到了对方的羞辱。他内心深受创伤，脸上却不动声色。他们谁也不知道这种刻薄排外的兄弟情谊多么令人耿耿于怀。

"你会输的。"可汗说。

弗格瑞姆咧嘴一笑，但那笑容仿佛一触即碎。"哦？"

"你会输，因为在你看来那只是一场游戏而已，像所有事物一样只是游戏而已，但我不同；你会输，因为你对我一无所知，而我对你了如指掌，因为你站在巡洋舰的塔楼顶端将一切公之于世。我的战斗技艺则始终保持神秘。你的确是个名扬四海的剑客，兄弟，但我会让你对这个头衔羞于启齿，这绝非吹嘘。"

弗格瑞姆双颊泛红。在片刻间，他像是要伸手拔剑。圣吉列斯的沉静笑容一如既往地化解了紧张局面。

"我现在后悔提及此事了。"他叹了口气，"为了和平共处，我们能否把这件蠢事抛诸脑后？我们并没有相互开战，想必永远都不会相互开战，这实在是天大的幸事。"

"谁能想到呢？"莫塔瑞恩对可汗说道，他的混浊眼珠里闪动着一丝机敏的光芒，"你确实有股傲气。"

"你也一样。"

"那么你我之间的赌注该怎么下呢，兄弟？"莫塔瑞恩问，"如果你我交手，你愿意赌谁赢？"

可汗叹了口气。"不。我已经没兴趣——"

"说说看，"莫塔瑞恩坚持道，"莫非你仅仅考虑与剑舞者决一胜负？"

可汗凝视对方。他此刻意识到，在他的十七位兄弟之中，只有莫塔瑞恩与自己一样始终停留在伟大远征的舞台边缘。就连阿尔法瑞斯都扮演了更为核心的角色。在可汗眼中，死亡之主就像亚空间那般神秘莫测。

有趣。

"我不知道，"他诚实地说，"这一点值得探究。"

莫塔瑞恩听到这句话便笑了，但他展露在外的那一部分表情十分扭曲。他的整张面孔仿佛就是为苦闷而塑造的，一切欢快神色都有可能撕开他的脸颊。

"的确如此，"他说，"但没有什么值得你我大打出手，所以不必担忧。"

"没有吗？"圣吉列斯问道，他的语气突然严肃起来，"就连智库一事也不值得？"

那副扭曲的笑容消退了。"这不一样。"

天使又喝了一口酒。"如何不一样？"

"如此说来你还没有听到消息，我们的父亲已经着手处理此事。我知道你们都认真对待自己的造物，但你们想必也明白这必须适可而止了。"

弗格瑞姆显得颇为好奇。"你说着手处理是什么意思？"

"我们将要公开对质，清算此事。"死亡之主斜着眼扫视可汗，像是对于某份即将揭示的秘密倍感畅快，"届时我一定会出席。我希望你们也能到场。有些战斗至关重要，不能交给旁人代劳。"

"你心有旁骛，大人。"

可汗回过神来。他不知道这份记忆缘何浮现。近日里，乌兰诺愈发频繁地闯入他的脑海。这已经成了一个问题。

他向坐在自己对面的伊莉雅躬身致歉。几支残烛散发着光辉，一块围棋棋盘上展现着胜负难分的胶着局面。

"的确。"他承认。

伊莉雅伸手探向酒杯。"我们可以改日再下。不过我的棋艺有长进了，你觉得呢？"

可汗漫不经心地活动着肩膀。他需要放松一下僵硬的肌肉。

"确有进步。"

伊莉雅靠坐在椅子里。"秦夏把目的地告诉我了。"

"是吗？"

"他还问我白色疤痕的行为方式是否普遍适用。"

"什么行为方式？"

"军团的集群行动。统一部署。"

可汗挠了挠后脖颈。"这是琼达克斯的影响。我倒宁愿让各位可汗自行决定。"

"你本可以这样安排的。"

"如今不行了。"他拿起自己的饮料喝了一大口。那是发酵的马奶，就算在可汗自己的军团中，也并不受欢迎。

伊莉雅认真地看着他。"大人，你还记得我们首次相遇的情景吗？"

可汗点点头。

"当时荷鲁斯也在场，"她说，"我不知道你们是否事先约定了会面。如果是的话，你可不该让我猝不及防。"那是两位原体在帷幕落下之前的最后一次交谈。"我记得你们两个的样子，所以我多少能够理解你的决定。"

可汗挑起眉毛。"是吗？"

"或许不能吧。但我当时确实觉得你们就是手足兄弟。我能理解你或许不愿相信……就是，那件事……"

话头说到这里便卡住了。可汗看着她努力组织语言。

"这并不关乎情感，伊子。"他说道，"倘若荷鲁斯犯下了罪行，我就会追猎他，正如我会追猎鲁斯或阿尔法瑞斯一样。"

"我们接到了来自泰拉的命令，"伊莉雅直切问题核心，"既然局势并不明朗，想必我们就该以这份命令为先。"

可汗又喝了一口马奶。"你有家人吗？"

"都去世了。我曾经有位兄弟。"

"想象一下，你听说父亲和兄弟之间爆发了矛盾。你无法确认究竟哪一方占理，而你与父亲之间的关系十分……紧张。你必须作出选择。在对于其他细节一无所知的情况下，你应该立刻支持其中一方吗？难道他们不都值得你去支持吗？"

伊莉雅的灰色眼眸毫不闪烁。"与父亲之间的关系为何紧张？"

可汗停顿了一下。"观念不同。"

"重要的观念？"

"关乎人类种族命运走向的观念。"

"这挺重要的。"

"的确。"

伊莉雅耸耸肩。"我效忠泰拉。我立下誓言效忠军务部。对于你而言，问题在于如何处置家庭内部矛盾。对于我而言，问题在于命令源自何方。"

"命令并不重要，"可汗说，"但誓言就很重要了。我们要看看究竟是谁信守了誓言。"

"为什么？你期望在普罗斯佩罗有何发现？"

"我期望找到我的兄弟。"

"倘若传言属实呢？"

"那么我至少就能知道究竟是谁可信了。"

伊莉雅迟疑了一阵。"你的看法是？"

可汗默不作声。面前棋盘上的厮杀依旧难分胜负——双方都有赢面。一些战略计谋尚未展露面目，包括他在开局时埋下的一记伏笔。

"如果马格努斯当真死了，我会有所察觉的。我很难相信他已经殒命。"

他终于伸出手，捏起一枚棋子放在棋盘上。这并没有明显改变局势。

"但我们很快就会抵达，"他说，"届时答案必将揭晓。"

第十三章

沦落至此
急速前进
笑对杀戮

彻底拿下那艘怀言者战舰耗费了许久。没有任何一名船员束手就擒——他们无一例外地死战到底。当他们的激光枪和自动步枪打光弹药之后,他们拔出了弯曲的匕首。当刀锋卷刃之后,他们就用拳头和牙齿继续战斗。

凡人试图用指甲在陶钢表面留下痕迹的情景有一种独特的可悲意味。他们的手指几乎立刻就会变得血肉模糊,只能在盔甲上涂抹出一道道猩红痕迹。

对于萨文而言,扫清那艘战舰是一项极其单调的工作。他不像亨瑞寇斯那样被滔天怒火所驱动,而是仅仅秉承着多年以来的奉献精神来认真履行职责。他凝视着一张张死在自己手下的面孔,在亡者的目光深处看到了遭受摧残的生命。他的爆矢枪咆哮跃动,他的手甲撕裂血肉,与此同时他不禁猜想究竟是怎样的经历给了这些人如此的狂热。

数以百计的凡人命丧黄泉。舰桥区域首先被扫除干净,随后是从上到下的漫长清剿。机仆们安然无恙,因为无论上司是何身份,它们都会继续工作。被活捉的高阶凡人军官落入了亨瑞寇斯手中,他为这些人加装大脑皮层抑制器。如此一来他们就变得十分顺从,然而那一张张神情空洞的松弛面孔令人心神不宁。

在亨瑞寇斯控制住沃考达号的引擎系统后,他们就把米尔星球前哨站抛在了背后。他们与赫西俄德号和月牙号顺利会合——三艘战舰一同驶入茫茫深空,静默地悬浮在黑暗之中,努力隐藏身形,确保只有最强大的长距离扫描系统才能捕捉到它们的踪迹。

径直返回亚空间是明智之举,但风暴先知需要一些答案。毕竟,这正是他们为沃考达号设下陷阱的根本原因。

于是,萨文、也速该和亨瑞寇斯就并肩站在了怀言者战舰的底层甲板上。

他们身处于一个完美的圆形房间，一口高大竖井从这里延伸到遥远的上方。四周墙壁密密麻麻的铭文组成了一幅流畅篇章。萨文读不懂这种文字，他猜想很少有人能读懂。

房间里的柔和照明让人颇为不适，而且找不到确切的光源。状如黑曜石的墙壁光芒闪烁，仿佛是被跃动火舌不断舔舐着。

"这个有什么特别？"萨文问道。

"这个最大，"亨瑞寇斯说，"也就最强大。"

也速该点点头。他神色黯然。"我能感觉到。"

萨文注视着众人面前的物体。一台巨型机械矗立于此，高二十余米，宽三十余米。机械表面覆盖着油腻的缆线和导管。一处处格栅里散发着令人毛骨悚然的诡异光辉——碧绿、橙黄、血红。它嗡鸣不止，低吼阵阵，喷发出来的大团烟尘沿着竖井盘旋而上，各个接口位置都泼溅了某种色泽深暗的有机液体。周围的甲板铺满白骨。无论萨文在何处落脚，都会听到枯骨断折的脆响。

"你可以接手吗？"也速该问。

亨瑞寇斯仰望那台机械。萨文能听到战友的植入义眼轻声嘶鸣着展开扫描。

"或许可以，"他低哼一声，"给我点时间。我对这个理解有限。他们把一些装置与我不认识的东西糅合起来了。那是……钢铁之魂在上。那是血。他们把血当作冷却剂。"

萨文皱起眉头。他实在难以理解洛加的军团究竟经历了什么。"你需要多久？"他问道。

亨瑞寇斯转过身来，粗声粗气地笑了笑。"或许几天，或许一辈子。"

也速该伸出手按在那位军团战士的肩膀上以示宽慰。"尽你所能，兄弟。我感激不尽。"

也速该的触碰让亨瑞寇斯几乎要抽身躲避，随后才放松下来。他仍心绪紧绷。让这位钢铁之手军团战士负责一项与机械相关的工作是明智之举。这足以占据他的缜密头脑，让他无暇旁顾。

萨文面向也速该。"那么，我们必须动身了？"

也速该点点头。"我们走吧。"

两人将亨瑞寇斯独自留在那间圆形舱室里，沿着血气扑鼻的通道走了出去。

"从来没想到……这些。"两人并肩前行，也速该扫视着涂抹在墙壁上的污秽，"你呢？"

萨文摇摇头。"很多年前，我曾经与他们合作过。他们是不错的战士，但我从来不喜欢他们。"

"我还以为火蜥蜴喜欢所有人。"

萨文轻声一笑。"对我来说他们过于热忱了。还有他们的原体。我不该言语冒犯，但是……"

他们开始上行，逐渐回到了照明相对稳定的区域。很多头戴呼吸面罩、身穿白色疤痕制服的凡人船员纷纷向他们行礼。

"或许我们本该多提些问题。"也速该说。

"至少现在该开始提问了。"

"恐怕是的。"

他们抵达了目的地——两扇覆有铆钉、经过多层加固的重型防爆门。十二名卫兵站在门外，各自披挂着壳式护甲，手中紧握枪口粗大的激光卡宾枪。他们向迎面走来的两位星际战士行礼致敬，液压系统随后嘶鸣着打开了大门。

彼端的房间十分狭小，只有区区数米之宽。墙壁铺着白色瓷砖，天花板上挂着一根光芒刺眼的照明灯管。房间中央是一副垂直的金属框架，上面紧锁着一名怀言者军团战士。他的手腕、脚踝、脖颈和腰部都被精金环束缚起来。他没有穿戴盔甲，身上只有一件长度及膝的粗制罩衫。他的皮肤表面遍布刺青，纷乱繁复的仪式铭文从脖颈一直延伸到双脚。

他怨毒地瞪着两人。大门紧闭，将他们三个封锁在舱室里。他们相互凝视了片刻。

"有事吗？"那位军团战士嘶哑地说，一股浓厚鲜血从他破损的嘴唇上流淌下来。

"你的名字。"也速该说道。

"自己在我的脑袋里找吧。"

"如果我可以的话，还会问你吗？"

那个军团战士面露微笑。"勒达克，第256连，耶萨塔克达小队。"

萨文倚靠在墙边。沃考达号的每个房间都恶臭刺鼻，仿佛有种内脏腐败许久的味道,而这种狭小房间是最糟糕的。

"你们的任务是什么?"他问道。

"勒达克,第256连,耶萨塔克达小队。"

也速该叹了口气。"战舰已经落入我们手中。你孤立无援。说吧,我们留你一条命。"

勒达克始终在微笑。萨文注意到对方的牙齿都被锉出了锐利的尖端。那想必花费了不少时间。

"你不想活下去吗,勒达克?"他问。

勒达克继续微笑。

"你们的任务是什么?你们要去哪里?"

"勒达克,第256连,耶萨塔克达小队。"

萨文从墙边走到囚徒面前。"何不放下心里的包袱,兄弟?"他疲惫地叹了口气,直视着那位军团战士的充血双眼,"自从伊斯特凡至今,我们不是逃亡就是战斗。在继续逃亡和继续战斗之前,我想要知道为什么。"

勒达克迎上他的目光。在片刻间他仿佛想要开口。他脸上精神焕发,如同一位准备向潜在信徒仔细解说救赎真谛的传教者。

那股热忱气势随即消弭无踪。勒达克摆摆脑袋,撞上了顶在太阳穴两侧的金属棒。

"勒达克,第256连,耶萨塔克达小队。"

也速该一把攥住勒达克的喉咙,将他的厚实双颊顶了起来,他脸上青筋浮现。"快说!"

萨文深吸一口气。整件事让人有一种肮脏的感觉。他已经快要习惯于在恶战中杀戮自己的昔日同胞了。然而面对一个近在咫尺、卑劣可憎、手无寸铁的叛徒——那就是另一回事了。

"你不能对他的心灵动些手脚吗?"萨文向也速该问道。

仍旧抓着勒达克喉咙的也速该摇了摇头。"没那么简单。"

"但是另一个,在前哨站——"

"他猝不及防。那是欺瞒手法,而且功效不佳。"也速该用阴沉目光盯着勒达克,"阿泽克能办到。我并没有他那般技艺。"

勒达克的半张面孔都被也速该的手甲紧紧箍住,然而他依旧成功露出了一副轻蔑神色。他的眼睛里闪动着胜利的光芒。

也速该抽回手掌，放松了勒达克的脑袋，随后挥拳猛击，顿时敲断了对方的鼻梁。点点鲜血飞溅在瓷砖上，勒达克头晕目眩。也速该又递出一拳，萨文听到了骨骼碎裂的脆响。

"这有必要吗？"萨文迟疑地看着也速该问道。勒达克是一个叛徒，是一个杀手，但他仍然是阿斯塔特军团战士。火蜥蜴从未采用过这等手段，就算是面对异形也不例外，而与异形相比，他们同怀言者的亲缘关系要近得多。

"我们没有时间，萨文。"也速该说，风暴先知那张布满褶皱的面孔上暴露着内心的不安，但他的金色双眸中迸发着决然的目光，"我们来此是为了获取信息，不是夺取战舰。他知道舰队动向和作战计划。你有更好的主意吗？"

萨文的目光回到了勒达克身上。那个军团战士还在微笑，只不过尖牙上已经沾满了暗红的血迹。

也速该收回拳头，交握双手。一束明珠般的淡蓝电光在指间浮现。他张开手掌，一道道闪电顿时向勒达克的面孔奔涌而去。噼啪作响的雷电长枪钉在勒达克脸上，钻进他的双眼里，在他的皮肤表面肆意流窜。

血肉烧焦的气味顿时充斥房间。无从躲避的勒达克厉声尖叫，疯狂扭动，全身抽搐震颤。也速该让电能维持了数秒，向对方灌注更多的痛苦，让暴烈雷电在那个军团战士的躯体上狂乱舞动，随后这一切戛然而止。

勒达克瘫软下来，喘着粗气。他显得意识模糊。他左边脸颊的一大片皮肤已经被彻底烧毁，暴露出其下的肌肉。他全身飘散着轻烟。

"不要再这样干了。"萨文说道。

"舰队动向，"也速该对勒达克说，"通信内容。这些可以救你一命。"

勒达克低垂着脑袋。他的眼神似乎难以聚焦。他蒙眬地看看也速该和萨文。

"勒……达克，第256……连——"

也速该释放出新一轮闪电。这次的尖叫声变得含混不清，主要是碍于渐渐烧焦的喉咙。这次的持续时间似乎更加漫长。

够了。萨文抽出爆矢手枪瞄准也速该。

"停下吧，兄弟。"他轻声说道。

也速该惊愕地转过身。雷电随即停歇，勒达克的焦黑面孔重新低垂下来。

"你对我拔枪？"也速该难以置信地问。

"不要逼我开枪。"

白色疤痕军团战士犹豫起来，仿佛是在考虑这个房间里究竟有几名敌人。"我们没有时间。他们了解兵力部署。我们需要知道。"

萨文点点头。"我们会知道的。亨瑞寇斯正在调查那台机械。"

"你以为他们不会这样处置我们？"

"这正是我要说的，兄弟。"萨文用手枪稳稳指着也速该，"你目睹了这艘船上的情景。你看得出来他们沦落到了什么地步。你和我一样对此感到厌恶。"

也速该沮丧地摇摇头。"我们得知道，缺少信息就无法战斗，无法找到军团。"

"我同意加入你们，"萨文冷静地说，"我愿意与你并肩作战，去寻找你的可汗。只要能与叛徒为敌，我愿意为此献出生命。但我们都以各自的原体为榜样，当我再次见到沃坎的时候，我不能看着他的双眼说我已经忘却了昔日的誓言。"

也速该脸上首先露出了一种困兽犹斗的挑衅表情。他的一举一动都散发着对知识和速度的渴求。

此时勒达克猛咳了一阵，喷出大口鲜血和胆汁。他的面孔已经血肉模糊，暴露在外的肌腱上沾满了混杂的体液。若是放在凡人身上，这严重伤势必定足以夺去性命。

也速该看着自己一手炮制的成果，脸上的激昂神色顿时消退。他垂下双手。他的金色双眸里流露出转瞬即逝的惊恐，仿佛他直到此刻才目睹了房间里的一切。

"你让我惭愧，"他说道，"刚才——"

萨文收起了武器。"我只是更熟悉那种感觉罢了。起初，我也会毫不介意那样做的，"他看着勒达克的处处伤痕，"然而一旦效仿敌人的行径，你的灵魂就已经倒戈了。"

"这是沃坎说的？"

"是他会说的话。"

也速该深吸一口气。他倍显疲倦。萨文猜测在前哨站交火及随后的以太传送中施展力量让对方元气大伤。

"我们需要知道。"也速该坚称。

萨文按动符文开启房门。"我们会知道的，呼风唤雨者。"

"时间与我们为敌。"也速该说。

"相信亨瑞寇斯，"萨文引导对方走出了房间，"我已经知道要相信他。钢铁之手性子古怪，但听我的，他们从不放弃。"

他回过头去扫了一眼挂在架子上的囚徒。

"至少我们在这一点上还是共通的。"

喷气摩托在通道里风驰电掣，像一头活生生的野兽般呼啸而过。昔班毫不松懈，在鞍座中偏转身躯，躲避那些迎面而来的障碍物。周围的空间十分狭窄——最惊心动魄的地方只有区区数米宽——而且散布着凶险的金属突起。

他的坐骑在身下颤抖。引擎声若雷霆，排气管喷吐火舌。一堵墙壁从黑暗中陡然升起，他猛力扭转方向。一个十字形支架接踵而至，他匆忙俯身躲避。

沁扎尔号的训练场地有五公里长——两公里多的直线跑道，前后各有一组凶险的回形转弯。注重速攻艇闪电打击的军团特意为此在两块引擎区域之间保留了一片空旷地带。对于喷气摩托的娴熟驾驭需要日久天长的练习，而且这种技艺不用就会渐渐生疏，所以各艘主力战舰都在低层甲板里建了训练赛道。

昔班俯身前倾，微微调整重心，压低车头避开一团杂乱管道，随后加大马力猛冲向前。如黑钢般色泽深暗的工程结构从两侧闪过。他简直就像是在某个无名金属世界的心脏中急速穿行。

摩托应对灵敏。这是他在琼达克斯骑乘过的最后一辆，维护人员的工作成效显著，彻底清扫了过滤器中的尘埃，也抹除了犁状整流罩上的斑斑血迹。

他过了一阵才察觉到追赶者的动静。在训练通道里，除了自己坐骑的震耳咆哮之外，他很难听到其他声音。

昔班露出微笑，稍微放松了油门。诸多定位符文在他的头盔显示屏上掠过——朦胧的漆黑背景里有一个个闪烁的红色轮廓。他看到了那个穷追不舍的信号，距离自己尚有几百米之遥，但时刻逼近。

再加把劲。

跑道末尾的急转弯段落迎面袭来。昔班一头扎了进去，丝毫不愿提前减速。喷气摩托的车身剧烈颤抖，几乎无法承受轰鸣引擎所输出的强大功率。

当弯道的转角尖端扑入视野时，昔班才终于狠狠按下气压制动。惯性让他的身体猛冲向前；他能感觉到血液涌上脑门。一条粗重的金属横梁贯穿了前方的道路，他操纵摩托向侧面翻滚，从横梁下方钻了过去。此后，通道又拐向左侧，他一个急转弯绕开了引擎护罩的雄伟基座。他首次听到了不属于摩托的燃烧轰鸣——那低沉巨响源于远在头顶上方的聚变反应堆。

眨眼间他就冲出弯道，在狭窄的空间中灵活穿梭，随即让引擎重新发动了全部马力。

方才他险些速度失控。喷气摩托的补偿器扯着嗓子尖厉嘶鸣；右侧车身蹭过通道内壁，在黑暗中扬起飞溅火星。

他放声大笑，加快速度。那震耳噪声令人倍感畅快。他只能听见引擎的回荡呼吼，只能闻见废气的浓重味道。

他扫了一眼头盔显示屏。

还跟在后面。有两下子。

昔班从一条铁网过道下方猛冲过去，接着又马力全开地疾驰了一阵。前方铺展着一段长长的笔直跑道，两侧是规模惊人的战舰内部结构。

他感觉神清气爽。不久之前，他还在费姆斯Ⅳ的熔岩平原上驰骋狩猎。他在丘格里斯骏马的背上锻炼出来的闪电反应与手中的关刀一样可靠。

但他就要被对手赶上了。他背后的那个信号稳步逼近，像个固执的幽灵般从黑暗中缓缓浮现。

他再次大笑，进一步提升速度。通道末端扑面而来。即便是百分之四十的推进力，也足以让喷气摩托用惊人的速度跨越漫长的距离。

我会在前面甩掉你。

昔班让摩托向左侧滑动分毫，立刻加大马力越过一团焦黑纷乱的运货管道。随后他猛然减速，从一条重型燃料导管的吊臂基座下方钻了过去，接着拐了一个大弯扭转方向。

黑暗中，他看到一条由两根并排矗立的支撑柱所造成的狭窄缝隙。柱子之间的小洞宽只有不足三米。在正常条件下由此穿行已经颇有难度。而在黑暗环境中，在有限空间与极端高速之下，这就变成了一个激动人心的危险挑战。

昔班加快速度，集中精力，扑向目标。就在此刻，一股排气紊流让他的引擎猛然抖动，将车身抬高了一寸。

昔班按下气压制动，绷紧身躯，眼看着窄缝迎面袭来。

事到如今他只能低头避让，没有机会另作应对。粗糙的钢铁结构狠狠砸中了他的头盔顶端，险些令他失去意识，但他还是伴着四溅火花冲了过去。

在他眼中，彼端的通道就像是喝醉了一样摇晃旋转，昔班奋力稳住坐骑。他咬紧牙关，拉高车头，惊险地躲开了一块敦实的精金甲板固定器。

他回到了正常高度，但速度大受拖累。他重新加大马力，却只能眼睁睁地看着追赶者从自己头顶疾驰而过。那位骑手想必是以近乎疯狂的高速钻过。

这绝妙的鲁莽愚行让昔班第三次放声大笑。这才叫驰骋。这足以让大可汗引以为傲。

此时最终的弯道已经近在咫尺，于是昔班放慢了速度。他前方的那位骑手也是如此，引擎降低功率时喷发的浓厚黑烟顿时填满通道。

几秒之后，光芒洒入了整条跑道。头顶的几扇舱门在倾斜活塞的带动下嘶鸣开启，展露出上方舱室中的喷气摩托机库。昔班继续减速，向最近的停泊车位滑行。他脸上依然带着笑容。

前方的那位骑手已经停入了车位。两条分节的机械臂从天花板上伸下来，抓住了那辆喷气摩托的车头与车尾。骑手在摩托被抬升之前翻身下车，走向服务区，轻松地跳进右侧的一条钢铁走道。

机库的主体部分铺展在走道末端——高大的弧形墙壁之间是一座灯光明亮的宽敞舱室，大批机仆和速攻艇维护人员在其中忙碌穿梭。其余很多军团骑手各自迈着大步跨过这片辽阔空间，走向准备就绪的坐骑，他们全都披挂盔甲，即将在训练场上一展身手。

两条铁爪探向昔班的喷气摩托。他跳下鞍座，让坐骑被收回机库中，随后快步走向那位胜利者，急于赶在战友离开之前恭喜对方获胜。

"兄弟！"他高声喊道，"骑术真不错啊！"

那位骑手摘下头盔，用手甲抹过汗涔涔的前额。"胜过你可不容易，昔班可汗。"

在对方开口之后，昔班才辨认出此人的身份：是他在琼达克斯结识的那个泰拉人，双方曾在磨盘战役里并肩奋斗。在机库的夺目灯光下，对方的模样一如往日——体型壮硕，身材高大，脸颊上有一道淡淡的疤痕。昔班根本没有预料到还能与他重逢。在这个规模庞大的军团中，各支兄弟会就像夏日里的麻雀般来去无踪。

"托贡可汗，"昔班说着握住对方的手，这场会面让他颇为惊讶，"你怎么在这里？"

托贡耸耸肩。"战事使然。"他说道，"你愿意和我喝一杯吗？"

昔班略加犹豫。他完全不明白自己为何如此——与托贡重逢无疑是件喜事。

"当然乐意。"他微笑着说，"请吧。"

"在洁白世界的战斗过后你们去做什么了？"

托贡态度含糊。"峡谷里还有未尽的工作。我们没有把它们彻底清剿。没有斩尽杀绝，"他露出一副惋惜的微笑，"或者说事情没有办得干净利落。"

昔班也微微一笑。"是吗？"

他们坐在沁扎尔号的一间餐厅舱室里。这间是特供给军团战士的，目前里面只有他们两人。尽管白色疤痕并不像其余一些军团那样将全部身心都贡献给了职责，但他们也仅仅在作战和训练之间的闲暇时分里偶尔享受酒食。

托贡旋动着金属杯子里的酒。"后来他们招募了一个泰拉女性。据说大可汗十分器重她。推行了一些结构重组。"

"后来你们又作战了吗？"

"没有。在彻底消灭蛮夷之后就没有了。"

"啊，可惜。"

"战斗会再来的。"

昔班尽量避免过于明显地审视托贡。对方看起来一如往常。不知为何，虽然同时期的很多经历都已经变得暗淡朦胧，磨盘战役却在他的记忆里始终清晰鲜活。他昔日就觉得那仿佛是某种旧事物的终结和新事物的开启。时至今日，这种承上启下的意味才愈发明确，逐渐成形。

"当时的情况是否像你预期中那样有所不同？"托贡问道。

"你是什么意思？"

"我是说最后与原体一同作战。"

昔班思索了一阵。"我说不好。我们很快就奉命赶往了费姆斯。我们勉强找时间举行了悼亡仪式。你记得哈希吗？"

"记得。他死了吗？"

昔班点点头。"巴图也是。只有术赤跟我一起走了。"

托贡双手握着酒杯。"你们损失惨重。这就是速度的代价。"

昔班露出了哀伤的微笑。"你警告过我。"

托贡立刻满脸歉意。"我不是那个意思——"

"我明白。"昔班喝了一口酒,"我仔细思考了你在琼达克斯对我说过的话。"他注意到托贡脸上的狐疑神色。"相信我,我确实思考过。如今我已经开始赞同你的观点了。你的战士要比我的更加灵活。我试着向部下传授了你的作战方式。"

托贡挑起眉毛。"我很惊讶。"

"不必惊讶。银河本就多变。"

"的确是。"托贡凝视着杯中酒,仍然一口都没有喝过,"你对银河的变动有何看法?"

昔班意识到这才是托贡真正想要提出的问题。"你想让我说什么?"

"你是诗人,"托贡说,"你对一切都有话可说。"

昔班的目光从酒杯移向对方的面孔,试图搜寻讥讽的迹象。然而他从来都难以看透托贡的神情。"我信任大可汗,"他说道,"但这是你早就知道的。他对局势的理解远比我们深刻。"

托贡面露苦笑。"他也可以稍微分享一些自己的深刻见解。"

"假以时日他一定会的。我愿意安心等待。"

托贡靠坐在椅背上,他披挂盔甲的沉重身躯让那经过强化的金属结构轻度弯折。"我得承认,阿尔法军团崩散的样子实在让人心情舒畅。"他的嘴角微微翘起,"那些滑头混账。不知道他们眼看着利剑风暴号迎面袭来的时候作何感想。"

昔班也微笑起来。"他们恐怕来不及有什么感想。"

托贡放声一笑。"此话不假。"

沉默随即降临在两人之间。只有邻近区域中仆役劳作的铿锵声响打破了寂静。一批喷气摩托从几层甲板之下的跑道中呼啸而过,让地板颤抖起来。

最终还是托贡再次开口。"昔班,现在究竟是怎么回事?"

"我不知道。"

"谁都不知道。你听说我们接到返回泰拉的命令了吗?"

"我听说了。"

"而且据说鲁斯终于开始胡作非为了。"

"不止他一个。"

托贡向后推动座椅。"我想找你聊聊,就是因为你曾经说过这一切难以长久。我记得你说过。"

昔班并不记得说过这种话。"万物都会改变。"

"局势愈发剑拔弩张。我们每次询问星语者都会得到一个不同的谜语,但一切必将明朗。终究是有人在撒谎,"他态度谨慎地看着昔班,"军团内部也无法幸免。我开始怀疑……"

昔班皱起眉头。"说出来吧。毕竟这就是你的来意。"

托贡俯身凑近。"兄弟情谊,这是将我们维系在一起的纽带。我在影月苍狼身上就看到了。他们建立了很多团体,非正式的团体。他们会时常相聚,重铸战士誓言。这是允许的。据说战帅还特意培养这种团体。"

昔班认真聆听。"战帅?"

"据说是的。这是个很好的系统。它能打破军阶的隔阂,促进信息流通,帮助建立信任。"

"你也加入了一个?"

托贡点点头。"这不是什么邪门歪道。这是兄弟团体。你们在丘格里斯肯定也有类似的组织——战士结社。"

"据我所知并没有。"

"好吧,但我们的团体里确实有丘格里斯人。如今他们已经占据多数了。大势所趋,是不是?"

昔班没有笑。他感觉自己被对方牵着鼻子走,这让他有些警惕。"你在琼达克斯就参与了?"

"断断续续吧。已经参与过几年了。有些人的资历比我老得多。反正,这不是什么严肃的事情。我只是想起了你对我说过的话,所以觉得你或许会感兴趣。大家都是战士。成员里包括一些我们军团中的翘楚。你会受到欢迎的。我可以引荐你。"

昔班又喝了一口酒。"我已经有我的兄弟会了。"

"当然,我也有。二者并不冲突。"

"那么这究竟意义何在？"

托贡显得若无其事。"我说过，大家只是聊一聊。建立同袍情谊。有时候我愿意忘记作为可汗的身份，仅仅当一位……"

"兄弟。"

"正是如此。"

昔班缓缓点头。"那么，这就是你来找我的原因？"

"我听说你在这艘战舰上。看起来是个好机会。"

昔班抿着嘴唇。"你骑得很快。我不记得你之前有这么快。"

托贡哼笑一声。"没办法，我要追上你啊。你差点丢了脑袋。"

"摩托就是为速度而生的。不该暴殄天物。"

"速度并非唯一的关键。"

"对，你一直是这样说的。"

托贡推开了酒杯。"这只是一份邀请，仅此而已。你我都很清楚，军团面前摆着一些不可逃避的抉择。战帅已经发送了求助信息。"

"多恩也是。"

"对，在此之前他们已经沉默……多久了？泰拉最后一次联系我们是什么时候的事了？"

昔班难以置信。"你是泰拉人，兄弟。"

"我是阿斯塔特军团战士，"托贡坚决地说，"我已经有上百年不曾目睹泰拉的模样了。如今的抉择关乎正义。"

昔班冷静地看着他。"大可汗会作出抉择的。我们可以安心等待。"

"是的，是的，他当然会。但是要等到什么时候呢？"托贡将双手平放在桌面上，挤出一点笑容，"我该学会保持耐心。我明白。算是我的缺点吧。"

昔班继续审视对方。他刚才对托贡所说的一切都是真心的，他确实从对方身上学到了很多。他确实尊敬对方的作战方式。原体迟迟没有指明前路也确实让人心烦意乱，阿尔法军团的神秘现身几乎同样令人费解。

托贡伸手从腰带上解下一个小盒子。"这只是个小物件，算是结社成员的标志。"他打开盒子，将一枚银质徽章倒在掌心里。

昔班遮掩住了自己的惊讶。无论是在费姆斯还是之后，他一直都反感那枚徽章。即便印着月亮和闪电的图案，它依然不是丘格里斯风格。丘格里斯人不爱银饰，他们的金属饰物一向用青铜与钢铁打造。

"我之前见过这个。"他轻声说道。

托贡把玩着徽章。他仿佛不愿让那件物品彻底逃出掌心。"没想到啊。这通常都是不向外人展示的。"

"但你向我展示了。"

"对，因为你是个潜在成员。"托贡将徽章包在手心，放回了盒子里，"你也可以得到自己的一枚。"他有些局促地笑了笑。"只是个标志，仅此而已。"

昔班看着托贡握紧手掌的样子，不由得怀疑事情并不是这么简单。"我对于这些结社早有耳闻。"

"当然。"

"我在自己的兄弟会里不允许类似的活动。我认为军团就足矣，况且我已经有一个标志了，"他指指自己脸上那道丘格里斯风格的疤痕，比托贡的伤口更深、色泽更浅，"而这不必遮掩。"

托贡微微躬身。"我明白你的意思。"

昔班叹了口气。托贡绝不善于欺瞒——或许这一点值得欣慰。"是哈希克派你来的。"

托贡挑起眉毛。"这么明显吗？"

"我去找他说了说我在费姆斯发现的情况。结果你就拿着同样的东西来找我了。"

托贡无奈地摊开手。"这不是阴谋诡计，昔班。那颜可汗也参与其中，这难道不让你更安心吗？他从一开始就参与了。"

这让昔班想到了也速该。那位天道萨满也是军团的创始元老。如今他身在何方？与很多人一样，昔班怀念他在军团核心位置那沉静的存在。当前的乱局和也速该的缺席不无关系。

"大可汗知道吗？"昔班问。

"关于哈希克吗？我觉得这是他们两个人之间的事。"

"不，我觉得这不是。倘若大可汗知道，那么这件事的意义就大不相同了。"

"我不清楚，昔班。我的资历实在没那么老，我只是一个普通成员。"托贡闪烁其词，"但我猜他是知道的。没有什么事情能逃过他的法眼，我觉得。"

昔班从桌边靠坐在椅子里。方才的急速骑乘让他有些疲乏，他需要进行冥想来涤净思绪。"我说过这一切难以长久，是吗？"

托贡点点头。

"或许确实如此。一切都流动可变。在我的印象中，这是我们头一次变得漫无目的。我们面前没有明确的猎物。"

托贡静静聆听。昔班不知道自己的话语究竟源自何处。"你并没有让我信服，"他说道，"我不信任这些结社，但我们曾经并肩战斗过。在磨盘战役里，你掉头回去支援了我——你还记得吗？这一点我是不会忘的。所以我会尝试参加。我已经在尝试拓宽思维了。或许这也是其中的一部分。"

托贡脸上露出了真挚的感激。"好。我也别无所求。如果到时候你还是反感，那么这件事也只有你我知道，我不会宣扬出去。"

"他们难道不会知晓我的身份吗？"

"我们会戴着……兜帽，"托贡略显羞愧地说，"有点装神弄鬼，但一开始确实有些好处。谁也不必知道你是何人。"

"我明白了。"

"我很高兴，昔班。我真的很高兴。这一切，这整件事，全都围绕着战士之魂。我知道你是真正的战士。我亲眼所见。"

"你或许还能再看到。"昔班干巴巴地说。

托贡咧嘴一笑，看似松了口气。"那将是我的荣幸。"

第十四章

机魂
一切已经改变
焚灭的世界

亨瑞寇斯伸长手臂，探向那台机械内部的一块部件。这已经不是他第一次后悔自己与盔甲建立了过于紧密的联系。如今他再也无法卸下盔甲了，这让他变得格外笨重。他肩甲和胸甲里的种种植入仪器帮助他干扰了针对前哨站的探测扫描，然而它们的额外体积也阻碍着他深入那台机械的核心位置。目前他在一条狭窄缝隙里下行过半，夹在两块嗡鸣不止的庞大金属结构之间，感觉自己像是被活埋了。

他眨眨眼激活了传感叶片，让一条金属细丝从右侧手甲里延伸出来。他再次进行刺探，将传感器插进一个覆有银制外壳的输入节点，试着解读浮现于自己面前的信息。

怀言者对他们的机械动了些非常古怪的手脚。

那台机械不再采用二进制进行输出，而是基于一套四进制的内部规则展开运作，其背后的原因始终让他费解。有些部件尚且处于相对标准的状态——另外一些则被替换成了效率显著低下的装置，例如，皮革同步带和铁制齿轮，甚至是有机结构。随处可见的祷言铭文将昔日刻在机械外壳上的有用信息彻底淹没。

亨瑞寇斯将传感叶片的输出信号接入到自己头盔的缓冲区里。闪烁微光的大量数据在护目镜的内部曲面上飞速滚动显示。这已经不是他第一次想要把整台机械砸个稀巴烂了。

这是腐化。他们玷污了自己获得的馈赠。

他艰难而缓慢地将这台机械内部运作机制的关键组分拼凑起来。有一些功能恐怕需要耗费长达数周才能重新建立，但他已经从无数的邪异机制之间抓取了星图定位这一重要功能。在茫茫星海中寻找方位是一项令人厌恶的高难度工作，所以就算是怀言者也没有用他们的疯狂装置取代那台设备。

他努力将臂膀延伸到极限，把一部二进制读码器捅进了藏在缝隙底部的插口里，随后用盔甲自带的能源将其激活。更多数据涌入他的头盔信息流，他露出冷峻的微笑。

"找到了。"他低吼一声，挺直身躯，蹭着机械部件的边缘爬了出去。

仅仅触碰那些叛徒的设备就让他感觉遭到了玷污。万幸的是，亨瑞寇斯并没有被迫摘下手套，将残存的皮肉暴露在污秽机械面前。但话说回来，他已经越来越难以想象自己会在什么情况下摘下手套了。他左手的机械义肢总能让他回忆起费鲁斯的法令，进而联想到伊斯特凡，由此陷入那种唯有大肆杀戮才能聊以宣泄的阴郁情绪。

萨文并不会这样。他至少还有望找到原体、重建军团。亨瑞寇斯看过来自战场的视频信号，那可怕情景由上百个模糊镜头共同拍摄下来，被发送到了整个星系里的每一艘钢铁之手战舰上。

费鲁斯死了。不朽者终究朽坏，永恒者一朝永别。

在此之后，他的生命就只剩下了暴怒——那是一种厉声嘶号的绝望暴怒，足以将理性彻底抹消。当然惨烈战事的可怕走向并未因此改变。抢占先机的敌人继续发动一次次如潮攻势。

在此之后，生存就变成了另一种诅咒。战死沙场是更好的归宿，然而他误打误撞地活了下来。

倘若没有遇到萨文，他是不可能获得这个生还机会的。在无法入眠的深夜里，亨瑞寇斯有时候会因此憎恨对方，也有时候他将对方视为自己毕生所见最值得敬重的战士。是萨文引导众人闯入浩瀚太空，用他的沉着态度与坚定意志率领这些幸存者逃出生天。即便在其余火蜥蜴战士都不顾性命呼求复仇的时候，萨文仍保持住了头脑的冷静。他优异地表现出了军团基因之父的特质。

若是在另一个时空里，亨瑞寇斯或许会满怀自豪地追随沃坎。那位原体的子嗣高尚可敬，几乎毫无缺陷。然而并不存在另一个时空，他对于费鲁斯的忠诚永不凋亡，直到他的灵魂在战场上消逝，而他知道自己命不久矣。

永不遗忘。永不原谅。

他从那台机械上脱身，步履蹒跚地越过盘绕在基座周围的大团缆线。庞大而幽暗的竖井高墙阴森森地矗立在他身边。

亨瑞寇斯跪在地上，激活了他安放在那台装置四周的供能元件。充沛能量顿时沿着缆线奔涌而来，重新点亮了等离子格栅背后的邪光。一阵粗重轰鸣从那台机械内部传来，状如活体器官的排气口喷出滚滚浓烟。

一时间什么都没有发生。鲜血在冷却管里汩汩流淌，机械外壳顶端的青铜电极之间跃动着长鞭般的夺目电弧。

随后，光芒缓缓充盈了整个房间。亨瑞寇斯退后一步，谨慎地查看辐射强度。一团闪烁耀眼的飞旋云气在他上方逐渐汇聚成形。他仔细审视，却毫无头绪。墙壁上的无数铭文从房间中央的那台机械上汲取能量，纷纷散发着明亮光辉。

他随后便意识到了这台仪器的真正功能，不禁为自己方才的迟钝感到愚蠢至极。

"萨文，"他步步退后，联系战友，仰望着高大竖井，"我觉得你最好过来看看。"

也速该在月牙号上惊醒，自从离开丘格里斯以来他每天都是如此——脸上冷汗淋漓，心脏怦怦狂跳。

那个梦境的最后一缕残影还萦绕在他心头。每一次都相同：在覆满余烬的星球上，可汗对决一个无名无面的敌人。也速该总是在同样的瞬间惊醒。

可汗陨落的那个瞬间。

可汗征战多年未逢敌手。但想必费鲁斯在对阵弗格瑞姆之前也同样未逢敌手。关于过往暴行的只言片语让他联想起一种传播多年的谣言，据说只有原体才能杀死原体。这或许是真的。

也速该从膝头抬起双手。他已经坐在这里冥想了许久，原本盼望这古老方式能够消减自己心中的疑虑。他并没有得偿所愿。

审问勒达克的经历让他备受冲击。他很清楚，倘若萨文没有出手阻拦的话，自己就会继续用闪电施刑。他会继续释放力量，直到那个怀言者的面孔变形，直到他的尖叫声被鲜血阻塞。

他从来不曾这样失控。杀戮是一回事——那是他们的天职——然而施以痛苦折磨……那本该属于泰拉统一之前的野蛮年代。

门铃柔声鸣响。也速该站起身来，走向舱室墙边的盥洗池。房门同时滑开。

"方便吗？"萨文站在门口问道。

"当然。"

那位火蜥蜴军团战士微微低下脑袋走进房间。"同样的梦？"

"是的。"

"你看到更多了吗？"

"没有。还是一样。如果你对此有什么想法的话……"

萨文哀伤地笑了笑。"有点像夜曲星。除此之外，没线索了。"

也速该用水洗洗脸，抹去了皮肤上的冷汗。"关于勒达克——"

"相信我，我能理解。我们还需要决定留他一命是否过于危险。"

"你怎么看？"

"暂时可以留着他。他或许还能派上用场。"

也速该伸手抓来一条粗糙毛巾。"但你来找我不是为了谈勒达克的事。"

"亨瑞寇斯有所发现。"

"啊，"也速该披上斗篷，将那象牙色的布料罩在自己的长袍外面，披风触感凉爽，"是好消息？"

"这恐怕得你自己判断。"萨文回答。

他们乘坐穿梭机前往了另一艘战舰。月牙号身上爬满了技术船员，它在亚空间跃迁中受到的损伤正在被加紧修复。赫西俄德号悬浮在远方，像是一块暗淡无光的深灰色石板。沃考达号是三艘战舰中境况最好的，即便怀言者已经极尽其所能地玷污了它昔日的尊贵轮廓，致使那修长的舰艏遍布雕文，简直像是某种异形造物。

"你之前说过要给我讲讲尼凯亚的事。"萨文说。

凝望着舷窗的也速该转过头来。"是的。"

萨文闲适地靠在座椅里，双手按着膝盖，等待对方开口。

也速该深吸一口气。"你知道多少？"

"我只知道敕令突如其来。沃坎立刻执行了。当我们收到关于伊斯特凡Ⅲ的消息时，军团里就已经完全没有活跃的智库了。"

也速该难以置信地摇摇头。"你们是如何处置他们的？"

萨文耸耸肩。"他们立下了誓言，返回了常规单位。我不知道有多少人从屠杀中幸存。或许一个都没有。"

"而你们从来不曾想过这是疯狂举动，一次都没有？你们从来不曾认为这是自断臂膀？"

"有些人是这样看的。我记得爆发过争论，"萨文垂下脑袋盯着自己的手甲，"但那是一道直接来自帝皇的命令。我们是一支忠诚军团。"

"希望其他军团不要如此忠诚。无法想象野狼会解散他们的符文牧师。"

萨文哼笑一声表示同意。"但鲁斯是在场的。"

"在尼凯亚吗？我不知道。没有公开露面。不过他和瓦尔多关系紧密，那里到处都是禁军。"也速该靠在舱壁上回忆往事，"当时我以为那简直会是一场真刀真枪的对决。会场人山人海。你肯定会喜欢那个地方，萨文——火山世界，空气里飘扬尘埃。数百万人到场，规模空前，就好像整座帝国宫殿都搬过去了。"

萨文静静聆听。也速该并不愿意调起过于清晰的回忆，但他还是继续为对方讲述下去。随着他吐露一字一句，昔日的情景纷纷涌入脑海。

"我根本不该去的，"他说道，"本该是可汗出席，与其他人商讨此事的。"

"其他人？"

"主要是马格努斯，还有圣吉列斯。是他们三个。马格努斯是代表人物，力量最为强大，但并非独断专行。圣吉列斯则更加委婉。在一定程度上，我认为他与以太的关系是最紧密的。在这件事上，可汗的观点则是始终不变的。他起草了智库部门的大部分规章，即便他的名字从来不曾出现在数据库里。"

萨文面露疑色。"这从来没有公开过。"

"确实没有。"也速该微笑道，"当然没有。我告诉过你——马格努斯根本就不想建立智库。他想让所有灵能者解锁全部潜力。他的说法是，探索一切。没有约束，没有引导。守护精灵与他们形影不离，交头接耳——然而我们是看不到的。这很危险。这必须受到管辖，于是可汗与天使就一同建立了框架。他们限制了灵能者的能力运作范围。在丘格里斯，我们称其为'通天之道'。我们早就受到过告诫，一旦误入歧途，灵魂必将被亚空间吞噬。"

"这么说你们知道灵能是危险的。"

"当然！有什么是不危险的？你们的火神信条也是危险的。生存在这个宇宙里就是危险的。我们如履薄冰。有些人将我们视为理应烧死的巫师，也有些人将我们视为神明。这两种观点都不可占据上风。"

"但最终有一方胜了。猎巫人胜了。"

也速该点点头。"此后的很多天里，我都以为那是一个将会被纠正的错误。等到我们明白敕令永久有效的时候，很多军团就已经展开了改革。多么快！简直让人以为我们急不可耐地想要抛弃自己的力量。"

"究竟发生了什么？"

"我开口发言了，"也速该哀伤地回忆往事，"很难堪。是用哥特语发言，所以我讲得不好。当时我心里有种莫名的压抑感。马格努斯也发言了。他的表现完全符合我们的担忧——他过于张扬。他从来都不明白自己引发了多大的恐惧。倘若他只是站起身来说'我们知道自己需要进行改革，我们知道自己必须保持谨慎'，那么我们或许尚有胜算。但并没有，他大肆宣扬知识与力量的重要性，把自己描绘成一位目光长远的先知。在他发言的时候，我才真正开始有所顾虑。"

"反对的一方有谁？"

"一个太空野狼符文牧师。实在是古怪。我怀疑他出席会议另有目的，但我不确定。发言最久的是莫塔瑞恩。他在会场里大放厥词。"

"莫塔瑞恩。我都不知道他出席了。"

"没有预料到会是他。我以为鲁斯或者安格隆会站出来。不，开口的是死亡之主。他也去了乌兰诺，他让一切事物都蒙上阴云。他有个黑暗的灵魂，他在尼凯亚的所作所为丝毫没有改变我对他的看法。"

萨文思索了一阵。"我很难理解他的观点何以取胜。"

也速该点点头。"我也一样。当时阿里曼对我说，我们来日必将为此悲泣，的确如此。只要我们还有未来可言，那么未来如果有人问起究竟是谁毁掉了智库，答案就是莫塔瑞恩。这是他的手笔。"直至今日，那段记忆仍旧令他懊恼不堪，"此事本不该交给千子独自处理——可汗本该出席，与天使和马格努斯站在一起。一位战士原体的辩护定能安抚人心。"

"他为什么没有出席呢？"

"荷鲁斯下令把他调走了。"也速该低头盯着甲板，审视自己昔日的一无所知，"出征琼达克斯，当时正值尼凯亚的准备阶段。我们两个讨论过。他曾经考虑拒绝这项任务——他大可拒绝——但我们都以为琼达克斯战役只需几周时间就能了结。毕竟，只是些绿皮而已。"他悲哀地看了看萨文，"只是些绿皮而已。"

"荷鲁斯下的命令，"萨文重复道，"有意思。"

"当时我一无所知，"也速该苦涩地说，"毫无头绪。我真的不认为荷鲁斯在乌兰诺就已经被腐化了——我应该有所察觉的。倘若有人希望可汗缺席尼凯亚议会，那也不是荷鲁斯。"

"那么是谁呢？"

"谁知道呢？琼达克斯为什么被帷幕所遮盖？银河为什么被亚空间风暴所折磨？帝皇的光辉为什么暗淡不清？星语者的幻景为什么支离破碎？这些都是关键问题。这一切都是某个幕后黑手筹划许久的结果。"

萨文抬起头来。穿梭机已经渐渐驶向了沃考达号的停机坪。"他们并没有大获全胜，"他说道，"我们还没有全军覆没。"

"你的乐观可曾中止片刻？"

萨文露出微笑。"乐观？我可不觉得这叫乐观。"

沃考达号的舰身吞没了他们，用深幽阴影将舷窗笼罩起来。也速该察觉到了穿梭机停泊杆伸展出去的动静。"那么你觉得这叫什么？"

萨文站起身来，准备打开舱门。

"信念。"他十分认真地回答。

利剑风暴号在星系最边缘冲出亚空间，立刻点亮了常规引擎。等到它完全脱离跃迁点，冲入实体空间的时候，舰队的更多成员也撕裂虚空纷纷抵达了。宇宙的表皮颤抖不已，屡遭洞穿。色彩缤纷的光晕泼洒在幽暗太空之中。每一艘战舰都以迅猛势头扎进现实，立刻全速前进。

可汗站在利剑风暴号的观察露台上，紧握双拳凝视着舰艏探测器的显示屏。在他身边这座层层叠叠的舰桥里，大批机仆和凡人船员都忙碌而沉默地在工作，将战舰的各项系统激活，针对前方空间发动探测扫描。

秦夏站在原体身边，两旁是几名全副武装的怯薛卫士。他们默不作声，纹丝不动。大量数据涌入了散发光辉的水晶屏幕。

"战舰标志信号，"原体柔声说道，"快。"

光矛武器进行充能的独特尖鸣从遥远的下方传来。常规引擎的推进速度达到了极限，让利剑风暴号的甲板微微颤抖。虚空盾在舰艏舷窗之外朦胧浮现，与此同时，亚空间遮板纷纷轰鸣着掀开，盖勒力场随即消散。

"附近空无一物。"舰桥通信频道里传来了简子的声音。

"探测扫描没有发现信号。"探测站主管作出确认，那位沉闷而高效的丘格里斯军官名叫塔班。

"星球呢？"可汗质问。他全副武装，披挂着镶嵌金边的珠白铠甲。他的弯刀挂在腰间，皮革刀鞘上遍布符文。他绷紧身躯时刻备战。

"即将进入扫描范围。"

探测站的若干技术神甫喋喋不休，在众多信号接口之间不住插拔他们的机械触须，那些裹着红色长袍的身体左右摇摆。

秦夏眯起眼睛审视数据。邻近空间里仅有的信号全都是来自白色疤痕战舰的，它们追随在利剑风暴号身后，逐渐向两翼铺开，组成了作战阵形。

"什么都没有。"他轻声说，"没有运输船。没有能量痕迹。"

可汗点点头。像普罗斯佩罗这样的重要星系本该充满成千上万的星船标志和遍布太空的航行轨迹，然而从孟德维尔点驶向星系核心的路径上却是空空如也。一股不安在他腹中涌现，又被他极力压制下去。

我要亲眼去看一看。在得到真凭实据之前，不可妄下结论。

那颗星球进入了舰艇探测器的极限扫描范围。模糊不清的视频信号逐渐浮现，机仆们立刻对逻辑引擎作出调校，让图像清晰度迅速改善。

"漆黑一片。"秦夏说。

"我发现了。"可汗说。

普罗斯佩罗曾经是一枚璀璨明珠，那颗星球拥有恍若泰拉黎明的浅蓝色泽，表面环绕着丁香般的淡紫纹路，两端的冰封极地倒映出闪烁光辉。从太空中远远望去，它显得纯净无瑕，远不像王座世界那样被铺天盖地的工业设施转化成了一颗由混凝岩和钢铁胡乱捏成的灰暗球体。

现如今，它却缀满了焦炭般的漆黑斑点。

在图像清晰度显著提升之后，可汗分辨出了缓缓飘动的大团乌云，那就像包裹在乌兰诺身上的余烬一样浓厚而黑暗。

他紧紧攥住露台护栏。"有信号吗？"

"没有，大人。"

可汗怒气填胸。他不虚此行。

"驶向星球轨道，"他冷冷地作出指示，"命令舰队建立封锁线，随后准备空降。维持扫描，拓宽覆盖范围。如果你们检测到任何一艘带有芬里斯标志的舰船……"

事到如今，他仍然迟疑了片刻。

"那就摧毁它。"可汗低吼道。

"它是黑色的。"伊莉雅紧盯着屏幕说。

哈尔季没有作答。他神色凝重。

"说真的，哈尔季，那整个世界都是黑色的。我看过普罗斯佩罗的记录文件，它美极了。那颗星球究竟遭遇了什么，以致落得这种下场？"

"它遭遇了一支军团，"哈尔季说，"这是军团所为。"

伊莉雅感觉反胃。"那里有多少居民？"

"你才是我们的数据专家，伊子。"

伊莉雅或许可以在脑海的某个角落里找到相关数字，但她明白自己并不想找到。普罗斯佩罗远不是巴巴鲁斯那种只有少量饱受折磨的疯狂居民在地狱环境里苦苦求生的死亡世界。它拥有先进文明、现代都市和天堂景色。

想必有几十亿居民。

几十亿。

愤怒让她哽咽难言。"他们要受到惩罚。如果这是某一支军团所为，那么他们就一定要受到惩罚。"

"只要可汗力所能及，就一定会让他们受到惩罚。"

"我们必须搞清楚，哈尔季。"伊莉雅转身看着他，"我们必须搞清楚这是谁干的。"

"我们已经知道是谁干的了。"

"我不能相信。会不会……会不会是异形攻打到了这里？"

哈尔季摇摇头。他平日里的轻快神色踪迹全无。"什么异形？它们要么已经消失，要么行将灭绝。再也没有能威胁到我们的了。"

这句话让伊莉雅大受震动，她想起自己在乌兰诺星球轨道首次见到可汗时对方说过完全相同的话。

"再也没有能威胁到我们的了。"可汗当时这样说。我不禁想，也速该，这句话在多少个没落国度中被重复过多少次。

如今看来，可汗昔日的话语有着令人心惊的先见之明。她重新望向观察窗，看着那颗满怀恨意、遍体鳞伤的星球像一块墓碑般悬浮在太空里。

"这里什么都没有，"她用颤抖的声音说道，"我们不该来的。"

"他必须来。"

"那么我们就该马上离开。撤退。随便去哪里，只要不是这里就行。"

哈尔季将一只巨手放在伊莉雅肩头。"冷静。我们此行寻求的答案在星球地表。"

她焦躁不安地深吸一口气，伸手摸着观察窗的窗框。"我可不要下去。"

"你不必下去，但是大可汗还要仰仗你。舰队需要奉命行事。我们已经接到了重新部署的命令。"

伊莉雅不愿听这些。她头一次盼望白色疤痕能够自行其是。她头一次感觉自己确实有着符合年龄的老迈状态。

"把命令转接到我的工作台。"她漫不经心地说道，视线始终无法从舷窗上移开。

"好的。"

"如果可能的话，让封锁线采用长阵。"

"好的。"

"此事要如何了结，哈尔季？"

战士看着她，那张皮革般的棕色面孔上有一道长长的白色疤痕，却没有丝毫笑意。

"伊子，此事才刚刚开始呢。"他说。

等到利剑风暴号进入提兹卡上空的同步轨道之后，这颗星球的境况就再也没有什么疑点了。大气读数为眼前的景象提供了佐证，塔班在报告中列举的细节令人闻之心惊。

"显著的地壳运动，大人。"塔班目不斜视地盯着数据板说，"大气层污染情况远远超过凡人的存活极限。我们可以推断，其主要源头是用质量投射器展开的高强度轨道轰炸,以及随后的二次创伤。"

"二次创伤?"可汗问道,"是什么?"

"尚不清楚。我们还在调查。背景辐射水平很高,此外还有其他……东西。云层遮盖率百分之百,主要由此前轰炸阶段所营造的尘埃颗粒组成。酸性残留物质。种类繁多的剧毒成分都已经达到致命浓度,密集的火山爆发覆盖了整个赤道区域。"

可汗伸展双臂。他简直不知道自己要作何感想。他心中莫名地缺少愤怒——只有麻木。他一直在等待某种遮天幻象被突然揭穿。马格努斯或许办得到。倘若任何人能够掩盖一整颗星球的真实情况,那么想必就是马格努斯了。

"生命迹象?"

塔班摇摇头。"根本不可能检测到。"

"那么我们就要下去。"

"我们办不到,大人。"

可汗瞪着他。"办不到。"他重复对方的话,将满腔轻蔑灌注在这几个字里。基因原体怎么会就此退缩?

塔班咽了下口水。"有一道屏障,位于上层大气——某种以太场,规模极大。我们已经进行了模拟。登陆船无法安全穿过,空降舱也不行。"

可汗摇摇头。"不可能。总有办法。"

"这个世界行将覆灭,大人。那种以太现象还在继续演变,或许是轨道轰炸的后果。对于一整颗星球的击杀总是会引发某些后续效应的。"

可汗看了秦夏一眼,对方始终原地待命。他在方才的交谈中一言未发。"你怎么看,秦夏?"

秦夏抬起头。"障碍位于对流层,"他仔细思虑着说,"那么下方的情况呢?"

"很难说,"塔班回答,"我们几乎无法探测到地表。"

"但以太场是局限在上层大气的?"

"是的。"

秦夏将目光投向了位于舰桥末端的那片六边形区域。由纯粹精金所打造的十八根立柱围绕着一块黑曜石地板,每根柱子上都铭刻着丘格里斯驱邪符文。可汗追随秦夏的眼神望了过去,随即点点头赞许他的提议。

"好极了,秦夏。"他说。

探测站主管还不死心,最后一次尝试劝阻他们。"情况很不稳定,"他表示抗议,"你们或许无法撤离,甚至无法进行通信联络。"

"我对你有信心,"可汗冷静地说,随后面向怯薛卫队,"准备好了?"

秦夏点点头。"时刻待命。"

可汗伸手拿起华贵的金冠头盔,面甲上描绘着一幅浓墨重彩的库欧年代神龙图案。

十二名终结者迈着沉重脚步走下了观察露台。

"舰队呢?"已经戴上头盔的秦夏问道。

"哈希克可以胜任建立封锁线的工作。把职权信号发给他。告诉他要听取伊莉雅的建议——我们把她找来就是为了这种事情。"

秦夏躬身领命,可汗能听到对方头盔通信器切换频道时的嘀嗒轻响。

塔班急匆匆地跟了上来。"大人,当地空气含有大量毒素,即便你天赋超凡也难以承受。切勿摘下头盔。"

可汗敷衍地点点头,站在了传送阵中央。"多谢关心。"

"城市周围的地面很不稳定。一旦发现地壳活动的迹象——"

"你就要等待我的命令。"可汗冷淡地说,他看着秦夏和其余战士各就各位。

塔班躬身领命。"有些探测读数很……不寻常。或许可以请一位呼风唤雨者——"

"在城市中心选取一个位点。"可汗命令道,他不再理会探测站主管,径直向传送操作员发话。

"完成了,大人。"

"激活传送。"

塔班以及传送平台附近数米范围之内的其余人员立刻退后。一片噼啪作响的力场浮现在精金柱之间,将那块六边形区域环绕起来。舰桥顿时被一道由蠕动电流所组成的幕帘遮挡住了。

片刻之后,舰桥踪影全无。

一股熟悉的寒意贯穿了可汗的身躯。须臾间他仿佛悬在一条无底深渊之上。这总会让他感到一股莫名的安慰,仿佛这才是他的真正归属。

随后夺目电光就被扯走了。他察觉到铁靴下的坚实土地,品尝到面甲外的真切空气。即便经过了盔甲的过滤,一股秽恶味道仍旧扑鼻而来。

怯薛卫队环绕在他身边。秦夏与他并肩伫立。他们都已经手握武器——火焰喷射器、覆盖着干扰力场的剑刃、复合爆矢枪。

可汗的弯刀尚未出鞘。

在他面前，一片残垣断壁铺陈在昏暗天空之下。电光游走，舔舐着天边。远方传来滚滚雷霆的低吼。目力所及之处都是交缠不清的钢铁支架与分崩离析的混凝岩结构。早已被烈焰掏空的高大建筑像巨型骷髅一样林立四周，在阴郁天色里化作一幅幅剪影。尘埃覆盖了废墟中的所有事物，像灰色沙丘般随处堆积。一切都在这沉沉暮色中闪烁微光。

可汗单膝跪地抓起一抔尘埃。细小的玻璃碎片从他指间滑落。遮天蔽日的云层在头顶翻滚奔腾，不曾暴露丝毫破绽。

怯薛卫队碾着铺满地面的玻璃残渣缓缓分散开。他们盔甲的沉闷低吟与这颗星球的阴暗基调相得益彰。

可汗望向左侧。一座宏伟金字塔的残骸仍旧矗立在废墟中，它的侧面结构已经支离破碎，那副凄惨尸骨上沾满了乌黑痕迹。一台庞大的战犬泰坦仰面躺在瓦砾之间，盔甲表面遍布焦痕。它仿佛是被抛在地上付之一炬的。

这里的一切无不散发着金属焚烧的刺鼻气味。整座城市都是如此。可汗的盔甲传感器告诉他，周围的地表仍散发着普罗斯佩罗灭顶之灾的余温。

站在几米之外的秦夏转过身来。

"从何入手，大可汗？"他问道。

可汗站起身，将手中的玻璃尘埃撒在地上。

全都毁了。所有的图书馆、资料库、法器殿。倘若这确实是太空野狼的手笔，那么他们的作战力量或许并非凭空吹嘘。

"洞穴，"他回答，"他给我讲过，城市下方有洞穴。"

他深吸一口经过净化的空气，对残留其中的灰烬味道不以为意。

"我们从那里入手。"

第十五章

绘制星图
亡者之城
夜叉

也速该走进船舱之后首先注意到的就是光芒。笼罩一切的光芒在黑曜石般的墙壁表面跃动，也照映在那台机械的天线上。闪耀着电光的一股股夺目能量带着刺耳爆鸣四处游走，随后盘旋发散到上方的广阔空间里。

亨瑞寇斯朝也速该和萨文张开双臂。"这可不简单，嗯？"

三人站在那台机械的阴影里，望着上方的辉煌投影。一幅波澜壮阔的银河图景在他们头顶散发微光，不计其数的金色亮点组成了那片三十米之宽的群星漩涡。投影脉动光辉，繁星闪烁不已，那台机械的供能元件发出雷霆般的隆隆呼吼。

"一幅全息星图。"萨文有些失望地说。

"一幅大得见鬼的全息星图。"颇受冒犯的亨瑞寇斯回应道，"你知道这家伙要耗费多少能量吗？"

也速该漫步来到机械侧面。几枚黄铜球体悬挂在一副遍布尖刺的钢铁框架上，表面涌动着漆黑电流。"这些是什么？"

"没概念，"亨瑞寇斯迈着沉重脚步来到他身边，"不过你或许可以给我解释一下。"

"我可不是技术工匠。"

"对，我明白，但这也不是机械。反正不是我认知中的机械。"亨瑞寇斯抬起手掌去触摸闪电，而那漆黑能量却恍若无物地穿透了陶钢盔甲，"这东西是不存在的。并不真正存在。我的任何检测装置都无法读取它，但它确实具备某种功能。"

就在钢铁之手军团战士开口解释的同时，也速该便看到了对方所描述的情况。那闪电仅仅是帷幕彼端某种事物的溢落现象。这台机械深处流动着亚空间能量。

"这不可能，"也速该说，即便他的感觉与此相反，"不可能拘束在一台机械里。"

亨瑞寇斯低哼一声。"无论如何，他们办到了。你能看见，我能看见。我原本指望你可以解锁它——这显然是用来实现什么功能的。"

萨文也走了过来。波浪般的光辉洒在他的绿色盔甲上，映在漆黑如墨的护目镜里。"我不建议这样。"

也速该静下心来。他能感觉到在机械内部滚沸升腾的以太能量。他眼前的这台怪异装置匪夷所思地消解了位面之间的屏障，令其变得分外薄弱。他看着汩汩作响的冷却管道和辐射邪光的外壳符文，不禁猜想怀言者究竟是如何办到的。

"目前这只是一幅银河星图，"亨瑞寇斯在舱室里踱步，"它还有更多功能。"

萨文跟在他身后。"这是一台巫术装置。"

"我猜是的。"

"我以为你憎恨这些。"

亨瑞寇斯转过身来。"是的。我憎恨这艘船上的一切，但是你让我调查这台机械的性质，我就照办了。"

也速该抬起头望着缓缓旋转的光辉投影。那幅星图的尺度诚然可观，但亨瑞寇斯说得没错——这台机械的根本设计意图并不在此。

"我能与它沟通。"他轻声说。

萨文和亨瑞寇斯都转过来看着他。

"安全吗？"火蜥蜴军团战士问道。

"我不知道。"也速该将双掌按在机械外壳上，微微歪着脑袋，仿佛在聆听什么切实存在的声响，"我能听到……话语声。语言。就像在亚空间里一样。就像导航者所听到的。"他的手甲施加了更强的压力。"这里面有某种活物。"

"这机械是干什么的？"萨文追问，"你能搞清楚吗？"

也速该几乎能够听到那个活物的想法。支离破碎的思绪与他自己的神志擦肩而过，恰似粼粼波光般飘忽不定。

"通信装置，"他缓缓作答，"我觉得是。长距离通信，借助以太传递信息。"他抽回了双手，掌心一阵麻痒。"类似于星语者，效力更强。直接运用亚空间。

我觉得这很古老。"

亨瑞寇斯点点头。"它的建造时间的确早于这艘飞船。"

"它能帮助我们吗?"萨文狐疑地问道。

"是的,"也速该说,"它接纳了我。我可以解锁它。"

萨文满怀忧虑地走到了机械近旁的舱壁脚下。墙面上涂抹着血腥的潦草图文,其中一个棕红色的手印尤为显眼。

"这让我感觉很不好。"

"去你的!"比奥恩·亨瑞寇斯厉声说,"我们夺取这艘船究竟是为了什么?你想要找到一种穿越亚空间的手段,这就是你要的手段。但你如果打算就此抛弃——"

"我理解,比奥恩。"萨文冷静地说,"我知道我们当前的目标是什么。但是难道就没有另一种方法吗?"

钢铁之手军团战士摇摇头。"我没有找到其他任何方法。如果你不愿激活这台机械,那么我们就该立刻撤离,炸毁这艘船,另寻出路。二选一吧。"

萨文抬起头来,再次仰望那幅银河投影,默默凝视了许久。也速该能猜到对方心里的念头。

那个怀言者。他就是另一种方法。

"需要做什么就做什么吧。"最终,萨文语气沉重地说道。

亨瑞寇斯满意地退后一步。也速该凑近检视那些黄铜球体。他缓缓探出手,小心触摸球体表面。一股电流般的感觉蹿入他的臂膀。

他闭上双眼。方才出现在心灵感知范围边缘的那种话语声顿时变得愈发清晰洪亮。他能听到众多近似人声的轻柔话语在自己脑海里汇聚成一阵杂乱喧响。它们所说的内容毫无意义。那就像是婴孩口中的含混字句。透过心灵之眼,他看到一团朦胧瘴气在那台机械核心翻滚凝聚。

随后,两枚符文从那片纷乱烟云中浮现在他面前。二者都散发着猛烈的猩红光辉,其模糊轮廓如同失焦的图片。他难以直视。

他选择将思维探向左侧的符文。那喧嚣的话语声随即略微消减,机械内部传来一声嘶鸣。

"啊,"亨瑞寇斯说,"好,这确实有些用处。"

也速该睁开眼睛。那幅银河星图上如今覆盖了一张由奔涌光流所组成的繁杂大网。它看起来仿佛具有生命，就像是生物体内的血管脉络。诸多星球被不同的亮度加以区分，它们各自搭配的符文标志属于某种也速该并不认识的语言。网络之下的茫茫星海在一些位置显得斑驳褶皱，另一些位置则清晰平整。

"是亚空间路线，"亨瑞寇斯激动地说，"导航者的通道。肯定是——那是核心网络。"

也速该的目光追随着那些晶莹涡旋。"我同意。那些星球——那是泰拉，那是寇其斯。"

数不胜数的亚空间通道蜿蜒分叉，就像是被淤泥阻塞的河口三角洲。鲜有平直延伸的路径，大多数都在凶恶风暴中走到了终点。

"奥特拉玛那边是什么？"萨文指着一片规模格外庞大的风暴，银河西南部已经被它彻底吞没。

"他们被切断了。"亨瑞寇斯说。

"就算现在还没有，很快就会了。"也速该表示同意，"而且不仅仅是他们。看看泰拉周围，还有琼达克斯周围的屏障。"

当他的目光落在可汗率军奔赴的那个星系时，也速该注意到了风暴的干扰程度之深。那里的亚空间屏障显得颇为古怪，几乎有着规整的形状，仿佛是刻意为之，而非始于以太动荡。无论风暴的真正源头是什么，那个星系显然已经被彻底切断，不过此时此刻风暴周围似乎开辟了一条条道路。

"如此说来他们能看到亚空间风暴的状态，"萨文说，"很有用。"

"这种机械究竟能有多少台？"亨瑞寇斯问道，"赫西俄德号上并没有类似的装置。它还有什么功能？"

也速该微笑起来。对于机械的痴迷算得上是亨瑞寇斯最讨人喜欢的特质。"很多。"他说着将心灵再次导入装置内部。他的思绪探向第二枚符文，让另一片细密脉络覆盖在银河投影上。等到他重新睁开眼睛的时候，方才浮现的图案已经凝聚成了清晰可辨的标志。

"熔炉在上……"萨文轻声说。

也速该起初并不明白对方的意思。随后他才渐渐看懂了那些图案是什么。"军团徽记。"他说。

亨瑞寇斯点点头。"战斗群、远征单位、作战舰队、静止阵形，"他摇摇头，

"他们知道得太多了。"

他们并非无所不知。泰拉附近没有任何记录,某些军团的行踪也完全无迹可寻,例如,暗鸦守卫和暗夜领主。无论如何,他们所掌握的情报之详细和全面实在令人心惊。圣血天使的轨迹被标为红色——他们似乎正在径直赶往一个位于银河东部边疆的星系。极限战士困居在他们的星海国度里,而怀言者与吞世者的浩荡大军则轻易穿过亚空间风暴直取其要害。

"基里曼知道这些吗?"萨文惊恐地喘息道。

亨瑞寇斯神色严峻地摇摇头。"恐怕不知道。他想必与我们一样茫然。"

细节情况并不完善。有些徽记仅仅散发着柔和微光,仿佛那台机械所采用的数据是不完整或不可靠的。整幅画面更像是一份年代久远的手稿,而非数据板上的报告——图案格外绚丽,符号暗藏深意。有些标志完全无法解读,另有一些则闪烁不清,时隐时现。

纵然如此,也速该还是从未见过如此完整全面的银河概况。

"他们是如何办到的?"萨文问。

"没有什么扫描站具有如此大的覆盖面。"亨瑞寇斯说。

"同意,"也速该说道,"他们运用了亚空间。舰队在以太之中航行,那里的原住民自然对它们的行踪了如指掌。"

也速该望着琼达克斯星区。它空空如也。在那里宣泄怒火的亚空间风暴显得支离破碎,仅仅是一场炼狱大火的残存余烬。

"这不足以解释,"萨文轻声说,他转身看着也速该,"这不可能。他们不可能轻而易举地掌握这些情报——否则整场战争早就结束了。"

也速该点点头,他的目光追随着一条由琼达克斯延伸出来的轨迹。他似乎能在余光中捕捉到一些丘格里斯符号的零乱印象,立刻将心灵聚焦于此。"还需要另外一些。"他心不在焉地说。

亨瑞寇斯嗤笑一声。"需要祈祷和发愿吗?"

"不要嘲弄。"也速该说,他凝视着一条指向银河外围的迂回路径。莫非要返回丘格里斯?想必不是的。

萨文小心翼翼地走向那些黄铜球体。"呼风唤雨者,"火蜥蜴军团战士谨慎地说道,"让这台机械保持运行是否明智?"

也速该再次听到了嘶鸣声,匆忙将思维重新聚焦于现实。他扭过身去,发现球体迸发着刺眼的黑暗能量。

"不，或许并不明智，"他说着把意念重新探入机械核心，"我们已经看够了。"

他的心灵返回仪器内部，前去寻找那两枚在虚妄云雾中散发光辉的仪式符文。他动手终止其运作，第一枚符文立刻没入黑暗之中。

嘶鸣声愈发响亮。他依稀看到一双眼睛从翻滚瘴气深处缓缓浮现。此前他只有在幻景里遭遇过类似的眼睛。他的心脏开始狂跳。

他探向第二枚符文，借助心灵将其关闭，将其封锁，就像用手掌攥灭蜡烛火苗。

它不愿消失。它继续散发着猛烈而夺目的熊熊火光，随后慢慢旋转过来，面对也速该。

"快关掉。"他能听到萨文的声音，但对方显得遥不可及。

也速该集中心力。第二枚符文固执地停留在那里。它周围的缕缕轻烟开始凝聚固化，在真伪难辨的幽暗云雾里组成了某些模糊形体。一个声音从不绝于耳的絮絮低语中脱颖而出——某个充满了癫狂兽性的独特声音，仿佛正在撕开层层叠叠的沉重阻力来追捕猎物。

"快关掉！"萨文高喊。

也速该对于房间周遭的情况一无所知。他的心灵深陷于机械内部的亚空间装置不能自拔。一张面孔在他眼前的朦胧泥淖里浮现——脸颊狭长、额头突出、遍布骨刺、鲜血淋漓，仿佛是从人类梦魇中萃取而成的。

它和也速该四目相对，那双眼睛倒映着数百万个世界上的一切苦难和惊惧。也速该想要抽身而去，但他办不到。那个怪物已经看见了他。

它的恶毒双眼眯了起来。它的闪亮血肉固化成形。

它露出一道猫捉老鼠般的残忍微笑。

丘格里斯的子嗣从来不惧死亡。在人类之主降临以前的日子里，死亡无处不在——无论是血仇争斗、荣誉击杀、荒野狩猎，还是饥渴、寒冷与疾病。平原人民从容不迫地接受死亡，既没有满怀怨恨，也没有大张旗鼓。他们不会为亡者立一座座碑牌陵墓，仅仅将尸首留给鸟兽啃噬与狂风磨蚀。

可汗接纳了寄养家园世界的一切习俗，对于死亡的看待方式也不例外。

他的少年时期异常短暂，但他仍目睹了上百次死亡。他成年之后的生命包含了更多的血腥经历，其中大部分都是他亲手所为，他同样冷淡超然地去看待。他从来不曾哀悼——万事万物皆有一死，这是颠扑不破的宇宙真理。

根据传言，基因原体同样难逃一死。就连神祇也不例外。

即便如此，马格努斯用玻璃和水晶搭建而成的晶莹城市如今沦为了废墟，这幅景象仍令人目不忍视。可汗踩着一层层银灰尘埃，望着阴沉天空里的厚重乌云从昔日楼宇的焦黑残骸上方卷过。时刻不曾停歇的暴烈闪电在北方的遥远天边闪烁，仿佛是一条条舞动摇摆的时空裂隙，暴露出分外荒诞的另一个现实。偶尔响起的深沉雷鸣如同节律尽失的心跳声，属于一个即将从覆灭剧痛中解脱的濒死星球。

怯薛卫队在可汗身边分散开来。他们与领袖一样谨慎前行，穿着骨白色盔甲的轮廓恍若黑暗中的鬼魅幽影。普罗斯佩罗的尘埃已经开始依附他们，玷污他们，让金白两色的战甲染上了点点斑驳。

终结者手中那些包裹能量的利刃闪烁着淡蓝光辉。他们的复合爆矢枪时刻将前方区域覆盖在火力范围之内，武器的瞄准矩阵伴着低吟在模棱两可的疑似目标之间犹豫不决。提兹卡——曾被马格努斯骄傲地称为光之城的地方——已经灭亡，这里残留的一切都只是虚妄幻象。

可汗一马当先，右手轻轻提着弯刀。带有皮毛镶边的长斗篷僵硬地垂在他身后，附着在上面的灰烬将其染得点点乌黑。前方道路在他的头盔显示屏里被赋予了虚假的色彩，然而这幽暗环境的压抑气氛却丝毫不得消解。遮天蔽日的云层不露一点破绽，他们简直像是在某座巨型巢都尖塔的肚肠里前行。

"前方有动静。"一名怯薛终结者突然在小队通信频道里说。

秦夏举起手甲示意战士们止步。"具体情况。"

那位终结者愣了一阵。"不，没什么。"他回答，"假信号。"

同样的事情已经发生过很多次了。充斥大气层的严重辐射与强烈干扰让传感器信号变得一团糟。

可汗继续前进。他依稀辨认出了一些建筑的轮廓。众多参天高塔俯视着这些披挂铠甲的身影在自己脚下匍匐——如今它们已经变成了朽败残骸，一堵堵焦黑如炭的墙壁之间仅仅剩下闷燃的瓦砾。他在满目疮痍中捕捉到了很多旧日的纹章与徽记：人类帝国的标志、普罗斯佩罗的眼睛图案，以及代表着上古学识和神秘奥艺的种种符号。

"更多的尸体。"秦夏说道，此时他们正沿着一条漫长的大道走向城市废墟的核心位置。

可汗已经注意到了。其中大多是凡人的遗骨，已经被某种可怕的武器将皮肉全部剥离。一些盔甲也埋藏在尘埃中：圆顶头盔、肩甲和战靴。

相比之下，有些尸体要庞大得多。陶钢远比壳式护甲更为坚韧，很多猩红色的甲胄部件仍旧完好无缺。第十五军团的光明徽记点缀着金色或碧蓝的镶边，在有毒沙尘的无情蚀刻下渐渐抹消。

"还有这个。"秦夏迈步走向一把半埋在沙堆里的长柄武器，他拎起那件兵刃，甩掉了沾在上面的灰烬，"我见过类似的武器。"

可汗也见过。那柄金光灿烂的武器上铭刻着星座与月相的图案，其尺寸巨大，绝非凡人可以轻易搬动，更遑论运用。长柄末端的乌黑戟刃一度包裹着干扰力场，固定在刀锋后方的爆矢枪曾在开火的后坐力中颤抖。

"禁军。"可汗说出了众人心中所想。

"但他们是站在哪一边的？"秦夏仍不死心地问道。

"你很清楚，秦夏。"可汗说着继续前行。

他不愿真的相信这些。他对鲁斯一向抱有复杂的看法：对于那位战士的尊敬；对于那种自吹自擂和双重标准的厌倦。然而目睹鲁斯的所作所为，亲自证实星语者传达的惊人信息，这就完全是另一回事了。可汗发现，摆在自己面前的冷酷真相实在是一壶苦酒。

可汗的靴子踢在一块铁灰色的胸甲上，让它铿锵作响地滚了出去。和其余所有物体一样，那盔甲部件饱受风沙磨砺，显得了无生机。他尚且能够辨别出很多棱角分明的芬里斯符文铭刻在弧形的陶钢板上。

"什么都没有，"紧跟在可汗身后的秦夏嘀咕道，"没有活物。"

秦夏的语气足以表明，他认为事到如今已经没有必要再踯躅于此了。毫无疑问，他正在考虑面前景象所代表的意义、下一步的行动方向，以及他们即将与之交手的敌人。

可汗放慢脚步，仔细聆听。他眨眨眼关闭了盔甲的声音过滤器，让经过强化的听觉免受阻碍。

除了终结者盔甲动力单元的沉闷低吟，以及武器干扰力场的噼啪轻响之外，他似乎捕捉到了某种转瞬即逝的异常声音。

好像是……嗡鸣。

"我知道我们在什么地方了。"他望着周围众多建筑废墟那些锯齿般的残破轮廓。在左侧，一座宏伟金字塔的凄凉骸骨拔地而起，即便它早已倾覆，却仍有数百米之高。几块覆满尘埃的玻璃板依然残留在框架里。透过邻近墙壁的破洞，他能看到另一条与脚下路径近乎平行的大道。"八十一条放射式街道。简直荒谬。"

"都是通往什么地方的？"秦夏问道，他双手各持一柄刀剑，头盔底部映着干扰力场的碧蓝光辉。

"学会圣殿，"可汗继续前进。"大金字塔、秘眼广场，所有地方。"

他们经过了更多的类似场景——扭曲、枯萎、腐朽的尸体。震耳雷霆在他们头顶咆哮不已，夺目闪电剥去了他们盔甲的涂装色泽，将众人化作灰暗鬼影。前方的街道愈发宽敞，三辆犀牛运兵车的烧焦空壳瘫在一道路障的废墟旁。

"顽强抵抗，"秦夏说着扯开了一捆捆带刺铁丝网，"也于事无补。"

在数百米之外，若干条道路相互交叉。那些放射式街道如同抵达入海口的河水般交融合并，汇聚成一片宽阔的广场。当他们向边缘步步迈进时，才逐渐意识到了这片区域的真正尺度。

眼前这饱受烈焰摧残的焦黑广场铺展在雷电肆虐的天空之下，仿佛是在模仿白色疤痕家园世界的辽阔原野。或许它曾经铺有整齐的石板，具备明亮的光照，四周环绕着精美的建筑，各处都是熙熙攘攘的人群。现如今只剩下遍地残骸了——弹壳随处可见，被炸毁的车辆比比皆是。不计其数的深谷劈开了大理石地板，如同幽暗太空般漆黑无底，其中一些的宽度足以吞没凡人。一根孤零零的柱子矗立在广场正中央，在大约五十米高处断开了。柱子底部的基座上仍旧残留着一些尚可辨别的石雕形象——某个身穿长袍的女性被一位披挂盔甲的独眼巨人托举起来。

可汗穿过广场向那根立柱走去。在秦夏的率领下，怯薛卫队默默分散开，跟在原体身后。

随着可汗步步前行，他脚下的地面显得愈发脆弱，仿佛这只是蒙在虚无之物上的一层薄薄外皮。

像蛛网一样密布四周的裂纹从那些深谷边缘蔓延开来，如同一根根纤细的手指般刺探着地面。这里想必是昔日炼狱灾难的核心所在。或许整个星球的地幔都遭到了重创。

随后他又听到了——嗡鸣声，就像是大群昆虫振翅的响动。

"你们有没有发现什么？"他停下脚步，站在了那根立柱的暗淡阴影里。

如今怯薛卫队已经拉开阵线，在广场上的残骸之间稳步穿行。

"没有生命迹象，"秦夏谨慎地说，"没有邻近信号。"

他的语气暴露了他的不安。无论盔甲探测器作何结论，大家都能察觉到那种声响。

可汗转过身看着一根伤痕累累的立柱。它傲然刺向普罗斯佩罗的永恒暗夜，阴沉云团在污浊天空上翻滚奔窜。

又听到了——这一次非常明显，像是漫天虫群的嘶鸣。

可汗扭转身躯，高举利刃，察觉到脚下石板开始微微颤动。他的盔甲仍旧无法探知到任何信号——没有目标，没有实体。

此时怯薛卫队也展开了行动。他们握着刀剑和爆矢枪环视四周，搜寻无形敌人的踪迹。其中一位战士开火了，那枪声显得分外刺耳。

"眼睛！"秦夏在通信频道里高呼，他猛然冲向了看似空无一物的广场远端，"关闭自动感官——用眼睛看！"

可汗眨眨眼撤销了头盔显示屏里的瞄准矩阵与环境补偿机制，在失去盔甲强化效果的寻常视野里，面前的广场顿时倍显凄凉沉闷。

这也让可汗终于看到了它们——那些庞大的节肢类躯体生有翅膀，闪烁着蓝白色的幽光。数十个诡异身影从地下浮现，仿佛是破坟而出的不息冤魂。它们没有扰动任何事物，不曾扬起哪怕一粒尘埃。它们的僵硬轮廓辐射着鬼火般的恍惚磷光，核心部分则像玻璃一样透彻清晰。

它们显得饱受摧残，佝偻扭曲，但体形仍是终结者战士的两倍。它们的胸部和腹部像蟑螂般鼓胀，残破的翅膀薄如蝉翼，分节的腿足拖在地面上。它们膨大的脑部显得分外可憎，一股邪异光辉在紧密排列的皮层褶皱中脉动，从悬挂于头颅下方的纷乱口器之间迸发出来。它们一彻底脱离破碎大地的禁锢，就摇摇晃晃地飞上天空，似乎彻底盲目而且饥饿至极。

可汗冷酷地盯着它们。

"噬灵蜂，"他说着抬起弯刀，"看来还是有东西幸存的。"

也速该的盔甲喷溅着以太能量的火花。"退后。"他举起一只拳头命令道。

在沃考达号的亚空间装置内部，那张源自梦魇的面孔渐渐浮现，始终咧嘴狞笑。也速该看到了一排排的钢针利齿、熔融铁水般的无瞳眼眸、修长的魔爪。

怪物高声嘶吼，疯狂扭动，摇摆不止。包裹在它周围的瘴气渐渐消散。那枚符文仍然处于激活状态，继续推动着机械的运行，逐步削弱位面之间的障壁。它所操纵的力量似乎在不断增强，如同一台脱离控制的过载引擎。

也速该将全部意志聚焦在那枚符文上。它在心灵之眼的视野里旋转脉动，仿佛是宇宙肌理中的一道创口。

"关闭，"他命令道，随后不由自主地改用科尔沁语重复了一遍，"关闭。"

那枚符文终于闪动熄灭，发出一阵刺耳尖鸣，如同锈蚀铁钉划过钢板的声响。

也速该睁开眼睛，松了一口气。他再次仰望那幅银河星图。

它已经改变了。万千星辰像成群结队的萤火虫一样汇聚起来。那金色光辉变得更加明亮，强烈夺目。这台装置的引擎伴随一连串的浓烟与轰鸣逐个宕机，然而闪耀光芒却毫无停歇之意，反而愈演愈烈。

萨文拎起战锤，亨瑞寇斯端着爆矢枪。

"你能关闭它吗？"火蜥蜴军团战士问道，他稳稳站在原地，凝望着头顶的盘旋云雾。

也速该用双手握住法杖。杖顶的骏马头骨喷涌雷电。整座舱室突然让人感觉封闭而潮湿，就好像一个狭小空间里生成了过高的气压。

"机械已经关闭了。"他说。

亨瑞寇斯退后一步。"显然还有什么在运行呢。"

点点星光加快脚步不断聚集，融汇成致密的团块。一声雷鸣般的轰响在空旷舱室里回荡开来，震裂了机械的外壳，沿着众人头顶的高大竖井席卷而上。

"后退！"也速该警告道，他突然意识到了面前究竟在发生什么。

夺目光辉颤抖着全部熄灭。一阵支离破碎的刺耳尖叫在他们身边回响。方才的星海投影凝聚成一粒黑点迅速下坠，凭空转化成实体物质砸落在地面上。它像蛋壳般碎裂四溅。

一个骷髅般的干瘦身影破壳而出，它的修长肢体裹着血红色的皮肤，头上长有弯曲的尖角。这怪物与也速该方才目睹的那张面孔一样拥有熔铁眼眸和钢针獠牙。它的体形比星际战士更大，动作显得生涩迟滞，却又具有匪夷所思的迅捷速度。它纵身一跃穿过甲板，像某种硕大且丑恶的昆虫般蹲伏在地上，接着径直冲向萨文。

亨瑞寇斯首先开火，但一枚枚爆矢弹似乎无法穿透敌人的表皮，只能尖啸着从怪物身上滑开。萨文挥动战锤迎头直上。

"不！"也速该高声呼吼，却来不及阻止战友的冲锋。

火蜥蜴军团战士将锤头狠狠砸在敌人的躯干上。这一击堪称完美——那强悍武器本该犁开胸膛、敲碎肋骨折断脊梁，将那怪物抛向房间彼端。然而，伴随能量迸发的尖锐爆鸣飞了出去的却是萨文，他的战锤也从掌中滑落在地。他披挂盔甲的庞大身躯与舱壁轰然相撞，砸出一个深坑，扬起的尘埃泼洒在了他身上。

那怪物猛扑过来。它的一切动作都模糊难辨，仿佛是用碎裂镜头拍摄下来的劣质影像。它落在火蜥蜴战士身旁，撕扯他的脖颈，伸出利爪钉住他的身躯，像一条终于得手的猎犬般用垂涎三尺的巨口肆意玩弄自己的猎物。

也速该平端法杖。

"塔卡利亚！"他高喊道。

像通电氖气般光芒夺目的银色闪电从法杖上奔涌而出，当头击中那个怪物。晶莹闪烁的以太光辉蓬勃四射，伏在萨文身上的敌人顿时被掀飞出去。

它嘶鸣着扑倒在甲板上，胡乱舞动起骨刺和蹄子，随后扭转身躯朝对手尖叫一声。在片刻间，也速该直勾勾地望着那张面孔，怪物脸上的恶毒恨意让他如坠冰窖。

他召唤出更多闪电，一次次击打那个怪物，促使它沿着甲板滑向这座宽阔舱室的远端墙壁。亚空间能量似乎是能够伤害那个怪物的唯一手段。亨瑞寇斯始终在开火射击，他将整支弹匣的全部弹药都倾泻在了敌人的躯体上，然而对方毫无损伤。

萨文依旧瘫倒在地，伴着汩汩血声挣扎喘息。也速该不敢松懈，步步紧逼，让以太威能如同一股滚烫洪流般在自己体内汹涌奔腾。

"放逐！"他用哥特语咆哮道，"退散！"

接连而至的电流鞭挞着焦黑冒烟的怪物皮肉。它狂怒挣扎，痛苦嘶号，在甲板上翻滚扭动。它长着尖角的头颅和密布骨刺的脊背上火花喷溅，电光四射。也速该进一步提升灵能的威力，倾尽一切向敌人发动猛攻。

即便在这凶狠攻势面前，那怪物仍旧绷紧身躯，用肩背承受暴雨般的虚幻闪电，准备再次发动扑击。它蜷缩着修长的肢体，拱起带刺的肩膀，盘卷着长鞭般的尾巴。

随后它就炸成了碎片。

震耳欲聋的爆鸣充斥了房间，滔天巨浪般的熔炉焚风接踵而来。怪物的兽性嘶吼又回荡了片刻，直到最后一块邪异血肉坠落在地才终于停歇。那绵延不绝的尖锐呼号中满怀恨意。

亨瑞寇斯僵立在原地，握着打空了子弹的武器，一动不动地盯着爆炸的核心位置。这一次他哑口无言。

也速该谨慎地环视四周，此刻若是有更多怪物凭空浮现也绝不意外，但舱室已经彻底归于平静，只剩下机械运行的嘀嗒鸣响和血肉烧焦的扑鼻恶臭。

"那个，"亨瑞寇斯最终开口道，"是什么鬼东西？"

也速该不知道。对于在亚空间深处遨游的种种物体，他先前早有耳闻——那些是亘古存在的鲜活梦魇——但他从未想过自己会亲眼见到。它们本不该在现实世界中行走喘息，正如他自己无法在以太的滚沸浪潮中存活一样。

你可曾与导航者同行？你可曾见过他们目睹的事物？

"我们本不该利用那台机械，"也速该喘着粗气说，"早就知道他们堕落了。不知道堕落得这么深。"

有东西在尖叫，抓挠舰身。

亨瑞寇斯尖刻地哼了一声，但他随后的话语就被萨文的剧烈咳嗽打断了。火蜥蜴仍旧没有站起身来。

立刻感到不安的也速该匆匆走了过去，跪在同僚身旁。"有多糟，兄弟？"

火蜥蜴的胸甲被涂成了猩红。鲜血有节律地从他脖颈处的深重伤口中肆意喷涌出来，透过头盔和颈甲之间的缝隙泼洒在胸膛上。陶钢严重撕裂，工艺精美的金色装饰被齿痕打乱了。

萨文的喘息显得粗重而费力。伤口并没有闭合。鲜血不住流淌，涌过他的盔甲滴落在甲板上。

也速该伸手解开了破碎的头盔密封带。亨瑞寇斯也过来帮忙，一同轻柔地摘下了萨文的头盔。众多机械触须从他的手甲上延伸出来——微型电锯和针头。

然而看到萨文的脸之后，也速该当即意识到一切为时已晚。

火蜥蜴的黝黑面孔已经变得灰暗。他嘴唇苍白，眼神空洞。也速该尝试用手掌按压对方脖颈上的可怕创口，但鲜血立刻在他指间涌现，势头不减。

"坚持住，兄弟。"他敦促道。

萨文攥住也速该的手腕。痛苦扭曲了他的面容。

"运用你看到的。"萨文带着满口鲜血嘶声说。

"我们本不该利用它。"

萨文继续紧紧握着他的臂膀。"你看到了它的本质。运用它。"

他低垂头颅，双目失神。

也速该感觉一阵晕眩。"兄弟，我很抱歉。"

"运用它。"萨文勉强吐出最后几个字。"风暴巫师，"他痛苦地咧嘴一笑，"去找到你的可汗。"

随后萨文咳出一大口浓稠鲜血。他弓起脊背，握紧手掌，最终瘫软下去。

也速该一时间呆住了，被急转直下的事态所震慑。他从萨文的血腥手掌里抽出了臂膀。他的身体仍处于战斗状态，血管里充斥着高浓度的肾上腺素，然而他此时此刻完全不知所措。疲乏反胃的感觉缓缓接替了凶猛战意。

"梦魇，"他麻木地说，"他们释放了梦魇。"他站起身来，听到萨文的手甲伴随沉闷声响落在地板上。"就算在伊斯特凡你也从来没有见过？"

亨瑞寇斯摇摇头。"我只是听过一些……传言。"

"不再是传言了。这艘船应当被摧毁。我们必须尽快动身。"

亨瑞寇斯还跪在萨文身旁，手里拿着那顶鲜血淋漓的头盔。

"接下来呢？"他问道。

"返回亚空间。我看到了他们的目的地。"

"丘格里斯？"

"不。普罗斯佩罗。"

亨瑞寇斯抬头望着飘散轻烟的机械剪影。"既然我们知道，那么他们就也知道。他们是如何办到的？他们怎么能够准确定位各个军团的动向？"

"我不知道，"也速该说，此刻他深切体会到，这一点点知识让他们付出了何等惨重的代价，"我不知道。"

"为什么称之为'结社'？"昔班问道。

"这是传统。"托贡说着用兜帽遮住了头。

"我必须戴这个？"

"一开始需要。"

昔班面露迟疑。这件事让他感觉很尴尬，很愚蠢。不仅如此，这还有一种不可见人的隐秘作风，其背后缘由却是他仍然不了解的。

"我明白，"托贡说，"这让人厌烦。但关键在于——只要立下誓言，我们在结社内部就都是平等的了。倘若早早展露面目，你就相当于在强调自己的军衔。"

昔班看着托贡。对方的面孔笼罩在阴影里，恍若一个窃贼。就连他的疤痕都被遮住了——那是代表军团的标记，是让他们与众不同的符号。"这是一场小规模集会？"

托贡点点头。"不会大张旗鼓的。他们会很高兴看到一位新成员。"

"究竟有多少个结社？"

"在整支军团里吗？我不知道。我觉得很多。这十分契合战士精神。有人告诉我说荷鲁斯之子的四分之一都是结社成员。我不知道是不是真的。"

"你怎么可能知道？"

"是啊。准备好了？"

昔班戴上了兜帽，心里有种微微的荒谬感。托贡走向舱门，按动开启符文。房门立刻滑开，展露出一间昏暗舱室。五六个身影站在那烛光闪烁的房间里。

昔班跟随托贡走了进去，其余结社成员纷纷让开位置。房门嘶声关闭。

"幸会，兄弟，"站在首位的结社成员说道，"你带来了新人。"

托贡躬身行礼。"这是一位功勋卓著的战士。"

昔班站在了自己的位置上。周围的一张张面孔只是略加遮掩——他如果愿意仔细观察的话，或许能推测出其中几人的身份。空气中飘着一股怪异的甜腻气味，像是附近燃着熏香。所有披挂长袍出席集会的白色疤痕都全副武装——这是在封锁线建立之后的行事规章——因此他们显得格外笨重，比例失调。

"幸会，陌生人，"发言者说，"你有意加入。"

"我有意旁观。"

"这样可以。我们毫无隐瞒。"

你们都戴着兜帽！

"抉择之时已经步步逼近了，"发言者转向其余成员继续开口，"很多问题得到了解答，一些情况得到了澄清。与之前不同的是，我们终于可以把事情挑明了——你们都已经看到下方星球的景象。还有谁能质疑战帅麾下星语者发来的信息？分裂确实发生了，兄弟们，大可汗一直以来都这样警示我们。现如今我们必须选择一方。我们的任务在于确保第五军团维持其纯正目标。"

昔班仔细聆听。原来如此——这远不是持身中立的兄弟会，而是拥护荷鲁斯的派系。他们如此明目张胆让他有些惊讶，但或许只是他过于天真了。

他能察觉到站在近旁的托贡绷紧了身躯，仿佛是担心昔班面对当前事态会作何反应。那位泰拉裔可汗盼望他加入结社的心愿十分真挚，几乎令人感动。

他们确实笃信这一切。

"我们始终维持着联络，"发言者继续说，"忠于正道的兄弟军团已经作出了回应，我们的行动窗口越来越小。我们在整支舰队中进行着积极准备。我们必须尽快就绪。"

发言者的嘴巴并没有被兜帽的阴影所遮盖，他露出一道和善的微笑。

"他们要来了，诸位兄弟。他们要来普罗斯佩罗了。"

第十六章

洞穴

重生

阴魂不散

噬灵蜂。

可汗曾经听马格努斯讲过，但对方所描述的是有血有肉的真实存在。普罗斯佩罗自古以来就饱受亚空间的影响，噬灵蜂正是那段怪异历史时期的产物，它们在这个美好祥和的世界上肆无忌惮地吞食凡人的心灵。因此千子对噬灵蜂大力猎杀，将它们尽数驱逐到了远离璀璨尖塔的偏僻荒野里。

如今，它们与这颗星球上的所有事物一样，也变成了不得安息的幽魂——变成了过往怪物的虚影。然而和其余遭到灭绝的生物有所不同的是，它们尚且残留着昔日的些许意念。昆虫状的可憎身躯依旧悬浮在半空，令人厌恶的肿胀头颅依旧脉动着欲壑难填的亚空间能量。它们的口器嘀嗒作响，一如既往。它们的宽大翅膀依旧急速扇动，鼓鼓囊囊的腹部末端依旧探出一根颤抖不已的弧形钉刺——只不过它们如今变成了闪烁微光的透明轮廓，是往日那些超自然掠食者的灵能倒影。

它们从广场的四面八方纷纷浮现，毫不费力地穿透石板，用一簇簇复眼扫视周围。

怯薛卫队立刻用复合爆矢枪开火，子弹轻而易举地洞穿了怪物的身躯。然而这并未造成任何伤害，仅有的作用似乎就是吸引了噬灵蜂的注意力，让它们向枪声的源头会聚过来。

可汗朝最近的敌人发起冲锋，他纵身跃上半空，用手中弯刀直指怪物头部，打算将其一击斩落。

利刃并未触及任何事物。惯性让可汗迎面扑进了噬灵蜂的鬼魅躯体，一种透骨奇寒顿时涌入他全身。他的心脏疯狂跳动，胸膛感觉一阵紧绷，耳朵里灌满了奔腾怒涛般的隆隆呼吼。

他穿过怪物的轮廓摔落在地，单膝跪倒，粗重喘息。他的视野里金星狂舞。

可汗扭转身躯，勉强握住刀柄采取守势。那怪物再次逼近，始终胡乱地摇摆着。它朝可汗扑来，却误判了出击方向，一下扎进了左侧的地面里。

它看不到。

可汗喘着粗气退却几步，至今还能体会到自己灵魂所遭受的可怕拉扯。

"不要被它们触碰到。"可汗在通信频道里说，"它们是瞎的——保持距离。"

更多噬灵蜂在广场里现身，悬浮在尘埃和废墟上方。其中一个怪物似乎察觉到了近旁的终结者战士，立刻朝猎物发动俯冲。那位善战老兵名叫玛吉，曾在上百个世界浴血厮杀，立下了赫赫功勋，他用复合爆矢枪精准开火。然而子弹没有什么作用，仅仅撕碎了远方的一片废墟。

噬灵蜂也发动了攻击，它用垂挂在躯干下方的肢体紧紧抓住玛吉，抬起肿胀的腹部准备用那根钉刺。玛吉奋力反抗，将刀刃深深埋进怪物的身体——但毫无效果。噬灵蜂把一条长喙附着在他的头盔顶部，那闪耀光芒的口器尖端轻易插入了陶钢。

玛吉厉声尖叫。在长达一个世纪的戎马生涯里，玛吉从来不曾尖叫。那撕心裂肺的声音令人魂飞魄散——浸透了纯粹剧痛的呼号从他的头盔扩音器里传出，在夜空中回荡。怪物的半透明长喙可憎地鼓胀收缩，吸出一团团大脑物质。在噬灵蜂的幽魂肢体间，玛吉全身僵直，松脱了武器，开始剧烈颤动。怪物将他从地面拎上半空，一股股鲜血从他的颈甲喷溅出来。

另一位怯薛战士冲到玛吉身边，扑在战友身上将他拖了回来。另外三人向怪物发动围攻，用爆矢弹徒劳地轰击那缥缈的轮廓。

弯刀在手的可汗也即将赶到，然而他突然听见新一轮的嗡鸣声朝自己脑后迅速逼近。他急停脚步扭过头去，看到一只噬灵蜂的庞大身躯从天而降。他体会到了与方才相同的可怕寒意——好像有一只冰冷手掌缓缓握住了他的肺脏。

他出于本能地挥刀上挑，将利刃捅向怪物的膨大头颅。在一个恐怖的瞬间里，他感觉自己臂膀的血肉仿佛要与骨骼剥离，从盔甲中剔除，即将化为虚无——随后金属就触及并刺穿了某种质地蓬松的物体。

噬灵蜂仓皇退却，痛苦地敲击口器，却并未发出丝毫声响。它全身震颤，时隐时现。发现对方尚有弱点之后，可汗马上乘胜追击，抽回武器，劈向怪物的胸部。

　　这一次，利刃终于有所斩获。身受重伤的噬灵蜂轰然爆炸，飘散成令人毛骨悚然的闪耀云雾。那些迸发着夺目光辉的残片四下飞溅，伴随刺耳嘶鸣在夜幕里营造出一团能量漩涡。被冲击波扬起的尘埃在他身边厉声呼啸。恍若玻璃碎裂的清脆声音贯穿了整片广场，将方圆数米之内的石板震得四分五裂。

　　可汗脚下的大地由于爆炸而进一步塌陷，先是像水面波纹般起伏不定，接着就彻底崩溃碎裂。伴随一连串尖锐震耳的轰鸣，一条崭新的深谷在他脚下张开了漆黑巨口，将可汗连同山崩般的翻滚碎石和滑落岩屑一并吞没。

　　他试图抓住这个骤然形成的深坑边缘，稳住身躯以摆脱危机。他差点就成功了——他的手指扣住了一条狭窄的石脊，在片刻之间他以为这或许足够牢固。

　　石块随即裂成两半，让他坠入了深谷。

　　雨点般的碎石充斥了他的视野。在废墟坍塌的雷霆轰鸣之中，他依稀听到麾下战士的高声呼喊，以及更多噬灵蜂的低沉嗡鸣。

　　岩石崩塌的隆隆咆哮随后就淹没了一切声响。他在这幽暗模糊的地底世界里急速坠落。有那么一刻他感觉这仿佛永无止境——某种通往亚空间的门扉已经在普罗斯佩罗的焦土下方开启，将他吞入虚空的深渊巨口——接着他就撞上了坚实的物体。

　　他沿着一条不知何物的坡道磕磕绊绊地继续下滑，被不断砸落的建筑残骸掩埋得越来越深。他的头盔努力应对这一片漆黑，可还是难以辨别当前所处的位置，只有天旋地转的一片模糊景象。

　　他在碎石的碾压下缓缓停止坠落。塌方又持续了一阵才结束。

　　他胸口以下的位置都被掩埋了。他背后的石壁感觉颇为牢固，其余的一切则十分松散脆弱。他尽量稳住身躯。

　　他下落得很深。他的头盔显示屏里满是杂乱信号，无法提供任何数据，他在上方望不见这条深谷的裂口。他觉得自己楔进了两块坚不可摧的巨石之间。

　　"秦夏。"他说。

　　没有回应。

　　他小心翼翼地抽动臂膀。弯刀从四散岩屑之间现身，在坠落过程中他奇迹般地始终握着兵器。

他的头盔视野逐渐稳定下来。模糊不清的灰色线条描绘出了附近的环境，他谨慎地转动脑袋环视四周。

众多隧道朝各个方向蔓延开来，在黑暗中自然而然地蜿蜒扭曲。一些已经被碎石填满，另一些则尚有空隙。他能在远方看到若干根暗淡光柱，无疑代表着更多通往地面的深谷。

他周围的岩层被各种石穴和隧道贯穿，如同蜂窝一般。他右侧延伸出一条幽深裂口，仅仅比头部位置略高，十分狭窄。他能听到远处碎石洒落的轰鸣声在这地底世界里回荡。

"秦夏。"他再次尝试联络，同时小心翼翼地从坍塌残骸间脱身。碎石不断滑动洒落，挤进他周围的裂缝里，又被他一块块地扫开。

还是没有回应。通信频道里充斥干扰。

他所处的空间燥热而沉闷。他只能勉强活动双臂，被迫弓身前进。

他抬起头来。地底洞穴蜿蜒曲折，方才让他坠落至此的那条坑道就在几米之外却已无从辨别了。他审视着上方的地形，伸手试探着寻找可攀爬的地方，想看看自己有没有可能沿原路攀爬上去。

石块一触即碎。更多细小残骸倾洒下来，敲打着他的盔甲。

没有可能。

他又一次检查通信器——没有信号。他接下来检查了近距离扫描、寻敌系统和威胁指标，全都一无所获。

可汗踢开了脚边的最后一些碎石。他可以暂且沿着右侧的那条裂口前进，那毕竟是个行动方案。在充满了陷坑和深谷的地底世界里，那或许能够引领他有所收获。

他来此寻找洞穴。他确实找到了。

秦夏试图后撤，然而像波浪般起伏动荡的混凝岩地面让他立足不稳，险些摔倒。

"大可汗！"他在小队通信频道里咆哮，同时奋力对抗脚下大地的晃动与震颤。

整片区域逐渐分崩离析，崭新的裂谷比比皆是。一股甲烷从几米之外的地面缝隙里喷涌而出，立刻引燃成了淡蓝色的火丛。广场中心的那根立柱也开始浮现裂纹。

怯薛卫队的战士们在同一时间齐刷刷地冲向那条深谷，对自己脚下的龟裂大地毫不在意。噬灵蜂始终维持着凶猛攻势——方才那只同类湮灭时的爆炸似乎让其余怪物陷入了狂乱。

玛吉已经死了。他身上并没有明显的伤口，大批噬灵蜂依旧群集在他周围，前去援助玛吉的那两位战士被迫后撤，他们已经不再将弹药浪费在虚无的怪物身上了。

当秦夏冲到那条吞没了可汗的幽深裂谷旁边时，更多噬灵蜂已从四面八方逼近了，它们微微晃动着身躯，以那种精准莫名的诡谲杀意径直朝他飘来。

借助盔甲伺服系统的推动，秦夏飞身扑向最近的敌人。他效仿可汗，挥剑直取怪物翅根与胸部的衔接处。他的利刃不偏不倚地穿透了目标，与此前一样击杀无效，他的臂膀没入噬灵蜂的鬼魅躯体，顿时感到一股冻结身心的寒意。

噬灵蜂锁定了他，将触须探向这个仍旧在移动的目标。秦夏落回地面摆脱了纠缠，那超自然的冰冷感受让他苦不堪言，疯狂跳动的心脏简直要不堪重负。他的心灵显得分外迟缓，就好像他的存在本质渐渐从躯壳中被抽离出去了。

噬灵蜂俯冲逼近，发出贪婪的嘀嗒声响。秦夏手脚并用地拉开距离，徒劳无功地挥动武器。可汗确实伤到了怪物，然而他的成功难以复制。

地面再度剧烈起伏，一股长矛般的闪电抽打在那根断裂石柱顶端。隆隆轰鸣从地下传来，在广场上震开了更多裂谷。又一位怯薛战士发出剧痛呼号，像玛吉一样落入了怪物的魔掌。

我们毫无还手之力。

"后撤！"秦夏不甘地咆哮道，同时步履蹒跚地躲避敌人的攻势。噬灵蜂始终穷追不舍，其行动方式与此前一样杂乱无章，似乎依赖某种并不完美的灵能感官指引自己。

其余战士并没有立刻服从指示。即便怯薛卫队有着严明的作战纪律，但让他们离开大可汗陷落失踪的地方毕竟与他们的忠诚天性背道而驰。战士们穿过起伏动荡的地面，尽可能避开噬灵蜂的攻势，争先恐后地赶往那个吞没了基因原体的崩塌裂口。

这恐怕是自寻死路。又一只怪物出击得手，紧紧攀附在冲在前面的战士身上，引来那种已经令人愈发熟悉的剧痛尖叫。更多噬灵蜂涌向受害者的麻痹躯体，一条条幻影触须刺入厚重战甲，如同手指穿透水面那般易如反掌。

　　"后撤！"秦夏再次命令道，他朝广场远端稳步退却。残余的怯薛卫队终于跟了上来，他们碾过遍地碎石，奋力抵抗那些幽光闪烁的猎食者所发动的疯狂侵扰和无情追杀。

　　战士们集结在一处，面对不断逼近的成群鬼魂，向位于广场边缘的一片废墟展开撤退，那座被炸弹掏空的建筑朝他们张开了漆黑巨口。噬灵蜂如影随形，除了不知停歇的低沉嗡鸣之外它们无声无息，依旧像是彻底目盲那样摇摇晃晃。

　　秦夏扫视附近的地形。掩体到处都是，然而在那些穿墙而过的怪物面前恐怕毫无用处。它们的视觉显然是受损或丧失了——如果战士们能够成功摆脱追杀，或许尚可展开迂回包抄，重新赶往那条深谷的边缘。秦夏的近距离探测器已经丢失了可汗的信号，通信频道里也静默无声。

　　幸存的九名怯薛战士终于踏出这片废墟。其中一位终结者战士——根据肩甲上的击杀记录来判断，那应该是居玛——在跨过广场边缘的时候不幸被怪物抓住。他的战斗兄弟们立刻前去支援。

　　"不！"秦夏喊道，纵然这命令让他痛彻心扉。"不要分散。不要停下。"

　　战士们服从命令，继续向残破高墙的阴影撤退。在众人身后，居玛的凄惨声回荡于废墟之间。他们钻进建筑深处，撞开陈旧扭曲的门框，冲破歪斜将倾的墙壁。

　　秦夏心中闪过一连串的念头。没有什么能够伤害它们，没有什么能够阻止它们。他惊恐地开始猜想，关于太空野狼的消息或许并不属实——或许恰恰是这些怪物让整颗星球沦为废墟，将胆敢与之抗衡的防御者尽数剿灭。

　　他们冲进一座曾经拥有拱顶的宏伟大厅。屋顶上的钢条仍旧指向天空，大多已经像断骨般从中折为两截。一面宽大旗帜挂在倾斜的旗杆上，那僵硬残破且覆满尘埃的布料依稀展示着马格努斯的眼眸徽记。房间远端矗立着一堵勉强算是完整的墙壁，表面尚且保留着几处大理石雕饰。大块的石料与钢铁在地面上星罗棋布，组成了天然的防御工事。凡人与星际战士的尸体四处横陈，早已裹上了尘埃。

秦夏停住脚步。剩余的怯薛战士集结到他身边，在这片废墟工事之间组成了一条残缺不全的防御阵线。他能听到复合爆矢枪重新装弹的铿锵响动。

噬灵蜂紧随而至。它们径直穿过墙壁和廊柱而来，就像亚空间航行一样留下晶莹闪烁的轨迹。它们的不洁光芒泼洒在这片阴影笼罩的废墟里。

秦夏高举兵器。对于面前的怪物而言，剑刃似乎是比枪炮更为有效的杀伤手段。大可汗就成功制敌了。或许技巧是关键所在。

几十只噬灵蜂悬浮在半空包围过来，像水母般透明虚幻。

"为了大可汗。"秦夏低声说道，准备迎接灵魂的考验。

突然间他察觉到一股迅速积聚的强悍力量。片刻之后，整座房间就被灿烂光芒彻底淹没。冲破地面而来的汹涌火柱吞没了每一只噬灵蜂。

那些怪物在辉煌夺目的紫红色火风暴中痛苦哀号，徒劳挣扎。它们逐个炸成碎片，伴随尖厉轰鸣震裂了下方的地板。凶猛烈焰继续扑向各个方位，高高扬起的火舌舔舐着廊柱的基座。

那滚滚热浪气势逼人，那尖锐呼啸震耳欲聋。即便整场火风暴仅仅持续了几秒钟而已，最后一只噬灵蜂也形消影散，只留下萦绕不去的哀号与若隐若现的残像。

房间里恢复了寂静。秦夏扫视四周，寻找那火焰的源头。就在此时，他察觉到一股力量在自己背后突然浮现。他转过身去，但为时已晚。

他的臂膀陷入僵直，从手甲到肩甲都被密如蛛网的能量线条死死锁定。他的两颗心脏仿佛被压在山底，他的反应无比迟缓，他的行动沉重如铅。

一把爆矢枪抵在他胸口，一个披挂猩红盔甲的身影站在他面前。对方的第三型面甲点缀着金色顶饰，造型颇为古朴，布满了千子军团的各式徽记。

"敢动一下我就杀了他。"那位军团战士高声说道，让所有怯薛战士都能听见。若干把复合爆矢枪的枪口立刻转了过来。

秦夏眨眨眼向兄弟们传输了一份中止命令。"你是何人？"他问道。

"瑞维尔·阿维达。吾辈末裔。你呢？"

"秦夏，怯薛之主，第五军团。"他低头看着那把爆矢枪，即便零距离，它也未必能够击穿终结者护甲——这位潜在的杀手实际上冒着巨大的风险，"这里是怎么了？"

那位军团战士并没有立刻作答。他凝视着将自己团团包围起来的这些洁白巨人，仿佛是在掂量手头的选择。"你们当真不知道？"

秦夏察觉到自己臂膀所受的禁锢稍稍松脱了。"我的原体在下面。"

"你们不能回去。"

"我们如何能去支援他？"

"你们不能。它们到处都是。"

秦夏心如死灰。总该有些办法。"但你能伤到它们。"

阿维达摇摇头。"就快不行了。它们曾经还会死，现在却是阴魂不散。你们究竟为什么来这里？整个世界都要分崩离析了。"

这位千子军团战士身上有一种和也速该相近的气势，一种积蓄已久等待释放的蓬勃力量。但他已经受伤了。秦夏能听到对方的粗重喘息从头盔格栅里传出来。

"我们来寻找真相。"他回答。

阿维达笑了，那笑声尖酸刺耳。"啊，真相。"

话音未落，建筑外部就传来了更多噬灵蜂成群结队扑向此处的低沉嗡鸣。阿维达垂下爆矢枪，收入腰间。

"它们很快就要卷土重来，这次我无法再阻止它们。"

"我绝不背弃他。"

"此时此刻你们帮不到他。相信我，这里是——曾经是——我的家园。"嗡鸣声不断逼近，"我能察觉到他。他还活着。你们倘若留在这里，唯一的结果就是被怪物吞噬心灵，那可没什么好处。"

秦夏朝身后瞥了一眼。透过昔日窗棂的破损空洞，他已经能看到茫茫虫群的邪异光辉了。它们很快就会蜂拥而来，猎捕灵魂。

"那就带路吧，"他低吼一声，在心里品尝着失败的焦灼，"带我们找一条生路。"

也速该带着阴沉情绪走向勒达克的牢房。亨瑞寇斯对萨文基因种子的回收过程很难说干净利落——他毕竟不是药剂师。那简直像是对火蜥蜴战士的进一步玷污。

萨文本不必死。他的牺牲要归咎于鲁莽妄为、高傲自负，以及对于知识的盲目欲求，而这些恰恰是也速该曾经向阿里曼警告过的。

他大步前行，凡人船员匆忙让开道路。他们正在清空这艘战舰。几台沉思机被转移到了赫西俄德号，但除此之外的大部分物品都要留下，同时也包括隶属怀言者的所有凡人船员。也速该踯躅得越久，这个地方就越让他坐立难安。

恶魔，就是这个词，直到那场遭遇过后他才想起了这个哥特语的说法。科尔沁语的对应词汇是妖魔或夜叉，它们偶尔出现在一些支离破碎的古老故事里，侥幸逃过了统一年代对于旧日传说和愚昧恐惧的全盘抹杀。

然而它们并没有销声匿迹，从未真正遭到抹除——只是披上了一层先进科技的伪装罢了。

萨文不该落得这等下场。也速该原本盼望能和他并肩奋斗，目睹他与沃坎重逢，见证他信念成真。也速该早已想象到了届时的情景：萨文会默默躬身行礼，接受几句言简意赅的赞许，之后就返回到工作岗位上，继续砥砺前行。

倘若整个帝国都是火神信条的坚定追随者，那么腐化就永远休想扎根发芽。

他来到牢门前，守卫们警觉地看着他。

"离开。"他吩咐道。

他们面面相觑，随后又仰视他。

"大人，我——"其中一人开口道。

"离开。"

也速该等到守卫彻底走远之后才打开了牢门。他踏入房间，照明灯闪动着点亮了，将冷冽凄凉的光辉打在那位挂在墙边的囚犯身上。

勒达克睁开双眼，再次露出微笑。"又来了，巫师？"他问道，"另一个呢？"

"他不来了。"也速该说着将牢门紧紧关闭。

怀言者军团战士直勾勾地盯着他。"你想知道什么？"他问道。

"不想知道什么。"也速该并拢双掌，感觉到逐渐积聚的以太能量开始隔着装甲刺痛手心。

勒达克认命地点点头。"我一直在想你们什么时候会动手。"

也速该轻蔑地看着对方。"萨文是一位优秀的战士。我欣赏他。我觉得他恐怕并没有真正理解事态的转变。"他站在勒达克面前，高举双手，"一切都转变了。这艘船即将灰飞烟灭。你也是，勒达克。"

怀言者军团战士目不转睛地盯着他。这个囚犯的面孔仍未痊愈，还覆盖着一层遍布脓液的厚厚疮痂。

"当真没有问题了？"他问道。

也速该摇摇头。

"再也没有了。"他回答，整座牢房随即被烈焰填满。

可汗沿着隧道继续进发，准备翻越一块高度及腰的障碍物，钻向前方的狭窄缝隙。他的盔甲与岩石相互摩擦，刮下大片尘埃。他能听到自己的呼吸声在头盔内部回荡，显得格外粗重沉闷。

隧道里燥热不堪。石壁将他紧紧包围起来，迫使他佝偻着身躯。他至今只能不断下行，即便他数次尝试寻找通往地表的路线。

广场下方的环境十分怪异——千疮百孔的岩层里充斥着不计其数的通道和石穴，全都狭窄难行，而且残留着近期活动的痕迹。铺满地表的灰烬也钻了进来。这里没有丝毫水分。有一两次他瞥见某种阴沉的红色光辉从某条深渊裂谷中辐射出来，于是就远远避开。

始终下行。有些通道缓缓倾斜，也有一些像峭壁般急转直下。

他时常停住脚步，仔细聆听，希望能够捕捉到除了自己心跳之外的任何声响，却总是一无所获。噬灵蜂并没有追猎至此——总算是件好事——但周围世界的绝对静止实在令人不寒而栗。

他翻过了障碍物，在彼端稳住身形。前方的空气似乎略显清新，头顶的石壁也上升了半米之高。

他终于得以挺直身躯，谨慎前行。绝对的黑暗将他笼罩起来，头盔的夜视功能也只能显出虚假的轮廓。隧道步步拓宽。温度也逐渐升高。

可汗又前进了大约五十米，发现远方别有洞天。一排参差利齿般的石笋构成了最后的障碍，可汗很快就成功闯入前方的石穴。

这片空间颇为宽广。洞穴顶部隐没在黑暗之中，那宏伟的拱形岩壁恍若一座埋没于地底的壮丽教堂。石厅四周悬挂着巨大的钟乳石，表面包裹着昔日滴水所沉积的矿物质。洞穴四周散布着更多的隧道入口，高高低低各不相同。岩壁十分陡峭，如同一座大礼堂般层叠上升，其中点缀着色彩斑斓的金属矿脉。这里就像是一个巨大的晶洞，任何光亮想必都会反复折射，让整片空间熠熠闪烁。现如今，他的自动感官发现这里也有一层厚厚的灰烬。

他迈向石厅中央。尘埃几乎吞没了他的脚步声。若干庞大轮廓在前方浮现。他仔细观察片刻才辨认出它们的性质。

一块四分五裂的观察透镜躺在地面上，直径足有六米。周围散落着种种黄铜仪器，无不破损扭曲。一个像雷鹰战机那样长的纺锤状结构矗立在远方，它的流线形轮廓被一条修长裂痕所打破。

可汗弯腰探查。灰烬和金属下面埋藏着很多尸体：人类死者，凡人体型。他们赤身裸体，或是衣袍都已经焚毁，只剩下枯萎皮肉和森森白骨。他在尸首与尘埃之间看到一张干瘪面孔用空洞的眼眶盯着自己。他陡然心惊，觉得那具遗骸仿佛动了起来，但只是黑暗中的幻觉。这里的所有事物和所有人都已死灭。

秦夏说得对——普罗斯佩罗已经什么都没有了。他率军来此是愚蠢之举，亲身涉险则是更为愚蠢的行为。或许他们本可以多加努力，从星球轨道上对地表展开扫描，进行远程数据采集。

他将双手撑在膝盖上，扫视四周。此刻他终于有所察觉。

一点动静。尘埃之间有一点不得安息的轻微动静。

他一跃而起扭转身躯。

他面前的某个形体像噬灵蜂一样散发着空洞虚妄的光辉。那鬼魅轮廓周围跃动着冰冷烈焰般的闪烁巫火。

与生前一样，对方比可汗略高。他的容貌一如往日，而脸上的表情却带着深重的疲惫，以及难以察觉的恍惚。他的独眼流露着涣散目光——远非昔日的无情专注。

可汗手握弯刀，哑口无言地僵立在原地。他能感觉到自己的心脏癫狂跳动，全身充斥着强烈战意。

这一切都没有必要。那个身影开口讲话，用嗓音抹消了可汗的全部疑虑。

"察合台，"马格努斯的疲惫声音伴着分外诡异的回响，"我的朋友。真高兴又见到你。"

第十七章

对抗

闯入亚空间

死路

昔班在卡吉安号的长廊里匆匆前行，走向自己的私人舱室。战舰里回荡着热火朝天的忙碌声响，凡人船员纷纷为他让开道路。他无暇理会。

他走进了房间。他的关刀架在墙上，周围是一面面典礼旗帜。他凝视着自己的兵刃，仿佛头一次注意到它绝佳的平衡性。从武器支架上垂挂下来的几幅卷轴罗列着每一个意义非凡的刀下亡魂，那一行行记录恍若他往日撰写的诗词。

看着这把兵刃，这把第五军团的标志性武器，昔班心中五味杂陈。曾经他只会感到纯粹的骄傲，而近来的所见所闻却让一切都变了味道。

他转身走开，激活了冥想台上的控制面板。全息投影操作菜单立刻浮现——昔班让盔甲系统与冥想台完成同步，调出了舰队概况数据。

"可汗？"

他扭过头看到术赤站在门口。

"我们好久没有对练了。我想或许——"

昔班从术赤旁边挤了过去，将他背后的滑动门关上。

"这是要干什么？"术赤问道。

"我很难说。"昔班回答，同时锁上了门。

术赤显得不知所措。"很难说什么？"

昔班紧紧盯着对方。"我很难说。"

术赤皱起眉头，满脸疑惑。"可汗，你还好吗？"

昔班放松下来。他不必担心遭到欺瞒。术赤性格耿直——他是一位代表着军团优秀传统的乐天猎手。

"给我讲讲你对战士结社有什么了解。"昔班说着走回冥想台旁。

"战士结社？没什么了解，说不上。"

"你知道它们的存在。"

术赤耸耸肩。"我听说过一些传言，关于其他军团里的结社。白色疤痕里并没有。"

昔班哼了一声。"有。有的是。"全息投影在他面前舞动。舰队成员的标志点缀在普罗斯佩罗周围。它们遵照标准模式组成了一条封锁线，在星球轨道上拉开间距，分散列阵。利剑风暴号停留于提兹卡上空，那曾经是整个星球最为繁华现代的地区。

术赤走到他身旁。"怎么了？"

"费姆斯的死者之一就是结社成员。他们已经发展了很多年。起初以泰拉人为主，之后扩散得更广。他们秘密会面，暗中筹划。"

"你是怎么知道的？"

"他们邀请我加入了。"昔班干巴巴地说，"他们以为我会感兴趣。按照他们的说法，我是个真正的战士。"

"谁邀请的你？"

"你记得琼达克斯的那个泰拉人吗？明月兄弟会的？"

术赤点点头。"我从来都不喜欢他。"

"我到最后对他有所改观。"

"你必须上报，告知哈希克。"

"哈希克就是成员。"昔班叹了口气。

术赤吹了声口哨。"那究竟有谁不是成员？"

"这就是问题所在。"

术赤沉思了一阵。"这个情况值得警惕吗？他们有什么图谋？"

"我们太迟疑了，"昔班说道，"大可汗太迟疑了。而他们已经作出了选择。一旦时机来临，他们就会统一展开行动，正像现在这样悄无声息。"

"我不明白。"

"他们在为军团铺设道路。他们与战帅保持着某种联络——至少在离开琼达克斯之后就开始了，甚至可能在战役过程中就进行着秘密沟通。等到大可汗返回舰队的时候，情况或许已成定局。"

"我们并不确定荷鲁斯就一定是叛徒。"

"对，这恰恰是关键所在。我们什么都不知道。"昔班转过头看了看墙上的关刀，仔细权衡是否应该带上武器，这必定引人注意，但或许能派上用场，"这个决定轮不到我们来做。否则大可汗为什么要率领我们来到这个地方？"

"他已经在地表停留很久了。"

"他自有安排。我们必须展开行动。"

"他们邀请了你，"术赤警惕地说，"他们会不会在监视你？既然他们保密了这么久……"

"需要保密的时候已经过去了。他们亮出了底牌，他们知道有什么风险。"

"可汗，"术赤将一只手甲搭在昔班的臂膀上拦住他，"哈希克是那颜可汗。你不能公然对抗他。"

"当然不能，我明白。"

"那你要怎么办？"

昔班面露苦笑。"去找一个能对抗他的人。"

沃考达号在太空中焚灭，它的引擎被炮火点燃，舰身各处都发生了严重泄漏。在二次爆炸的推动下，那艘战舰的尸骸缓缓转动。

这幅静默景象显得十分怪异。也速该站在月牙号的观察甲板上看着己方炮火施以处决，脑海里联想到了古老的净化典礼。在驱逐夜叉的仪式中，烈焰是不可或缺的成分，自从人类定居于丘格里斯以来就一向如此。

"我们准备好了，大人。"卢杉说。

也速该从观察舰窗前转过身去。卢杉立正待命，一如既往地沉静机敏。

"战舰状态如何？"他问道。

"严重受损。导航者——"

"作出了警告。是的，我明白。赫西俄德号怎么样？"

"它的状态更好一些。"

"它在落入我们手里之前想必是能够得到一些庇护的。"

近来的见闻总是让也速该难以释怀。怀言者在短短时间里就从一支投身于伟大远征最前线的骄傲军团变成了一群狂热堕落的乌合之众。他们的战舰是一个盛满了恐怖景象的匣子。勒达克临死前那副信心满满的狞笑仍旧在也速该脑海里时常浮现。怀言者对自己如今的境况大为欣喜。

萨文本不该落得这种下场。

"那么你打算下达出发指令吗？"卢杉问道。

"准备就绪之后就展开跃迁吧，"也速该说，"在航行途中确保赫西俄德号与我们保持一致。"

卢杉躬身行礼，回到指挥宝座上着手启动整套程序。也速该继续孤身站在观察甲板上，看着静默无声的二次爆炸不断撼动沃考达号。

至少他们如今的方向已经明确。那台恶魔装置为他们展现了亚空间风暴的巨大规模和凶残威力。任何航行都必定是艰险而漫长的，这一点并未改变。

荷鲁斯不仅成功劝服了诸多军团倒戈——他还匪夷所思地打破了现实的皮囊，让整个银河满目疮痍。

这是怎样的力量？究竟是怎样的力量能够撕裂天界？

想必就算帝皇也并不具有这等惊天伟力。马格努斯办不到，也速该毕生所见的任何灵能者、巫师和异形都办不到。有些疑问是他始终无法解答的。

亨瑞寇斯的轮廓在他身旁闪烁浮现。钢铁之手军团战士的全息投影与实际尺度完全相符。那套经过大规模改造的盔甲让他显得脊背佝偻，仿佛一只巨型螃蟹。

"最后确认一下，"他嘶哑地说，"你有把握吗？"

"我现在对任何事情都没把握了，美杜莎之子，但我绝不会留在这里坐等战火烧上门来。"

亨瑞寇斯赞同地低哼一声。"你知道敌人肯定也看到了投影里的那些信息。"

"当然。"

"他们想必正在赶往普罗斯佩罗，和我们一样。"

"我明白。我们的动作必须更快。"

亨瑞寇斯的笑声中带着毫不遮掩的冷嘲热讽。"顺便把我们的战舰撕成碎片。"

"那不会。"

"你是这么说。"

也速该忍让地微微一笑。"有你在，我的朋友。你自己要对你的能力抱有信心，就像萨文一样，"他转身面对观察舷窗，看着沃考达号的残骸渐渐远去，"而且有我在。我早就有野心想要找个机会引导星船在以太里航行了。导航者值得钦佩,但就算是他们也尚有学习的空间。"

比奥恩·亨瑞寇斯斜着眼看了看他,那全息投影里的头盔轮廓闪动着亮绿色的光辉。"我并不怀疑你,呼风唤雨者,但是在我们找到你的时候,你还对伊斯特凡的事情一无所知。我必须问清楚。这件事已经让很多人的忠诚受到了考验。你凭什么认为,等到我们抵达的时候,你的可汗一定会作出与我们相同的选择?"

也速该愣住了。他从来没有考虑过这个问题。

"他绝不会——"

"对,我知道——绝不会变成他们那样,但事情并不是这么简单的。我们都曾热爱荷鲁斯。费鲁斯也曾热爱荷鲁斯。我们手头的数据往往是不完整的,而等到掌握了所有数据的时候,我们脚下的道路或许早已无法扭转。"

"他会看清真相。"

"你梦到他死了。"

也速该挑起眉毛。他并不记得向亨瑞寇斯讲述过自己的梦境。

"是萨文告诉我的,"亨瑞寇斯说,"当时他很担心。你必须做好心理准备,兄弟。为我们招致这场浩劫的恰恰就是基因原体。他们是有瑕疵的神明。那么问题的关键在于——你究竟有多么了解可汗?"

这个问题差点就让也速该放声大笑。他可以告诉对方,自己与可汗相识多年,在万里无云的湛蓝天空下并肩驰骋,在行将倾覆的残破宫墙前携手奋战,如此共度了数十载的岁月。后来他们又搭乘第五军团的首批战舰步入星海,冲向光辉暗淡的银河边疆,勇闯那些闪耀着怪异能量的偏远空间。

他也能回想起可汗的焦躁不安、与泰拉的紧张关系,以及和战帅兄弟的深厚交情。

有呼必应。

"你这样讲我并不生气,比奥恩。"也速该说,"你有理由这样问。那么也容我问一问——倘若你曾经在心底对费鲁斯怀有疑虑,乃至认为他已经叛变,难道你就不会尽己所能去寻找他吗?"

"我当然会。这不是问题所在。问题在于等到我们抵达的时候,如果他已经公然倒向了战帅,你要怎么办?"

也速该无言以对。这个可能性彻底违背良知,完全超乎预期,让他实在难以为此作出筹划。

"我曾经问过萨文，"也速该说道，"他的乐观态度究竟有何根基。你知道他怎么说吗？他说是信念。"

亨瑞寇斯嗤笑一声。"我们早就把信念都抛掉了。"

"的确。"

也速该看着亚空间遮板将舷窗盖住。在亚空间引擎逐渐启动之前，他在现实宇宙里看到的最后景象就是沃考达号的覆灭火光，那是一座过度狂信之人的坟墓。

"不过，我们或许应该重拾信念了。"

"为什么降下了护盾？"伊莉雅质问道，她怒气冲冲地大步穿过利剑风暴号的指挥舰桥。

哈尔季顺从地跟在她身后。"我们目前丢失了可汗的传送定位。所以我们降下护盾，以备他需要展开紧急传送。"

"其他人呢？秦夏在哪里？"

在这座宽广舰桥的众多露台和夹层甲板里，大批船员与仆从各就各位忙碌工作。针对星球的各项扫描不断传来数据，其中大部分都超出了警戒范围。

"我们正在尽力调查，伊子。"

伊莉雅转身瞪着他。"这样可不行。这份工作不是我主动选择的，是别人安排给我的。无论你们喜不喜欢，他都已经把管理权交给了我。"

哈尔季摊开双手表示歉意。"我说了，我们正在尽力。"

伊莉雅低声咒骂一句。这整件事都傻透了——可汗肯定看到了地壳活动的数据，也知道普罗斯佩罗的对流层饱受摧残，充斥着紊乱的以太灼痕，但他还是进行了传送。在伊莉雅看来，这颗星球随时都有可能分崩离析，而舰队却依然悬停在低层轨道里，采用着松散阵形，还降下了护盾。

完全心血来潮，完全毫无章法——这恰恰是她尽心竭力想要从军团身上革除的重大缺陷。

她抬起头来，越过几层大理石平台看着高高在上的哈希克那颜可汗，对方被亲信随从、技术神甫和舰桥船员团团簇拥着。在大可汗缺席的情况下，哈希克便接管了这艘战舰，从而也就接管了整支舰队，但她并不记得有任何一份命令召唤对方借助传送前来旗舰舰桥。

"他们就像是在等待什么。"伊莉雅嘀咕道。

"你说什么？"站在她背后的哈尔季追问。

"我们是准备与友军会合吗？"她说着走到一块屏幕前，调整输入旋钮，"光卓号为什么脱离了预定位置？"

哈尔季摇摇头。"所有数据都在你手里，伊子。"

的确。所有数据任她调阅。但更重要的是，所有信息都储存在她过目不忘的脑海里。她检查并签发了部署方案，她对于每一艘战舰的预定位置、值守时长、换防安排和轮班舰船都了如指掌。

"情况有变，"她咕哝着打开了一系列详情报告，"战舰之间有人员流动。"

"正常。"

"这种规模就是不正常的。"她皱起眉头，"哈尔季，上面有没有下达过让各支兄弟会联合行动的命令，就像在琼达克斯那样？"

"据我所知并没有。"

"看看这个。"她将黄铜支架上的显示屏拉到哈尔季面前，"很多可汗在擅自行动，而且不只可汗——星矛号的穿梭机机库异常活跃。"

哈尔季不以为意。"我们航行了很久，"他说道，"我们也没有必要监控所有穿梭机的动态。"

"但我有必要去监控。"她拢起头发，调出更多数据，"应当告知哈希克。大可汗究竟在什么鬼地方？我们应该授权组建一支搜寻队伍，派人到地表去。"

"我们——"

"正在尽力，我知道。面对这些情况你还真是冷静。"伊莉雅抬头瞥了哈尔季一眼。那位白色疤痕军团战士戴着头盔，正如舰桥上的其余所有白色疤痕一样。这本身就很不寻常——他们往往在战斗即将爆发的时候才会佩戴头盔。"是不是有什么事情没告诉我，哈尔季？"

哈尔季俯视着她。对方一反常态地没有立即回应。

"伊子，我很难说。"他答道。

也穆兰那颜可汗的私人舱室兼具泰拉与丘格里斯这两种迥然不同的风格。直刃长剑和曲刃大刀交错排列，远征舰队的书面徽记旁边是科尔沁书法对它们的独特诠释。作为一个丘格里斯人，也穆兰并不像哈希克那样将血统视为重中之重。他的肤色格外深，这是因为他来自那片曾经归属皇廷治下的广袤疆域，不过他脸上的修长疤痕仍然与兄弟们的同样鲜明。

"你并不属于我的汗国。"他看着昔班狐疑地说。

两人在舱室里私下会面。普罗斯佩罗所属恒星的琥珀色光辉透过舷窗洒在库欧毡毯和契丹祭坛上。

"我明白。"昔班躬身致歉，"若不是别无他法，我也不会贸然请见。"

"哈希克是你的部族领袖。"

"这件事我不能找他去谈。"

"真的吗？我想象不出任何理由。"

"那颜可汗，军团里存在活跃的战士结社。"

也穆兰挑起眉毛。"这怎么了？"

"他们与战帅保持联络。他们汇报了我们的动向。他们图谋逼迫大可汗倒向战帅一方。"

也穆兰皱起眉头。"谁都休想在任何事情上逼迫大可汗。"

"很多可汗都牵涉其中。他们在舰队内部串通，为战帅铺平道路。哈希克就是结社成员。指挥层里的很多人都是成员。对于我来说，大人，或许你同样是成员，但我的选择实在是有限。"

也穆兰抿起嘴唇露出冷笑。"我仅仅是汗国与军团的成员。"

"他们组织严密，"昔班说，"已经筹划了很久。当大可汗归来的时候，迎接他的将会是一支时刻响应战帅召唤的军团。"

"你是怎么知道这些的？"

"因为他们想要吸纳我。他们知道时间紧迫，所以目前正在加紧行动。"

"那么他们向你透露秘密实在是大错特错。"

昔班愣了一下。"或许是的。"

也穆兰不耐烦地摆摆手。"天马行空。"他走到观察舷窗前，遥望利剑风暴号的宏伟剪影悬浮在普罗斯佩罗动荡大气层的灰暗弧线上方，"倘若果真有这种事，你以为我会被完全蒙在鼓里吗？"

"他们行事谨慎。"

"但并不是这样。"他转回身来看着昔班，"他们在你身上并不谨慎。"

"他们已经准备万全。他们自认为势不可当了。"

"那他们就更不能贸然行事。"也穆兰摇摇头,"军团向来是催生小道消息和阴谋论的温床。我曾经听说有人图谋消灭所有泰拉新兵,让军团恢复纯正的丘格里斯血统。我麾下的很多军官都认为这份计划含有切实的威胁,于是纷纷向我汇报。最终那只是一派胡言,和今天这件事一样。"

"我参加过一次集会,大人。我目睹了他们的所作所为。"

"让我猜猜。无非是大家坐在一起高谈阔论,计划发动革命,抱怨上级的拖沓,期待更多的战斗。战士们自古以来就是如此。"也穆兰看着他,"当前是一段艰难时期。我们对局势尚不了解。焦躁不安是自然的,但我们要信任大可汗。他来到这里自有缘由。他会选择正确的道路。"

"我毫不怀疑大可汗,"昔班说,"问题在于军团。有一颗肿瘤潜藏在军团的核心。"

也穆兰挑起眉毛。"肿瘤?有些夸大其词了,是不是?"

"你就不能调查一下吗?"

也穆兰神色冷峻。"不,我不能。舰队处于备战状态。大可汗很快就会归来,我必须时刻待命。可汗,现在不是一个好时机。返回你的战舰。集结你的战士。在这个充满不确定因素的环境里,我们没有必要再引发更多的乱子了。"

昔班迟疑了。也穆兰的语气斩钉截铁,不留回旋余地。他的思维被多年训练锻打成形,他立刻接受了指令。

"你能否至少留下这个?"昔班将自己在费姆斯Ⅳ找到的那枚徽章递给也穆兰。

也穆兰捏起徽章对着灯光检视。"这是什么?"

"一个信物。拜托,就算不采取任何措施,也请你留着它。"

也穆兰瞪着昔班,那颜可汗并不习惯于面对旁人的顽固请求。在片刻之间,昔班以为对方会将那枚徽章迎面抛来,但他依然站稳脚跟,坚定立场。最终,也穆兰合拢手甲,将银币握在掌心。

"你该走了,可汗。"他冷冷地说,"我已经听够了。"

昔班躬身行礼。"感谢你——"

而也穆兰已经不再理会他了。

术赤在门外等着。"他怎么说？"

昔班脚步不停，两人穿过甲板走向穿梭机机库。

"他不觉得有问题。"

"我猜也是。"

昔班没有回应。这本身就是一份渺茫的希望——也穆兰的名望并不如哈希克那般卓著。他不是军团的创始元老，与大可汗的关系没有那么紧密。或许昔班一直期望过高了。

"现在如何？我们要等大可汗回来吗？"

昔班摇摇头。"不。我们不是小孩子了。"他停下脚步，"我们还是在被动应对。我们一直在坐等其他人采取行动。是什么时候变成这样的？我们必须抓住主动权。"

"你有什么打算？"

"去利剑风暴号，"昔班坚决地说，"我们留在卡吉安号是没有影响力的。"

"哈希克已经过去了。"

"那么我们也必须过去。"

"这是抗命。"

"是的。"

术赤面露微笑。"咱们把话说清楚了就好。"

"我们要集结兄弟会，所有人。至少他们一定会对抗这种疯狂行为。"

"事情要走到什么地步，可汗？"

"你的意思是，我愿意采取什么手段来阻止这一切？"

昔班想了想静静挂在自己舱室墙壁上的关刀——正是哈希克在升格典礼上亲手交给他的。他很快就要再次握住那把武器了。

他回想着琼达克斯的最后一场战斗，回想着可汗的英武与完美——那简直就是战斗技艺的化身——他确信任何事物都望尘莫及。

他也回想起在家园世界的广袤平原上与也速该初次见面，回想起吹拂着自己头发的狂风。

正是这些塑造了他。正是这些塑造了军团。

"任何手段，术赤。"他说着继续前行，"我愿意采取任何手段。"

第十八章

猩红君王
黑鸦学派
部队集结

可汗许久都无法相信自己的感官。他始终高举弯刀，准备出击，就像与噬灵蜂交战时一样。

他面前的这个鬼魂也像噬灵蜂一样——虚无缥缈、散发幽光、朦胧闪烁，仿佛源自一台受损失常的全息投影仪。

"你究竟是什么？"他警惕地问。

幽灵显得若有所思。"我是个遗魂，"他缓缓回答，"是覆灭事物的残存幻梦。"他抬起一只虚妄的手掌，举在同样虚妄的面孔前方。"物质、思维、能量，我们已经明白，这些终究是没有分别的。"

可汗站稳脚跟直面对方。马格努斯的声音一如往日，分毫不差——格外浑厚，略带哀伤，那抑扬顿挫的声调里交织着上百种不同的口音。他的华美盔甲已经四分五裂，只能勉强挂在身上。他的披风被撕成碎片，他的长袍沾满了陈旧血迹。

"你不是马格努斯。"可汗说。

"或许不完全是，"幽灵沉思着说，"或许不是。但我们共享一个灵魂。这才是关键所在——灵魂。我能看到你的灵魂站在我面前，一如既往。缺乏耐心。满怀怨怒。没想到我还能再次与你相见。"

可汗眯起双眼。这相似程度简直不可思议——极具说服力。就连对方举手投足之间散发出来的那种气势都一如往日。这幽魂在尘埃和废墟间穿行，沉重地坐在了秘眼透镜的巨型青铜外壳上。他的重量让金属微微扭曲变形。如此说来，这幽灵还是能够影响到现实世界的。

"把剑放下吧，"马格努斯说，"你伤害不了我，而我也不打算伤害你。"

可汗垂下武器，但并未收剑入鞘。"这里发生了什么？"

马格努斯疲惫地笑了笑。"野狼来了。我们父亲的复仇怒火从芬里斯降临于此。他们也带来了寂静修女，还有瓦尔多。何等凶残之力。瓦尔多是一台冰冷的机器，而鲁斯也没有什么两样，无论他如何煞有介事地包装自己。结局来得很快。"

可汗感觉心里空空的。即便已经目睹了这里的景象，最终听到一份确凿无疑的消息仍然令他难以接受。

"我不明白，"他说道，"他们为什么要这样做？"

马格努斯深吸一口气。周围的尘埃随之微微起伏。"不必怪罪他们。他们只是履行了自己与生俱来的职责，就像嗅到猎物气味的猎犬。在一定程度上，他们对我施加惩戒也是理所应当的。我犯下了错误。早在我前往尼凯亚之前，你就对我提出了警告。你还记得我们在乌兰诺的交谈吗？当时我应该聆听劝诫，但我一向不善于聆听。我更愿意被他人聆听，很可惜。"

可汗谨慎地审视马格努斯。昔日的张扬轻狂已经被一种消沉苦涩的听天由命所取代。他的轮廓闪动不止，时而近乎彻底消失，之后又微弱地恢复形态。这幽魂般的存在始终处于寂灭的边缘，仿佛依赖着某个严重受损的能量源头。

"马格努斯，"可汗难以保持耐心，"把话讲清楚。"

"你是对的，"马格努斯继续开口，"我只能说你是对的。我本该对麾下子嗣加以约束。你并没有像我一样被迫签订契约，所以你的军团从未遭受玷污。但事实上——我们都遭受了欺瞒，所有人。浩瀚之洋绝非善类，我们在初涉浅滩的时候就已经陷入了它的罗网。灵魂越是伟大，其面临的危难就越是深重。荷鲁斯是吾辈之中最伟大的，因此他也就堕落得最深。把话讲清楚？好的。荷鲁斯已经被亚空间吞噬了。虚空能量充盈了他的躯体，腐化着他的心灵，由内而外地将他蚕食。策划阴谋者大有人在——比如艾瑞巴斯和洛加——但这终究是荷鲁斯自己的抉择。他不能把旁人当作挡箭牌，因为任何人与他相比都不值一提。"

可汗走近几步，时刻凝视着马格努斯的面孔。对方的跳跃思绪让人难以跟随——猩红君王的心灵之路向来奇异而迂回。

"我试图向父亲作出警告。"马格努斯说，"那恰恰是我的罪过，而这就是他的责罚。"他扫视这座覆满尘埃的洞穴。"这一切的背后缘由都是骄傲。吞噬了荷鲁斯的也是骄傲。你要明白，察合台，问题在于我们被塑造得太强大了。

我们放眼银河难寻敌手。我们意识到自己，也只有自己，掌握着数十亿个世界的命运。诸神安心等待，默默观察，发现了一件我们并未意识到的事实——唯有原体才能摧毁原体。只有我们才能推翻不朽的帝国，因为其余的一切都已经覆灭了。这就是洛加的说法。原初湮灭者。"他翻了个白眼，"老天，洛加有时候可真是喜欢说些陈词滥调。他或许理解了更加深刻的真理，但他仍然与我们一样沦为自身基因的奴仆。"

可汗蹲坐下来，平视马格努斯。他将刀尖拄在地面上。

"这是鲁斯干的？"他问道。

马格努斯点点头。"干净利落，正是他的一贯作风。"

"还有荷鲁斯？"

"不，兄弟。不是。"马格努斯有些不耐烦地摇摇头。"你还不明白吗？我们都只是一枚硬币的两面。大多数已经选定立场，只剩下几个人了。棋局即刻展开。这就是我的理解方式——诸神需要娱乐手段。它们想要观看对抗和试炼。它们不能允许我们击败心魔，因为那是乏味无聊的，而这些永恒存在唯一惧怕的恰恰就是无聊。我们被排成两列，逐一展开殊死对决。我并不认为它们想要看到何人取胜。我认为它们只想让我们永远地战斗下去，深陷在一场疯狂厮杀中，直到宇宙的终结。"

马格努斯再次朝可汗露出微笑。他的笑容曾经饱含暖意，如今却充满了轻蔑、自负和讥讽。

"我的新家园为我极大地拓宽了视野，"他说道，"我能够看到局势的发展。你已经是最后的不确定因素了，察合台。他们不知道你会倒向哪一边。谁都不知道，所以整个银河的目光终于落在了你的身上。"

"不要讲这种话，"可汗冷冷地说，"我从未倒向任何一方。"

"莫非你还要与所有人为敌吗？"马格努斯笑道，"我相信你确实做得出来。但说实话，面前只有两条路——你可以誓死坚守父亲的破碎山河，尽力抵挡那兵临城下的月狼，或者你可以铭记昔日的荷鲁斯，奉他号令让这个自鸣得意的帝国感到恐惧。前者是一条更忠诚的道路，但后者也未尝不是明智之选。"

"你呢？"

马格努斯略加迟疑，仿佛他从未考虑过这一点。"我？这与我何干？"他眯起独眼，"我的选择早已注定。我比任何人都清楚面前的道路意味着什么。

"你以为我心甘情愿吗？那是我几个世纪以来始终努力避免的灾难，然而我们的父亲绝非宽宏大量之辈。我和他之间已经没有回头路了。早在我打破结界，摧毁了他的神秘工程之时，就已经没有回头路了。"

马格努斯瞥了可汗一眼。

"我们挚爱的父亲可是忙得很。勾结异形种族，重建上古科技。不要以为他或者那个老谋深算的马卡多是无辜者。如今所有的选择都被腐化了，我们踏着同一条衰亡之路各自起舞。唯一的问题就是哪一方更值得追随，哪一种末日更合你的胃口。"

"不。"可汗重新站起身来，"无论你究竟是什么，你绝不是马格努斯。这不是他会讲出来的话。"

马格努斯耸耸肩。"你愿意相信什么就相信什么吧。或许我并不是马格努斯。我曾经是，这一点毫无疑问，然而如今的自我或许已经与往日大不相同了。我的一部分远在天边，盘踞在宇宙彼端的荒凉星球上。我的另一部分踯躅于此，就像是萦绕不散的腐尸恶臭。我尚且不能离开。我认为还需要一个契机。或许你就是那个契机，抑或你根本不该出现在这里。我更倾向后者——你向来难以预料。"

"我来寻找一位朋友。"可汗反感地说，"我本以为，无论发生了什么，我总是可以寻求你的明智见解。"

马格努斯显得很伤心。"你不必这样言辞刻薄，大可汗。只有我的一部分盘桓在废墟里，潜伏在阴影中。更伟大的一部分在别处思索着更为重要的事情。很快，他——或是我，或是我们——就会作出抉择。"

"什么抉择？"

"我不知道。我当真不知道。洛加几乎日日恳请我，时刻不忘提起鲁斯的所作所为。他以为我们两个志趣相投。真是让人感动。"马格努斯略加停顿，低头看看自己若隐若现的双手，"但有时候，我依然认为尚有回头之路。在我看来那是一座迷宫，我只需要在其中找到正确的路径。或许帝皇会谅解。如果他能熬过我引发的那场灾难，或许他确实会谅解的。"马格努斯的幽魂眼眸凝视着可汗。"而你呢，察合台？你要作何抉择？"

可汗摇摇头。"我们的本质始终不变——我们不是任何人的奴仆。"

马格努斯放声一笑。"这可不够。你必须选择。"

"倘若你所言不虚，那么梦想已经破灭。各个军团要自谋出路。"

"不是那样的。"

"荷鲁斯被腐化了，帝皇是个暴君。"

"这没错。"

"那么我谁都不选。"

马格努斯又笑了，那笑声里饱含苦涩。"这件事就像一枚包裹烈火的乌黑星辰。它会一点点把你卷进去，直到你与我们其他人一样围绕它转动。就算是你的战舰也没有快到能逃出它的掌心，察合台。就算是你的白色疤痕也休想脱身。"

周围的死亡气息和厚重尘埃让可汗无比厌恶。他的利刃在近乎漆黑的环境里映着微弱幽光。"我们比任何生物都更快。"

"但它们不是生物，不是我们这样的血肉之躯。我没有撒谎，兄弟。选择吧。无论是敌是友，你我都会再次相见的，所以你不如尽快作出抉择。"

可汗盯着马格努斯，心如一团乱麻。

"你究竟变成了什么？"他再也无法掩饰话语里的惊恐意味。

"变成了我注定要变成的模样，"马格努斯哀伤地看着他回答，"但你还可以作出选择，兄弟。务必作出正确的选择。"

这座房间昔日想必富丽堂皇，正如他们沿途经过的所有厅堂一样。秦夏已经不再留意那些支离破碎的美好事物了——这只能让他的情绪变得愈发压抑低落。

阿维达带领他们在空无一人的城市里跋涉了很远。在行进过程中，大地的震颤变得愈发频繁；他们眼看着一条条裂隙撕开道路，沿着早已残破的墙壁向上蔓延。很多深谷的底部辐射出熔融铁水般的橙红光辉。有些街区似乎彻底遁入了大地，被埋没在烟尘飞扬的庞大陷坑里。

他们最终来到了一座大厅的废墟。众多带有涡旋装饰的立柱支撑着一块坍塌过半的宏伟拱顶。大理石书架排列在高墙脚下，它们曾经容纳的典籍早已灰飞烟灭。地板上铺满了残骸，三扇大门全都被临时搭建的防御工事挡住了。

"恕我难尽地主之谊。"千子军团战士干巴巴地说，他一瘸一拐地走向大厅中央的古旧石椅。他的嗓音里充满了疲惫。

秦夏和其余战士伫立在周围。"你在这里多久了？"他问道。

阿维达摇摇头。"没概念，"他敲了敲头盔侧面，"计时器坏了。每天都是一个样子。记不住。"

秦夏扫视大厅，或许曾是一座图书馆。他试图想象这里昔日的模样。

"没有其他人了？"秦夏问。

"我没有找到。"那位军团战士抬起头看着他，"我隶属第四学会，士官。"

"你的小队呢？"

"都死了。"

"究竟是怎么回事？"

"我也总这样问自己。"阿维达深吸一口过滤后的空气，"如果你想知道这颗星球究竟为何焚灭，我恐怕无法回答你。我是在战斗结束之后才抵达的。所以我还活着。但我宁愿去面对野狼。我宁愿血战至死，而不是无知又无用地躲藏在废墟里。"

"躲避那些……怪物？"

"对，噬灵蜂。或者说，曾经的噬灵蜂。不只是它们，还有碎片和幽魂。普罗斯佩罗已经浸透了以太——可想而知。这里有一种不断挥发的灵气，一种余波。有时候我能听到亡者的声音。起初我还满怀希望地去追寻，后来我就放弃了。那只是声音。我觉得它们或许根本就不曾存在。"

秦夏目不转睛地审视阿维达。这位巫师力量惊人，即便在他所属的不凡群体里也堪称出类拔萃，但他的嗓音却轻若耳语。"你上一次吃东西是什么时候？"

"我说了，计时器已经损坏。很久了吧。"

秦夏挥手示意，一名怯薛战士立刻打开盔甲储物格，取出一份营养包。他迈着沉重脚步将其递给阿维达。

千子接过营养包，掀开胸甲底部的容纳口放了进去。盔甲内部机制会负责处理接下来的工作——将养料缓缓输入他的血管，修复必要的结构。至少保持健康状态。

"你知道我们必须回去。"秦夏说。

"去营救你们的原体？不必担心。他能应付敌人。王座在上，他的天职就是应付敌人。"阿维达慢慢活动肩膀，仿佛困顿已久的肌肉终于恢复了知觉，"我自己也打算下去。那里很不寻常。残留着最后一点能量。但我每次都被它们逼退了。"

"那是什么地方？"

阿维达耸耸肩。"那片广场下方是反光洞穴。或许还有马格努斯的某种造物。他创造了很多东西，其中也包括敌人。"

秦夏检查自己的头盔显示屏。与舰队的通信仍旧中断，但他或许能发出去一份数据包。"轨道上有我们的舰船。很多个兄弟会。就算我们需要把整支军团——"

"他会回来的。不必白白浪费性命。要想方设法离开这个星球——仅此而已。"他抬起头来看着秦夏，某种微妙的姿态暴露出了他的绝望，"也把我带上。"

秦夏再次检查通信连线。

"如果我能发送定位信号，就可以呼叫支援，"他说道，"但是在你恢复状态之后，我们要返回那片广场。我绝不抛下他。"

阿维达点点头，仿佛他在秦夏开口之前就知道对方要说什么。"好吧。听你的。但给我一些时间。我需要时间才有望成功。我不是火凤——那不是我的专精技艺。"

"那么你的专精是什么？"

阿维达干巴巴地苦笑一声。"预知未来，"他回答，"可真是派上大用场了，是不是？"

托贡在星矛号的登机甲板里大步前行，走向停泊在弹射轨道上的风暴鸟。他全副武装，将面孔隐藏在棱角分明的头盔里。走在他旁边的赫伯可汗同样身披战甲。两支兄弟会的战士们紧随其后——数百双铁靴铿锵轰鸣着踏过粗糙的甲板。

"失败了，兄弟。"赫伯说。

"什么意思？"托贡问道。

"你的方案。风暴兄弟会。他们的可汗去见了也穆兰。哈希克很不高兴。"

托贡心里扬起一股恼火。"那是他自己要求的。"

赫伯轻轻一笑，那声音透过头盔格栅显得十分生硬。"无关紧要。事情已经公开——十几艘护卫舰上都发生了争执。昔班只是区区一个顽固派，除了他之外还有的是。"

"也穆兰对他说了什么？"

"谁知道呢？局势发展得太快。哈希克掌握了利剑风暴号，我这就去接手沁扎尔号。只要主力战舰在我们手里，其他人就都会规规矩矩的。"

托贡转身看着对方。"大可汗呢？"

"怎么了？"

"如果他不能看清真相呢？"

赫伯嗤笑一声。"你在结社集会里都听到了——荷鲁斯与大可汗向来志同道合。如果他麾下的舰队也同心同德，他还能怎么做？他会看清楚我们的努力成果。他会看清楚这是正道所在。"赫伯转身看着他，"你作出了自己的抉择。切莫怀疑，兄弟。这是正确的选择。"

托贡明白。他在很久以前就作出了抉择，早在关于战士结社的流言蜚语初次传入他耳中之前。那是一份重塑军团以发挥其真正潜能的天赐良机——它理应成为一支攻势迅猛的突击力量，足以比肩久负盛名的荷鲁斯之子矛头部队，即便后者的指挥官目光更加长远，心思更加宽宏，与那反复无常的可汗大有不同。

然而近日以来，当这场漫长棋局终于渐渐收尾的时候，托贡的坚定决心却动摇了。昔班在集会结束之后向他投来的那种目光——深重失望，甚至是难以置信。这理应无关紧要，却并非如此。

"这是军团的命运，"赫伯继续说，"大可汗在心底很清楚。我们只是顺水推舟罢了。"

在他们前方，通往太空的机库出口被明亮的指示灯环绕起来，展露着外界的点点星辰。战士们以小队为单位分散开来，赶往各自的风暴鸟，沿着踏板迈入机舱。

"你知道自己的任务。"赫伯对托贡说，他准备登上自己的战机。

托贡点点头。在执行任务前夕他往往感觉很好，整个身躯在兴奋剂和战斗激素的推动下迅速进入状态。但今天他却难以体会到那种昂扬激情，无论他多么努力地鼓舞自己。

"为了帝国，兄弟。"托贡行了个鹰徽礼。

赫伯也抬手还礼。"为了——"

他打断了话头。托贡的头盔系统突然收到一份由利剑风暴号转接过来的扫描读数。他知道每一位结社成员想必都目睹了同样的信息。浮现在视网膜上的那些明亮符文为他注入了一种古怪的感觉——五脏六腑拧作一团，像是强烈的期待感。

赫伯看着他放声大笑。他用力拍了拍托贡的肩甲。

"欢庆吧，兄弟。"他的语气显得激动万分，"我们发出呼唤，他作出了回应。"

托贡看着那些从星系边缘逐渐靠近的信号——三个，四个。他能体会到赫伯的狂喜，却不知道自己为何没有同感。

"我看到了。"托贡说道，他努力让自己的嗓音保持轻松。他回想起昔日在银河彼端看到的那枚涂满雨水的月狼徽记，已经恍若隔世。"如此说来他已经抵达这里。他终于来了。"

昔班大步迈向一座俯瞰卡吉安号主集结厅的露台。他的盔甲映着头顶的明亮灯光。在费姆斯的战斗告终之后，技术神甫和军械机仆已经将他的盔甲修复完好，打磨得焕然一新，没有让那个受诅咒的世界在他身上留下丝毫痕迹。他手中的关刀显得分外轻盈。

"兄弟们！"昔班向集结于此的近五百名战士高声说道。他们以小队为单位整齐列阵，一个个都穿着象牙色战甲，一个个都静默而急切。"对于军团内部的种种传言，诸位有所耳闻。大家听说了，我们孤零无依，帝皇成了暴君，荷鲁斯则是个叛徒，事到如今，任何过往盟约都不可信赖。有些人想必已经得出了自己的结论。你们或许为此大加争执，抑或把一切想法埋在心底。"

昔班扫视面前的一列列战士，一股强烈的骄傲顿时涌上他心头。刻在骨白战甲上的丘格里斯铭文回应着他的目光，那一枚枚精细的书法佳作分外醒目。兄弟会的各式旌旗在他们头顶飘扬——可汗的闪电徽记、风暴雷云的图案、数不胜数的过往战果。

"我们所熟知的一切都被颠覆了。兄弟自相残杀。你们只要看看舷窗外面就能知道这意味着什么——普罗斯佩罗已经化作焦土，再也没有回头路了。"

术赤站在他身旁，像花岗岩般坚定不移。昔班很高兴有他在——术赤从不犹豫，从不质疑命令。他就是忠诚的化身。

"我们必定要让此事了结，"他说道，"但是若无大可汗的明确指令，我们决不可贸然展开狩猎。在完成升格的时候，在脸上刻下疤痕的时候，我们每个人都接受了这条铁律。我们不是凭着心血来潮就大开杀戒的寻常斗士——我们是军团战士。我们是察合台的部族战士。"

他的话语经过通信器的扬声在集结大厅里回荡。由大理石和黑玉砌成的光滑墙壁微微闪烁，倒映着一个个披坚执锐的身影。机库起重机的轰鸣和低吟从下方传来，兄弟会战士们的速攻艇即将准备就绪。

"然而并非所有战斗兄弟都服从这条铁律，"昔班继续说，"某些人图谋越俎代庖。他们已经暗中筹划了许久，长期接收来自军团外部的信息，对于外人的说法笃信不疑，即便对方并不了解我们的行为方式和文化传统。"

他还记得托贡的热忱与信任。昔班已经不止一次地猜想，那位泰拉人究竟为什么甘冒风险邀请自己加入——他想必知道昔班有可能严词拒绝。是自负，还是说他在用这种方式寻求认同？

"他们或许是对的，兄弟们。他们声称战帅遭到了背叛，正在呼吁我们效忠支援，或许的确如此。他们声称脚下这颗星球所经历的浩劫是帝皇所为，或许这是事实。我不知道。而这恰恰是问题的核心所在——我们谁都不知道。军团之中唯独一人有权命令我们开战。他尚未开口，所以我们必须安心等待。"

昔班感觉到自己的脉搏逐渐加快，他已经要讲到转折点了。

"时间非常紧迫。结社对战帅发出呼唤，他已经作出了回应。舰队的半数成员都倒向了他。很多人对局面一无所知，信息被牢牢掌握在少数人手里。"

昔班在讲话过程中始终保持着低沉嗓音——这是他作为一名新兵在库姆卡塔学到的轻柔语调——但他将一股坚定意志注入其中。战士们必须相信他。战士们必须追随他，正如在琼达克斯、在费姆斯、在乌兰诺追随他一样，但今日远不像以往那般轻松。

"这件事落在了我们身上。坐而论道的时候早就过去了——他们已经展开行动，所以我们被迫也要展开行动。我们行动的窗口期非常狭小，而且愈发紧缩。我们必须即刻出手。我们必须违抗命令，从而确保军团能够维持自由。"

他深吸一口气。他要说出口了。

"兄弟们，哈希克那颜可汗控制了利剑风暴号。在大可汗缺席的情况下，他就控制了整支军团。绝不能容许他代替我们擅自决定。这就是你们集结在此的原因。这意味着在那些图谋作乱的人眼中，我们要背负离经叛道者的污名。

这意味着要与我们的战斗兄弟刀兵相见。你们都知道,白色疤痕从未经历过这样的暴乱。我们要用荣誉来冒险,或许还要付出生命的代价。"

昔班紧紧握住刀柄。

"我不能要求你们这样做。我们即将对抗的不是异形,而是同胞。我只能请求你们信任我。我率领你们投身于伟大远征,驰骋沙场,纵横银河。我们令数百个世界归顺帝国,为'白色疤痕'这个名号带来了荣耀。你们始终追随着我。诸位兄弟,你们刚刚已经听到了我的决断。"

他停顿片刻。

"今日你们愿意追随我吗?"

毫无犹豫。没有左顾右盼,没有交头接耳。风暴兄弟会齐如一人地高高举起兵器。五百把弯刀、关刀和动力锤林立在队伍头顶。干扰力场伴着爆鸣纷纷启动,为武器赋予了蓝色的生命力。

"大可汗!"他们一同高声呼吼,那震耳轰鸣在辽阔的集结厅里隆隆回荡。

昔班抬起自己的兵刃向战士们致敬,他的心脏怦怦狂跳。时机已到,决心已下。再没有回头之路了。

"大可汗!"战士们再次呼吼,高举武器以示效忠。昔班伫立在他们面前,将刀尖指向上方,品味着那不可动摇的忠心。

"你如愿以偿了,可汗。"术赤在通信频道里说,他的语气夹杂着敬佩和警觉,"你发动了你的战争。"

"我们并没有发动这场战争,"昔班严肃地回答,"但我们注定要加入这场战争。"

第十九章

复原

风暴兄弟会

云开雾散

可汗脚下的大地传来一阵阵低沉轰鸣。自从他抵达反光洞穴以来,这里的震颤已经变得愈发明显。宽阔的岩壁上裂隙蔓延,向早已铺满尘埃的地面继续泼洒沙土。通往其余隧道的众多洞口遍布四周,有些仍旧保留着昔日的装饰性拱门,另一些只剩下零乱瓦砾。

那么还有出路,他心想。

他在洞穴里踱步,起初远离静静端坐的马格努斯,之后又向对方走去。他心里五味杂陈——以愤怒为主,同时也有悔恨。

"我本该和你一同去尼凯亚。"他说道。

马格努斯显得不置可否。"或许吧。我们遭受的惩戒正是由此而起。但我不知道你的出席是否能够有所助益,察合台。与我相比,你又能赢得多少位兄弟的信任?"

"荷鲁斯把我调走了。"可汗说。

"是这样吗?"

"这不是巧合。我被支开了。毫无疑问。"他想要找些东西来砸得粉碎,"本该是我们三个人一起——天使、你,还有我。"

马格努斯叹了口气。"事已至此,兄弟。别说了。重要的是未来。"

"已经没有什么未来了!"可汗稍稍抬起武器厉声说道,马格努斯带着一种古怪的神色凝视弯刀锋刃,"我们原本在为一些更加……美好的事物付出心血。"

"真的吗?基里曼或许是的。还有洛加,即便他采取了自己的扭曲方式。但你并没有——你只是在享受狩猎罢了。"

"这让我们保持纯正。"

"这让你们置身事外。"马格努斯面露微笑,"你太容易被蒙在鼓里了。我始终参与了对话交流——我只是没有听到那些细碎耳语。"

可汗紧紧盯着对方,感觉自己的五脏六腑逐渐开始搅动。"你究竟在哪里,马格努斯?"他问道,"这不是你。"

与此前一样,马格努斯又稍作迟疑。他环视四周,仿佛看到了一些与可汗眼中截然不同的景象。

"我是不完整的,"马格努斯喘息道,"已经没有固定形态了。我……零落四散。"

"我们曾经探讨过恶魔、夜叉。你告诉我说那只是幻梦,无需担心,因为人类的心灵手巧和足智多谋能够应对一切灾厄。"

马格努斯摇摇头,倍显苦恼。"我说过这种话?"

"你变成夜叉了吗,兄弟?"

马格努斯骤然抬起头与他对视。"也许是的。或者与之类似。你要知道,契约总是有代价的。它们不会让你忘记这一点。"他皱起眉头集中精神,"我能看到这颗星球的一个镜像。我能看到漆黑如炭的岩石。我能看到巫火延烧的天空。我觉得,我就是在那里吧。我的自我如今就盘踞在那里。而在这里,在这个养育我的世界上,只剩下一点回声了。"悲伤让他的容貌更显憔悴。"在其余世界,在其余地方,这样的回声还有多少处呢?"

可汗迈开步子缓缓绕行,将刀尖挡在自己和那幽灵之间。"也速该曾经告诉我,你们过沉迷亚空间了。"他尽量避免内心的憎恶左右自己的情绪,"你们放任自己遭受玷污。那只是一件工具,马格努斯。它可以得到运用,但必须谨慎为之。保持自制,我说过。"

马格努斯凄惨地点点头。"我记得。"

"适可而止。取其精华,去其糟粕——这是丘格里斯的古话。但是你,就算是你,也对此一笑了之。"

马格努斯挑起嘴角露出讥笑。"丘格里斯,"他咕哝道,"你对于家园星球如此自豪。那个平坦世界上除了空旷之外什么都没有。"

"家园星球塑造了我们,正如普罗斯佩罗塑造了你。科索尼亚塑造了荷鲁斯,卡利班塑造了莱恩。我们不仅仅是帝皇的子嗣——我们是二十个世界的子嗣,就像珠宝一样各不相同。"

"但你要知道,诺斯特拉莫已经化为焦土。奥林匹亚也变成了废墟,莱恩的世界即将步其后尘。我的家园星球是何下场你很清楚。那么,你凭什么认为丘格里斯不会被烈焰吞没?"

"世事无常。"

马格努斯面露鄙夷。他的容貌像是没入水下一样微微扭曲。"变化,这是唯一的常量。变化,变化,变化。"

他摇摇晃晃地站起身来,伸出手扶着那巨型镜筒的残骸稳住自己。

"我很高兴你能来见我,察合台。你我两个,我们一直志趣相投。你性情冷漠,但至少保持诚实。不像鲁斯那个混蛋。你知道他是什么吗?你知道他的真面目是什么吗?你知道黎曼·鲁斯用那些皮毛和图腾掩盖了什么吗?给你个提示——他的太空野狼必须在每一把武器上刻满符文,以免它们向整个虚空嘶吼出自己的梦魇。这难道是正常的吗?"

可汗站稳脚跟,绷紧身躯。"够了,兄弟。"

马格努斯放声大笑。"你不想知道吗?这一向是你的弱点。如今我已经无所不知了。我可以告诉你帝皇的名字,那必定出乎你的意料。我可以告诉你,命运原本要把弗格瑞姆送到丘格里斯,把你送到奇摩斯;我也可以告诉你,究竟是宇宙中的哪一股奥秘力量对此横加干涉。"他向可汗步步逼近,"你想知道自己会葬身何处吗,大可汗?你想知道自己会在哪个位面的哪个世界上魂归九泉吗?"

"这些不是已知的。"

"一切都是已知的。"

可汗警惕地看着对方。"你说过我还有选择。我的命运——万物的命运——都有待书写。"

马格努斯咧嘴一笑。他的眼睛似乎在哭泣,但难以判断流淌出来的究竟是泪水还是鲜血。"故事会跌宕起伏,但结局从不改变。相信我,我已经目睹过执笔者的面目了。"他全身一颤,轻声说道,"它们可怕至极。"

此刻,他与可汗的刀刃仅仅相距毫厘了。

"我已经达成了此行的目标,兄弟。"可汗说道,"现在只有一件事是我真正想要请你告诉我的。"

马格努斯点点头。"是什么?"

"如何让你复原。"

马格努斯愣住了。他一时间显得茫然无措，仿佛他预期要面对冷嘲热讽，却听到了诚挚言语，或者是这样颠倒过来。他低头看看自己的双手，又扫视麾下国度的满目疮痍。悲惨与困惑交织在一起。

"我已经腐化了。"他嗫嚅道，仿佛重新意识到了这一点，"若是将我复原，我就会东山再起。我将成为猩红君王，我将随心所欲地驾驭一个充满了咒法和复仇的世界。整个银河或许都会为此后悔的。"

"你曾经是我的朋友。"可汗轻声说。

马格努斯看着他，在转瞬即逝的刹那间，昔日的高贵尊严如同黑暗中的闪烁光辉般重新铭刻在了那张饱经磨难的面孔上。

"那么，"他说道，"想必你知道要做什么。"

可汗点点头，抬起弯刀准备动手。那符文环绕的百炼精钢挥洒出一缕缕诡异光芒。

"我们会在星光下重逢。"他承诺道。

"或许要比你预料中更快。"马格努斯说，他毫无躲避之意。

可汗斩落兵器，闪动寒光的刀锋伴随一声轻吟破空而来。马格努斯的轮廓迎刃而消解，那幽魂般的躯壳骤然炸裂，像成千上万块玻璃碎片般飞溅四方。一声巨响随之传来，仿佛是钢铁折断的铿锵轰鸣，接着又是孩童啼哭般的尖锐嘶叫。他身边的尘埃飞旋涌动，化作一团汹涌乌云。可汗顿时目不可见，踉跄退却。

洞穴开始剧烈震动，一股低沉轰响从大地深处传来。那青铜透镜的残余结构颤抖不已，破裂的镜片在岩石地面上疯狂跳跃。

大地的动荡最终缓缓停歇。鬼魅幽光的闪烁和邪异狂风的呼啸纷纷消逝。待一切风平浪静之后，这里就只剩下马格努斯往日成果的零乱残骸了，它们无比悲凉地沉沦于深幽黑暗之中，被方才的那场凶恶风暴摧残得一片狼藉。

可汗喘着粗气，在原地站了许久。他仍旧甩不掉内心的空虚——那种彻底看清了背叛暴行的麻木感。

世上只有一份谎言是不可饶恕的。

他胸中的心脏跳动迟缓。他手里的弯刀沉重如铅。

这种谎言说，都结束了，你是征服者，你已经完成了征服，如今你只需要垒起坚实的墙壁便可高枕无忧。这种谎言说，如今整个世界已经安然无忧了。

可汗低垂头颅。

所有皇帝都是骗子。

他维持静止，像猎犬般瘦削而精壮，覆满尘埃的披风贴附在身上。他纹丝不动。他觉得哪怕是极其细微的动作都会将这残存的一切彻底打碎。反光洞穴哀叹着空洞的死寂与支离破碎的荣光。

无论如何，真相已经大白。如今他可以作出抉择了，因为叛徒的面目已经被揭露。

他终于可以履行自己的职责，他终于可以吹响战争的号角。

然而他依旧纹丝不动。

因为梦想已经破灭。

伊莉雅抬头望了望哈希克那边，她没有看到任何能让自己安心的情景。

她扫视这座突然间倍显陌生的舰桥，看着埋头工作的大批船员，试图寻找任何一个与她同样心神不安的人。利剑风暴号的指挥中心甚为宽广，足以容纳成百上千名负责监控战场局势，以及引导旗舰作战的各部门人员。宏伟的舱壁搭建起了这片辽阔空间，不计其数的露台点缀在四周，各自散发着显示屏的明亮光辉。直径约五米的众多立柱从大理石地板径直延伸到遥远的拱顶，表面覆盖着一圈圈照明灯。她所处的位置视野良好，能够看到很多块平台朝各个方向延伸出去，分别容纳着白色疤痕的军官侍从或机械神教的技术神甫。

远方那座观察甲板头顶的巨型拱门是整个舰桥空间里最显眼的。透过强化玻璃舷窗，普罗斯佩罗的天际线清晰可见，狂怒不安的纠结云层彻底覆盖住了地表，形成了一个如油烟般乌黑的轮廓。恍若狂舞银蛇的暴烈闪电在上层大气里奔窜。

伊莉雅将视线转回到哈希克身上。他站在拱门下方的一根传感柱旁，不停地用手势进行操作，周围环绕着微光闪烁的全息投影。机仆和凡人船员忙不迭地执行他的各项指令——数十名人员来去匆匆，躬身行礼，呈递数据。

哈尔季一言不发地站在伊莉雅身旁，默默见证事态进展。

伊莉雅重新面对自己的屏幕。不断有战舰脱离部署阵形。库欧费安号已经后撤到星球远端。两艘小型护卫舰在发出一系列古怪的短促通信之后就彻底切断了联络。

她展开了一次全面扫描，这才注意到那些不速之客——四艘大型战舰，正在迅速逼近星系内部。照这个架势，它们再过几分钟就要进入极限识别范围了，但当前的扫描读数依然包含大量干扰信号。或许还有更多小型舰船与之同行，只不过舰队的扫描仪器尚且无法加以识别。

"你看到这些了吗，哈尔季？"她指着屏幕上的符文问道。

哈尔季点点头。"即将抵达的战舰。"

"它们没有标记信息，"伊莉雅皱着眉头说，"它们很大。王座在上，它们是战列舰。"

"一切尽在掌控。"

"尽在什么掌控？"伊莉雅简直想要挥动拳头去捶打哈尔季的盔甲。他如此冷静超然，如此满不在乎，"你们坐视不管，就好像……"

她没有把话说完，就好像这是你们安排好的。

她再次望向哈希克。二十余名身披重甲的白色疤痕簇拥着他，像一支荣誉卫队般伫立在观察甲板的边缘。那颜可汗脸上没有流露出丝毫惊讶，他周围的人同样泰然自若。

"我们必须升起护盾。"她坚决地说。

"这要由那颜可汗来决定。"

"这是标准流程。"

哈尔季回避着她的目光。

伊莉雅狠狠一敲显示屏，感觉到它略微变形。"见鬼了，哈尔季！到底怎么回事？"

哈尔季摇摇头。"冷静，伊子。一切都会明了的。"

他就像一堵混凝岩墙壁。伊莉雅心里一惊，她骤然意识到哈尔季并不是自己的盟友和向导；他是伊莉雅的监视者。她的一举一动都休想逃过对方的监控，正如她不可能把一辆喷气摩托甩在身后。

她扭过身去盯着最近的一块屏幕，愤怒让她的脸颊烧得火辣辣的。庞杂的符文在她面前的操作台上游走，各自代表着一艘脱离指定位置的飞船。

"可汗在哪里？"她嘀咕道，手指在控制按钮上舞动。

那四艘战舰的信号继续穿越太空，无情而高效地向白色疤痕阵形逼近。整支舰队似乎毫无应对之力，正如在琼达克斯的景象。

她针对那些信号展开了一次强化扫描，将图像拖曳到单独的屏幕上。模糊的图像渐渐变得清晰。饱受干扰的扭曲信号仍旧不易分辨，但那些战舰似乎是灰色的。浅灰色，就像她时常在宣传海报上看到的月球形象。

她切断了信号，对看清来者的面目已经不抱希望。然而就在她准备移开视线的时候，她察觉到一个熟悉的标志正在朝利剑风暴号缓缓靠近。那是卡吉安号，小型突击护卫舰，是在阿尔法军团发动攻击之前被她拖进集结阵形的最后几艘飞船之一。与其说缓缓靠近，倒不如说是在向这边……飘动。

伊莉雅瞥了哈尔季一眼，对方的注意力已经转回到哈希克身上。他没有留意伊莉雅，也没有看到屏幕上的图像。

她差一点就要开口说些什么，随后又改变了主意。可汗仍旧音讯全无，局势的掌控权显然已经旁落——究竟谁在效忠于谁，这就要由她自行判断了。

她低着头。她什么都没有说。她小心翼翼地开始行动，尽可能地保持冷静。利剑风暴号的防御概况信息逐一显现在屏幕上。

秦夏蹲伏在瓦砾之间。他的寻敌系统仍旧一无所获。小队的其余成员在黑暗中缓缓前进，时刻贴附在堆积成山的扭曲残骸旁。普罗斯佩罗的躁动天空在他们头顶传来雷霆咆哮与低沉轰鸣。

他已经能看到那根立柱像一支纤细枯骨般扎在飞旋尘埃之间。再翻越一道路障，他们就要回到广场了。

"就位了吗？"他对阿维达说。

"随时行动。"千子军团战士回答。

秦夏再次检查战斗兄弟们的位置。八枚符文在他的视网膜上闪动，各自相距不到五米。他已经认定爆矢枪毫无用处，因此战士们将使用弯刀、关刀和闪电爪去战斗，所有武器都披覆着分解力场，不时喷溅出幽蓝电光。

"集中站位，"他提醒众人，缓缓转动手中双刀，"夺取立柱，之后我会尝试搜索定位信号。"

他冲出掩体，大步越过支离破碎的地面，绕开最大的残骸。他的小队紧随其后，鱼贯遁入普罗斯佩罗的永恒夜色。他们压低身躯，默不作声，恰似一支捕捉到猎物气味的狼群。

阿维达居中前行。他对地形了如指掌，也没有穿戴庞大笨重的盔甲，因此他的行动远比终结者们更加隐蔽。一丝丝亚空间巫火已经在他的双手浮现，照亮了那饱经磨难的猩红盔甲。

秦夏第一个冲进广场。这里比先前更加崎岖难行，那满目疮痍的混凝岩地面上沟壑纵横，大块区域都塌陷成了飘散轻烟的巨坑。他像幽灵般在废墟间穿行，时刻高举双刀。

他步步前进，耳中只有自己的亢奋脉搏。周围一片死寂。这里简直与冥府毫无分别。

就在他渐渐靠近广场中央那根立柱的时候，嗡鸣声突然依稀传入耳中。他猛然转身，眼看着一只噬灵蜂在头顶浮现，仿佛是凭空凝聚成形的。他看到了挂在躯干下方的腿足、不断敲击的口器和肿胀可憎的大脑。与此前的敌人一样，这个怪物全身透明，辐射着鬼火般的幽光。它立刻发动俯冲，急速扇动着翅膀猛扑下来。

秦夏绷紧身躯，准备迎接冲击。在最后一刻，他瞄准怪物胸腹之间的细窄腰部刺出双刀。噬灵蜂径直扑向利刃——两把武器正中目标，不受丝毫阻碍地陷入了以太物质。秦夏骤然体会到那股抽魂夺魄的可怕寒意，他的肌肉僵硬紧锁，思维陷入停滞。

随后他听到阿维达高声呼喊，一股闪电般的能量涌向怪物的身躯。那散发幽光的外骨骼顿时固化，恰似冷水冻结成冰；它的外壳层叠浮现，薄膜愈发坚韧，体液循环涌动。

秦夏的利刃品尝到了真实的血肉，他立刻交错挥动双刀。噬灵蜂尖声嘶鸣，躯体被剪成两截。黏稠残渣飞溅在秦夏的头盔上。低沉嗡鸣被凄厉哀号所取代。

他没有停下脚步，而是踩着逐渐解离的怪物尸骸继续拼杀。更多噬灵蜂在广场中出现，用一如既往的怪异姿态朝终结者战士们逼近。然而这一次，在双方交手的时候，阿维达已经做好了准备。他站在队伍核心位置，摊开双掌将一股股亚空间巫火投向敌人。被这种能量击中的虚幻怪物立刻恢复了实体身躯。如此一来，白色疤痕就终于能够造成有效杀伤了。

秦夏迅捷奔走，扭转身躯避开一只摇摇晃晃的噬灵蜂，埋头冲向另一个敌人。就在他触及目标的一瞬间，怪物的外壳便固化成形，准备迎接那包裹着能量力场的来袭锋刃。噬灵蜂负伤退却，躯干滴淌着体液。秦夏维持住猛烈攻势，将双刀舞作一团漩涡。他用三记凶恶斩击把敌人开膛剖肚，交错往复的锐利双刀将那亚空间怪物斩杀。

　　他品尝到一股冷酷的满足感。这是他所擅长的战斗。他比对方更加迅捷，更加敏锐。

　　更多怪物不断出现。起初是几只，随后是几十只。这些擅闯禁地的鲜活灵魂极具诱惑力，他们头顶的零星怪物很快就聚成了一支虫群。愈发怪异的形体夹杂其中：披着鲜亮外壳的巨型圣甲虫；在碎石间飞速奔窜的高大螳螂；生有两根肿胀钉刺的胡蜂状怪物。普罗斯佩罗奇形异状的灵能动物纷纷重获新生，复活成了不得安息的幽魂；膨大的头颅散发光辉，目盲的复眼晶莹闪烁。

　　阿维达全力攻击，将一股股能量投向不断扑上来的恐怖怪物。白色疤痕奋战不休，向前方的立柱杀开一条血路，众人掌中的利刃滴淌着明亮的黏液。秦夏看到迦卢尔飞速挥动关刀，埋头冲向一只刚刚固化的噬灵蜂。罗宪用双爪将一只圣甲虫撕成碎片，那四分五裂的坚硬甲壳让他从头到脚覆满了闪亮汁液。

　　但敌人的数量优势逐渐显现。在秦夏闯到立柱脚下的阴影里时，一只黄蜂模样的昆虫状怪物朝他猛冲过来。然而阿维达的反应略有迟缓，致使秦夏的双刀在空中徒劳划过。他感觉到自己的灵魂遭受了剧痛钻心般的拉扯，于是匆忙后撤。那怪物则乘胜追击，探出两根可憎的钉刺准备夺其性命。

　　秦夏低身突进，挥刀指向距离自己最近的那根弧形钉刺。在最后一刻，阿维达将一团巫火轰进黄蜂怪物体内——秦夏的利刃斩断了恢复实体的钉刺，另一柄武器则深深埋进敌人胸膛。他向外侧奋力扯动双刀，把怪物撕成了两半。

　　更多敌人逼近。卡古恩被一只巨型螳螂擒住，在阿维达出手相助之前就已经魂飞魄散。那位战士的恐怖尖叫萦绕在众人耳中，规模缩减的队伍继续杀向广场中心。

　　邪异可憎的大批幽灵不断具现，凭空降临，从四面八方围拢过来。阿维达近乎癫狂地用巫术点亮了昏暗天空，但仍旧难以应对周全。他们始终没有收到信号——无法定位到可汗。

　　秦夏将自己与生俱来的迅猛速度发挥到了极限，已让终结者盔甲不堪重负，伺服装置发出阵阵嘶鸣。他敏捷地避开散发幽光的虚幻形体，掌中双刀疾如雷电，分毫不差地刺入固化成形的现实血肉。他专注思维，将全部注意力收缩成一个小小的圆环——他眼里只有动作、刀锋和角度，这一切像荧光夺目的梦魇般在深暗夜色里挥洒四溅。

怯薛战士们紧紧靠拢，将阿维达簇拥在阵形核心，保护他施展巫术，令刀剑得以克敌。那根从中折断的石柱矗立在他们背后，显得残破悲凉却又无比牢固。

"我们坚持不了多久。"阿维达冷静地说。

"原地不动，"秦夏低吼道，他压低刀刃斩向一只奔窜而来的螳螂，把怪物的腿足纷纷砍断，让它轰然摔倒在地，"他肯定就在附近。"

他听到一阵嗡鸣，立刻转向右侧，将那只在腰部高度扑面袭来的噬灵蜂轻易枭首。他的出刀角度精准，然而阿维达的亚空间奥艺尚未完全生效，以至于秦夏来不及抽回双刀就受到了以太的冰冷触摸。

他仓皇后退，但动作还是太慢了。另一只噬灵蜂从黑暗中凭空现身，像染色玻璃般虚幻透亮。它朝秦夏扑来。

他没有时间躲避。阿维达自己也陷入了苦战，此刻无暇旁顾，其余战士同样难以伸出援手。秦夏骤然意识到自己毫无招架之力。

"大可汗！"他傲然不屈地高声咆哮，准备迎接死亡。

那怪物顿时爆炸，成百上千块碎片飞溅出去，洒落在废墟之间。破裂翅膀和零乱尸骸如星辰般迸发出熊熊火光并迅速燃尽，一道震荡波呼啸着席卷了整座广场，令滚滚尘埃在半空舞动飞扬。那爆炸仿佛撕裂了空气本身，以秋风卷落叶之势让噬灵蜂翻滚四散。

一个高大轮廓立在灰飞烟灭的成群幽魂彼端，被昏暗光线化作漆黑剪影，沐浴着普罗斯佩罗经久不散的垂死剧痛。他的兵刃辐射着以太辉耀的夺目余韵，仿佛刚刚蘸上了熔融铁水。他那套精美绝伦的盔甲覆满尘埃和泥土，仍然散发着暗红色的闷燃火光。

不计其数的鬼魅邪物立刻止步不前，杀意涣散。虫群大举溃逃，匆忙躲避这突如其来的刀锋。

震慑让秦夏目瞪口呆，一时间只能喘着粗气凝视面前的新来者。那个披挂铠甲的身影随即开口，驱散了一切疑云。

"停手，秦夏。"可汗低吼着迈开大步，前去追赶那些仓皇退却的恐怖幽魂，掌中弯刀光芒闪耀，盔甲镶边如同新近熔炼的黄金般灿烂夺目，"你伤不到它们。我可以。"

卡吉安号进入了突击范围，被利剑风暴号的阴影笼罩起来。在甲板上静静等待的昔班透过敞开的机库大门看着那宏伟舰身缓缓滑过太空，彻底遮挡住了远方的点点星光。他注意到引擎外罩、舰腹护盾生成器和侧翼光矛无不点缀着华丽的激光炮台与近距离防御火炮。

他麾下的兄弟会已经备好坐骑，整装待发。他们在机库甲板上列队候命。五百辆摩托隆隆嘶吼，引擎的咆哮震耳欲聋。

镰枪型太空摩托远比弯刀型更加庞大粗犷，配备了封闭式推进器和非常强劲的供能系统。与其说是摩托，它们倒更像是单人战斗机，可以容许穿戴着密封盔甲的白色疤痕军团战士在真空环境里发动短距离突击，正如其他军团驾驶普通的速攻艇在大气层内部展开行动一样。

昔班靠在鞍座里，最后一次检查摩托的各项系统。安装在车头中央的重型爆矢枪打开了保险，摩托的支撑夹钳向后滑动脱落。低吟不止的反重力引擎立刻推动着他悬浮在混凝岩上方。周围的兄弟们纷纷效仿，推进器喷吐出来的刺鼻油烟顿时充斥了机库。

"你觉得他们会朝咱们开火吗？"飘在他身旁的术赤问道。

"我们拭目以待。"昔班回答，随即按动油门。

他的摩托像是有生命般猛扑出去，低声嘶吼着掠过漫长的机库出口斜坡，一头冲破整域力场，钻进了外面的静默太空。

他的兄弟会紧随其后。五百辆摩托从卡吉安号的舰身内部鱼贯而出，散落在真空里，各自拖曳着一股乌黑尾气。

昔班加快速度，看着利剑风暴号的宏伟轮廓在上方回旋。他驾驶摩托掉转方向，打算沿着邻近的舰身边缘驶向位于舰腹的穿梭机机库。庞大的传感器高塔像钟乳石一样挂在旗舰底部，在全速前进的昔班身旁飞速掠过。

兄弟会分散开来，赶往各自的预定入口，恍若一群在辽阔草原上纵横驰骋的骑手。昔班眼看着第一扇机库大门静默无声地扑面而来，立刻对入口区域展开扫描。

"防爆护盾。"他在通信频道里作出警示。

他继续沿着舰身迅猛前行,埋头冲向战舰尾部,在众多通信节点和武器护罩之间飞速穿梭。兄弟会战士们追随他越过第一座停泊机库,赶往下一个目标。

"想必都有防守,可汗。"术赤冷静地指出,"我们要破门而入吗?"

昔班偏转方向躲避一台庞大的光矛炮管。"如果迫不得已的话。"

他猛然俯冲,直扑利剑风暴号的龙骨。一丛格外密集的扫描扇叶垂直悬挂在前方,他加快速度越过这些拦路障碍。

他们的时间不多了——旗舰上的扫描军官想必已经捕捉到他们的行踪,此刻正在疯狂地联络卡吉安号,质问这批喷气摩托有何目的。自从兄弟会集体出击的那一刻开始,他们的行动时间就愈加急迫,在哈希克采取防范措施之前恐怕只有分秒时间了。

他急转向下绕过龙骨尖端,以毫厘之差躲开了一片扫描扇叶,随即猛力拉高摩托。利剑风暴号的另一侧舰身铺展在他上方,恰似巍峨险峻的山崖。

"七百米。"他说着将下一座停泊机库锁定为行动目标,"全部马力。"

兄弟会扑向目标,紧贴着战列舰的舰身装甲,在成百上千处障碍突起之间摇摆,沿着蜿蜒的沟壑飞速前行。

第一批激光炮火如流星般从战士们身边闪过——近乎极限的突进速度让这一切难以分辨。位于战列舰雄伟身躯远方的防御炮台率先开火,掉转炮口指向那些在旗舰表面疾驰的速攻艇。

激光命中了目标,几辆摩托失去控制撞毁在舰身装甲上,或是踏着推进器的火舌遁入太空。

"他们敢!"术赤怒不可遏地说。

昔班为摩托注入更多动力,尽可能地紧贴利剑风暴号腹部。他原本在心底期望军团兄弟们不会武力阻止自己硬闯旗舰。倘若他们确有杀心,那么只消片刻就能让整支兄弟会全军覆没。

他们绝无此意。即便事到如今,他们也不会痛下杀手,只是打算逼退我们而已。

下一座停泊机库同样将防爆大门紧紧关闭,所有入口都经过了层层加固,短时间内难以冲破。

"分散,"他命令道,同时扫视前方,另寻路径,若是再耽搁片刻,局面就要变得不可逆转了,"充分利用舰身的全部宽度,维持当前速度。"

他压低摩托更加贴近战舰,以至于让底盘蹭过了一条排气口,又险些与能量导管迎面相撞。激光火力毫无松懈,愈发密集,逐渐将他们笼罩在射击范围里。炮手们技术高超,且擅于追踪高速目标。更多摩托中弹爆炸,在死寂太空里翻滚坠毁,默默迸发出蓬勃火光。昔班的头盔显示屏不断闪烁猩红,将一个个阵亡信号狠狠刺在他心头。

"再快点。"他低声嘶吼,不甘心就此退却。不会有第二次机会了。

他的兄弟们也明白,因此紧紧追随在他身后。摩托引擎在黑暗中喷薄烈焰,几乎不堪重负。

"可汗,"术赤咬紧牙关说,他的嗓音里头一次掺杂了疑虑,"我们什么时候——"

昔班突然在头盔显示屏上看到了——仅一个停泊入口,没有封闭,没有障碍。

"就是它——跟我来。"昔班命令道,他拉高车头朝那个信号的方向疾驰而去。他迎面冲进一片冰雹般的激光火力,左右摇摆作出规避,从一列倾斜的鱼雷发射管上空扫过,埋头扑向他刚刚标记出来的机库入口。

他完全不明白此处为何门户大开,但无论如何这让他们不必冒着全军覆没的风险去尝试炸开一个入口。明晃晃的指示灯照亮了停泊机库的宽阔门洞,示意他们由此进入——仿佛旗舰上有人明确希望他们冲破封锁。

昔班在最后一刻猛踩制动,在零重力环境里展开漂移,一头扎进利剑风暴号的惯性场。他的摩托瞬间启动反重力引擎,迅速适应外界环境的剧烈变化,在片刻间就抓住停泊机库的地板,稳住了方向。

昔班甩动车身滑入前方的舱室,接着掉转车头猛然减速。这座宽广的机库只有几架勤垦型登陆艇和一架大型穿梭机被停泊钳固定在附近。他已经能听到警铃的尖啸了。

兄弟会战士们接踵而来,纷纷从机库顶部俯冲降落到甲板上。骑手们关闭了引擎,不待摩托的隆隆咆哮彻底平息就飞身跃下鞍座,让飘散轻烟的坐骑缓缓停住脚步。

昔班一脚踢开摩托,朝机库远端的大门飞奔过去,从背后抽出关刀。能量力场噼啪作响地激活了。

"跟我上！"他高声咆哮，通过头盔显示屏看到数量可观的生命信号符文在机库里涌动。至少两百名战士已经闯入了旗舰，还有更多人不断抵达。

术赤加快脚步赶上了他，掌中握着爆矢手枪和弯刀。"指挥舰桥，"他向诸位兄弟说道，"向上十九层。"

昔班点点头，踏着机库出口的斜坡冲向一扇半开半闭的巨型防爆门。

"一会儿的事。"他咧嘴笑道。

最后几只噬灵蜂也消失于废墟之间，仅仅在烧成空壳的建筑表面留下了些许幻影。可汗看着它们仓皇逃窜。光辉闪亮的汁液涂满了他的利刃，一滴滴淌落在尘埃里。他身边尸首横陈，有些濒死异虫仍旧在剧痛中抽搐。

杀戮它们并非难事，关键乃是信念。正如诸位兄弟那样，他体内也容纳着一股特殊潜能，而他需要做的就是与之和谐同调。无论马卡多如何蒙蔽大众，无论鲁斯或安格隆如何自欺欺人，他们每一个终究都是亚空间的产物。

它充盈了我们的心灵，正如鲜血灌注了我们的血管。

秦夏和幸存的怯薜队员纷纷集结过来。可汗正要向战士们发话，却突然注意到一缕缕银光在天边游走。在他失踪的这段时间里，雷霆轰鸣已经变得愈发震耳。厚重乌云相互推搡着在天空奔涌，恰似一群横行践踏的野马。

秦夏躬身行礼。"大可汗，你——"

"你们能定位到利剑风暴号吗？"可汗仰望着躁动天空问道。他能察觉到那不断积聚的雷云电荷里掺杂着一丝丝鲜活躁动的以太本质。

"还不能。"

可汗转过身去，注意到了队伍中央的那位千子军团战士。在令人心悸的片刻间，他误以为那是阿里曼——此人披挂着同样的猩红盔甲，背负着同样的奥秘徽记。

"你，"他说道，"你是谁？"

那位术士躬身行礼。"瑞维尔·阿维达，大人。第四学会。"

可汗审视对方。此人的强健灵魂散发着烛火般的灵能光辉——当前的困顿处境使其略显暗淡，却仍旧力量充沛。

"你是最后一个？"

"据我所知是的，"阿维达说，"除非——"

"下面什么都没有，"可汗回应道，"现在已经空无一物了。"

"你找到了此行寻求的答案吗？"秦夏问。

可汗对此略加思考。他不确定该如何作答。事实上，他一直都不知道自己此行寻求的究竟是什么。他原本期望猎物能够一如既往地落入他的视野，始终在目力所及之处仓皇逃窜，敦促他展开追捕。然而如今，一场追猎已经告终，他却难以判断自己猎到的究竟是什么。

"我已经更了解情况了。"他回答。

"那么谁是叛徒？"

可汗露出了凄凉的笑容。"我们听闻的一切都是实情。这个世界遭受了鲁斯的屠戮，不假，但马格努斯早已堕落，也不假。一切局面的幕后主使正是原体领袖荷鲁斯。"他仰望天空，"他们全都有过错。并非只有一个叛徒——那是一张编织多年的罗网，图谋将我们尽数笼罩。如今它落在了你我头上。"

立柱上空的乌云变得愈发明亮。一股鲜艳夺目的光芒突然刺透阴霾，伴随雷霆爆鸣击中了广场石板。

终结者们立刻转过身去，激活手中武器。秦夏迈步挡在可汗前方。只有阿维达未作应对。

"我已经感觉到他跟踪我们很久了，"可汗望着那股如长蛇般抽打扭动的能量咕哝道；尘埃飞扬，电弧四起，空气中充斥着静电的低吟，"自从乌兰诺以来他就在寻觅我。如今他终于赶上了。"

怯薛卫队组成了一个松散的半圆阵形，随时准备出击。然而在得到命令之前他们不会擅动；他们是可汗意志的延伸。

"不要试图螳臂当车，"可汗冷静地说，他看着一个个幽暗轮廓在那道灼目光壁中具现成形，"你们远不是他的对手。难道不该如此吗？毕竟他是我的兄弟。"

第二十章

措手不及
如寰宇般无限的时间
举目无亲

哈希克看着扫描读数，心中愈发不安。

"你确定吗？"他扭过身去面对塔班质问道，"会不会有错误？"

"我认为并没有，那颜可汗，"扫描主管紧紧盯着身边的无数屏幕回答，"我和你一样非常惊讶。但我会进行复查，确保无误。"

哈希克看着自己的怯薛指挥官古尔高。

"舰队如何？"

"库欧费安号已经前去拦截。我无法与他们的舰桥取得联络。沁扎尔号上的赫伯也没有回应。很多战舰向我汇报了士兵抗命作乱的情况。"

哈希克恼火地长呼一口气。"我们没有这个时间。"

古尔高向身后瞥了一眼。远在低层舰桥里，那个泰拉女人仍旧埋头于自己的工作台。

"卡吉安号派出的登舰者已经抵达。即便在这里，大人，我们也并不安全——"

"昔班的战舰？"

"是的。"

"与远方来舰建立通信联络，"哈希克命令道，"制止我方一切战舰向对方开火。这是千钧一发之际——我们原地不动，静观其变。"

他看着周围的数十名白色疤痕，他们当中有可汗、舰长、高阶军官，也有凡人指挥官——他们人数寥寥，却代表了所有那些从善如流的舰队船员，那些倾注心血帮助军团摆脱暴君掌控的战士。其中一些属于旗舰的指挥团队，例如塔班；另一些是从沁扎尔号追随他来此的。他们保持坚定。他们别无选择。

"来舰没有回复。"古尔高轻声说。

哈希克咒骂了一句。"为什么不应答？"

"我重复展开了几次扫描，"塔班插话道，"没有错误。检测到了传送信号。定位于提兹卡。"他抬头看着哈希克。"看来他们打算追根溯源。"

哈希克感觉愈发沮丧。这并不符合事先的安排。"我们能定位吗？我们能不能派——"

舰桥的警铃突然响起，在高墙间震耳回荡。驻守于关键站台旁的白色疤痕战士们立刻抬起爆矢枪，开始向众入口围拢过去。

"登舰队伍正在逼近，那颜可汗。"古尔高汇报道，他也从枪套里抽出了武器，他的嗓音似乎流露着谴责的意味，"是否下令阻击？"

哈希克放眼展望指挥舰桥。这片空间纵然宽广，却仍旧倍显拥挤——仆役、站台操作员、星际战士小队、技术神甫，成百上千人全都听其号令。他自己麾下的怯薛队员位处核心，这些披挂终结者盔甲的善战老兵组成了一支坚不可摧的卫队。他简直就像是大可汗一样。

仅一支兄弟会无法构成实际威胁——他们早已对此进行过推演计算。无论如何，他原本期望能够说服他人走上正道，从而避免荷枪实弹的全面冲突。或许这向来是一份愚蠢的希望。

"我们在这里很安全，"哈希克冷酷地说，"下令阻击敌人，严守舰桥入口。"

古尔高躬身领命。"那么……他们呢？"

哈希克的目光穿过观察甲板的巨型拱门望向外面。他已经能用肉眼看到了——四艘宏伟战舰在各自护卫机群的簇拥下映着普罗斯佩罗星系恒星的炫目光芒不断逼近。它们速度缓慢但来势汹汹，与一盘散沙的白色疤痕舰队之间有着云泥之别。

"他们不是第十六军团，那颜可汗。"古尔高说。

"我看得出来。"

他们为什么不展开联络？为什么保持沉默？

"这是一场试炼，兄弟们。"哈希克转身面对麾下战士高声宣告。与此同时，他听到爆矢枪的轰鸣开始从低层甲板传来。"这是我们多年心血的成果。"

他抽出兵刃，那柄丘格里斯弯刀自从伟大远征初期就始终陪伴他步入沙场。

"当前局面已经势不可当，"他说道，"为了帝国，寸步不退。"

昔班快步奔走，一头扎进长廊。十余名战士簇拥着他，共同担任先锋部队，兄弟会的其余成员紧随其后。

瞠目结舌的仆役们紧贴在墙边，为众多战士让开道路。警铃尖啸不止，触发了全舰范围的紧急状态。很多船员都被配发了激光武器，但他们并不具备阻止数百名全副武装、横行无忌的白色疤痕的能力。兄弟会在一层层甲板间迅猛推进，他们所过之处遭遇到的任何抵抗都不费吹灰之力便可冲破。

在即将抵达目标的时候，昔班闯进了一座位于舰桥下方的大厅：弧形的大理石墙壁围绕出这片宽广空间，其中摆放着众多散发微光的扫描屏幕。几百个技术神甫和凡人军官四散退却，仿佛是在组成箭头阵形的猎手面前仓皇逃窜的成群猎物。昔班根本没有看清那些人的面孔——他们在眨眼间就被抛在了后面。一排排沉思机逻辑引擎同样短暂地从其视野中掠过，它们如战犬泰坦般高大，运行过热的阀门和晶体管柱上散发着腾腾轻烟。

当他冲过最后几台沉思机的时候，第一批爆矢弹突然凶狠地敲打在了周围的墙壁上。

他急停脚步，伏低身躯，四处张望，搜寻火力源头。在他前方不足二十米开外，一条颇为陡峭的宽阔阶梯通往大厅末端。阶梯两侧的墙壁表面延伸出众多露台，其中全都挤满了机仆工作站。

阶梯中段的柱廊平台被一列白色疤痕战士所占据。他们严阵以待，早已蹲伏在射击位置，并将附近的石柱用作掩体。他们把那条通往战略室和舰桥的道路挡在身后。

他们的指挥官丝毫无意躲藏。他迈步上前，手中握着爆矢枪和动力剑。

"就此止步吧，兄弟们！"他高声喊道，扩音器让这话语声在大厅里回荡，"已经够了。不要逼我们开火。"

昔班抬起头看着对方，顿时心重如铅。

是托贡。

那个泰拉人带来了麾下兄弟会的大部分兵力——至少两百人明确可见，想必还有很多尚未现身。

"我们不能听之任之了，"昔班站稳脚步回答，在他身后，他的部队借助逻辑引擎的掩护缓缓进军，"你不是军团之主，托贡。"

"你也不是，兄弟。"托贡居高临下地回应道，"舰桥已经封锁了。"

"大可汗何在？"

"哈希克代表大可汗。"

昔班感觉一股热血涌上脑门。没有任何人能够代表大可汗，就算是帝皇本人也不行。

"不只是我，"昔班说，"反抗者遍布整支舰队。军团不会任凭哈希克摆布。"

"他们都能回心转意。"托贡说道，然而他听起来像是在努力说服自己，"他们会看清局势的，正如大可汗在回归之际必将看清局势一样。"

昔班仔细观察通往阶梯的道路。恐怕并不简单——防守方占领了高地，兼具掩体的优势。

但他们当真笃信这一切吗？他们是否愿意为了哈希克坚守阵线，就像他们愿意为了大可汗死战到底那样？

"你现在还可以撤退。"昔班说，"我了解你，兄弟——这绝不是你加入他们的原因。这从来都不是你的本意。放下武器吧。这已经无关乎忠诚了。这已经结束了。"

托贡仅仅犹豫了一刹那，还不足计时器刻度的分毫，几乎无从辨别，但他毕竟犹豫了。

"我奉命行事，可汗。"他傲然回应，"不要前进。我们会开火的。"

昔班冷峻地点点头。他不动声色地在通信频道里向兄弟会发出指令。

行动迅猛。脚步稳健。我们这是为了大可汗。

"那么我很抱歉，兄弟。"昔班说着用双手握住关刀，绷紧身躯准备发动冲锋，"相信我，我真的很抱歉。"

行动。

伴随一声震耳呼吼，风暴兄弟会冲出掩体涌向阶梯，冒着骤然爆发的枪林弹雨迎头直上，整座大厅顿时充斥了光芒、轰响和怒火。

可汗看着最后一缕亚空间能量如抽丝剥茧般散去。他看着尘埃落定，残余的以太光辉逐渐消弭。随后他看着七个身影从漩涡中出现。

其中六人是军团战士。他们披挂着苍白的终结者盔甲，手握长柄镰刀。他们的肩甲是橄榄绿色的，盔甲各部件的衔接位置则黑如寒铁。他们体形高大，比秦夏所率的队伍更显壮硕，一个个低头耸肩，身上仍旧飘散着传送光束残留的淡绿轻烟。

第七人独具风采。他鹤立鸡群，身上的盔甲由毫无装饰的黄铜与色泽惨白的陶钢组成。一袭暗绿色披风从肩甲的边缘凸起上垂挂下来。他腰间的一条铁链串起了几枚颅骨，有些属于人类，有些属于异形。一把长柄手枪卧在这些战利品之间——粗大的枪管上钉着由青铜打造的击杀记号。

他的双眼恰似两枚琥珀，在残破兜帽的幽深阴影里熠熠闪亮。精美的呼吸面罩盖住了他的下半张面孔。一缕缕浓烈气体从盔甲的缝隙里飘散出来，沿着覆有骷髅图案的陶钢缓缓流泻，最终嘶嘶作响地落在普罗斯佩罗的死寂焦土上。

几条软管从他的呼吸面罩内部延伸出来，某种液体在里面汩汩涌动。他的粗重喘息倍显艰难。

"察合台。"原体莫塔瑞恩说着将手中的巨型镰刀拄在覆满尘埃的地面上。

可汗抬头看着那柄利刃。它名为"静默"，在第十四军团臭名昭著的夺命镰刀中无出其右。

"莫塔瑞恩，"可汗点头示意，"这不是你的世界。"

"也不是你的。而我们却在此相聚。"

莫塔瑞恩的荣誉卫队——死亡寿衣——默默地在尘埃间分散开来。秦夏的战士们也依次列阵。双方相距区区数米展开对峙。在他们头顶，闪电漫天奔走，雷霆隆隆咆哮。

可汗感觉自己全身的肌肉逐渐紧绷。"如果你是来找马格努斯的，他已经不在这里了。"

"我是来找你的，兄弟。局势有变。"

"你注意到了。"

莫塔瑞恩在面罩背后露出微笑，皱起了布满斑点的脸颊。"我有很多事情要告诉你，察合台。当今年代充满机遇。一着不慎，满盘皆输，错误的代价空前高昂——而明智之举的回报则超乎想象。"

可汗戒备地审视对方。莫塔瑞恩向来难以解读。

"那么，你是来说服我的？"他问道，"你觉得，经历了这一切之后，还有高谈阔论的必要吗？"

莫塔瑞恩抬起左手掀开了兜帽。他露出一颗苍白病态的头颅，不过眉目间还保留着帝皇子嗣的英武之气。他目光锐利的双眸下面坠着厚重的眼袋，一缕缕轻烟从盔甲护颈里袅袅升起。

"听着，"他说道，"好好听着。或许你还能听进去一点儿话。就算是你，我的高傲兄弟，也仍有学习的余地。"

可汗轻松地握着入鞘的弯刀。

莫塔瑞恩似乎力量大增。仿佛有某种潜能在他体内像一团余烬般闷燃不息。他的形象似乎更加苍凉，态度更加乖戾，而他身上那股威压却非往日可及。就算是在乌兰诺，在帝国斩获大捷的全盛之际，他也不曾显得这般霸道。

可汗回想起兄弟昔日的话语。

那么你我之间的赌注该怎么下呢，兄弟？如果你我交手，你愿意赌谁赢？

"有话就直说吧。"可汗回应道。

莫塔瑞恩带着些许嘲弄意味躬身行礼。

"我长途跋涉才找到了你，"他嘶声说，"如今，瞧瞧这个地方——我们拥有如寰宇般无限的时间。能够搅扰我们的只有亡者，而它们是不会再起的。"

他再次露出那副毫无暖意的虚伪笑容。

"暂时不会。"

昔班放低肩膀撞上一位军团兄弟，让对方沿着宽阔的大理石阶梯趔趄倒退。他转动关刀，横扫锋刃，将那位防御者手中的爆矢枪打飞了出去。随后他精准地递出武器，用刀尖刺穿对手的盔甲缆线，切断了他的氧气供应。

那位战士立刻喘不上气来，他抓挠着自己的颈甲，在阶梯上翻滚，很快就埋没于昔班麾下兄弟会的如潮攻势里。

防守方的火力规模惊人。即便全速冲锋且左右闪躲，仍有数十名战士当场殒命。凶狠的爆矢弹敲碎陶钢，撕裂战甲，让一个个军团战士仰面扑倒。

直到他下令发动冲锋的那一刻，昔班都不确定对方究竟是否会开火。但托贡的威胁显然不空洞，他的部下也履行了自己的职责。

风暴兄弟会分散开来，冒着滂沱暴雨般的沉重火力迎头直上。每当一位战士中弹倒地，都有另外十名战士向前迈进。很快他们就冲到了石柱之间，近身战随即爆发。军团兄弟短兵相接，爆矢枪的震耳轰鸣里混入了能量武器的嘶哑咆哮。

昔班转身面对另一位防御者，除了肩甲上的明月徽记之外，对方与这场白刃战中的参与者毫无分别。双方你来我往，激烈交锋——昔班急速旋动关刀，让干扰力场的幽光化作一道朦胧残影，随即向前猛刺兵刃，洞穿了对手的胸甲下沿。他将刀锋深深埋入那位战士的血肉，随后抽回武器。

倘若敌人是一个绿皮，他自然会毫不留情——继续施力，切碎五脏六腑，以求必杀——但面前这些都是他的兄弟。他无意夺走任何一条性命，除非别无选择——他只需让对手动弹不得、骨断筋折、气息紊乱或头晕目眩，接着就可以继续前进。他在深陷缠斗的战士之间快步冲向阶梯顶端。

这场战斗显得分外古怪——双方近在咫尺，鏖战激烈癫狂，局面混乱不堪，手段凶狠暴戾，同时却又充满了一种冷漠的气氛。没有人高声呼喊或发出战吼。他们的作战纪律严明冷酷，在展现出精湛技艺的同时丝毫不以此为傲。

我们已经沦落到这等卑劣境地，我们已经变成了自己一度厌憎的模样，昔班心想。他在拥挤的战局中埋头前进，扭动身躯，挥拳击打，探出刀锋。

他用一记凶狠铁拳将挡住前路的防御者打飞出去。

"你总是鲁莽冒进，兄弟。"一个熟悉的声音从上方传来。

昔班急忙伏低身躯，察觉到对手的剑刃从自己头顶扫过。他单膝跪倒，随即高举关刀猛扑上前。

动作迅捷的托贡避开了覆有干扰力场的刀尖，用动力剑防守。两把武器伴着喷薄四溅的能量光辉轰然交会又立刻分开。

"他们向你承诺了什么？"昔班嘶吼着绷紧身躯，准备继续出击。

托贡抢先发难，用令人赞叹的灵巧手法挥舞弯刀。他们再次交锋了几招，随后各自退开。

"没有什么承诺，"他低哼一声，"事关忠诚。"

昔班发起猛攻，利用关刀的长度优势令托贡陷入被动。"忠诚？"

托贡迅捷地作出抵挡。两把武器的能量力场嘶嚎着展开较量，飞溅火星泼洒在他的盔甲表面。"荷鲁斯是战帅。你们为什么要抗拒？"

话音未落，他就打破了昔班的连贯攻势，挥剑发动反击，俯身避开关刀斩向对手腿部。

"这不足以服众。"昔班喘息道，他勉强拦住那一剑，险些失去平衡。在他们周围，众多战士奋力扭打，刀兵相向，举枪射击，挥剑格挡，各自深陷在数百场对决之中。被爆矢弹敲碎的石块从上方的楣梁洒落在众人头顶。"你很清楚。你被利用了。"

托贡沿着阶梯向上退却，留出更多空间，昔班则步步紧逼。

"利用？"托贡难以置信地冷笑道，"帝皇在哪里，兄弟？效忠他的军团在哪里？看看我们脚下的这个世界吧——看看它！"

昔班再次发动攻击，用关刀挥出一条短促弧线，向托贡的防守施加凶狠压力。在这场鏖战的包围中，他们共同进退，稳步上行。阶梯顶端已经越来越近。昔班意识到他们正将防守方不断逼退，顿时斗志昂扬。

"放弃吧，"昔班敦促道，"你还可以让大家就此停手。"

托贡再度退却，踏上背后的平台，放任昔班继续迈进。又一阵爆矢弹从远处的火力点扑面而来，那些战士隐藏在舰桥主前厅的立柱和露台旁。

托贡一如既往地建立了完善的防线——层层叠叠，愈发牢固。

"我奉命行事。"托贡傲然重复着方才的话。此时他已经平端兵刃，坚定不移地立在前厅入口，让麾下兄弟会的战士们借助爆矢枪的火力掩护展开有序后撤。

他的决然态度让人不得不感到钦佩。昔班早就注意到了泰拉人在防守战中表现出的可敬风范——坚毅、强韧、血战到底。

即便是在这疯狂局面里，也仍有值得学习的事物。

"去你的命令！"昔班咆哮着鼓舞部下发起最后的猛攻，"为了大可汗！"

诸位战士用一阵惊涛拍岸般的凶猛呼吼加以回应，随即冲上最后几级台阶，闯入一团崭新的枪林弹雨。托贡站稳脚步，再度与昔班展开对决，两把飞旋利刃的干扰力场继续挥洒出夺目能量。

莫塔瑞恩朝可汗迈近几步。秦夏作势阻拦，但可汗默默地向他打了个战斗手势，让他退回到其余战士身旁。两位原体单独会面，让各自的卫队站在背后。

莫塔瑞恩更为壮硕，可汗则更为高挑。莫塔瑞恩的厚重盔甲略显粗陋，可汗的装备则是精工细作。用精金熔铸而成的静默气势逼人，上古科技所造就的强化装置在那柄巨型兵刃上闪动光芒；可汗的弯刀则是一支具备完美弧度的无瑕精钢，其致命威力源于轻灵形体而非庞大尺寸。它能够发动的迅猛攻势足以令帝国上下的任何一把兵器黯然失色。

无情速度与不屈坚忍。有趣的对决。

"你们本不该来这里，"莫塔瑞恩说，"你们本该在阿拉谢斯加入阿尔法军团。"

可汗点点头。"或者返回泰拉。"

"那自然不是我们的打算。怎么会是呢？"

"阿尔法军团把我们困在了琼达克斯。他们刻意让我们收到多恩的信息。"

莫塔瑞恩挑起光秃秃的眉头。"当真如此吗？你让我吃了一惊，但我或许并不该吃惊。看来阿尔法瑞斯从来无法下定决心，"他阴暗地笑了笑，"他在玩一场危险的游戏。他的阴谋诡计早晚要作茧自缚。"

"为什么是你？"可汗问道。

"为什么不是我，兄弟？"

"我本以为会是荷鲁斯。"

"骄妄自负。他有很多大事要忙。"

可汗眯起眼睛。莫塔瑞恩并不显得自信满满。无论他如何虚张声势，如何实力大增，他的出发点终究是不牢靠的。"荷鲁斯并没有派你来，对不对？"

"这无关紧要。"

"这事关重大，"可汗说着仔细观察兄弟的反应，"马格努斯已经为我阐述了这场战争的局势——有些灵魂的归属尚不明朗。总有一些摇摆不定的因素。我是其中之一，你曾经也是。"

莫塔瑞恩低哼一声。"我的军团参与了伊斯特凡之事，所以不要妄想我们尚有动摇的余地。结局已经注定，你面临的选择非常简单——生存或是毁灭。行了，察合台，你原本就从不信奉人类统一。早在基里曼侃侃而谈把我们感动落泪的时候，早在异形还能阻挠我们父亲执掌银河的时候，你就已经看透了这一切。"

"那么另有什么选择，说来听听。"

"一个属于战士的银河，"莫塔瑞恩说道，"一个属于猎手的银河，让强者可以自由驰骋。一个摆脱铁腕把控，摆脱束缚和谎言的银河。"

"一切尽归荷鲁斯旗下。"

莫塔瑞恩耸耸肩。"他是发起人。他是领军勇士，是受祭献的君王。在攻打泰拉的过程中，他或许会把自己损耗殆尽，或许不会。无论如何，总有空间允许其他人崛起。"莫塔瑞恩又靠近一步，可汗闻到了对方盔甲上的刺鼻化学气味，"你实在不该与天使勠力同心，兄弟，更不用提马格努斯了。我很不愿看到你们三个越陷越深。我本以为你会幡然醒悟，划清界线，抛弃那种虚伪做派。"

"那从来不是虚伪做派。"

"不是吗？"莫塔瑞恩干笑一声，"我还指望你能早些醒悟呢。那是亚空间，察合台。我们的父亲妄图加以抵赖，佯装它并不存在，就好像他自己不曾沉溺于那股吞噬灵魂的污秽力量。那本该被封锁，被抛弃，被遗忘。那不能为我们所用。那是一种病态，一种灾厄。"

莫塔瑞恩变得格外亢奋。他缓缓平静下来，透过面罩嘶哑地喘着粗气。可汗听到一阵轻微鸣响，不禁猜测究竟是哪种抑制药剂被注入了对方的血脉。

"我已经看明白了。"他轻声说。

莫塔瑞恩歪着头。"喔？"

"你一向开诚布公，这我要承认。"可汗说道，"你从不掩饰自己有何企图。我也能猜到你对事态走向的预期。首先，对术士加以约束。让巫师陷入沉默。把他们全体驱逐，之后再将官方凭证发放给未受腐化者、身心健康者。在乌兰诺的那一天，你甚至亲口对我讲述过。当时我以为那仅仅是空洞的威胁，但我早该知道，你从不提出空洞的威胁。"

在可汗开口的时候，莫塔瑞恩藏在面罩背后的那副表情始终让人无法解读。他的目光不时变得恍惚，手指偶尔轻微颤动。他身上散发着一股狂热焦躁的能量，像那些毒气般从盔甲缝隙里流露出来。

"但事与愿违，对不对？"可汗继续说，"你的确办成了大事，术士却层出不穷。荷鲁斯为他们提供鼎力支持，洛加向他们传授奇技淫巧。马格努斯就算尚未下定决心，想必也为期不远了，届时你会被他们重重包围起来。你摧毁了智库，却仅让巫师横行无忌。他们把你玩弄在股掌之间。你为他们拼搏效劳，不消多时自己也会被卷入其中，和他们一样沾染亚空间的污秽。"

"你以为——"

"我看得再明白不过了。马格努斯为我展示得很清楚。你的军团暂且免受玷污,但异变注定降临。你已经签订了契约,总有一天要付出代价。你这蠢货。"

莫塔瑞恩绷紧身躯。熊熊怒火从他的双眼里喷发出来,但很快就被强行熄灭。"你不——"

"而这就是你来找我的原因,"可汗说道,"你已经举目无亲了。谁能与你并肩对抗那些罗织以太的家伙？安格隆？好个盟友。科尔兹？祝你好运。"可汗轻蔑地盯着莫塔瑞恩。"你品尝了背叛的果实,发现它无比苦涩。休想把我也拖进你的末日。你自求多福吧,兄弟。"

莫塔瑞恩覆盖着面具的冷漠神色终于碎裂——他的表情迅速扭曲,在满腔暴怒中龇牙咧嘴。静默微微颤抖,他向前迈出半步,空闲的手掌紧握成拳。

"我是来为你提供一个选择的。"莫塔瑞恩勉强控制住自己的声音,"你的军团已经半数公开支持荷鲁斯,其余人唯听命于你。我们的父亲时日无多了——你可以成为新秩序的一分子。"

可汗笑了——那饱含鄙夷的冷笑近乎显得飞扬跋扈。"成为一位新的帝皇。"

莫塔瑞恩回瞪着他,终究掩盖不住自己心中的疑惑。"为什么不呢？为什么不该是你呢？"

可汗点点头,终于理解了对方。"或者是你。对啊,为什么不呢？"他凑近过去,突然注意到兄弟脸上那副呼吸面罩周围的皮肤已经变色。他佩戴这个有多久了？"我来告诉你为什么。因为你我从来都不是开国立业的王者。我们是驻守边疆的先驱。对此你心怀不满,而我则欣然接受。"

莫塔瑞恩缓步退却。与此同时,静默伴随一阵爆鸣点亮了碧绿的能量。死亡寿衣纷纷低垂镰刀,采取战斗姿态。

"如此说来你执迷不悟。"莫塔瑞恩说,他的声音被面罩化作一阵阴森低吼,"很可惜。我耗费了很大精力来拯救你,兄弟。你的毁灭不会让我感到欣喜。"

在可汗身后,怯薛卫队也抬起了兵刃。

"这就是你我的不同之处,"可汗说着高举弯刀,"我在杀戮时永远与笑声相伴。"

第二十一章

冲入舰桥
暴君
寻求注意

这是一场束手束脚而且分外苦涩的糟糕战斗。谁都没有平日里那么张扬。昔班督促战士们不断推进，尽量强调速度和力量的重要性。托贡也鼓舞部众——他让周围的防御者们展现出了一贯的顽强作风。

没有人享受这场杀戮。鲜血泼溅在大理石上，又被数百双战靴不断践踏涂抹。刀剑命中目标，切开胸甲和肩甲，穿透熟革般的棕色皮肤，撕裂经过改造的超人脏器。这片密闭空间里回荡着星际战士自相残杀的古怪声响：震耳咆哮、枪炮轰鸣，以及动力武器交锋时的尖锐嘶吼。

昔班和托贡在战局核心展开对决，他们迂回试探，佯攻突刺，在一方抓住机会的同时，另一方总是能够弥补破绽。谁也没有失误——他们的战斗技艺堪称完美，展现出各自家园世界的迥异风格。托贡招式工整，防守严密，有条不紊；昔班手法灵动，巧妙多变，顽强不懈。

明月兄弟会的整体表现不逊于自己的可汗，然而局面渐渐明朗，他们在两军交锋初期遭受了更严重的死伤。即便以逸待劳并且占据地利，他们还是在这场浴血厮杀中步步退却，被迫撤回舰桥的低层前厅，随后又沿着长长的走廊不断避让进攻者的锋芒。

昔班奋战不休，固执地忽略了逐渐开始刺痛臂膀的疲乏感。托贡也毫不松懈。

"我永远都理解不了，"昔班嘶吼道，他以左脚为轴扭转身躯，将关刀狠狠劈向托贡腰间，"我永远都理解不了为什么。"

"不，你理解不了。"托贡低哼一声招架住刀锋，但不由得趔趄倒退。一枚爆矢弹呼啸着从他肩头掠过，磨损了肩甲上的半月徽记。

"你原本拥有一切。"昔班紧逼不放。如今熊熊怒火取代洋溢激情成了他前进的动力。这种感觉令人不齿。

托贡站稳脚步，以炉火纯青的技艺舞动弯刀转守为攻。"那不是我的，"从他牙缝中挤出来的这几个字裹着浓重的怨怒，"全都不是我的。"

他的招式变得更为凶残，昔班打起精神应对。然而托贡让暴怒侵蚀了自己的专注，致使昔班抓住机会猛然反击，险些将刀尖干净利落地刺入对方胸口。

"你拥有了你想要的一切。"昔班轻蔑地说，他又将托贡逼退了几米。周围的兄弟们无不奋勇拼搏，借助更加高昂的斗志步步进军——他们很清楚自己效忠于谁。

"你根本不知道我想要什么，"托贡说，"你的视野永远局限于丘格里斯。"

昔班笑了——毫无欢欣的酸楚嗤笑。"丘格里斯就是一切，兄弟。"

托贡继续退却，追随着稳步后撤的麾下兄弟穿过一道道哥特式拱门。"没错。"

交战双方涌上一道缓坡，头顶是一盏盏由黄金和玻璃制成的巨型吊灯。昔班的部队在这愈发狭窄的空间里不断推进，每一次如潮攻势都让他们向目标更近一步。很多人牺牲于密集的掩护火力之下，他们的盔甲被凶残的枪林弹雨敲成粉末，然而诸位战士一鼓作气，维持着迅猛的进军势头。托贡的部队已经损失惨重，不再具备足够的兵力来坚守阵地，难以作出有效的防御。

昔班一头冲上缓坡顶端，穿过方才紧紧封锁的大门，闯入了指挥大厅的低层区域。遥不可及的天花板上点缀着密密麻麻的彩绘瓷砖和成百上千枚悬浮照明球。繁忙舰桥的嘈杂人声被激烈战斗的雷霆轰鸣所淹没；数百名机仆和船员的信号顿时点亮了昔班头盔显示屏里的近距离探测器。这片分外宽广的空间里摩肩接踵，恍若一个巢都世界上的茫茫人海。

"把守战术要冲，"仍旧身陷恶战的他向兄弟们发布指令，"不要分散。注意传感器工作站的火力。"

兄弟会冲进大厅，如同狼入羊群般驱赶着仓皇四散的防御者。在观察甲板的宏伟拱门脚下，托贡的部队终于集体撤退。托贡本人跟在兄弟们身后，最后一个脱离战局。他们脚步迅捷，态度果断，仿佛这场行动早有安排。

昔班出于本能地想要乘胜追击，将那些溃败的对手砍翻在地。周围的兄弟们亦有此念，纷纷埋头展开追杀。

以退为进。

"不！"突然察觉到危险的昔班高声咆哮。

他急停脚步，放低身躯，而枪林弹雨也同时袭来。在舰桥的各面墙壁上，众多露台坐落于宏伟立柱和悬空平台之间，也正是从那些高高在上的位置，密集的爆矢弹骤然倾泻下来，将舰桥甲板撕成了纷乱碎石和四散尘云。昔班麾下的很多战士对托贡的部队穷追不舍，因而一头扎进了那巨浪般的凶残火力中，盔甲当即粉碎。

其余战士匆忙后撤，寻找一切可用的掩护——沉思机阵列、传感器工作站、观察甲板护栏。昔班扑向一座巨型高台的庞大阴影，上面挤满了配有黄铜边框的显示屏。与此同时，爆矢弹的火力也停歇了。

他沿着平台边缘谨慎挪动，观察前方的区域。托贡的战士们已经据守在机仆工作站里，组成一条将大厅截成两半的漫长阵线。数十名狙击手藏匿在他们头顶的露台上，暂且停火，随时待命。在这条防线后方，昔班能看到更多重装步兵把守着舰桥的核心——指挥宝座。哈希克的直属怯薛卫队就位列其中，那些战士都披挂着雄壮的终结者铠甲。还有更多白色疤痕防御者占据了远方观察甲板的战略要地。

这里想必有数百名星际战士。舰桥防守严密，全面封锁，滴水不漏。

"这已经够了，可汗。"哈希克的声音从宝座上传来。

伊莉雅蹲在自己的探测工作台后面，蜷缩着身躯，双手紧紧捂住耳朵。他们破门而入时的轰鸣声简直震耳欲聋——那沉重凶悍的枪炮鼓点仿佛是一堵扑面而来的铜墙铁壁，其中穿插着被通信器扩增了音量的狂怒咆哮。星际战士在平日里就足具威严气势了，他们在战斗中简直让人魂飞魄散。

在战斗骤然爆发的那个瞬间，哈尔季就立刻从她身旁离开，冲上几级台阶，来到了更加靠近指挥平台的居高位置。他流畅地拔出爆矢枪，用双手将武器平端于胸前。在这枪林弹雨和飞溅残骸中头晕目眩的伊莉雅几乎没有注意到对方开火，然而哈尔季并未展现丝毫的犹豫。他向同袍兄弟举枪射击，与其他防御者一同用密集弹幕轻易打破了登舰者的攻势，迫使他们匆忙寻找掩护，仿佛这是世界上最自然而然的事情了。

她抬起头来，透过破损的沉思机望向指挥宝座。哈希克带着一如既往的坚毅神色向入侵者发话，试图劝说他们放下武器。

伊莉雅的视线移向屋顶。狙击手早已在舰桥舱壁高处就位，好像到处都是全副武装的战士。其余凡人船员和她一样——心惊胆战地避开火力，因强烈震慑而茫然无措。

伊莉雅爬到了自己工作台的残骸旁，盯着扫描读数。那四艘来袭战舰毫无顾忌地缓缓逼近，仿佛这片空间是任由它们横冲直撞的自有领土。如今她已经能够看到舰队徽记了——第十四军团，死亡守卫。在她看来，这颇为荒谬，正如离开琼达克斯以来的整段旅程那样。

是哈希克安排双方在此相会的吗？如果是的话，他意欲何为？

伊莉雅手忙脚乱地在碎裂屏幕上调出更多数据。摆脱了哈尔季的监视之后，她的工作效率大有提升。

更多战舰进入了探测范围——其中两艘正在高速穿过星系外围。没有徽记，没有名称，只有实体空间引擎的特征信号与虚空盾启动的独特闪光。伊莉雅凝视了那些信号一阵，无法判断它们从何而来，又有何意图。

白色疤痕舰队已经彻底陷入瘫痪。他们的诸多星船没有作出任何反应，对逐渐逼近的两个威胁视而不见。倘若利剑风暴号上的场景也在其余战舰里上演，那么伊莉雅就自然可以理解这种束手就擒的状态了——军团已经爆发内讧，先前无迹可寻的对立派系突然像雨后春笋般浮现在舰队的各个角落。

当然，眼前的局面也有她的功劳。若不是她关闭了567号机库入口的防御机制，这批来自卡吉安号的战士们在登舰过程中必将面临更为严峻的考验。这要归咎于哈尔季的疏忽——但她从来都不喜欢采取诡诈手段，无论出于什么缘由。

"大可汗在哪里？"一个声音从宽广舰桥的远端传来——那是一位星际战士的呼喊，透过头盔扩音器在大厅里回荡。

那是个可亲可敬的嗓音——刚强粗重，饱含丘格里斯的韵味，但并未沾染怨恨。这让伊莉雅顿时为自己作出的选择感到高兴。

"他会回来的，昔班。"哈希克说，"眼下这种事毫无意义。我们不是叛徒——这一切都会圆满解决。"

叛徒。这个词让她如坠冰窖。她回想起秦夏对自己说过的话，以及她与大可汗交谈时捕捉到的只言片语。

她随即意识到接下来会发生什么，不由得五脏六腑绞成一团。此事干系重大，意义非凡，谁也不愿让局面悬而不决——进攻者必将重新发动冲锋。而这一次，双方绝不会善罢甘休。无论叛乱派还是忠诚派，无论谁是叛乱派谁又是忠诚派，最终只能有一方站在舰桥上。

她不能坐视不管。她的行动无疑会是徒劳的，甚至可能会葬送性命，但坐以待毙从来都不是她的作风。

带着沾满双掌的冷汗，伊莉雅做好了准备。

原地不动，保持隐蔽，昔班向麾下的剩余战士发布指令。大家全都伏低了身躯，被牢牢压制在他们方才突入舰桥的大厅末端位置。

"我无意杀你。"哈希克喊道，"你们的火力处于劣势，显著的劣势。就此罢手吧。"

昔班转头看看术赤，对方弓着腰蹲在右侧几米之外的立柱阴影里。他喘着粗气，看样子吃过一枪。

"你怎么看？"昔班在通信频道里问。

术赤摇摇头。昔班很清楚战友在头盔之下做了个什么样的表情——悲哀的微笑。"敌人太多了。"术赤回答。

昔班点点头。"实在太多了。"

"但你照样会下令的。"

昔班再次扫视整座大厅。他们以一敌三，而且防守方的装备更加精良，位置也更加有利。这必将沦为一场屠杀，他们恐怕都无法保证能够跨越舰桥的一半距离。

但他至少有机会冲到哈希克面前。这总是值得的。

"听我命令，"他向残余的部下们说，"目标是指挥宝座。"他听到了爆矢枪重新装弹的铿锵响动。周围的所有兄弟都在进行最后的准备。

"如果我们要死在这里，"他说着再次拎起关刀，准备冲出掩体，"那也是在战斗中慷慨赴死。为了可汗，兄弟们。为了可汗。"

伊莉雅一跃而起，冲进开阔地带，心脏怦怦狂跳。

"不！"她十分滑稽地高声喊道，就好像会有人注意到一个毫无战斗力的年迈女人一样。她挺直腰板，在恐惧中浑身颤抖，下定决心要做些事情。"你们为什么要这样？"

　　但她的话语声石沉大海，不仅严阵以待的白色疤痕没有听到，就连她自己也没有听到。

　　一股震耳呼啸骤然席卷了整座舰桥，仿佛是星船引擎点火推进时的隆隆轰鸣。夺目光辉莫名迸发，鞭笞现实的四散能量接踵而来。那灿烂光芒转瞬即逝，仅仅留下一阵绕梁不去的回响。

　　伊莉雅使劲眨眨眼睛，泪水夺眶而出。等到她的视线恢复正常的时候，舰桥里的景象已经全然不同了。

　　数百名凭空出现的白色疤痕军团战士在舰桥外环列阵，用爆矢枪齐刷刷地瞄准指挥宝座。集体传送所引发的酸楚气息在空中飘散，让她后颈的汗毛都立了起来。

　　她一时间困惑不解。随后她看到了也穆兰那颜可汗的精工终结者盔甲，对方手持一柄嘶嘶轻吟的动力剑，背后簇拥着自己的肃卫老兵。

　　"放下武器，哈希克。"也穆兰坚决地说，"操纵军团的阴谋已经败露了。"

　　哈希克并未从命。在伊莉雅看来，如今双方兵力变得势均力敌，局面让她更加绝望了。一旦战斗爆发，舰桥必定会被撕成碎片。

　　"并非如此，兄弟，"哈希克答道，"只是尚未完满。不要阻挡进步的道路——你没有看清全盘局势。"

　　"毫无疑问，但这个选择轮不到你来做。"

　　"这是唯一的选择。"

　　"那么这根本就不是个选择。"也穆兰回答。在他身边，众多战士纷纷锁定了各自的目标。伊莉雅想要缩回到自己的探测工作站背后去——这紧张万分的局面压在她心头，如同一团即将挥洒怒意的风暴雷云。

　　她开始行动，俯下身躲在一排沉思机的外壳后面，朝相对安全的地带匍匐前进。与此同时，她看到了依然正常运转但似乎远在天边的传送平台。她慢慢朝那边爬过去，心仿佛都跳到了嗓子眼里。

　　就在此时，她听到了自己一直惧怕的那份命令从某位指挥官的头盔扩音器里传来——她甚至辨认不出那究竟是谁。

　　"那就无话可说了。开火。"

可汗抢先出击，动作迅如奔雷，披风狂舞飞旋。莫塔瑞恩抬起镰刀加以抵挡，静默的锋刃辐射出一道能量波纹，让周围的尘埃化作漫天飘扬的云团。

死亡寿衣抬起各自的战镰，迈着沉重脚步猛扑过来。秦夏的战士们迎头直上，高举兵器踏过破碎砖石发动冲锋。碧蓝夺目的利爪与黑铁熔铸的刀锋相互碰撞，沉闷轰鸣在空旷死寂的广场中回荡。双方在提兹卡的破败废墟里鏖战，仿佛是一群演练娴熟、配合默契的舞者，而那些失却眼眸的古老雕像则是居高临下的沉默观众。

"我能看清你的想法，兄弟。"可汗嘶声说道，狠狠挥动武器，"在你看来，我要么倒戈叛乱，要么引颈就戮。"

莫塔瑞恩低哼一声拦住来袭的弯刀。他的动作远不如可汗迅捷，然而他的一招一式都笃定、沉稳、坚不可摧。"如果你固执到看不清面前的重大机遇，那么是的——你的日子到头了。"

可汗放声大笑。再一次全力以赴、大展拳脚的感受实在令人心旷神怡。方才的噬灵蜂只是个微不足道的对手——与另一位基因原体交锋才是他期盼已久的真正挑战。

他猛扑上前，单脚站定扭转身躯，将利刃递向莫塔瑞恩的腰腹。这一击被对手挡住了，但足以让死亡之主趔趄后退。

"真慢啊。"可汗嘲讽道。他的刀锋轻灵舞动，恰似众人头顶的奔腾闪电。然而每一击都势大力沉，从莫塔瑞恩的厚重盔甲上切下一块块残片，仿佛那只是严重锈蚀的破铜烂铁。"你全都错了。为什么要用一个主人来取代另一个主人呢？别以为我是傻子——终究只能有一个灵魂在王座世界上发号施令。"

他能听到周围传来刀剑交锋的铿锵鸣响、爆矢弹横飞的轻柔嘶叫，以及子弹爆炸的震耳咆哮。更多裂缝在脚下浮现，像熔融铁水般迸发红光。频繁闪动的枪口照亮了古老石像上的残破雕饰，让铭刻在建筑废墟各面墙壁上的普罗斯佩罗奥秘徽记分外清晰地映入眼帘。

莫塔瑞恩喘着粗气恢复了战斗状态。虽然他的反应速度较为迟缓，但他的凶蛮力量颇为惊人。他目前已经承受的伤势足以让稍逊一筹的战士就此落败，而他却显得不以为意。

"你的军团在呼唤，"他嘶吼着奋力横扫静默，"你的每个兄弟会内部都有地下组织，他们迫切地想要为我们效劳。我们所做的只是回应罢了。"

可汗再次大笑。他感觉精力充沛，无拘无束，在数月以来头一次能够放手施为。"战士结社，嗯？秘密团体？你以为这就足以把我们拖入战帅的阵营吗？"

莫塔瑞恩站稳脚步，让沉重铁靴深深陷进尘埃。可汗挥动兵器发起一连串势如烈火的凶猛攻击，利刃敲在死亡之主的厚重肩甲上，让他险些失去平衡。

"我放任他们集会，"可汗说，他狠狠斩落弯刀，那来势迅猛的锋刃化作一道残影，伴随震耳轰鸣与战镰相遇，"我一向放任他们。我可不是个暴君，兄弟。"

莫塔瑞恩逐渐重整旗鼓，采用果决的防守来对抗可汗的狂怒攻势。他稍稍退后半步，分立双脚稳稳站定，挡住又一记突刺。两把武器交缠碰撞，在昏暗环境里火星飞溅。每一个完美无瑕的动作都昭示着帝皇的光辉血脉和超凡奥艺，然而那早已凝聚成了两副风格迥异的独特面相。在他们身边展开厮杀的那些战士原本是战场上的泰坦，此刻却显得格外渺小，仿佛是误入神祗争斗的凡俗勇士。

"我们都是暴君。"莫塔瑞恩嘶哑地说，同时加快了掌中镰刀的进攻步调，"不要自欺欺人了。这是我们唯一的天职。"

"我可不是，"可汗在对手身边旋转迂回，一举一动之中有着近乎浑然天成的绝佳平衡，"我不在乎统御臣民。从来都没兴趣。而你不一样……你，你如饥似渴。"

可汗将莫塔瑞恩步步逼退，用凶猛攻势与沉重力道迫使对手跨过广场外沿，向一座残破的金字塔逐渐靠近。他们在弗泰普拱门的阴影里你来我往，这个通向壮丽建筑内部的宏伟入口已经变成了坍塌严重的残垣断壁。

可汗察觉到短暂迸发的亚空间巫火，推测那是阿维达所为。秦夏的战吼钻入可汗耳中，让他心神振奋。怯薛领袖是一位技艺精湛的斗士，无论是他还是其余战士的处境都让可汗毫不担心。

他们终于能够投入战斗了。他们终于知晓了敌人的身份。他们看清了对手的面目，这便足矣。

"那是我应得的，"莫塔瑞恩嘶哑地回答，他透过呼吸面罩喘着粗气，使出浑身解数抵挡攻势，"从来都是我应得的。你本可以与我联手。"

可汗毫不松懈。他的利刃恍若一束不可阻挡的灿烂星光。"早晚会轮到你的。你说亚空间应当被遗忘、被封锁。你可真是无知。它现在就要冲你来了。今日把你斩杀在此算是大发慈悲。我已经能看到了，你的未来愈发黑暗，不断拉扯你的灵魂。"

两人轰然闯入金字塔底层，周围战士们殊死搏斗的铿锵声响不绝于耳。这座雄伟建筑的庞大尸骸直刺天际，仿佛是一座被开膛破肚的巍峨峭壁，无数根断裂钢条维持着完美的几何布局，指向不复存在的遥远巅峰。昔日的内部墙壁已经坍塌过半，留下了不计其数的空洞缺口，那些残存至今的破败墙体在他们面前延伸出一座繁复难解的迷宫。

"事到如今，一切未来都是黑暗的，"莫塔瑞恩回答，他凶狠地扫动兵器，反手将镰刀砸在一座拱门的边缘，顶石碎裂洒落，被他踩在脚下，"你根本不知道荷鲁斯或者帝皇变成了什么样子。他们两个都是怪物，但你选择了错误的一方。荷鲁斯是个斗士。他是我们的同类，而非某种不朽的……异怪。"

可汗紧追不舍，发自内心地大笑。"不朽异怪？"他沉吟着拖动利刃当头劈下，险些斩断了莫塔瑞恩的一丛供能缆线，"我们都传承了他的血脉。如此说来我们又算是什么？"

莫塔瑞恩的狂野巨镰让更多石雕粉碎四溅，变成一蓬尘云。爆矢弹尖啸着洞穿浓厚烟雾，敲打在仅存的华丽建筑上。两位全力搏杀的原体对其余的一切都不闻不问，他们在刀光剑影中缓缓迈向金字塔的核心位置，在一列列壮观石柱和一块块残缺屋顶下走过，那蕴含着无穷伟力的频繁交手让大地颤抖不已。

"今日之事你以为要如何收场？"莫塔瑞恩厉声说道，他再次站稳脚跟，停止了退却的步伐。他的盔甲已经遍体鳞伤，不复以往的牢固表象。"你以为你能斩落我的首级，就像弗格瑞姆杀掉费鲁斯那样吗？"

可汗的刀锋第一次失了准头。

是真的？费鲁斯已经殒命？

莫塔瑞恩趁势反击，将静默的长柄狠狠敲在可汗的小腿上。象牙色的胫甲顿时开裂，陶钢碎片之间流窜出嘶鸣能量。

可汗急忙避开接踵而来的后续攻势，险些完全丧失平衡。他踉跄退却，莫塔瑞恩则转守为攻。

"没错，他死了。"莫塔瑞恩嘶声道，"你们的人数已经落入劣势。情况只会越来越糟。"

可汗透过空荡荡的金字塔举目仰望。细小的玻璃片从早已崩溃的遥远塔顶不断洒落,在地面裂缝的火光照耀下熠熠闪亮,殷红如血。普罗斯佩罗的破碎山河低声呼吼着它的阴沉怒意,仿佛在此上演的又一场原体对决让整个世界都义愤填膺。漆黑如炭的天空在犬牙交错的损毁塔顶上方翻涌躁动,空空如也的穹隆上没有一点星光。

密如蛛网的裂隙喷发出橙红光辉与腾腾热气,托起了莫塔瑞恩的披风。在片刻间他恍若丘格里斯古老传说里的某种冥府幽魂——被夜叉所吞噬,不朽不灭,穷凶极恶。

可汗继续退却,双手紧握弯刀。莫塔瑞恩极为强悍,就像乌拉夫山脉的牢固根基一样不可撼动,但他动作迟缓。双方势均力敌,如同一枚徽章的迥异两面。

倘若我和他勠力同心,并肩奋战,取长补短,又何尝不是纵横天下难寻对手?他心想。荷鲁斯能否匹敌?帝皇能否匹敌?

他凝视着莫塔瑞恩那张苍白病态的面孔,看到了熊熊燃烧的怨怒,他知道自己脸上也是如此。

他已经万劫不复。我们全都遭到了背叛。

死亡之主迈步逼近,奋力挥动静默扫向对手腿部,他的表情扭曲,充满憎恨,混浊不畅的呼吸声变得愈发轻浅而急促。

"来吧,兄弟。"可汗说着做好了再次交锋的准备,他在马格努斯失落都城的玻璃泪海中站稳脚步,"你我来做个了断。以胜败定永恒。"

也速该站在月牙号的指挥舰桥上,看着普罗斯佩罗的形象在前端舷窗里迅速膨胀。整装备战的卢杉向船员们呼吼着命令,他显然依旧坚信这艘船随时都可能分崩离析。

那段旅途的末尾最为艰险,盖勒力场面临了严峻考验,亚空间引擎近乎崩溃。即便是在清醒的时候,也速该都能听到夜叉的尖叫。当他前去为导航者提供协助的时候,那些虚空邪兽已经清晰明确地浮现在了实景舷窗之外的沸腾炼狱里,成群结队地扑向战舰的亚空间轨迹,疯狂抓挠这艘胆敢闯入它们领域的星船。

赫西俄德号险些失落，唯有亨瑞寇斯的高超技术及也速该和导航者的全力拼搏才让它勉强脱离困境。他们采用最短的航行矢量冲回现实宇宙，随后实体空间引擎就点亮了微缩恒星般的火光，全速赶往那个濒临垂危的世界。即便目的地还遥不可及，也速该依然察觉到了在那颗星球身上萦绕不散的灵能惨象，恍若一道深重旧伤表面的乌黑疮痂。

"舰队情况如何？"也速该再次问道，他始终无法理解扫描仪器所提供的数据。

"一盘散沙，"卢杉难以置信地回答，"阵形杂乱。没有建立任何防线。"

也速该品味到了深切的不安。其中一些白色疤痕战舰明显飘离了位置，另外一些则相互展开拦截。不断逼近的死亡守卫战舰却能够长驱直入，并未受到丝毫阻拦。

"激活光矛，"他命令道，"驶向死亡守卫舰队，立刻发动攻击。投放全部火力。"

卢杉点点头，厉声下达指示，将命令沿着指挥链传递出去。月牙号几乎瞬间就扭转了航线，狠狠转向右舷一侧，朝最近的第十四军团战列舰猛扑过去。舰桥里充斥着武器系统激活上线的低吼与颤抖，虚空盾的波纹在舰艏舷窗之外脉动浮现。

他们行动高效，却仍然不及赫西俄德号的迅猛势头——亨瑞寇斯的复仇渴望化作了一股无比强大的动力。他那缺乏情感的机械嗓音在舰桥通信频道里嘶声响起。

"我们的火力无法应付所有敌人。"他指出。

"我们不需要。"也速该盯着逐渐进入射程的敌人，用哥特语回答。死亡守卫显得洋洋自得，一心扑向陷入内讧的白色疤痕舰队。"肯定出了大问题。只需要让我的兄弟们恢复清醒。"

"他们在干什么？就好像他们在自相——"

"他们能回心转意的。"

"可汗呢？你能感觉到他吗？"

也速该扫视舷窗之外的幽暗星球，它已经填满了过半的视野。他察觉不到任何情况，只有某种惊天动地的亚空间灾变所残留的痕迹，仿佛整个世界的居民都被抽魂夺魄，无一例外地枯萎凋零。以太能量依旧将那颗星球层层包裹着。

"不，"他严峻地说，"还不能。"

亨瑞寇斯在通信频道里低哼一声，仿佛这是他早有所料的结果。"无所谓。"他说道，"我们总可以让那些混蛋吃点苦头。"

也速该点点头，审视着敌我双方之间迅速缩短的距离。赫西俄德号与月牙号都远远小于那四艘主力战舰，而且敌方的护卫舰船已经动身展开拦截了。

"确实可以，我的兄弟。"他轻声说。

第二十二章

巅峰之下
舍命一搏
利剑风暴号

莫塔瑞恩的凶蛮力量卷土重来。面对这个不知疲倦的对手，可汗觉得诸位兄弟之中恐怕唯独费鲁斯能够与之抗衡。死亡之主闷头吃下每一记攻击，像水蛭般吸干了其中的力道，毫不迟疑地继续求战。

死亡守卫军团的强韧广受称道，他们承受打击奋战不休的能力也是独步天下。如今，可汗终于亲眼证实了那支军团的传奇声誉。默然的死亡寿衣战士和他们的领袖一样坚不可摧，始终在废墟中与怯薛卫队展开殊死搏斗。双方都有死伤，飘散尘埃覆盖了阵亡战士们的尸体，这场苦涩之战不曾停歇。

金字塔的宏伟厅堂笼罩着他们，层层叠叠的露台遮挡住了这副焦黑残骸中仅存的些许光明。两位原体冲进一座座昔日的前厅与会场，将来自上千个世界的焚灭典籍、古旧装置和烧焦器物踩在脚下。这一切的核心已经显现在了他们面前——那块圆形地板由黑曜石铺就，用象牙和白银拼成了众多含义深奥的涡旋图案，大批早已死去的枯萎尸首横陈遍地。像犀牛运兵车一样宽的环纹廊柱林立四周，如同高大卫士般伫立在幽暗之中。在整座建筑最中央，一枚黄金徽记镶嵌在脏污破损的地板里，那枚马格努斯之眼透过厚重尘埃依然闪烁微光。数百米之上的金字塔巅峰默默承受着天界的怒火。

当两人踏入圆环的时候，可汗终于感觉到了一丝疲惫。在不知多少年的戎马生涯中，他从未真正感到劳累。他曾经与异形种族的精锐勇士临阵对决，曾经将有如战犬泰坦般庞大的敌人斩落沙场，曾经在绿皮海洋的怒涛狂潮中杀出一条血路，但他从未面临过莫塔瑞恩所施加的这种沉重负担。

只有原体才能摧毁原体。

莫塔瑞恩发出一声嘶哑干笑。

"从来没有打得这么艰苦过，是不是？"他低声说道，手中的战镰静默始终势大力沉。他同样伤痛缠身——他的脸颊与额头上点缀着血迹，呼吸面罩伴随刺耳声响抽进一口口粗气。

可汗发起了新一轮攻势，他舞动着弯刀，想方设法穿透莫塔瑞恩那坚如磐石的防御。他的动作依然更为迅捷，他的剑术仍旧更为高超。

"你也一样。"可汗指出，不断滴淌的汗水在莫塔瑞恩的灰白额头上留下了一条条泛红的痕迹。

"的确。"

莫塔瑞恩的嗓音流露出了惋惜。即便掩埋在闷燃不息的怨怒和日积月累的苦楚里，死亡之主仍旧很理智，能觉察到当前局面的讽刺意味。基因原体们生来本是一支大军的各个组分，每位兄弟都可弥补他人的不足。纵然这支大军内部滋生了颇为明显的忌妒和对立，它的征伐成果仍是无可匹敌的。帝皇的愿景——从他的超凡心智中脱胎而成的二十位不朽化身共同率领伟大远征纵横星海一统人类——是无可挑剔的。

而现如今，他们却走到了这一步——在鲁斯暴行的尘埃和余烬里刀兵相见。局面已经急转直下，而且两人都明白，事情在抵达结局之前还要落入更深的低谷。

"你可以回心转意，"可汗说着避开了呼啸横扫劈向头盔的镰刀，"荷鲁斯不是你的主宰。"

莫塔瑞恩嗤笑一声。"不，他永远不会主宰我。"

"你目睹过我们父亲的辉煌力量——我们谁也不可能与之抗衡。"

莫塔瑞恩猛然转守为攻。闪烁飞溅的凶暴能量倒映在周围的高大廊柱表面。"他已经被自己的错误束缚住手脚。王座厅变成了梦魇的巢穴，他寸步都不可擅离。广袤疆域门户大开——任由我们夺取。"

可汗挡开一记镰刀劈砍，直取莫塔瑞恩的颈甲。他在最后一刻下压刀尖，轻巧地绕开对手的防御，在胸甲上撕开了一道长长的裂口。早已破损不堪的盔甲随即开裂，弯刀得以不断深入，噬咬到隐藏其下的肋骨。

莫塔瑞恩紧皱眉头匆忙脱身，他用巨镰握柄狠狠敲开可汗的弯刀，蹒跚退却。

"你们什么也夺取不了，"可汗低吼着加紧攻势，"只有一片焦土。看看你周围吧——你们会让整个银河都变成这副模样。"

莫塔瑞恩不落下风地嘶吼一声迎面扑来，他将镰刀当作长戟挥动，用握柄末端重重敲打可汗的腹部。可汗在崎岖不平的地面上趔趄倒退，莫塔瑞恩则迈着沉重脚步乘胜追击。巨镰的攻势毫不松懈——凶狠、迅猛、撼动大地。可汗被迫步步避让，勉强抵挡着对手向他倾泻而来的狂野怒火。

最终他们轰然相撞，再度交锋。不屈不挠的纯粹意志推动着他们全力拼杀。破碎盔甲如弹片般四下迸射。挂在莫塔瑞恩身上的那些玻璃瓶罐纷纷炸裂，骤然喷发的刺眼气体让他们几乎目不可见。飞溅血柱不时泼洒在交战双方身上，染红了各自的盔甲。他们站稳脚跟殊死搏斗，相互之间不让寸步，两把利刃上沾满了如美酒般浓烈暗红的鲜血。

可汗奋战不休，口中有腥气，肌肉酸痛，同时也感受到了旷野的呼唤。他需要空间——让他充分运用自身速度的空间。他必须摆脱束缚，发挥长处，撕开莫塔瑞恩的沉重压制。

可汗凝聚起最后一股力量，猛然荡开镰刀抽身退却，示意对手前来应战。死亡之主高举静默，让镰刀形状的深幽阴影笼罩了地面上的眼眸徽记。他的残破披风在身后飞扬，仿佛要刻意模仿古老的神话形象——不计其数的人类世界都拥有关于夺命死神的传说，如今这在一个生灵涂炭的星球化为了现实。

可汗原地不动喘着粗气，努力积攒力量，准备放手一搏。他的心脏疯狂跳动，肺部火烧火燎。他紧握弯刀，以静制动，观望敌人。

来吧。你能看到我的弱点。

一刺。角度精准的完美一刺——他尚且拥有足够的力量。必须完美无缺；如若不然，他将会给敌人可乘之机。其余手段都不足以制敌。其余招式都难以达成击杀。

然而莫塔瑞恩一动不动。他僵硬地站在原地，仿佛突然听到了什么。他的镰刀挡在身前。一阵细微的咳嗽声从他的面具里传来，可汗很快就意识到，那其实是精疲力竭的轻笑。

"如此说来他们作出了选择。"

可汗保持警惕，不确定对方此言何意。莫塔瑞恩向死亡寿衣挥手示意，他们立刻纷纷脱离战斗，向原体聚拢过来。

"我们双方的星船在交战，兄弟。"莫塔瑞恩尖酸地嘶声说道，一瘸一拐地开始撤退，"这不符合我的预期，我也不会把一支舰队白白葬送在这场战斗里。"在他开口时，大团血沫从他嘴里涌了出来，沿着面罩边缘缓缓滴淌，以致话语变得含混不清。"但你听明白了——如今我们已经是永恒的对手。你我的命运在此锁定。记住，一切都是从这里开始的。"

可汗察觉到脚边的尘埃蠢蠢欲动。一丝丝沼绿色的脉动能量穿过金字塔顶端的空洞流淌下来。

"等到我们下一次交手的时候，"莫塔瑞恩嘶哑地说，"就已经敌我分明了。"

他嘲弄地行礼致意，与此同时一束夺目光芒突然洒落九天，如长枪般刺透云层，拍打在金字塔残骸的核心位置。

可汗这才意识到面前是何情况，顿时一跃而起。弯刀猛然出击——势如奔雷，迅如闪电，倾尽了他的毕生技艺。倘若得手，这一招必定能够绕开莫塔瑞恩的防御，洞穿其薄弱颈甲，将对手呼吸所赖的那些软管尽数切断。

然而在刹那间，死亡之主及其随从就踪影全无，遁入了亚空间的疯狂涡旋。这个死寂世界的狂风继续呼啸，尘埃飘扬四散，闪电分叉奔腾，对他们的离去恍然不觉。

可汗在惯性的推动下趔趄冲过了敌人方才所在的空旷位置。他扭转身躯，始终高举兵器。

毫发无伤而刀锋猩红的秦夏面对着他。那个千子军团战士也活着，还有另外五名怯薛队员。

"不能让他跑了！"可汗带着沸腾不息的满腔战意咆哮道。狩猎远没有圆满结束——猎物逃脱了。

秦夏低垂兵刃。在片刻间他保持着沉默，但头盔里传出的嘀嗒轻响表明他正在试图与舰队取得联络。

随后他摇了摇头。无论死亡守卫采取什么手段穿透了普罗斯佩罗的以太屏障，那显然无法为白色疤痕所用。

可汗转头看着阿维达。"这是你的世界，"他嘶声道，"带我离开这里。"

那位术士显得有些手足无措。

"你们的战舰还在轨道上吗？"阿维达瞥了秦夏一眼，"屏障是问题所在？"

"我认为是的。"

"这可不容易办，"阿维达看着可汗嗫嚅道，"我只能坚持一小段时间。希望有人在仔细监控吧。"

可汗点点头。"动手。"

阿维达退后几步，其余战士为他让出了宽广的空间。他专注心神，交握双掌。巫异光辉开始在周围凝聚，像飞旋星辰般被他的盔甲吸引过来。闪烁银火在他的手甲上点亮，迅速积攒着能量；不消片刻，他的双手就已经迸发出了令人难以直视的强光。

随后他高举臂膀指向天空，释放出一股灿烂辉煌、白热灼人的夺目光柱。光束沿着金字塔的中心奔涌而上，直冲天空。

他身躯一颤，勉强站稳脚步，但那股势如雷霆的以太威能从未中断。闪耀银光用一场链式反应点燃了整片天空。如滚滚雷鸣般深沉震耳的轰响随之传来。一片蛛网状的光辉脉络在厚重云层底部迅速蔓延。至今未曾暴露丝毫破绽的遮天黑幕就此消散，藏在背后的虹彩色泽终于展现真容，像缤纷亮丽般的极光般闪耀舞动。

阿维达自己也开始闪烁微光，他的猩红盔甲明亮如火。那股灿烂光芒愈发强烈，以至炫目。在片刻间，可汗觉得自己仿佛在直视星炬本身，不得不转过身去。

他抬起头，望着阿维达所释放的能量刺透了那片动荡不安的天空。

"但愿此计可行。"他阴郁地说道。

也穆兰的突然抵达仅仅让昔班欣喜了片刻。如今双方势均力敌，各自拥有毁灭性的火力。不断加剧的事态推动着军团朝灾难的深渊步步走近——本该用来摧毁敌人的武器现在指向了战友。

他蹲伏在掩体背后，让关刀的能量力场保持在激活状态，仔细权衡面前的目标。哈希克及其部下仍旧牢牢掌握着舰桥大厅远端的指挥宝座和周边区域，还有地势较高的观察甲板与舱壁露台。也穆兰的部队传送到了两翼，主要兵力聚集在位于舰桥另一边的探测站周围。双方都拥有良好的掩护，然而在各自工作岗位上战战兢兢、不知所措的几百名凡人船员让情况变得更为复杂，任何干净利落的交火恐怕都会转变成敌我不分的屠杀。

糟糕至极的境况让他有点反胃。

我们是如何走到了这一步？我们是如何陷入了这种疯狂行径？

昔班将这些念头抛诸脑后，从掩体中一跃而起。"兄弟们，跟我上！"他咆哮着率领部下们重新投入恶战。

他的兄弟会再一次涌入开阔地带，纷纷伏低身躯，快步冲向敌方。在狭窄空间里爆发的这场惨烈战斗并没有丝毫改观。星际战士们贴身厮杀，下手凶狠，毫不留情。也穆兰的终结者卫队横冲直撞地碾过护栏，埋头扑向那些旗鼓相当的对手，用双联爆矢枪挥洒出一片致命铁幕般的狂怒弹雨。精美华丽的廊柱和扶垛难以抵挡这凶恶火力，很快就变得残破不堪。

在这滔天怒火面前束手无策的凡人船员全都心惊胆战地躲在掩体后。

只有一个例外。当昔班快步冲向机仆工作站的时候，一个头发灰白的女人径直朝他跑了过来，对方癫狂地挥动着手臂，身上那套皱巴巴的帝国军队将军制服已经多处撕裂。

昔班的第一反应是推开她继续冲锋。术赤和其余战士已经大步流星地赶在前面，身手矫健地越过楼梯，绕开障碍，径直扑向托贡的部下。

然而对方眼睛里的某种神色让他迟疑了。

她万分急切——并不是要逃跑求生，而是要吸引昔班的注意力。

她的面孔很眼熟。昔班之前在哪里见过她。

"停下！"她在战斗的呼啸轰鸣中扯着嗓子喊道，"大可汗！我定位到了！"

昔班急停脚步。这个无遮无拦、未着护甲的身影倍显赢弱——她连一把激光枪都没有——在昔班面前她无比渺小。

"传送平台，"她喘着粗气说，"带我过去。"

那块区域远在两百米之外，中间隔着一片弹道交织的大理石地板。敌对双方的密集火力已经让那些高大的精金立柱遭到了误伤。

她绝对过不去。就连昔班自己也不敢保证。

"你是谁？"昔班质问对方，同时挪动了几步，用自己披覆盔甲的身躯掩护她。

"见鬼！"她吼道，仿佛想要捶他一拳，"你以为是谁把机库入口打开的？我锁定到可汗的位置了！你明白吗？带我过去，否则就眼看着你的军团自我毁灭吧！"

昔班又瞥了一眼传送平台，再看看她脸上的央求神色，最终下定决心。

"别挣扎，"他说着一把抱起对方，夹在自己左臂下面，她简直轻若无物，"抓紧了。"

随后他就拼尽全力埋头冲了出去。

不出数米,第一枚子弹就击中了他的右侧肩甲,险些让他扑倒在地。他摇摇晃晃地继续前进。等到行程过半的时候他才再次中弹——正中腿部。他的陶钢护膝顿时粉碎,锐利破片洞穿了下面的层层护甲。

他屈膝跪地,弓起身躯,尽量保护怀里的那个凡人。就算她发出了尖叫,昔班也丝毫没有听见;那场激战的雷霆轰鸣将他团团包裹起来,随着交火加剧而愈演愈烈。

他重新站了起来,对腿部的炽热剧痛置之不理。他拖着脚步走向传送平台,始终庇护着那个女人。更多枪弹向他袭来——有一枚爆矢弹狠狠轰击他身后的动力背包,另一枚则打在已经受伤的那条腿上,顿时让他两眼发黑。一团等离子砸在破损的肩甲侧面,虽然被弧形装甲弹开,却依旧泼洒出一片熔融金属。

他继续前进,咬紧牙关忍耐剧痛。当传送平台的精金立柱在他面前浮现时,他急忙将那个凡人一把推了出去,以免自己轰然瘫倒的身躯把对方压在下面。

她手脚并用地脱离险境,快步冲进了相对安全的内部操作间。鲜血淋漓的昔班抬起头,看着她找到了一块控制面板。更多爆矢弹不断敲打立柱,她狂乱地输入了一串字符,传送装置顿时低吟着开始积攒能量。

随后,两人之间的位置就骤然爆发出夺目光芒。如同破片手雷引爆一样的刺耳鸣响辐射到了整座舰桥里。长矛般的电流奔涌四散,凶狠地鞭笞那些精金立柱,又在转眼间归于沉寂。

那个女人被这云开日现般的勃然光辉吓了一跳,匆忙用双手挡住眼睛。昔班自己也只能看到一团翻涌沸腾的能量,无法分辨任何细节。

随后有几个轮廓显现——身穿终结者盔甲的白色疤痕,还有一位力竭跪倒的红甲星际战士。

一马当先的那个身影最为高大威武,他身穿精美铠甲,背后的披风已是残丝片缕,钢铁面甲上遍布焦痕与刀伤。

他迈出那团迅速消散的光辉风暴,用阴沉凶恶的目光凝视舰桥。这座宽广厅堂仍旧为战火所荼毒,同袍兄弟们自相残杀,淹没在了一个充斥着残暴呼吼与枪口闪光的疯狂世界里。

昔班咳出满口鲜血,已经动弹不得。可汗走出了传送平台,摘下头盔抛在一旁。他扫视整座舰桥，凝重的神色逐渐被惊恐所扭曲。他一言不发地看着面前的惨烈景象，脸上满是震愕。

昔班的思绪飞向琼达克斯，回忆他上一次与原体近在咫尺的情景。当时那份无上荣光或许足以让他甘心赴死，在一场对抗异形的可贵战斗中献出生命。而今日有所不同，这干系重大的紧张局面仍旧悬于一线，交战双方的所作所为也没有什么荣誉可言。他试图站起身来，但痛苦之潮再度涌来，夺走了他的视线，淹没了他的脑海。他想要爬近一点，想要开口讲话，却力不从心。他能察觉到自己的各个器官逐渐衰竭，麻木感的冰冷波纹随即在胸膛里蔓延开来。

他的头盔撞在甲板上，一切都归于黑暗。

可汗走下平台，怯薛卫队紧随其后。这场鏖战将前方的指挥大厅化作一片泥沼。近处的很多战士注意到了传送的闪光与轰响，已经困惑不安地放下武器，然而其余很多人还深陷在殊死搏斗之中。爆矢弹的滂沱骤雨仍旧笼罩着整座舰桥。

可汗心痛如割地目睹了自己军团的战士反目成仇。莫塔瑞恩的话语在他脑海里回荡，与对方的最后致礼一样尖酸恶毒。

你的军团已经半数公开支持荷鲁斯。

他遥望指挥宝座，那里的战斗最为激烈。他看到哈希克站在高台上，奋力抵挡也穆兰麾下战士的凶猛攻势，顿时明白了当前局面的由来。

"秦夏，跟我上。"他嘶吼一声大步前行。伤痕累累的可汗迈入枪林弹雨深处。他掌中的弯刀倍显沉重，仍旧沾着莫塔瑞恩的鲜血。怯薛卫队如影随形，组成一道防线将原体簇拥在中心。

他在这场激烈厮杀的核心区域昂首阔步，战斗随之缓缓消解。生死相搏的军团同袍们抬起头来，望着身披残破盔甲的基因原体迈向宝座，仿佛突然意识到自己在可汗缺席的短短时间里已经落入了何等卑劣的境地。爆矢弹的震耳轰鸣逐渐平息。

哈希克等待着他。舰桥陷入了沉默。众多战士寸步未动，仍旧端着武器。每一双眼睛都盯着指挥高台。

"那颜可汗，"可汗迈上阶梯，俯视着哈希克冷冷地说道，"这是什么疯狂行径？"

哈希克的武器尚未入鞘。终结者铠甲的头盔遮盖住了他的表情。

"这都是为了我们，"哈希克说道，即便经过了通信格栅的过滤，他的嘶哑嗓音还是暴露出内心的疑虑，"为了军团。"

"你很清楚我会回来的，"可汗说，"莫非你早有计划，打算确保舰队彻底落入你的掌控，之后再容我归还？你是期望如此吗？"

哈希克紧握武器的手臂微微抽搐了一下。"我想要看到你和战帅再度携手同心。这就是我唯一的期望。我不能容忍背信弃义者的窃窃私语占据上风。"

"背信弃义者？"可汗用目光横扫舰桥，"你做出这等事来，却说别人背信弃义？"

哈希克顿觉恼火。"大事还能办成！"他高声说，"我们犯了一些错误，但无论如何我们看清了真相。他发出了呼唤，我们必须响应。向来如此。"

"你被骗了。"

"但是大人，你没有下达任何命令。"

"我命令你们等待。"

"不要就此了结这一切，"哈希克迈近一步敦促道，"给我时间，让我解释。"

"已经没有时间了。"

"大人，我求求你——"

"够了！"可汗咆哮着举起弯刀。

或许是不由自主，或许是一时糊涂，抑或是误以为谋划许久的事业能够赋予自己超群力量，哈希克竟然也抬高了兵刃。

可汗猛扑上来，奋力挥动弯刀，与哈希克刀锋相抵。他扭动武器，将那颜可汗的兵刃从手中甩了出去，接着翻转刀尖深深捅进哈希克的腹部。这精准的一击伴随干扰力场的凌厉轰响切开了终结者盔甲。

从心脏下方贯穿躯干的那柄利刃送出一股股席卷对方全身的炽热能量，让哈希克僵直不动，瞠目结舌，无法作出任何回应。

可汗单手将哈希克缓缓提起，以山川演化般的沉缓速度把对方举到自己面前。弯刀支撑着哈希克的全部重量，令他动弹不得，也无从开口。

可汗调动起每一分超凡力量，探出空闲的手掌扯掉了哈希克的头盔，满怀鄙夷地将其抛在地上。他们四目相对——其中一张面孔因震慑而血色尽失，另一张因愤怒而冷酷无情。

"你自称看清了真相，"可汗嘶吼道，"但你对真相一无所知。倘若你服从了我的命令，此刻就正该是由我向你讲述真相的时候。但现如今，我只有一番话要对你讲——这支军团是察合台的部族，其中的每一位将士都奉我号令。自从我们在草海上并肩奋战的年代就是如此，无论荷鲁斯、帝皇、还是天界神灵，宇宙中的任何力量都永远休想改变这一点。"

哈希克凝视着可汗，眼神愈发狂乱，嘴角涌出血沫。他失却武器的手甲徒劳地抽搐着。

"我准许你事事自主定夺，赋予你旁人无法想象的权柄。"可汗的话语里饱含苦涩，"既然你如此报答我，我也就如此打倒你。"

可汗将哈希克的躯体甩了出去。那颜可汗从刀刃上脱落，与指挥宝座轰然相撞，将其从中砸成两截，随后又沿着高台阶梯滚落。秦夏抽出武器走了过去，但哈希克并未起身。

可汗移开了视线。他的全身血脉里仍旧奔涌着熊熊怒火，以及遭到背叛的沉重悲哀。在刹那间，种种暴力情景充斥了他的脑海，他想象自己化身为古老传说中某个睚眦必报的神祇，继续肆意挥洒心中的深切愤恨，让所有误入歧途的子嗣都承受天罚。

但最终，他的目光穿过了观察甲板拱门和巨型实景舷窗，落在了普罗斯佩罗的轨道空间上。远方的寂静太空里光芒闪烁。至少莫塔瑞恩在这件事上说对了——有些战舰已经展开交火，光束与护盾正在相互较量。

没有时间了。他深吸一口气。

"这件事必做清算！"可汗向成百上千个等待指示的部下高喊道，"但此时此刻，战斗在呼唤我们。通报舰队全体成员，我们立刻迎战死亡守卫，广叉阵形，全速前进。"

他用阴郁目光扫过麾下战士，蕴含其中的深重失望压得战士们抬不起头来。

"敌人的面目已经明了。我们要再次狩猎。"

月牙号加大马力逼近敌人，护盾不堪重负，光矛过载运转，引擎隆隆轰鸣。在扫射下受损起火的死亡守卫战列舰从月牙号头顶斜向掠过，以沉重的激光火力回击。

距此不远的赫西俄德号也扑向了敌方阵形的核心,在枪炮齐鸣的同时用虚空盾抵挡着密集攻势。两艘战舰都以全速刺入了第十四军团舰队内部,他们很清楚,只有始终保持迅猛前进才能求得生存。敌人原本在向一支自相残杀、群龙无首的舰队缓缓逼近,因此这突如其来的狂暴攻势令他们一时间措手不及。然而这种惊愕很快就消退了。

"急转弯!"卢杉咆哮道,他指挥战舰全力躲避致命的来袭火力,以免在顷刻间化作宇宙残骸,"注意那支炮艇编队——侧翼炮台立刻转火。"

也速该默默站在倾斜的甲板上。对于他而言,太空战从来都不是愉快的体验——他丝毫无法左右战局。但令他感到安心的是,卢杉是一位十分老辣的指挥官。他已经成功抵挡住了极其凶残的反击弹幕,此刻正在一头扑向那艘死亡守卫战舰的背侧装甲。

"充能光矛。"卢杉紧紧攥着指挥宝座的扶手命令道。

话音未落,一束狠毒的激光就从侧面命中了月牙号的右舷,让近乎崩溃的虚空盾波纹四起。整艘战舰剧烈颤动,仿佛引擎熄火了片刻,随后就向交战区域的下方缓缓滑落。

舰桥灯光忽明忽暗,很多层甲板之下传来一声低沉轰鸣。

卢杉抬头看着也速该,面露苦笑。"这恐怕是我们的最后一程了,天道萨满。"

也速该点点头。"那就让它不虚此行,兄弟。"

月牙号调整航向,在推进器的助力下回到了原本的位置。在他们前方区区数百公里之外就是死亡守卫战列舰希若斯之主号的宏伟轮廓。它足有白色疤痕战舰的五倍之大,擅长展开旷日持久的鏖战。第一次奔袭让对方的虚空盾遭受了严重轰击,但远不足以将其彻底打破。

卢杉驾着月牙号迎头直上,再度咆哮的引擎让也速该脚下的甲板颤抖起来。

"光矛,"卢杉命令道,"立刻开火。"

军械库马上响应指示,一束束洁白如雪的能量朝希若斯之主号奔去。它们狠狠打在敌舰中段位置,劈开虚空盾,切入了舰身装甲。

白色疤痕船员们看着敌方迅速蔓延的损伤,不禁高声欢呼。那艘战列舰的躯体上爆炸四起，装甲剥落飘散，网格状的内部舱室暴露在外。

"急转弯！"卢杉继续下令，"他们会——"

令人目眩的反击火力几乎瞬间就泼洒在月牙号身上。鱼雷洞造成了云团般的等离子外泄，噬咬着那艘扭转方向仓皇远离死亡守卫的小型舰船。激光接踵而来——火力精准而又密集。

也速该扫视屏幕。位于敌方阵形尾部的那艘庞大战舰已经转过头来，激活了武器，准备施以夺命一击。赫西俄德号的处境更加危险——它鲁莽地冲向了那艘怪兽般的旗舰，此刻面对着坚韧号的血盆大口。亨瑞寇斯大肆破坏，同时也承受了可怕的损伤。他若是还能坚持几分钟就算幸运了。

"我们可否掩护赫西俄德号？"也速该冷静地问。

卢杉笑了笑。"我们能活过下一次攻势就不错了。"

月牙号维持着全速的四分之三迅猛前进。愈发凶恶的敌方激光火力如影随形，仿佛是紧紧追在猎鹰身后的一群夺食乌鸦。又一枚鱼雷击中了左舷某处，让又一轮剧烈的颤抖在战舰骨架里蔓延开来。他们在希若斯之主号面前埋头逃窜，脱离了防御炮台的射击范围，加大马力冲向远方的太空。

正当也速该以为卢杉让他们成功脱离了险境的时候，另一艘战列舰突然从左舷上方压顶而来，它的武器早已蓄势待发，虚空盾显然毫发无损。也速该看到了舰艏上的骷髅徽记，心里很清楚这是一个他们永远都休想与之抗衡的强大对手。

"转向！"卢杉咆哮道。

也速该握紧了手杖。毫无疑问，敌方炮手已经锁定目标。"不，"他冷静地说，"维持航向。"

"我们会送上门去的。"卢杉警告道。

也速该点点头。"我们无论如何都逃不掉了，兄弟。"

卢杉深吸一口气，躬身行礼。"撤销转向命令。火炮主管，一切武器任意射击。"他朝也速该冷峻地笑了笑，"我们至少可以挫一挫他们的傲气。"

月牙号停止了紧急转向，为引擎注入更多能量。那艘死亡守卫战舰的宏伟幽影充斥了前端屏幕，表面林立着密密麻麻的粗重炮管。两台巨型光矛从刀刃般的舰艏下方刺探出来，各自装饰着无声尖叫的骷髅样式。庞大的供能缆线喂养着那对逐渐点亮的炮口。

月牙号抢先开火。激光束洒向敌方，最后一批鱼雷齐射也尖啸着遁入太空。正中目标——敌人遭受了密集打击，骤然爆发的炼狱火光将整个舰艉包裹起来。最终熄灭的烈焰展现出了一片焦黑扭曲的金属残骸。损毁变形的舱壁和探测器护罩向太空喷吐着飞溅火星。

"我们摧毁那些光矛了吗？"也速该心存侥幸地问道。

卢杉微笑着摇摇头。"那恐怕是奢望了。"

月牙号的航向依然直指敌舰，事到如今它已经孤注一掷，再也没有脱身的机会了。卢杉下令展开急剧俯冲，但就连也速该都看得出来，为时已晚。死亡守卫战舰的两台光矛喷涌着即将开火的光芒。那些致命武器在浩瀚太空的无垠夜色里具有一种奇异的美感，恰似在落日余晖中高高挂起的库欧灯笼。

也速该挺直身躯，决意亲眼见证这一切。

愿我们此举发挥作用，愿我们的榜样足以激励军团，在光矛开火时他心想。

死亡守卫战舰释放出毁灭性的火力，展示着前方景象的屏幕顿时漆黑一片。图像信号里充斥了严重干扰。也速该绷紧全身，等待落入真空时的呼啸气流，等待着身边的舰桥分崩离析。

但毁灭并未降临。他突然意识到究竟是什么让屏幕变得漆黑一片。

那是一艘战舰。一艘宏伟、高傲、庞大而强悍的战舰挡在二者之间，用自己的阴影遮盖了月牙号的舷窗，也隐去了普罗斯佩罗的恒星。

利剑风暴号。

他已经忘却了旗舰的英武身姿。只有炉火纯青的航行技艺才能让那艘星海巨兽这样灵活机动，横插在死亡守卫及其猎物之间。此刻它稳步前行，那刀刃般的舰身侧翼整齐坐落着一排排火炮。它的推进器向太空喷吐出赤红火光，如同一簇怒意勃发的耀眼星辰。

"大可汗！"卢杉高喊着从指挥宝座上站起身来。

就在此时，利剑风暴号全力开展了一次侧舷齐射。遮天蔽日的熊熊火光一时间抹消了太空，就像草原之海日出般绚丽夺目。那艘第十四军团战舰无从躲闪，顿时淹没在滂沱火雨里。剧烈爆炸在整个舰身上连成了一片，从炮火冲击的核心位置向外扩散，让精金护甲变得焦黑粉碎。

也速该凝视着定位屏幕。已经有更多战舰敏捷行动起来，正在向死亡守卫舰队猛扑过去。他看到天境长枪号的标志一马当先。即便是那些方才缺乏生气、胡乱飘动的脱队舰船也纷纷调整航向。一束束能量刺穿太空，用崭新的火力点亮了幽暗的宇宙。

他垂下头，在刹那间容许自己松一口气。

"天道萨满。"

通信器里传来的声音莫名地清晰洪亮。他已有六年没有听到了。那浑厚嗓音不曾改变，但其中还夹杂了某些不同于以往的意味——或许是幻灭吧。

也速该转过身，面对那幅刚刚在背后形成的全息投影。可汗的面孔浮现在微微闪烁的背景里。

"如此说来，那是一记佯攻？"也速该问道，他努力掩饰住自己的欣喜。

"舰队吗？不，很遗憾并不是。在你缺席的时候我们爆发了内讧。你是被什么耽搁了吗？"

也速该微微一笑。"被整个宇宙耽搁了。"他说道。

卢杉指挥月牙号从最为激烈的战事中脱身。船员们费尽心思维持住勉强成形的虚空盾，战舰的武器阵列已经破损不堪，但它会活下去。更多白色疤痕战舰从他们身旁掠过，加快脚步冲向战场，尽量为他们的撤退提供掩护。

"那艘荷鲁斯之子舰船，"可汗说，"是盟友吗？它如果继续战斗下去只有死路一条。"

"请你尽可能保护它，"也速该说道，"它搭载着一位应当保住性命的钢铁之手，即便他会对此大为恼火，另外还有很多愿意继续战斗的火蜥蜴。"

在他们交谈的时候，死亡守卫阵形已经开始后撤。面对战舰数量和行驶速度这两方面的劣势，众多护卫舰船开始汇聚成一道殿后防线，为那些大型战舰争取冲出战场赶往跃迁点的求生机会。白色疤痕大举追杀，不断侵扰，往复奔袭，用疾风骤雨般的光矛火力倾泻着心中积攒的所有愤怒。

利剑风暴号再度发动凶狠的侧舷齐射，让可汗的全息图像都模糊了片刻。"你深受大家想念，呼风唤雨者。"他说道，随后投影就关闭了。

也速该又一次垂下头，看着战区被迅速撤退的月牙号甩在身后。利剑风暴号则奋勇前行，在敌阵中犁开一条道路，浑身上下包裹着侧舷火炮喷薄出来的烈焰，恍若一支被投入恶战核心的夺命标枪。

直至今日，让军团为之骄傲的猎手们终于追随着领袖的脚步驰骋星海，仿佛是掠过朗朗晴空的成群猎鹰。

第二十三章

清算

恢复

狩猎

　　第二次普罗斯佩罗之战的惨烈程度无法与第一次相比，因为死亡守卫此行的意图是监督一个盟友的全面归附，而不是开展一场旷日持久的太空战。陷入凶残厮杀的两支舰队被包裹在密如蛛网的侧舷齐射与迅猛奔袭之中，从普罗斯佩罗的星球轨道渐渐远去。在莫塔瑞恩的领导下，规模较小的第十四军团舰队得以收拢阵形，在撤离星系的过程中并没有遭受严重损失，然而重整旗鼓的白色疤痕具有令他们无法抗衡的速度与火力。交战区域向星系外围稳步挪动，直到莫塔瑞恩最终命令舰队脱离战斗，全速赶往跃迁点。死亡守卫战舰拖曳着烈焰和等离子一头扑进虚空，将实体宇宙的控制权交给了可汗。

　　在敌人被驱离普罗斯佩罗之后，第五军团就停止了追击。舰队再次全体集结，组成松散阵形，正如昔日在琼达克斯那样。有些战舰内部仍旧爆发着冲突，重铸秩序的过程既不迅速也不平和。可汗亲自造访了每一艘战列舰，将任何反叛的火种果断踩灭。很多舰船都发生了血腥冲突，其中一些彻底落入了图谋掌控军团方向的结社成员手中。少数人宁愿自行了断也不想忍受投降的屈辱，但大多数人都承认大可汗的至高权威，拱手上缴兵器以示悔罪。

　　几艘小型战舰未能加入集结，有些在战斗过程中被死亡守卫击毁，也有些默不作声地就此隐去。可以想见，依附战帅的计划付诸东流，这一现实让他们无法接受。结社所播撒的反叛之种已经深深扎根，难以被毫无遗漏地完全拔除。

　　在整个战斗过程中，身受重伤的哈希克那颜可汗滞留在利剑风暴号上。直到莫塔瑞恩被驱逐之后，秦夏才过来收缴了他的武器与盔甲，将他押入牢房。哈希克没有反抗。他面如死灰，一败涂地。很多人随他一同身陷图圄，其中包括古尔高、赫伯和托贡。他们在大可汗亲随卫士的看守下等待接受审判。他们的所作所为在第五军团中没有先例，而若是遵照广袤草海的古老法则，犯下背叛罪行的人只有一条路可走。

赫西俄德号留在了舰队里，它险些被亨瑞寇斯鲁莽葬送，但沁扎尔号在危急时刻挺身而出，拦下了致命的鱼雷齐射。可汗向那位钢铁之手星际战士及其余破碎军团战士致以最高荣誉，邀请他们与白色疤痕共同战斗，可以加入任意一支兄弟会。亨瑞寇斯没有回绝这份邀请，但也没有给予肯定的答复。他说等到赫西俄德号修复完好之后，自己就能下定决心了。旁人大多推测他届时会孤身离去，寻找敌人。他自称捕捉到了荷鲁斯之子分支舰队的动向，已经急不可耐地想要展开追杀了。

阿维达同样被军团收留，在利剑风暴号上得到了一间舱室。他在那个濒死世界困居许久，健康状况急剧恶化，因此休息了数日才恢复状态，开口讲述自己的所见所闻。

此后也速该和他交流甚久，但他们的谈话内容仅仅告知了可汗一人。也速该询问了阿泽克·阿里曼的命运，盼望能够与此人重逢，但阿维达无法提供任何指引。风暴先知不得不承认，阿里曼要么已经命丧野狼之手，要么追随军团之主一同逃离了。无论如何，他们恐怕无缘再见。与乌兰诺大捷以来发生的种种可悲剧变相比，这一点让也速该感到尤为哀伤。除了阿维达之外，白色疤痕与千子之间的往日纽带已经尽数断绝。

至于可汗本人，他在整肃舰队的动荡过程趋于平息之后就退回了旗舰上的舱室，仔细斟酌军团的未来方向。只有秦夏和也速该相伴左右，但众所周知的是，一场忽里勒台——可汗峰会——即将召开，意在排除所有积怨遗毒。情况很快明朗，结社一派并没有真正理解自己努力铺就的那条道路究竟指向何方，因为他们所尊崇的那个荷鲁斯已经不复存在。从马格努斯口中探明的真相必须尽快向全体人员进行宣传，让纠缠了军团许久的疑虑和困惑就此终结。

这正是古老草原的行为方式：明说仇怨，惩罚罪责，重塑情谊。

那场峰会并没有一个明确的召开时间，但所有可汗都知道为期不远。叛乱的概况已经明确，诸多兄弟会很快就要奉命出征，再度勠力同心，寻求复仇。

在此之前，他们只能妥善备战，恢复状态，盼望一切创伤都能够被抚平。

昔班在药剂室里苏醒过来，痛楚烧遍了他的全身。他小心翼翼地抬起头。

众多软管从他的躯干延伸出来，里面涌动着液体。低吟不止的血液循环装置将他团团包围。他看着生命体征信号在一块黑色屏幕上滚动，并且注意到那些读数是多么微弱。

他感觉头晕目眩。他的脑袋阵阵胀痛，仿佛是灌注了过多的血液。

"你醒啦。"一个声音从身边传来。

昔班转过头，看到了自己之前救下的那个女人。她的样子与在舰桥时几乎没有改变——身材瘦小，穿着陈旧军服。她的灰发扎在脑后，满布皱纹的脸上已经没有了当时的脏污痕迹。

他想要躬身行礼，却办不到。一股剧痛蹿上他的脖颈。

"我还不……不知道你的名字。"他嘶哑地说。

对方微微躬身。"伊莉雅·拉瓦利恩，大可汗的幕僚、统筹者、观察者、外来者。"

昔班干燥的嗓子吞咽了一下。他能感觉到营养物质通过软管注入自己的躯体。这可不是什么舒适的感觉。

"如果是在另一支军团里，"伊莉雅说，"如果情况再糟糕一些，据说你恐怕就要被置入无畏机甲了。但这支军团的作风自然独树一帜，所幸你的命够硬。"

昔班五官扭曲。他并不觉得自己幸运。

伊莉雅绕过床，让他不必费力地扭过脖子面对自己。"你为什么帮了我？"她问道。

"我之前见过你，在琼达克斯。"

"你记性不错。"

"你与众不同。"

"作为一个女人？"

"作为一个泰拉人。"

伊莉雅点点头。"我们这样的人越来越少。我想是在加速减少。"

昔班深吸一口气。痛苦已经愈演愈烈。他若是能把头抬起来，或许就可以看到自己的整个身躯究竟变成了什么模样。"发生什么了？"他问道，"后来？"

"军团已经恢复了，"伊莉雅说，"我从未见过有谁比你更英勇。从今以后，一切都会更加安稳顺利的——军团的忠诚已经牢不可破。"

昔班紧皱眉头。他已经无法清晰地回忆起任何细节了。"那简直是……疯狂。"

"据说是普罗斯佩罗让情况加剧了。我们在那个充斥着亚空间影响的地方逗留了太久，实在是大意了。但话说回来，这支军团就是以轻率鲁莽著称的，对不对？我觉得你们恐怕是改不了的。"

"托贡怎么样？"

伊莉雅一脸困惑。

"在明月兄弟会里。我们交战过。"

"那就是在牢房里了。可汗在作出决断之后会进行宣判的。"

昔班心中五味杂陈。托贡是一位出类拔萃的战士，本不该葬送于此，然而他确实犯下了严重罪行，也致使昔班的很多兄弟不幸牺牲。昔班对于恢复状态之后检视阵亡名单的那一刻深感惧怕。他不知道自己是否会看到术赤的名字，或是桑杰，或是车艾。

"你放我们闯进了利剑风暴号，"他说道，"所以我也可以问你同样的问题——你为什么帮我？"

伊莉雅摇摇头，仿佛自己也说不清楚。"当时我周围的人都像是疯子一样。他们什么都不告诉我，可汗也不知去了何处。我很反感欺瞒。我们正是因为保守秘密才陷入了今日的境地。"她直视昔班，几乎带着一丝挑衅意味，"只是出于直觉。没别的了。"

昔班尽己所能地点点头。同样的话语也足以解释他帮助对方的动机。"那么，下一步呢？"他问道。

"我们还不知道，"她微微一笑，她开诚布公、通情达理的样子，让昔班十分欣赏，"但我们不必再等太久——他已经摆脱了疑虑。他急于展开行动，抛下这桩旧事，加入那场战争。"

昔班躺回到药剂室的金属床面上。新的战役总能让他感到欣喜，自从费姆斯以来，这就是他唯一的愿望。而如今，一切都变了。他们即将与之交战的敌人是昔日盟友，双方曾经并肩驰骋星海，共同为坚定团结的人类种族担任先锋。

"我本以为你听到这些会高兴的。"伊莉雅说。

昔班闭上双眼。"高兴？"他干巴巴地回答，"说不上。这场战争不属于我的天职。"

他能感觉到自己的意识逐渐滑离，被注入全身的强效镇静剂拖入黑暗。他伸展十指，对手甲的缺失很不习惯。

"你一定能找回欢欣的，昔班。"伊莉雅说，"这就是你们和他们之间，白色疤痕和其余军团之间的区别——你们拿起刀剑时常伴笑声。"

"是啊，"在药物影响下逐渐睡去的昔班咕哝道，他想着托贡，想着哈希克，想着所有人面前的命运，"我们曾经是那样的。"

可汗与也速该站在利剑风暴号的原体私人舱室里，紧锁房门。主舷窗外面铺展着浩瀚无垠的璀璨星海。两人都没有穿戴盔甲。也速该披着风暴先知的仪式长袍，可汗则是契丹猎手的传统装束——皮袄、长靴、红褐色的披风。

按照原体的标准来看，他的伤势花了很久才痊愈。他们推测是莫塔瑞恩镰刀上附着的某种毒素拖延了恢复进程。察合台身上有生以来第一次留下了不是亲手为之的疤痕。

"我们饱受欺瞒。"可汗心有不甘地将这几个字从高傲的嘴唇间挤了出来。

"不只是我们。"也速该平静地说。

"我们是最后一个发现骗局的。"

"这并不可耻。"也速该低头看着自己的双手。他向勒达克释放的雷火烧伤了自己掌心的皮肤。那一时失控让他宣泄了心中的狂怒，但也让他感到羞愧。"马格努斯知晓得最多，也最长久。这并没有妨碍他作出错误的选择。或许我们反而得以自保。"

可汗面露苦笑。"因无知而得以自保。"

"知之者不如好之者。"

可汗挑起眉毛。"某个库欧贤哲说的？"

"其实是泰拉人。"

"啊。"

他们默默站了一会儿。背后的火盆噼啪作响。

"如今作何打算，大人？"也速该问道。

可汗的鼻翼微微鼓动。他继续凝望星海，目光还是那么坚毅；如今则更显刚强。

"军团完好无损。我们可以再度狩猎了。"

"那些公开支持荷鲁斯的人呢？"

"他们误入歧途了。我们都曾热爱荷鲁斯。"可汗转过头看着也速该，"我曾热爱荷鲁斯，昔日的那个荷鲁斯。他们谁也不了解你揭示的那些真相，倘若他们得知一切的话，想必会惊恐万分，就像你一样。"可汗忧思满面。"我给了他们自由，他们运用了这份自由。应该为此受罚的是谁呢？"

"军纪必须维持。"

可汗点点头。"这是自然。哈希克明白自己的命运。其他人也是——那些可汗，那些应当懂得保持克制的人。"

也速该思索了片刻。"这让我想起一个传说。很古老，来自塔斯卡部族的疆域腹地。"

可汗大度地笑了笑。"喔？"

"一位可汗向敌人的领地进发，"也速该说，"他带上了三位兄弟，全都是忠诚可靠的勇士。在两军对垒的前夜，他发现三位兄弟都与敌方私下勾结，图谋止战休兵，以此换取优渥待遇。暴怒的可汗立即传唤三人入帐来见。他们供认不讳，但这并未平息可汗的怒火。三位兄弟宣称他们遭到了欺瞒，且对于自己的叛逆行为深感懊悔。然而他们全都懂得草海的律法，知道自己死路一条。"

"遵照惯例，可汗咨询了他帐下的诸位天道萨满。其中五人提议斩首示众，而第六人则意见相左。可汗质问他，为何要放叛徒一条生路。那位呼风唤雨者如此作答：'可汗，我们的敌人十分狡猾。他们的诡计一旦成功，就能让我们爆发内乱。即便失败，也能让这几位战士命丧黄泉。无论如何，你的部族都会遭受打击，让他们更添胜算。'"

"可汗聆听谏言，采纳良策。他请教应该怎样应对。呼风唤雨者如此作答：'在草海之上，最宝贵的奖赏莫过于荣誉，最沉重的枷锁莫过于耻辱。这些人背负了耻辱，必将尽其所能洗刷污点。派遣他们率先出阵。敌人会误以为他们前去投靠，但他们会奋战至死，以求用这唯一的方式恢复荣誉。此时你再率部进军，敌人就已经遭到了削弱，正如他们图谋削弱你一样。如此安排，我军必胜。'"

可汗饶有兴致地点点头。"他赢了吗？"

也速该不置可否地望向舷窗外面。"依我所见,传说往往是由胜利者书写的。"

可汗将双手交握在背后。"战帮,"他沉吟道,"游击。这是那个钢铁之手星际战士教给你的战术。"

"亨瑞寇斯已经成了这种作战方式的专家。兄弟们若是与他协同作战,也能大有收获。"

"那么我会考虑一下。或许一部分人可以这样安排。"

"这是赎罪。这会涤净他们的灵魂。"

"需要涤净的灵魂并不只是他们。"

也速该略加迟疑才继续开口,他显得心有旁骛。可汗默默等待。

"我……做了些梦。"也速该吞吞吐吐地说。

"梦到了什么?"

"我目睹你战斗。在一个遍布废墟的世界上,与一个冥界幽魂交手。"

"你看到了莫塔瑞恩。"

也速该倍显不安。"我不确定。在我的梦里,你被杀死了。"

可汗面露微笑。"那么,你的梦境看来不准啊。"

"或许吧,"也速该说,"抑或梦境另有所指。是尚未发生的事情。"

"你近来还做这种梦吗?"

"我抵达普罗斯佩罗之后就没有做过。"

"这就是了。"

"我抵达普罗斯佩罗之后就没有睡过。"

可汗叹了口气。"并非一切都是命中注定,我的朋友。"他说道,然而这几个字刚刚出口,他就回想起了马格努斯曾经对自己讲过的话。

一切都是已知的。

"并非一切,"也速该承认,"但你向来与亚空间密不可分。你的所有兄弟都是如此。局势渐渐明朗。你已经与莫塔瑞恩结仇,他不会善罢甘休。"

可汗狂放地咧嘴一笑。"不止他一个。鲁斯想必仍然怒不可遏。多恩也不会有好脾气。我们单打独斗,饱受猜疑,一如既往。但我发现我并不在乎。"

也速该看着他。"下一步如何?"

"现在吗?军团遭受了创伤。我们准备在忽里勒台上召开庭审。骄矜自傲要遭受惩罚，忠诚稳重要获得奖赏。等到我们再次狩猎的时候，我们必将恢复齐心。这是第一步。"

"之后呢？"

可汗始终凝望群星。他紧绷着那张带有疤痕的面孔。原体不会像凡人一样日渐衰老，但他们也并非完全免疫于岁月的侵蚀。

"必须阻止荷鲁斯，"他轻声说，"即便我们全军覆没，也要阻止他。我们要深入太空，发挥自身优势。"

"这并不足矣。"

"这足以拖延他。"

"那么最终目标是什么？"

可汗没有回答。

"在动身驶向普罗斯佩罗之前，亨瑞寇斯曾经问过我一个问题，"也速该说，"他想知道我是否坚信你会作出与我们相同的选择。"

"你怎么说？"

"我说我对你抱有信念。"

"这是真心话吗？"

"我完全不知道你会怎样做。有时候我担心你会牢牢抓住那条往日的忠诚纽带。说实话，你与你的父亲及他身边的重臣向来关系紧张。"

可汗点点头。"确实如此，我不会假装和和睦睦。如果你在琼达克斯问我愿意接受哪种说法，那么我必定会认为是荷鲁斯蒙受了冤屈。我在阿拉谢斯险些下令出击，若非阿尔法军团横加干涉，我或许真的会动手。"

"但让你犹豫不决的并非阿尔法军团。"

"不，并不是。"可汗清楚地记得当时的情形，星语者们时刻吐露着自相矛盾的信息。他记得只有秦夏目睹了自己如何饱受煎熬、如何举棋不定。

"那么究竟为什么呢？"

可汗看着他。"因为那是我的心愿所在。那是我期盼中的真相。那是一条更为轻松的道路，是我心之所向。"他露出冷峻的微笑，"而我们若是从家园世界上学到了任何教训，那就是务必对轻松的道路严加怀疑。舒适往往引向颓废。一切有价值的事物都难于获取。"

也速该仔细思索。"你简直像是个天道萨满。"

可汗笑了。那是种清澈的笑声——或许与往日相比略显粗放，但其中不含丝毫疑虑。

"我可不是。"他说着再次凝望星海，深幽太空也注视着他，仿佛向他敞开了饱受战火摧残的怀抱，"我是战鹰，是草原金鹰，是边疆骑手。我是不羁野火的精魂，是不可捕捉的飞鸟，是冰蓝天空的主宰。我闯荡四方，脚下踏过的道路让兄弟们无法企及，而我的心思也让他们难以捉摸。"

他在开口时品味到了一股逐渐涌升的狂野心性、一种重新点燃的往日喜悦、一团在琼达克斯饱受磨难但始终不曾熄灭的火焰。

"他们对猎鹰的说法也没有错。"他神采奕奕地说，"你自己就说过很多次——我们永远不会忘记狩猎的规矩。最终，我们总是要返回猎手身边。"

正如马格努斯所说。

但你还可以作出选择，兄弟。

"待时机来临之际，"他说道，"无论命运有何安排，白色疤痕必将返回泰拉。"

作者简介

克里斯·赖特是荷鲁斯叛乱系列长篇小说《疤痕》、短篇小说《风暴兄弟会》,以及广播剧《掌印者》的作者。在战锤40000背景下,他撰写了有关太空野狼的长篇小说《阿萨海姆之血》和《唤风者》,以及短篇小说集《芬里斯的野狼》,还有星际战士战斗系列长篇小说《钢铁怒火》与《狼牙堡之战》。除此之外,他名下还有很多战锤小说,包括复仇之战系列中的传奇岁月长篇小说《巨龙之主》等。克里斯在英国西南部的布里斯托附近生活和工作。

译者简介

赵笛,毕业于清华大学生物系,常用网络ID为Haldir。埋首阅读英美奇幻文学作品多年,熟悉并热爱马哲里两兄弟、秘银厅六英雄、费诺七子、护戒九人、终焉八位化身、帝国十九原体等传奇人物,现旅居瑞典小城北雪坪。

版权所有　侵权必究

图书在版编目（CIP）数据

疤痕 /（英）克里斯·赖特著；赵笛译. -- 杭州：浙江科学技术出版社，2024.11

ISBN 978-7-5739-1061-5

Ⅰ.①疤… Ⅱ.①克… ②赵… Ⅲ.①幻想小说-英国-现代 Ⅳ.①I561.45

中国国家版本馆CIP数据核字(2024)第050678号

著作权合同登记号　图字：11-2020-215号

书　　名	疤　痕
著　　者	［英］克里斯·赖特
译　　者	赵　笛

出版发行	浙江科学技术出版社
	地址：杭州市环城北路177号　邮政编码：310006
	办公室电话：0571-85176593
	销售部电话：0571-85176040
排　　版	浙江新华广告有限公司
印　　刷	浙江海虹彩色印务有限公司
开　　本	710 mm×1000 mm　1/16　　　印　张　19.25
字　　数	385千字
版　　次	2024年11月第1版　　　印　次　2024年11月第1次印刷
书　　号	ISBN 978-7-5739-1061-5　　　定　价　60.00元

责任编辑　吕路明　　　　　责任校对　陈宇珊
责任美编　金　晖　　　　　责任印务　叶文炀